IM WESTEN IST DIE HÖLLE LOS, BAND 1

Drei Romane in einem Band

Heinz Squarra

Impressum

Texte:	© Copyright by Heinz Squarra/ Der Roman-Kiosk. Mit freundlicher Genehmigung der Edition Bärenklau.
Lektorat:	Kerstin Peschel.
Umschlag:	© Copyright by Edward Martin/ Kathrin Peschel.
Verlag:	Der Romankiosk Winthirstraße 11 80639 München www.der-romankiosk.de webmaster@der-romankiosk.de
Druck:	epubli, ein Service der neopubli GmbH, Berlin

Printed in Germany

Inhaltsverzeichnis

Das Buch

Sheriff Slim Catlyn will die Überfälle und Morde, die seit einiger Zeit auf Siedler der Umgebung von Elvey Junction stattfinden, aufklären und den Schuldigen zur Verantwortung ziehen. Er hat einen Verdacht. Nur ist es äußerst schwierig, Beweise zu finden, dass der Drahtzieher, der sich stets im Verborgenen hält und andere die Schmutzarbeit machen lässt, der eigentlich Schuldige ist. Mit diesem Vorhaben macht Catlyn sich einen der einflussreichsten Männer in einem weiten Umkreis zum ärgsten Feind – zum Todfeind.

Ross Cunter, ein US-Marshal aus Fort Reno, bekommt den Auftrag nach Elvey Junction zu reiten. Auch er soll den

Verbrecher finden und ihm das Handwerk legen. Cunter ahnt nicht, dass sein Weg ein sehr kurzer sein wird. Er trifft seinen alten Freund und Weggefährten Dean Logan, der fortan den Stern eines Marshals tragen wird und für mächtigen Wirbel sorgt, denn er ist ein Spieler, der es gewohnt ist zu gewinnen und niemals aufgibt...

Diese Western-Sonderedition enthält folgende drei Romane von Heinz Squarra: *Der Spieler mit dem Stern*, *Sein Wille war Gesetz* und *Bütten-Rede in Blei.*

1. Der Spieler mit dem Stern

1

Sheriff Slim Catlyn beugt sich tiefer über den verletzten Banditen Dan Cohler. Er hört den Hufschlag, der den Canyon herunterschallt, und er weiß, dass er verschwinden muss.

»Sprich!«, stößt er hervor.

»Wie... sieht es aus?«, haucht der Mann, dessen Hemd auf der Brust von seinem Blut dunkel gefärbt ist.

»Schlecht«, gibt der Sheriff knurrig zurück. »Es sieht schlecht mit dir aus. Deshalb solltest du reden. Alle Leute meinen, ihr hättet mit dem Rancher Elvey zu tun. Sein Sohn Yordy soll oft in die Berge gekommen sein. Ihr habt Farmer und Smallrancher überfallen. Und ihr konntet dabei kaum etwas gewinnen. Hat Yordy euch dazu beauftragt?«

Der Sheriff starrt den Banditen an und wartet erregt auf dessen Antwort. Er denkt nicht daran, dass sie für ihn keinen Wert haben kann, weil dieser Mann hier am Ende ist und nie mehr ein Zeuge für ihn sein kann.

Der Hufschlag ist lauter geworden.

»Dan, sprich!«, schreit Catlyn. »Du...«

»Ich... weiß. Es geht... zu Ende, nicht wahr?«

Dan Cohler nickt. Es ist kaum zu sehen. Seine spröden Lippen öffnen sich.

»Ja«, sagt er. Er sagt es so leise, dass Sheriff Catlyn das Wort von seinen Lippen ablesen muss.

Der Hufschlag scheint zu einem Orkan anzuwachsen. Und plötzlich ruckt der Kopf des Banditen zur Seite.

»Ja. Hat Yordy euch den Befehl gebracht, Farmer und Smallrancher zu überfallen?«

Sheriff Catlyn greift nach dem Kopf und wendet ihn zu sich. Er sieht den gebrochenen Blick des Banditen und steht auf.

Sheriff Slim Catlyn ist ein alter Mann. Seine Bewegungen sind müde, als er zu seinem Pferd geht und in den Sattel steigt. Als er losreitet, ist der Hufschlag nur schwach zu hören, weil er Lederlappen um die Hufe gebunden hat.

Catlyn reitet nur fünfzig Yards und biegt dann in einen Hohlweg ein, der steil in die Höhe führt. Er kann den Hufschlag immer noch deutlich hören. Wahrscheinlich haben sie den Schuss vernommen, den er auf Cohler abfeuerte. Sie werden ihn jetzt finden. Gleich!

Er ist kaum fünfzig Yards den Hohlweg hinaufgekommen, als der Hufschlag plötzlich erstirbt. Jetzt haben sie die Stelle erreicht, an der Dan liegt.

Catlyn reitet langsamer, um nicht doch noch gehört zu werden. Vielleicht denken sie, er wäre schon lange fort. Das könnte ihm einen guten Vorsprung sichern.

2

»Tot«, sagt Tip Danning und reibt mit der schmutzigen Hand durch seinen Stoppelbart. Er schaut auf und sieht die beiden anderen an, die noch in den Sätteln sitzen.

»Bestimmt der Sheriff von Elvey Junction«, entgegnet der blatternarbige Les Harms. »Ob... ob Dan noch lebte?«

»Woher soll ich das wissen?«

»Wenn ein Mann stirbt, sieht vieles anders aus, Tip. Manchmal wird man dann weich. Du verstehst doch, was?«

»Natürlich verstehe ich. – Los, wir wollen sehen, ob wir ihn finden!« Tip Danning springt auf sein Pferd und jagt den Canyon hinunter; vorbei an dem schmalen Hohlweg.

Seine beiden Kumpane folgen ihm.

Eine halbe Stunde später öffnen sich die Bighorn Mountains vor ihnen. Sie sehen die Schleife des Flusses in der endlosen Prärie, und sie sehen die Häuser der Stadt in der Ferne. Aber sie sehen keinen Reiter.

»Verdammt«, zischt Tip Danning. »Er hat uns genarrt!«

»Vielleicht war er es gar nicht«, sagt der drahtige Ernie Truscott.

»Wer soll es dann gewesen sein?« »Keine Ahnung, Tip. Aber ich schätze, wir haben viele Feinde!«

»Unsinn. Der Sheriff schleicht schon ewig hier herum. Wir haben einen Fehler gemacht.«

»So?«

»Ja. Wir haben ihn für einen ausgebrannten alten Narren gehalten. Das hätten wir nicht tun dürfen.«

»Bis jetzt steht nicht fest, ob er es gewesen ist. Und wenn ja, so weiß niemand, ob Dan noch etwas sagen konnte oder wollte.«

»Wir kehren besser um.«

Sie wenden die Pferde und' reiten den Canyon wieder hinauf. Vielleicht hätten sie den Sheriff noch sehen können, wäre ihre Geduld größer gewesen. Denn sie sind kaum zehn Minuten verschwunden, als Sheriff Catlyn die Bighorn Mountains an einer anderen Stelle verlässt und durch die Prärie der Stadt zustrebt. Sie hätten ihn vom Ausgang des Canyons aus sehen können.

3

Sheriff Catlyn dreht den Docht der Lampe höher, und das Gesicht des alten Arztes wird aus der Dunkelheit gerissen.

»Jetzt halten Sie mich wohl für schwachsinnig, was?«, knurrt Catlyn und beugt sich über den Tisch, als könnte er Doc Roy Dexter nicht gut genug sehen.

»Durchaus nicht, Sheriff. Sie sind sehr intelligent. Bedauerlicherweise wissen das aber viele Leute.«

»Was... was soll das heißen, Doc?« Dexter zuckt die Schultern.

»Denken Sie selbst darüber nach. Ich persönlich halte es für Wahnsinn. Elvey ist ein mächtiger Mann. Er hat zwei Dutzend Reiter. Und Sie wissen ja, dass für die meisten Cowboys ihr Rancher ihr Gesetz und ihr Gewissen ist.«

»Es geht um ein Verbrechen, Doc.« »Natürlich. Um das Verbrechen, das sich überall in diesem Land westlich des Missouri abspielt. Das meinen Sie doch, Sheriff. Ein mächtiger Mann versucht, immer mächtiger zu werden. Er gebraucht seine Ellenbogen, und wenn er damit nicht ans Ziel kommen kann, beschäftigt er Banditen. Ich verstehe das schon. Aber ich weiß auch, dass ein Einzelner dagegen machtlos ist. Man wird Ihnen eine Kugel in den Kopf schießen. Und dann wird Ruhe sein!« »Ich werde Yordy verhaften. Er ist drüben im Saloon. Es ist meine Pflicht, Doc! Verstehen Sie das denn nicht?«

Doc Dexter schüttelt den Kopf. »Verstehe ich bestimmt nicht. Sie sind doch ein alter Mann, Catlyn. Glauben Sie wirklich, dass Yordy sich verhaften lässt? – Ausgerechnet Yordy Elvey, der wildeste aller wilden Burschen, die es in dieser Gegend gibt?«

»Ein Revolver ist immer ein gutes Argument.«

»Wenn Sie das wirklich, fertigbringen, wird morgen sein Vater hier sein, Catlyn.«

»Mit seinen zwei Dutzend Leuten, was?« »Genau.«

»Letzte Woche ist ein Siedler ermordet worden.«

»Ich weiß. Aber er wird nicht mehr lebendig, auch dann nicht, wenn Sie ebenfalls noch sterben. Und darauf läuft es hinaus.«

Der Sheriff geht zum Fenster und blickt auf die Straße hinaus. Drüben vor dem Saloon brennen zwei Lampen, die trübes Licht verbreiten. In ihm sind die Pferde zu sehen, die vor dem Saloon am Zügelholm stehen.

Es sind acht Pferde. Acht Pferde, die das Brandzeichen der Elvey-Ranch tragen.

»Aber irgendetwas muss geschehen!«, stößt der Sheriff hervor.

»Sicher. In Fort Reno gibt es einen Militärrichter, Catlyn. Das wissen Sie doch. Ich habe gehört, er hätte Marshals vereidigt. Ehemalige Revolvermänner. Sie verdienen bei ihm einhundertfünfzig Dollar im Monat. Eine schöne Stange Geld. Es sollen harte Burschen sein.«

»Und?«

»Schicken Sie ihm einen Boten. Das ist die einfachste Sache der Welt. Es sind im Laufe des letzten Jahres mehrere Morde geschehen. Er wird sich bestimmt darum kümmern. – Nur wissen muss er es!«

Catlyn starrt immer noch auf die Pferde mit Elveys Brandstempel. Er spürt, dass er diesen Mann hasst, weil er mehr und immer mehr haben will. Vielleicht hat Yordy nie anders als so werden können. Aber darum geht es nicht.

»Schicken Sie einen Boten!«, sagt der Doc noch einmal.

»Bis ein Marshal hier sein kann, ist vielleicht der nächste Mord geschehen.«

»Dafür wird Sie niemand verantwortlich machen, Catlyn.«

In diesem Moment kommt Yordy Elvey auf der anderen Straßenseite aus dem Saloon. Er ist ein junger Mann von fünfundzwanzig Jahren. Er hat schwarzes Haar und wild funkelnde Augen. Er ist groß und bewegt sich elastisch. Er erinnert den Sheriff irgendwie an eine schleichende Raubkatze.

Catlyn merkt auf einmal, wie seine Hand den Revolver im Holster berührt.

»Lassen Sie es!«, sagt der Doc scharf.

Catlyn streicht mit der linken Hand über den Stern, den er an der Lederweste trägt.

»Ich kann nicht, Doc«, erwidert er. »Ich kann es nicht! Ich weiß nun, dass er es war. Jeder hat seine Pflicht zu erfüllen.«

»Niemand wird von Ihnen verlangen, dass Sie dem Satan in den Rachen springen«, knurrt der Doc, der nun hinter den Sheriff getreten ist.

Yordy Elvey steht an der Stepwalkkante. Ein Mädchen in einem Seidenkleid ist aus dem Saloon gekommen und an die Seite des jungen Burschen getreten. Sie sagt etwas, aber das können die beiden Männer im Office des Sheriffs nicht verstehen.

»Ich kann es nicht«, sagt Catlyn, wendet sich um und schiebt den Doc zur Seite. Er geht mit harten, entschlossenen Schritten auf die Tür zu und öffnet sie.

»Catlyn...«

Die Tür schlägt mit einem Knall zu.

Der Arzt verschluckt, was er noch hatte sagen wollen. Er wendet sich wieder dem Fenster zu und sieht den Sheriff draußen auftauchen. Er bemerkt, dass der Mann seinen Colt in der Hand trägt. Es ist dunkel, wo Catlyn steht.

»Elvey!«, ruft der Sheriff.

Doc Dexter sieht den jungen Burschen auf der anderen Straßenseite zusammenzucken. Da ist ein hartes, metallisches Geräusch zu hören, und Dexter weiß, dass der Sheriff den Hammer seines Revolvers gespannt hat.

Im gleichen Moment bewegt sich Yordy Elvey, und schon sticht eine Mündungsflamme auf der Straße hinaus, und der dröhnende Knall des Schusses erfüllt für ein paar Herzschläge die Stadt.

Dexter schließt die Augen. Er hört einen Anprall an der Hauswand und dann einen dumpfen Fall, der die Bohlen des Stepwalks ächzen lässt.

»Das ist der Sheriff!«, schreit jemand.

»Yordy, du hast den Sheriff erschossen!«, schreit das Tanzmädchen im Seidenkleid, und der Doc sieht, dass es die Hände um Yordys Unterarm geschlossen hat.

»Tut mir leid, das konnte ich nicht sehen«, erwidert der Ranchersohn. »Ich sah nur eine undeutliche Gestalt, und ich hörte, wie ein Revolver gespannt wurde.«

»Er ist tot«, sagt wieder jemand.

Der Doc sieht Männer vor dem Fenster.

»Los, wir reiten!«, ruft Yordy drüben.

Sieben Männer kommen hinter ihm die Stufen zur Fahrbahn herunter, machen die Pferde los und steigen auf.

Hufschlag erschallt. Staub wallt in der Luft.

Doc Dexter geht mit schweren Schritten zum Schreibtisch und lehnt sich dagegen. Die Flamme der Lampe zittert leicht.

Jemand klopft an die Tür und tritt ein, ohne einen Ruf abzuwarten.

»Doc?«, fragt der Mann, als Dexter ihn sehen kann. »Was machen Sie hier?«

»Ich wusste, was er vorhatte. – Und ich, wollte ihn. aufhalten. Aber er hörte nicht auf mich. Wie sieht es mit ihm aus?«

»Herzschuss. Sie brauchen nur noch zu sagen, dass er beerdigt werden kann. Alles andere macht der Coroner. – Sagen Sie, wie soll das weitergehen?«

»Was?«

»Yordy hat ihn einfach niedergeschossen!«

»Er gab doch gleich eine Erklärung dafür ab. Hast du es nicht gehört?«

»Doch. Aber...«

»In Fort Reno gibt es einen Richter, der Leute für solche Fälle hat. Ich wollte es Catlyn schon erklären. Jemand muss nach Fort Reno reiten. Vielleicht du, Mac?« »Warum ausgerechnet ich?«

»Ich würde es auch tun, Mac. Aber wahrscheinlich werde ich in nächster Zeit hier noch dringender als bisher gebraucht werden. Ich kann also nicht. Vielleicht macht es ein anderer. Frage die Leute.«

Der Mann verlässt das Office. Nach einer halben Stunde kommt er zurück.

»Und?«, fragt der Doc.

»Die Leute haben darüber gesprochen.« »Das war nicht sehr klug, Mac. Ich habe mir das auch zu spät überlegt.«

»Wieso?«

„Elvey und alle anderen werden es erfahren.«

»Ja.«

»Das hätte man vermeiden sollen. Nun bleibt nur zu hoffen, dass rechtzeitig jemand reitet – und nach Fort Reno durchkommt.«

»Es ist schon jemand unterwegs. Der Stallbursche. Er war ganz begeistert von der Idee.«

»Er ist auch noch sehr jung. Hat jemand Lust, den Sheriff in Elvey Junction zu machen?«

»Ich glaube, nein, Doc. Aber wenn ein Marshal kommt, dann...«

»Ja. Warten wir also.«

4

Die Sonne steht wie ein glühender Ball am Himmel, als Tip Danning den Reiter sieht.

»Na endlich«, brummt er. »Der hat schön lange gebraucht. Vier Tage!«

Ernie Truscott drängt sein Pferd etwas weiter nach vorn und biegt neben Danning die Zweige des Scrubbusches auseinander. Nun kann auch er den Mann sehen, der auf dem Wagenweg von Norden kommt. Er reitet langsam, als habe er einen weiten Weg hinter sich.

»Reiten wir ihm entgegen«, sagt Tip Danning. »Er braucht dann nicht so. lange zu warten.«

Harms, der Dritte im Bunde, grinst. Er zieht seinen Revolver und dreht die Trommel durch. Sie reiten zur Straße hinunter.

»Es ist nur dumm, dass wir es zu spät erfahren haben", meint Harms.

»Wieso?«

»Nun, er war schon in Fort Reno!« »Das macht doch nichts«, entgegnet Danning. »In deinem Revolver steckt mehr als eine Patrone. Und in meinem auch. Hier ist doch kein Land, in dem man einen Marshal fürchten muss.«

»Es wirbelt Staub auf, Tip!«

»Dummes Gerede, Les.«

»Ich habe es in Kansas erlebt. Den Ersten haben wir erschossen. Dann kamen zwei Neue. Mit denen wurden wir auch fertig, Und weißt du, wer dann kam?« »Keine Ahnung.«

»Eine Abteilung Kavallerie, Tip!«

»Das ist allerdings schlimm. Aber Wyoming ist nicht Kansas. – Was habt ihr gemacht?«

»Wir haben uns in Luft aufgelöst. Jedenfalls müssen sie das gedacht haben.«

»Das war sehr klug von euch. Hier kann man das auch machen.«

Sie schwenken in die ausgefahrene Straße ein und halten an. Sie sehen, dass der Reiter, ein junger, rotblonder Mann, sein Pferd ebenfalls pariert hat.

»Komm doch näher, Kleiner«, meint Tip und grinst, als er sieht, dass der junge Mann zu zittern beginnt. »Immer komm! Wir beißen doch nicht!«

Der junge Mann scheint nachts daran zu denken, sein Pferd wieder anzutreiben. Tip Danning zuckt die Schultern.

»Dann müssen wir wohl kommen«, sagt er und gibt seinen beiden Kumpanen ein Zeichen.

Sie reiten näher an den jungen Mann heran. Zwanzig Yards vor ihm halten sie. Tip lehnt sich auf das Sattelhorn.

»Nun, wie war es in Reno?«, fragt er. »Ich... ich war nicht...«

»Du wirst uns doch nicht belügen wollen, wo wir so freundlich zu dir sind«, knurrt Harms und hält den Revolver über den Kopf seines Pferdes.

»Wie war es in Reno?«, wiederholt Tip Danning. »Kommt ein Marshal?«

»Ja, er kommt!«, schreit der Junge. »Und er wird euch vernichten.«

Tip lacht leise.

»Darauf freust du dich wohl sehr?«, erkundigt er sich.

Der Junge wird bleich bis zu den rötlichen Haarwurzeln hinauf.

»Immer freue dich«, meint Harms. »Lange hast du sowieso nicht mehr Zeit.«

»Ihr... ihr wollt mich ermorden!«

»Aber das ist doch Unsinn, mein Kleiner. Wir wollen nur alles genau wissen. Wann kommt er denn?«

»Das... Ich weiß nicht.«

»So, das weißt du also nicht. – Oder wolltest du sagen, es ginge uns nichts an?«

»Ihr verdammten Banditen!«

»Was für unhöfliche Worte«, sagt Danning und schüttelt den Kopf. »Les, ich glaube, wir werden schon sehen, wann er kommt.«

»Das denke ich auch. – Reite doch weiter, Kleiner!«

Die Banditen reiten von der Straße weg. Aber der junge Mann treibt sein Pferd nicht an.

»Auf was wartest du?«, fragt Danning. »Du wolltest doch in die Stadt. Also los!« Der Junge schnalzt mit der Zunge. Als er an den Banditen vorbei ist, nickt Danning.

Da hebt Harms den Revolver. Ein Schuss kracht.

»Reiten wir zu Elvey«, sagt Danning. »Oder willst du erst nachsehen, wie gut du getroffen hast?«

»Das dürfte überflüssig sein. Aber etwas anderes: Elvey hat verboten, dass wir zu ihm kommen.«

»So, hat er das? Ich muss es vergessen haben. Willst du ihn nicht fragen, wie viel er für einen Marshal ausgibt?«

»Ach, richtig.«

»Siehst du. Jede Sache hat ihren Preis. Schließlich machen wir das nicht für uns. Vorwärts!«

Sie jagen den Hügel hinauf und verschwinden zwischen den Büschen.

Der junge Mann bewegt sich. Er hebt schwach den Kopf und blickt hinter den drei Banditen her. Er weiß, dass in den Bighorn Mountains noch mehr Mitglieder dieser Bande stecken müssen.

Als die Banditen verschwunden sind, stemmt sich der junge Mann hoch. Es ist ihm, als hätte jemand eine glühende Nadel in seine Schulter gebohrt. Er wundert sich, dass Harms so sicher war, ihn tödlich getroffen zu haben, und zugleich weiß er, dass er diesem Umstand sein Leben verdankt.

»Red!«, ruft er dem Pferd zu, das ein Stück geflohen ist. »Red!«

Das Pferd knabbert an einem Sagebusch.

»Red!« Er versucht darauf zuzugehen, kommt aber nicht weit. Seine Beine knicken ein. Nebel wallen vor seinen Augen.

Doch nach einer Weile steht er wieder und geht schwankend auf das Pferd zu.

»Red!«

Da kommt ihm das Pferd entgegen. Er greift nach dem Sattelhorn und. merkt, dass die Kraft ihn wieder verlassen will. Er presst die Zähne zusammen und zieht sich am Sattelhorn in die Höhe. Die Schmerzen durchzucken seinen ganzen Körper.

Doch er sitzt im Sattel, und das Tier bewegt sich unter ihm.

5

»Das ist eine Schweinerei, Doc!«, ruft der Salooner Bruce Cabot. »Oder glauben Sie, er würde nur phantasieren?«

»Ohne Zweifel tut er das. Aber es wird die Wahrheit sein.« Der Doc blickt auf den verletzten jungen Mann, der vor einer halben Stunde in die Stadt kam und nun auf dem Bett liegt.

»Aber es ist die Wahrheit!«

»Kann sein, Cabot. Wir wollen von Glück reden, dass er noch lebt. Ich werde ihn kurieren. Verlassen Sie sich darauf!«

»Aber es muss etwas unternommen werden!«

»Spielen Sie nicht verrückt, Cabot. Denken Sie an unseren Sheriff und legen Sie Blumen auf sein Grab. Das beruhigt die Nerven.«

»Wir...«

»Wir warten auf den Marshal«, unterbricht der Arzt ihn. »Ich bin ganz sicher, dass er bald kommen wird, Cabot!«

Der Salooner geht rückwärts zur Tür. »Wie sie meinen«, murmelt er. Dann geht er hinaus und läuft zu seinem Saloon. Als er ihn betritt, ist außer dem Tanzmädchen Kate Duran niemand anwesend. Das Mädchen lehnt vor der Theke.

Hinter Cabot schwingt die Tür knarrend aus.

»Sie haben den Jungen um ein Haar erschossen«, sagt er.

»Das tut mir leid, Mr. Cabot.«

»So? Wirklich? – Kate, ein Marshal wird kommen! Das weiß ja jeder.«

»Würden Sie es sonst nicht zu mir sagen?«

»Nein. Und Sie wissen, warum!«

»Ja, ich weiß. War sonst noch etwas?« Cabot geht weiter, bis er dicht vor ihr steht. Er blickt in ihre dunklen Augen und auf das blauschwarze Haar, das sie fast wie ein Indianermädchen aussehen lässt. Aber sie ist keins. Sie ist ein Tanzgirl von achtundzwanzig Jahren, und sie sieht noch gut aus. Sie sucht nach ihrer Chance. Cabot weiß das alles ganz genau, und er weiß auch, dass sie glaubt, Yordy Elvey wäre ihre Chance.

»Sein Vater steckt dahinter«, meint er. »Sie wissen es!«

»Ich weiß nichts. Niemand weiß es! Niemand hat einen Befehl gehört, den Elvey gegeben hätte.«

»Dan Cohler hat es gestanden. Sie wissen, dass das der Sheriff gesagt hat.« »Dan Cohler ist tot. Und der Sheriff ist es auch, Mr. Cabot.«

»Ja, beide sind tot. Warum der Sheriff tot ist, weiß hier jeder.«

»Es war ein Unglück.«

»Kein Unglück. Kate, ich will Sie doch nur warnen! Sie suchen nach einem Glück, das es nicht gibt! Elvey ist nicht die Chance, von der ein Mädchen in Ihrer Lage träumt.«

»Sie sollten sich über mich keine Gedanken machen, Mr. Cabot. Wenn es Ihnen nicht passt, bin ich bereit, den Vertrag zwischen uns zu lösen.«

»Davon rede ich nicht, Kate. – Es wird ein Marshal kommen!«

Sie lächelt ihn an.

»Wissen Sie nicht etwas anderes?«, fragt sie. »Das interessiert mich nicht.«

Cabot geht hinter die Theke und schenkt sich einen Whisky ein.

»Der Weg führt in die Hölle«, murmelt er. »Eines Tages werden Sie es wissen!«

6

Dean Logan schiebt die Spielkarten zusammen und schaut Ross Cunter über den Tisch hinweg an. Der Mann trägt einen Stern an der Jacke. Einen silbernen Stern. Auf diesem Stern steht: US-Marshal. Und darüber schüttelt Dean Logan den Kopf.

»Wie bist du denn nur darauf gekommen?«, fragt er den Mann, den er seit vielen Jahren kennt und überall dort traf, wo es wild zuging. Aber niemals hat Cunter einen Stern getragen, wie sich Dean Logan vorgenommen hat, niemals einen zu nehmen.

»Das weiß ich auch nicht mehr«, erwidert Cunter. »Ich hatte auf einmal das Gefühl, zu nichts in der Welt nütze zu sein. Hast du das Gefühl auch schon gehabt?«

Dean Logan lächelt, als er den Kopf schüttelt und sagt: »Das muss ein verrücktes Gefühl sein, Ross. – Nein, ich hatte es noch nicht.«

»Vielleicht kommt es noch.«

»Vielleicht – wohin willst du?«

»In eine kleine Stadt hier in Wyoming. Nach Süden hinunter.«

»Aha.«

»Und du?«

»Nach Cheyenne.«

»Dann haben wir ein Stück den gleichen Weg.«

»Ja. Macht es dir nichts aus, mit einem Spieler und Revolvermann zu reiten?« »Du Narr! Glaubst du, ich wäre viel anders geworden? Ich habe einen Stern genommen. Ich arbeite für das Gesetz. Dafür bekomme ich einhundertfünfzig Dollar im Monat.«

»Sehr viel Geld«, sagt Logan und lächelt stärker. »Ich kann mich erinnern, dass du früher mehr in einer Nacht verspielt hast.« »Zugegeben. Aber ich denke eben anders darüber. Dean, eines Tages denkst du auch anders darüber! Bestimmt!«

»Kann ich mir schlecht vorstellen.« Dean Logan mischt die Karten. »Wirklich nicht?« »Nein. Ich spiele nicht mehr!«

Dean legt die Karten abermals auf den Tisch.

»Also schön. Trinken wir wenigstens noch einen. Oder...?«

»Das mache ich allerdings noch. Der Richter heißt...«

»Hör auf! Der Mann interessiert mich nicht. Wann willst du weiter?«

»In spätestens einer Stunde.«

»Gut. Keeper! Noch eine Flasche!«

Der Salooner bringt die Flasche. Dean schenkt ein. Er versucht Ross zu begreifen, aber es gelingt ihm nicht.

»Früher sind wir dorthin geritten, wohin es uns gerade trieb«, sagt er. »Nun musst du machen, was andere dir sagen.«

»Hast du irgendwo das Glück gefunden, das zu finden du ständig unterwegs gewesen bist?«, fragt Ross zurück.

»Wie soll ich das beantworten? Es hat mir gefallen.«

»Was?«

»Alles. Das Leben.«

»Unser Leben war Kampf. Kampf, Dean! Gegen was, wussten wir immer erst, wenn es so weit war. Ein sinnloser Kampf. Wir haben Geld gewonnen und es wieder ausgegeben, ehe wir uns über seinen Wert klarwerden konnten. Es war ein schlechtes Leben. Aber ich will nicht wie ein Prediger auf dich einreden.«

»Dann Prost!«

Eine Stunde später verlassen sie den Saloon. Das grelle Sonnenlicht blendet sie. Dean sieht ein paar Fallensteller, die mit bepackten Maultieren aus den Bergen gekommen sind. Alkalistaub hängt noch wie festgefressen in ihren Kleidern.

Ein zerlumpter Indianer nähert sich den Männern und spricht sie an.

»Verschwinde, Rothaut!«, bellt einer der bärtigen Männer.

Der Indianer sagt wieder etwas. Er sagt es in einer fremden, kehligen Sprache.

»Was will er denn, Orson?«

»Schnaps, zur Hölle. Was denn sonst? – Hau ab, Rothaut!«

Der Indianer greift nach der Jacke des Mannes. Da trifft ihn ein Schlag, der ihn auf die Erde wirft.

Dean steigt die Stufen hinunter. Der Indianer steht wieder auf. Dean gibt ihm einen Dollar und sagt:

»Lasst ihn in Ruhe. Er hat Durst wie ihr.«

»Er wird uns den Skalp abziehen, wenn er uns in den Bergen trifft«, schnaubt der Mann, der den Indianer niederschlug.

Dean blickt auf den Gürtel des Mannes. »Und du?«, fragt er. »Was machst du mit einem Indianer, den du in den Bergen triffst?«

»Genau das Gleiche.«

»Dean, komm!«, ruft Ross Cunter.

Dean wendet sich ab und geht zurück. Er steigt auf sein Pferd, das Ross schon vom Haltepfosten losgemacht hat.

Nebeneinander reiten sie aus der kleinen Stadt hinaus.

»Dieses Land ist voller offener Probleme«, sagt Dean.

»Wegen der Indianer?«

»Ja.«

»Das ist Sache der Armee, Dean. Damit habe ich nichts zu tun.«

»Und wenn schon. Es geht dich auch an.« »Nein. Die Indianer unterstehen keinem Richter. Ich kann also nichts mit ihnen zu tun haben.«

Eine Weile reiten sie schweigend weiter. Sie kommen über einen Hügel und können die offene Stadt in der Prärie nicht mehr sehen.

»Wie hieß die Stadt gleich?«, fragt Dean. »Ich habe es vergessen.«

»Ich habe es noch gar nicht gesagt«, meint Ross. »Sie heißt Elvey Junction. Ein mächtiger Rancher soll sie gegründet und nach sich benannt haben. – Schon gehört?« »Nein. Scheint nur ein winziges Nest zu sein. Aber weißt du, ich hätte Lust, dich bei deiner Arbeit zu beobachten. Erzählst du mir, was dort los ist?«

»Warum nicht? Da ist also ein Rancher, der seine Nachbarn loswerden will.« »Eine alte Geschichte.«

»Allerdings. Er hat Banditen, die in den Bighorn Mountains hausen.«

»Woher weißt du das?«

»Wenn du mich nicht unterbrichst, werde ich dir alles der Reihe nach sagen.«

»Also gut, Ross. – Weiter!«

7

Die Nacht ist dunkel. Zweige peitschen auf den Boden. Ein gestreckter Schatten flieht nach Norden.

Ross hat sich aufgerichtet und die Decke zurückgeschlagen.

»Es ist jemand in der Nähe«, sagt Dean, ohne den Kopf vom Sattel zu nehmen. »Vielleicht Leute, die etwas gegen dich haben.«

»Wie kommst du denn darauf?«, knurrt Cunter und dreht die Trommel seines Colts durch.

»Das weiß ich auch nicht, Ross. Ein Marshal ist doch ein Mann, gegen den viele etwas haben. Das erscheint mir sogar logisch.«

»Ruhig!«, zischt Cunter und richtet sich ganz auf. Er schleicht zu den Büschen hinüber. Und plötzlich schießt er.

Dean sieht den fauchenden Mündungsblitz, und der Knall schlägt an seine Ohren. Mit einem Satz ist er auf den Beinen und rennt zu Cunter. Als er hinter den Büschen ankommt, hat er seinen Revolver bereits in der Hand.

»Dort!«, schreit der US-Marshal und feuert wieder durch den Busch.

Dean schießt ebenfalls in der Richtung, obwohl er nichts als rabenschwarze Finsternis sehen kann.

»Fort!«, schreit eine Stimme.

Ein Pferd wiehert. Dann klingt Hufschlag auf. Am Ende der langen Hecke tauchen Reiter auf. Sie sind nur schattenhaft zu sehen, aber Dean zählt fünf Pferde.

Er lässt den Colt sinken und blickt Cunter an.

»Das war sicher das Empfangskomitee von Elvey Junction«, sagte er. »Hast du schon darüber nachgedacht, dass deine Aufgabe darin besteht, den Sohn des Ranchers des Mordes an dem Sheriff zu überführen und ihn aus der Stadt zu bringen?«

»Natürlich habe ich das. Und ob du es glaubst oder nicht, ich werde es auch tun!« »Jedenfalls wünsche ich dir Glück, Ross. Es scheint mir, als könntest du es gebrauchen.«

»Allerdings. Schlafen wir weiter. Die kommen heute Nacht nicht mehr zurück.«

8

Der Schuss fällt in einem Moment, wo keiner von beiden damit rechnete. Ross Cunter fällt aus dem Sattel. Ein Stöhnen kommt aus seinem Munde.

Dean ist mit einem Sprung auf dem Boden. Er hört den Knall des zweiten Schusses und das Sirren der Kugel über seinem Kopf. Er reißt die Winchester 73 aus dem Scabbard und feuert zurück, hinauf zu den Büschen. Er sieht Blätter, die abgerissen durch die Luft wirbeln und springt nach rechts.

Mindestens vier Schüsse peitschen gleichzeitig auf. Rechts wird der Sand der Poststraße in die Höhe gewirbelt. Die Pferde wiehern und drängen rückwärts. Dean springt ihnen nach und greift nach den Zügeln. Ein Schuss kracht vom Boden aus. Dann schreit Cunter auf. Die Waffe entfällt seiner Hand, und sein Kopf schlägt auf den Weg.

Dean lässt die Zügel los. Er richtet die Winchester wieder auf die Büsche und feuert in rasender Folge. Oben auf der Höhe wirbeln wieder Zweige und Blätter durch die Luft. Von dort fällt kein Schuss mehr. Dann ist Hufschlag zu hören, der sich entfernt.

Dean lässt das Gewehr sinken und nähert sich dem ehemaligen Sattelgefährten. Er sieht, dass dessen Schultern noch zucken. Langsam dreht er ihn um und starrt in das verzerrte, bleiche Gesicht. Er möchte etwas sagen, aber alles, was er jetzt vorbringen könnte, erscheint ihm lächerlich und nebensächlich. So also endet es.

Ross Cunters Finger zittern, als er den silbernen Stern von seiner Weste losmacht. Er hält ihn vor, und es sieht aus, als würde diese Bewegung seine ganze Kraft erfordern.

»Nimm!«, sagte er mit rasselndem Atem. »Nimm ihn, Dean!«

Irgendetwas in Dean Logan sträubt sich dagegen. Er will diesen verdammten Stern nicht, für den ein Mann für nichts und wieder nichts sterben muss.

»Nimm ihn«, sagt Cunter wieder. »Schreibe dem Richter in Fort Reno einen Brief. Und lege ihn dazu. In der nächsten Stadt!«

Dean greift nach dem Stern. Es ist ihm, als würde er ein glühendes Eisen berühren. Er denkt, dass er den Brief ja schreiben kann. Es wird wohl kein sehr freundlicher Brief werden. Aber er denkt nicht daran, dass Elvey Junction die nächste Stadt ist. Die nächste Stadt auf dem Weg nach Süden!

»Danke«, sagt der verletzte Marshal klar. »Du bist immer ein guter Junge gewesen, Dean.«

»Soll ich nicht nach deiner Wunde sehen?«

»Schon gut, nein. Männer wie wir... wissen, wann es so weit ist.«

Dean sieht, dass die Lippen Cunters zu zucken beginnen und schnell die Farbe verlieren.

»Begrabe mich, Dean«, sagt er. »Vielleicht hat das Schicksal deshalb gewollt, dass sich... unsere Wege... kreuzen.«

Dean weiß, dass es Cunter schon schwerfällt, zu sprechen. Er möchte ihm irgendetwas sagen, das ihn trösten könnte. Aber wahrscheinlich wird Cunter darüber zu lachen versuchen. Er hat viele ihrer Sorte sterben sehen. Im Grunde genommen war es immer gleich. Da merkt er, dass er den Stern immer noch in der Hand hält. Er fühlt sich nicht mehr ganz so heiß an. Vielleicht deshalb, weil er daran denkt, dass er ihn in Elvey Junction in einen Brief stecken wird. Morgen schon! Morgen wird er die Stadt erreichen. Er steht auf und geht zu den Pferden, die sich wieder genähert haben. Mit seiner Flasche kommt er zurück und gibt Cunter den scharfen Schnaps zu trinken.

»Es ist seltsam«, murmelt Cunter, dem der Whisky durch die Bartstoppeln rinnt, »die meisten haben in meiner Lage noch etwas zu regeln. Bei mir ist alles klar.«

Dean blickt auf den Blutfleck auf Cunters Hemd. Er wird immer größer. Er denkt daran, dass Cunter Texaner ist. Vielleicht ist er deshalb so. Er wartet darauf, dass sich der Körper im letzten Kampf aufbäumt, um ihn zu verlieren. Aber das geschieht nicht. Cunter hält ihm die Hand hin, und ehe er noch danach greifen kann, fällt sie zurück.

Verwirrt blickt Dean auf ihn nieder und sieht das gebrochene Licht der Augen.

»Es tut mir sehr leid«, murmelt er. »Aber ich verstehe nicht, dass du nicht geschrien hast.«

9

Yordy Elvey blickt Tip Danning fragend an.

»Wie tot?«, will er wissen. »So wie der Stallbursche?«

Danning blickt zu Boden.

»Das kommt nicht wieder vor«, knurrt er. »Es hat an Les gelegen.«

»Das will ich nicht wissen. – Wie tot?« »Richtig. Er wurde zweimal getroffen. Aber der andere schoss wie ein Verrückter.«

»Also zwei Marshals?«

»Ja. Ray wurde an der Schulter verletzt. Wir mussten aufgeben.«

»Und den Zweiten habt dir nicht getroffen?«

»Nein... nein.«

»Dannwird er morgen in der Stadt sein.«

»Ja.«

»Dort werdet ihr auch sein. Nicht alle! Zwei oder drei.«

»Ja.«

»Er muss tot sein, ehe die Leute Morgenluft wittern. Das wird sie davon abhalten, noch einen Marshal zu holen. Verstehst du das?«

»Sicher.«

»Es gefällt mir nicht, dass du so überheblich tust. Die beiden könnten längst tot sein.«

»Es war eben nicht so einfach. Hast du den Lohn mit?«

»Was?«

»Den Lohn.«

»Für was?«

»Für die Sache in der Stadt. Es soll doch sicher nicht wie ein Mord aussehen?« »Natürlich nicht. Es muss ein fairer Kampf werden.«

»Zweihundert.«

»Du bist verrückt!«

»Dreihundert. Und wenn du das noch einmal sagst, wird es immer mehr.« Yordy Elvey treibt sein Pferd näher an den Banditen heran, hinter dem die Felswand grau und steil in die Höhe steigt. Er misst ihn mit einem kalten Blick.

»Willst du mich erpressen?«

»Ich will einen guten Lohn, mein Junge. Nicht von dir. Von deinem Vater. Für mich bist du nur der Überbringer. Ich habe aber nichts gegen dich. Nur liebe ich in Geldgeschäften Ordnung.«

»Du verlangst zu viel!

»Nein. Vielleicht verlange ich zu wenig. Du darfst nicht vergessen, dass ihr uns bald nicht mehr braucht. Es sind nur noch wenige Smallrancher übrig. Bald sind sie verschwunden. Und noch etwas: Ein Marshal ist immerhin ein Marshal. Wir reden weiter darüber, wenn du das Geld hast.«

Tip Danning will sein Pferd wenden, aber Yordy Elvey greift ihm in die Zügel. Er bringt mit der linken Hand Geldscheine aus der Tasche und zählt dreihundert Dollar ab.

»Da«, sagt er zischend.

Danning greift nach dem Geld, steckt es ein und tippt an seinen Hut.

»Also morgen!«, zischt Yordy Elvey. »Und denke daran: Es muss ein ganz fairer Kampf sein. Lass dir etwas einfallen!« »Schon gut. Wir sind keine Stümper.« »Beinahe könnte man es aber meinen, Tip!«

»Was willst du damit sagen?«

»Nichts weiter. Du weißt es doch.«

»Der Stallbursche kann nicht beweisen, dass wir es waren. Niemand hat es gesehen, und wir sind bereit, das Gegenteil unter Eid auszusagen.«

Yordy grinst ein wenig.

»Du weißt ja, was die Leute glauben«, entgegnet er.

»Sie wollen uns gern beweisen, Banditen zu sein. Fast wäre es ihnen gelungen. Aber der gute Sheriff musste sterben. Und folglich wissen sie nichts! Du hast uns damals sehr geholfen, Yordy. Uns und noch mehr dir selbst!«

»Es war ein Versehen.«

»Ja, wir kennen deine Version. Darüber brauchen wir nicht zu streiten.«

»Wenn der Marshal tot ist, meldest du es mir. Komm so, dass dich niemand sieht!« »In Ordnung.«

Yordy blickt den Banditen noch einen Augenblick forschend an, dann wendet er sein Pferd und trabt durch den Felsenkessel.

Danning wartet, bis der Sohn des Ranchers im Canyon verschwunden ist. Der Hufschlag wird schnell leiser. Da stößt Danning einen Pfiff aus.

Aus einer Höhle kommt Ernie Truscott, der sein Pferd hinter sich herzieht.

»Hast du alles verstanden?«, fragt Danning. »Natürlich, Tip.« Truscott klettert in den Sattel. »Ich glaube nur nicht, dass es sehr einfach sein wird, den Marshal in einem fairen

Kampf zu besiegen. Du weißt ja selbst, was für Kerle die Richter sich dazu auswählen.«

»Ja, ich weiß, Ernie. Aber ich habe gar nicht an einen fairen Kampf gedacht.« »Nicht?«

»Nein, Ernie. Nur den Anschein soll es haben. Und ich weiß schon, wie wir das machen. – Hole jetzt einen der Leute, damit er hier die Wache übernimmt. Ich warte so lange.«

Ernie Truscott nickt und treibt sein Pferd vorwärts. Er reitet in einen Hohlweg hinein, der weiter hinauf in die Bighorn Mountains führt. Rechts und links steigen die Felswände in die Höhe. Ernie Truscott ist nicht lange geritten, als sich vor ihm ein kleines Tal öffnet. Unter der überhängenden Felswand, auf der rechten Seite steht eine windschiefe Hütte, die aus den Stämmen verkrüppelter Kiefern zusammengefügt ist.

Ein Mann steht am Zugang des Tales. Er hat ein Gewehr in der Hand.

Ernie Truscott hat sein Pferd angehalten.

»Hole Joe«, kommandiert er. »Er soll unten im Felsenkessel die Wache übernehmen.«

Der Mann lehnt sein Gewehr gegen die Felswand und geht auf die Hütte zu. Die Tür knarrt beängstigend, als er sie öffnet.

10

Als Dean Logan die kleine Stadt erreicht, sieht er Männer und Frauen unter den vorspringenden Dächern vor den Häusern stehen. Er bemerkt, dass sie ihn alle anstarren. Außer dem Hufschlag seines Pferdes ist kein Geräusch in der Stadt zu hören. Dean hat für einen Moment das Gefühl, als wären es leblose Puppen, die dort stehen.

Er hält sein Pferd vor dem Saloon an und blickt zur Poststation hinüber. Er wird dem Richter in Fort Reno einen netten Brief schreiben. Er wird ihm mitteilen, dass Ross für eine Sache gestorben ist, die ihn – genau genommen – nichts angeht. Ja, es wird ein netter Brief sein, und der Richter steckt ihn sicher nicht hinter seinen Spiegel. Aber vielleicht interessiert er sich auch gar nicht dafür.

Dean Logan ist abgestiegen. Er lockert den Sattelgurt und schaut sich nach einem Stallmann um. Aber er sieht nur starr und abwartend stehende Menschen.

»Komische Stadt«, murmelt er. Dann schlingt er die Zügel um die Holmstange. Er wird den Keeper fragen, ob es einen Stall gibt. Er nimmt seine Satteltasche und steigt die Stufen zum Stepwalk hinauf. Mit der Stiefelspitze stößt er die Tür auf und tritt über die Schwelle.

Dahinter bleibt er wie angewurzelt stehen. Drei Männer lehnen an der Theke. Hinter ihnen ist der Keeper zu sehen.

»Hallo«, sagt einer der drei Männer. »Dich kenne ich doch.«

Dean Logan kramt in seiner Erinnerung. Er ist vielen Männern auf seinen rauen Wegen begegnet, und es waren nicht immer die Besten.

»Ich bin Ernie Truscott. Erinnerst du dich nicht?«

»Nein. Ich heiße Dean Logan. Es muss lange her sein.«

»Das stimmt.«

Dean Logan geht zu einem Tisch und legt die Satteltasche darauf. Er rückt sich an der Wand einen Stuhl zurecht und setzt sich.

»Ja, das stimmt«, sagt Truscott noch einmal. Er trinkt sein Glas aus und stellt es auf die Theke. Dann kommt er langsam an den Tisch und stemmt beide Hände auf die Platte. Er steht vorgereckt wie ein Raubvogel, der zuschnappen will.

»Das stimmt sogar haargenau«, wiederholt er noch einmal. »Du kommst von Norden nicht wahr?«

»Allerdings. Aber ich kann mir nicht vorstellen, dass dich das etwas anginge.«

»Da irrst du dich aber, Logan. Oder willst du Jack auch schon vergessen haben?«

»Jack?« Dean schüttelt den Kopf. »Wer ist Jack?«

Truscott stößt ein abgehacktes Lachen aus, doch schlagartig ist er wieder ernst.

»Mein Bruder!«, brüllt er und packt den Tisch fester.

Dean zieht die Satteltasche herunter und hängt sie hinter sich an die Stuhllehne. Er blickt zu den beiden anderen Männern an der Theke und sieht ihre abwartenden Gesichter. Da weiß er, dass diese drei Männer Streit wollen.

Streit um jeden Preis. Auch um den Preis einer Lüge, die sie nicht beweisen können, so gut, wie er keinen Menschen vom Gegenteil überzeugen kann. Er steht auf und schnallt demonstrativ seinen Patronengurt ab, den er ebenfalls an die Stuhllehne hängt. Als er wieder sitzt, sagt er:

»Ich kann mich nicht erinnern, einen Bruder von dir getroffen zu haben, Truscott. Wahrscheinlich irrst du dich.«

Truscott schüttelt den Kopf. Ein sadistisches Grinsen sitzt wie festgefroren in seinem Gesicht.

»Ich irre mich nie«, behauptet er. »Nie, Logan, hörst du?!«

»Ja, du brauchst nicht so laut zu schreien.« Dean schaut dem Kerl in die dunkel glimmenden Augen. Vielleicht war es falsch, den Revolver abzulegen. Aber er denkt daran, dass der Keeper noch da ist.

Das Halbdunkel im Saloon zeichnet tiefe Schattenrisse in das Gesicht Truscotts. Es ist ein hartes, verschlossenes Gesicht, und Dean kann sich immer noch nicht erinnern, es schon einmal gesehen zu haben.

»Du hast meinen Bruder nach Fort Reno gebracht«, sagt Truscott. Seine Stimme klingt jetzt hart und kalt, so, als würde Glas zerbrechen. »Und dort wurde er hingerichtet.«

Dean lächelt. Er lächelt, weil er weiß, dass dieser Kerl ihn für einen Marshal aus Fort Reno hält. Und die beiden anderen an der Theke natürlich auch. Er muss an Ross denken. Vielleicht war es verrückt, mit ihm zu reiten. So hat er sich selbst in die größten Schwierigkeiten gebracht.

Der Stern, den er in der Tasche trägt, drückt ihm plötzlich gegen die Brust. Und auf einmal weiß er auch, warum ihn die Menschen draußen auf der Straße so angestarrt haben.

Sie alle halten ihn für den Marshal, der hierher kommen soll. Sie wissen noch nicht, dass Ross tot ist.

Aber Truscott und die anderen werden es wissen. Für sie sind es zwei Marshals, die auf dem Weg nach Elvey Junction waren. Und nun lebt noch einer davon. Diesen einen hat Truscott irgendwann schon einmal gesehen. Das spielt keine Rolle dabei. Ihre Geschichte muss schon festgestanden haben. Die Geschichte vom ermordeten Bruder, der sicher nie gelebt hat.

»Das habt ihr euch fein ausgedacht«, sagt er laut. »Sehr fein, Truscott. Aber falls du wirklich einen Bruder hattest, der nach Fort Reno gebracht wurde, so hat er sich das bestimmt verdient!«

»Du bist sein Mörder!«, grollt der Bandit. Und plötzlich packen seine Hände den Tisch an zwei Ecken und schleudern ihn mit einer kraftvollen Bewegung zur Seite.

Donnernd rammt der Tisch gegen die Holztäfelung der Wand. Dean hört die Bretter berstend zerbrechen, während er sieht, dass Truscott einen Schritt auf ihn zumacht. Er steht schnell wieder auf den Beinen.

Da holt Truscott zu einem schmetternden Hieb aus und springt vorwärts. Doch er springt genau in Deans Aufwärtshaken, der krachend sein Kinn trifft und ihn zurücktaumeln lässt.

Einer der beiden an der Theke stößt einen Fluch aus.

Dean kümmert sich nicht darum. Er wirft sich hinter Truscott her und schlägt noch einmal schmetternd zu.

Der Kerl wird gegen den kalten Kanonenofen geschleudert, reißt ihn um und geht selbst zu Boden.

Dean blickt die beiden an der Theke an. Die stellen ihre Gläser eben vorsichtig auf die Theke, als hätten sie Angst, den kostbaren Inhalt zu verschütten. Der eine von ihnen senkt die rechte Hand langsam auf den Kolben seines Revolvers hinunter. Es ist ein großkalibriger Revolver, und das Holster hängt tief an der Hüfte des Mannes.

Der andere Kerl hustet dünn und senkt die rechte Hand dann ebenfalls.

Dean kommt das alles immer mehr wie ein billiges, abgekartetes Spiel vor, das ebenso lächerlich wie gefährlich ist.

Die beiden Kerle beginnen gleichzeitig zu grinsen, als sie bemerken, dass Dean rückwärtsgeht, um zu dem Stuhl zu kommen, an dem sein Patronengurt hängt.

Jedoch bemerkt Dean, dass es ein unsicheres Grinsen ist, und er denkt, dass er ihnen das Spiel doch etwas aus der Bahn gebracht hat, als er die Waffe ablegte. So bleibt er wieder stehen. Er blickt auf den Mann, den er niederschlug.

Der wälzt sich über den Boden, macht eine Bewegung, als wollte er aufstehen, fällt aber zurück. Der Ofen rollt scheppernd um seine eigene Achse.

Da hat der eine an der Theke den Kolben des Revolvers erfasst. Und in diesem Moment weiß Dean, dass er doch einen Fehler gemacht hat. In den Augen des Mannes leuchtet die Mordlust. Vielleicht interessiert ihn das zurechtgelegte Spiel schon selbst nicht mehr.

In diesem Moment wird hinter den beiden eine Parkerbüchse gespannt.

»Genug«, sagt der Keeper brummig. »Nehmt Ernie mit und verschwindet!«

Die beiden schauen sich um.

Der Keeper weicht bis zum Flaschenregal zurück und lehnt sich dagegen.

»Los, hebt ihn auf und hinaus mit euch!«, schreit er. »Es ist kein Spaß!«

Die beiden zucken zusammen. Offenbar haben sie damit nicht gerechnet.

»Auf was wartet ihr noch?«, schreit der Keeper. »Verschwindet, sonst...!«

Da gehen die beiden zu ihrem Kumpan, ziehen ihn in die Höhe und schütteln ihn.

»Ernie!«, brüllt der eine ihn an.

Der andere lässt los und kommt zur Theke zurück. Er füllt ein großes Glas mit Wasser, das er seinem Komplicen ins Gesicht schüttet.

Truscott schüttelt sich wie ein Hund, der ins Wasser geworfen wurde.

»Was... was ist denn?«, fragt er verdreht. »Ich nehme...«

»Halte die Schnauze!«, knurrt der, der das Wasser holte. »Los, raus!«

Dean blickt ihnen nach, wie sie ihren Kumpan aus dem Saloon schleifen. Als die Schwingtür hinter ihnen ausgependelt ist, kann Dean den Kopf und den großen Hut des einen immer noch sehen. Sie schauen sich an.

»Wir warten auf dich, Logan!«, ruft der Mann.

»Ich wüsste nicht, warum«, erwidert Dean, obwohl er ihr fadenscheiniges Argument und ihren Willen kennt. Sie haben hier gewartet, weil sie ihn töten wollen. Sie haben auf den Marshal gewartet. Darüber muss er fast lachen.

»Ernie hat sehr an seinem Bruder gehangen«, sagt der Mann. »Er hat sich schon immer gewünscht, den Mann zutreffen, der ihn fortschleppte. Und wir waren Jacks Freunde.«

»Dann seid ihr ja eine nette Gesellschaft gewesen«, erwidert Dean höhnisch.

»Darüber kann jeder denken, wie er will, Logan. Wir denken, dass jede Sache ihren Lohn hat. Und wir geben dir deinen Lohn. Hier in der Stadt. Wir warten nicht gern, Logan!«

Das Gesicht des Mannes verschwindet.

Dean wendet sich um und blickt den Keeper an, der eben mit dem bulligen Lauf der Schrotflinte die beiden Gläser ins Spülbecken schiebt.

»Eine sehr nette Stadt«, sagt Dean.

»Sie waren ein Narr, dass Sie hierhergekommen sind. Vorn kommen Sie nicht mehr lebend hinaus und aus der Stadt. Verschwinden Sie durch die Hintertür! Ich habe im Stall ein Pferd stehen. – Ein gutes Pferd! Nehmen Sie es und laufen Sie bis zum Ende der Hecke. Niemand wird Sie bemerken, Logan. Sie haben eine gute Chance, diesen Halunken zu entkommen.«

Dean lächelt den Mann an. Er denkt an den Stern, den er in der Tasche trägt. Er wollte ihn hier bei der Post aufgeben. Aber das kann er schließlich auch in einer anderen Stadt tun. Die Frage ist nur, ob die drei Kerle ihn in eine andere Stadt kommen lassen wollen.

Sicher nicht.

Und dann ist da noch etwas: Sie haben ihn noch nie aus einer Stadt getrieben. Wenn er ging, dann war das immer sein Wille gewesen.

»Geben Sie mir einen Whisky«, sagt er, »ich kann ihn vertragen.«

Die Finger des Keepers zittern, als er die Schrotflinte abstellt und nach einer Flasche greift. Er füllt ein Glas und schiebt es über die Theke.

Trinken Sie schnell!«, stößt er hervor. »Der Doc war ein Narr!«

»Der Doc? – Wieso?«

»Er hatte doch den verrückten Einfall, einen Marshal kommen zu lassen. Sie haben hier so wenig eine Chance wie irgendein anderer.«

Dean nickt. Dieser Mann ist also auch davon überzeugt, einen Marshal aus Fort Reno vor sich zu haben. Ausgerechnet er soll dieser US-Marshal sein. Er, der er davon überhaupt nichts hält. Sie wollen ihn umbringen, nur weil sie das glauben.

Dean erkennt am Gesichtsausdruck des Mannes, dass es sinnlos ist, ihn davon überzeugen zu wollen, er wäre kein Marshal.

Der Keeper wird ihm nicht glauben. Genauso wenig, wie es irgendein anderer glauben wird. Er greift nach dem Glas und trinkt es auf einen Zug aus.

»Ihr Whisky ist gut«, sagt er. »Verdammt, verschwinden Sie! Reiten Sie schnell nach Reno zurück und sagen Sie dem Territoriumsrichter, dass ein Mann keine Chance hat. Hier müssen mindestens fünf kommen.«

»Wie heißen die beiden anderen?«

»Tip Danning und Les Harms.« »Welcher ist Harms?«

»Der Blatternarbige. Sie hausen in den Bergen. Der Sheriff hat...«

»Die Geschichte wurde mir erzählt.« Dean beißt sich auf die Unterlippe. Das hätte er nicht sagen sollen. Damit hat er die Meinung, dass er ein Marshal ist, bei dem Keeper nur verstärkt.

»Also verschwinden Sie!«, stößt der Mann hervor. »Es ist für uns alle besser.« »Ich bleibe.«

»Warum?«

»Weil ich mich von drei Banditen nicht fortschicken lasse, Mister. – Was ist dieser Yordy Elvey eigentlich für ein Kerl?« »Ein junger, wilder Bursche. Sein Vater hat zwei Dutzend Reiter. Vielleicht sagt Ihnen das mehr!«

»Das hätte ich Ross gar nicht zugetraut.« »Was?«

»Ach, ich habe ein Selbstgespräch geführt. Ihr Whisky ist wirklich sehr gut. Bekomme ich noch einen?«

Der Keeper schenkt ein.

»Von mir aus, wenn Sie ein Narr sein wollen, so bleiben Sie!«, knurrt er.

»Wie war das damals, als der Sheriff erschossen wurde?«, erkundigt sich Dean. »Ein Mann erzählte es auf dem Wege hierher. Aber offenbar wusste er es nur in Bruchstücken.«

»Es war sehr dunkel«, murmelt der Keeper. Er zieht den Kopf tief zwischen die Schultern. »Der Sheriff hat Yordy angerufen. Yordy sagte später, er habe nicht gewusst, wer es ist. Er will herumgefahren sein und sah die Waffe des Mannes.« »Seltsam«, meint Dean.

»Wieso?«

»Denken Sie doch einmal darüber nach. Yordy hat die bräunierte Waffe in der Dunkelheit gesehen. Die kleine Waffe! Aber nicht das große, helle Gesicht.«

»Der Sheriff war den Leuten im Wege. Jeder hier weiß, dass Elvey die Banditen beschäftigt.«

»Sie meinen, jeder vermutet es.«

»Sie sollten wirklich verschwinden, Logan!«

»Ja, ich werde verschwinden, Mister. Aber wenn ich es will!«

»Dann... dann werden Sie nie mehr gehen.«

Dean geht zu einem Tisch und setzt sich. »Logan, wir warten auf dich!«, schreit eine heisere Stimme auf der Straße.

Dean blickt zum Fenster hinaus. Drüben vor dem Haus kann er immer noch Menschen sehen. Sie stehen wie eine Mauer des Schweigens.

»Wissen Sie, wie die drei es machen wollen?«, fragt der Keeper.

Dean schaut ihn an und schüttelt den Kopf.

»Nein. Wissen Sie es?«

»Ja. Sie haben hier darüber gesprochen. Sie wollten es im Saloon erledigen. Das war ihr Plan. Aber sie hatten noch einen Ersatzplan, falls es nicht so klappt, wie sie dachten.«

»Interessant.«

»Sie werden alle drei nebeneinander stehen, Logan. Unten am Ende der Stadt, wo der Brunnen ist. Und sie werden alle drei gleichzeitig ziehen. Jeder von ihnen kann später behaupten, Sie hätten direkt vor ihm gestanden, und er habe das Gefühl gehabt, als hätten Sie ausgerechnet ihn töten wollen. Daran kann niemand etwas auszusetzen finden.«

»Das finde ich großartig, Mister. Welcher führt die Kerle an?«

»Tip Danning.«

»Er scheint ein heller Kopf zu sein.«

»Ja, vorausgesetzt, dass es sein Plan ist. Schließlich sind Sie nicht der Bande, sondern Elvey hier im Wege.«

Wenn ich ein Marshal wäre, denkt Dean. Er spürt, dass er Spaß an diesem Spiel bekommen hat. Vielleicht ist er deswegen noch hier.

»Logan, lange warten wir nicht mehr!«, ruft die heisere Stimme auf der Straße. »Noch einen Whisky«, verlangt Dean. Der Keeper bringt die Flasche an den Tisch.

»Haben Sie Ernie Truscotts Bruder Jack wirklich nach Fort Reno gebracht?«, fragt er.

»Nein.«

»Das dachte ich mir. – Wer war es?« »Vermutlich gar niemand. Ernie hat doch gelogen. Er hat bestimmt nie einen Bruder gehabt.«

»Das glaube ich auch.« Der Keeper schaut hinaus. »Und die anderen Leute halten das auch für eine Lüge.«

»Das ist sehr nett von den Leuten«, meint Dean. »Wie viele der Leute würden mir gegen die drei Banditen helfen?«

Der Keeper geht rückwärts zur Theke, während er den Kopf schüttelt.

»Sie irren sich!«, stößt er hervor. »Sie irren sich ganz gewaltig!«

»So?«

»In den Bergen stecken noch mehr Banditen. Und Elvey hat zwei Dutzend...« »Das sagten Sie schon.«

»Ihnen kann man es vermutlich nicht oft genug sagen, Logan! Nehmen Sie mein Pferd. Noch können Sie entkommen!« Dean schenkt sich das Glas voll.

»Ich möchte gern wissen, wie viel Elvey den drei Kerlen dafür gibt, dass sie mich umbringen«, meint er. »Sprachen sie nicht auch davon?«

»Die werden sich hüten, Logan. Aber vielleicht schreibt es Yordy eines Tages auf Ihren Grabstein.«

»Das muss ja ein netter junger Mensch sein.« Dean trinkt den Whisky, und es ist ihm, als würde ein heißer

Strom seinen Körper durchziehen. Er muss wieder an Ross denken.

Was hätte der richtige Marshal wohl in seiner Lage getan? Ross war Texaner. Ein Mann mit einem Eisenschädel. Wahrscheinlich wäre er nicht gegangen. Wahrscheinlich hätte er hier im Saloon nicht einmal seinen Revolver abgelegt.

Ja, Ross hätte es anders gemacht. Aber fortgeritten wäre er nicht.

Dean zieht den Stern aus der Tasche und wiegt ihn in der offenen Hand.

»Logan, ich zähle jetzt bis zehn!«, schreit die heisere Stimme auf der Straße. »Wenn du dann noch nicht da bist, holen wir dich. Sicher kannst du dir denken, was wir mit einem Feigling machen!«

Dean weiß, dass sie kommen werden, wenn er sich nicht stellt. Und sie werden ihn dann einfach niederschießen. Sie können ja zu jedem sagen, dass er seine Chance nicht genutzt hat. Es ist ein fadenscheiniges Argument, aber hier wird es zählen.

»Eins!«

In diesem Augenblick öffnet sich die Hintertür, die zum Hotelaufgang führt.

Dean hat den Kopf gewandt. Er sieht eine junge Frau, und sein Blut stockt ihm in den Adern. Er erkennt sie sofort wieder, obwohl er sie seit einem Jahr nicht mehr gesehen hat. In Kansas waren sie sich zuletzt begegnet. In einem Spielsaloon. Er erinnert sich, dass er sie auf ihr Zimmer schickte, als der Streit mit den Bahnleuten anfing. Als er dann später hinaufkam, war sie nicht mehr da gewesen. Alles hatte so ausgesehen, als habe sie hastig ihre Sachen gepackt. Es war eine Enttäuschung für ihn gewesen. Doch er hatte nicht nach ihr gesucht. Er hatte es aber auch Ross Cunter nicht erzählt, den er am nächsten Tag traf.

»Zwei!«, zählt die heisere Stimme auf der Straße.

11

»Komm doch her, Kate«, murmelt der Keeper. »Sieh dir den Marshal aus Fort Reno an. Danning, Harms und Truscott warten auf der Straße auf ihn. Sie wollen ihn umbringen.«

»Sie kennen ihn wahrscheinlich nicht«, sagt das Tanzmädchen.

»Doch. Truscott hat behauptet, er würde ihn kennen, Kate.«

»Dann hat er ihn nie gesehen, wenn er zornig ist. Er ist ein Narr!«

»Vielleicht weißt du nur nicht, wie sie es machen wollen.«

Kate kommt näher. Sie blickt Dean immer noch an. Sie lehnt sich gegen die Theke und sagt: »So, da bist du also jetzt Marshal. Revolver-Marshal!«

»Du... du kennst ihn?«

»Sicher, Mr. Cabot. Wir haben einmal zusammengehört. Nicht wahr, Dean?« »Allerdings.«

»Er war Spieler. Wir haben zusammen ein Vermögen verdient. Aber ehe ich ihm klarmachen konnte, was sich damit alles anfangen lässt, hatte er es wieder verloren.«

»Das war Pech, Kate.«

»Ja. Das hast du damals schon gesagt. Warum bist du gekommen?«

Dean steht auf.

»Drei!«, zählt die heisere Stimme draußen.

»Ich wusste nicht, dass du hier bist«, sagt er.

»Was willst du?« Sie blickt auf den Stern, den er immer noch in der Hand hält.

Dean weiß, dass sie daran glaubt, dass er ein Marshal ist.

»Ich will Yordy verhaften und nach Fort Reno bringen«, sagt er aus einem Gefühl heraus.

Sie richtet sich gerade auf und misst ihn mit einem kalten, feindlichen Blick.

»Vier!«, zählt die heisere Stimme auf der Straße. Sie klingt ungeduldig.

»Nein!«, schreit Kate. »Nein, das darfst du nicht!«

»Sie ist mit Yordy verlobt«, erklärt der Keeper.

Dean ist es, als habe ihn ein Schlag ins Gesicht getroffen, und er spürt im Unterbewusstsein, dass er jetzt etwas gegen diesen Yordy, den er nicht kennt, hat.

»Fünf!«, zählt es draußen.

»Verlobt«, sagt Dean. »Das ist Allerdings eine Überraschung.«

»Du wirst fortgehen, Dean!«

»Ich glaube, Kate, das werde ich nicht tun. Auf dem Weg hierher ist Cunter erschossen worden. Du kennst ihn doch noch?«

Sie blickt ihn an, als habe sie kein Wort verstanden.

»Er war der beste Mensch, den ich je gekannt habe«, redet Dean weiter. »Er war so wie ich. Man konnte hunderttausend Dollar in der Tasche haben, mit ihm allein sein und sich umdrehen. Man konnte in seiner Gegenwart schlafen und wusste, dass man wieder aufwachen würde. Er war ein feiner Mann, Kate!«

»Wer hat ihn erschossen?«

»Das weiß ich nicht. Das möchte ich eben in Erfahrung bringen.«

»Warum bist du nun hier?«

Dean lächelt.

»Sechs!«, zählt die Stimme draußen. »Eigentlich wollte ich nach Cheyenne«, meint Dean. »Aber dann geschah das mit Ross. Das hier ist sein Stern.«

»Du... wolltest nach Süden?«

»Ja, Kate. Alle, die denken, ich wäre ein Marshal, irren sich.«

»Wem erzählst du das?«

»Dir, das hörst du doch. Ich habe Ross zufällig getroffen. Wir hatten uns eine ganze Zeit nicht mehr gesehen.« Dean schaut den Keeper an. Er erkennt, dass der ihm so wenig wie Kate glaubt. Warum glauben sie es eigentlich nicht?

»Sieben!«, zählt die Stimme, die jetzt ungeduldig klingt.

Dean blickt auf den Stern in seiner Hand, dann schiebt er ihn in die Tasche.

»Jedenfalls willst du Yordy etwas beweisen«, sagt Kate. »Du willst ihm beweisen, mit dem Mord an Ross etwas zu tun zu haben. Das ist doch die Wahrheit?«

»Ja, Kate. Das ist die Wahrheit. Vor einer halben Stunde wusste ich das selbst noch nicht. Was denkst du – hat er damit etwas zu tun?«

»Nein!«

Er nickt, weil er sie plötzlich zu verstehen glaubt. Deshalb ist sie also damals fort. Nicht wegen Yordy. Aber wegen der Chance, die sie suchte. Und nun bildet sie sich ein, diese Chance gefunden zu haben. Einen jungen Mann, der mit einem Stück Land fest verwurzelt ist und niemals davon fortgehen wird. Ein Mann also, der nicht ruhelos durch das Land zieht, tausend Gefahren durchlebt und leicht ausgibt, was er leicht gewonnen hatte.

Aber Yordy, das weiß Dean schon, ist auch nicht ganz so, wie sie sich ihn vorstellte. Er greift nach dem Land anderer. Er hat von seinem Vater gelernt, wie ein harter, reicher Mann in diesem Land denkt und handelt.

»Er hat damit nichts zu tun!«, stößt Kate heftig hervor, als er immer noch schweigt.

»Das werden wir ja sehen, nicht wahr? – Kate, ich kann dich verstehen. Ich habe darüber nachgedacht und gefunden, dass es wirklich kein Leben für eine Frau war. Aber auch hier findest du nicht, was du gesucht hast. Du solltest jetzt daran denken! Noch scheint es Zeit zu sein!«

»Du wirst die Stadt verlassen, Dean! Ich bitte dich darum! Du weißt, dass ich dich niemals um etwas gebeten habe!«

»Ja, ich weiß. Aber Ross... Denkst du dabei auch an ihn?«

Kate senkt den Kopf.

»Acht!«, schreit es auf der Straße.

»Ich habe ihm mein Pferd angeboten«, murmelt der Keeper. »Es steht hinten im Stall. Er könnte ungesehen entkommen.« Kate hebt den Blick wieder und schaut den Mann fast verächtlich an.

»Durch eine Hintertür stiehlt er sich nicht fort, Mr. Cabot. Haben Sie seinen Namen noch nie gehört?«

»Nein.«

»Neun!«, brüllt Danning.

»Du siehst, ich entscheide gar nicht, was zu geschehen hat«, meint Dean.

»Ich hatte gehofft, wir würden uns nie mehr sehen, Dean. Hast du wirklich nicht gewusst, dass ich hier bin?«

»Nein, Kate. Bestimmt nicht.«

»Ich... Vielleicht ist es dir recht, wenn ich mit den Männern draußen rede, Dean!« »Warum, Kate? Denkst du, sie werden auf dich hören?«

»Ja!«

»Dann hat Yordy Elvey sie also geschickt?«

»Das...«

»Sie würden nur in diesem Fall auf dich hören«, unterbricht er sie.

»Zehn!«, zählt die heisere Stimme.

Und plötzlich ist es überall still wie in einer tiefen Gruft.

»Wenn man sich geirrt hat, sollte man sich danach richten«, murmelt Logan. »Wann hast du es denn erkannt?«

»Was?«

»Dass Yordy nicht ist, was du so verzweifelt gesucht hast!«

Ihr Gesicht scheint zu versteinern. »Logan, jetzt warten wir noch eine Minute!«, schreit die heisere Stimme.

Kate lässt die Schultern sinken, als hätte sie den Kampf aufgegeben.

»Waren Sie dabei, als der Sheriff erschossen wurde?«, fragt sie den Keeper.

»Ich sah es, Kate.«

»Dann wissen Sie...«

»Logan sagte vorhin, dass Yordy das Gesicht des Sheriffs erkannt haben musste, wenn er den Colt sah. Diese Erklärung leuchtet mir ein.«

»Es geht doch um Ross«, sagt Dean.

»Es geht um den Sheriff«, entgegnet sie. »Das war der Stein, der alles andere ins Rollen brachte. Ich war dabei!«

»Dann weißt du ja, was du von Yordy zu halten hast«, erwidert er. »Es ist am besten, du richtest dich danach!«

Er wendet sich ab und will zur Tür gehen. Aber sie greift nach seinem Arm und hält ihn zurück. Er schaut sie an und bemerkt ihren flehenden Blick. Und da erinnert er sich, dass sie ihn schon einmal so angesehen hat.

Es war an dem Abend gewesen, ehe sie verschwand. Damals hatte sie nichts gesagt. Sie hatte ihn nur so angesehen. Und nun schaut sie ihn wieder so an.

Er schüttelt den Kopf, weil er ihre unausgesprochene Frage kennt.

»Nein«, sagt er kalt. »Ich glaube, dass ich das Ross schuldig bin. So gut, wie sie ihn trafen, konnten sie mich treffen. Und dann hätte Ross getan, was nun von mir erledigt werden muss.«

Er macht seinen Arm mit einer heftigen Bewegung frei und geht mit schnellen Schritten auf die Schwingtür zu.

Seine Stiefel wirbeln die Sägespäne in die Höhe.

»Denken Sie wenigstens an Ihren Revolver, Logan«, sagt der Keeper. »Auch wenn er Ihnen nicht viel helfen wird.«

»Er wird ihm helfen«, meint die Frau. »Sie kennen ihn nur nicht!«

12

Die Gluthitze der Sonnenstrahlen prallt gegen Deans Weidekleidung, als er an die Stepwalkkante tritt. Er sieht die Männer auf der anderen Straßenseite. Sie stehen immer noch an den Hauswänden und starren ihn an wie einen Geist.

Dic Straße liegt verlassen in der Mittagshitze. Dean sieht, dass sein Pferd immer noch am Zügelholm steht.

»Cabot, kümmern Sie sich endlich um mein Pferd!«, ruft er über die Schulter. Dann steigt er die Stufen hinunter.

Die drei Banditen stehen vor dem gemauerten Brunnen am Ende der Stadt. Cabot hat also ihren Ersatzplan wirklich gekannt.

»Na also«, hört er Truscott sagen. »Ich wusste doch, dass er kommt. Er lässt sich nur sehr bitten.«

Dean schaut zu den Männern hinüber.

»Gibt es hier einen Schreiner?«, fragt er.

Ein Mann in einem schwarzen Anzug tritt vor.

»Ich bin der Doc«, sagt er. »Ich habe das alles eingeleitet. Ich war ein Narr, Mr. Logan. Gehen Sie nicht da hinauf!«

»Schon gut, Mister. Gibt es nun einen Schreiner?«

Ein anderer Mann schiebt sich in den Vordergrund. Er ist von großer, schmaler Gestalt.

»Wir brauchen drei Särge«, sagt Dean. »Da vorn stehen die Maße.« Er wendet sich ab und geht den Banditen entgegen. Er weiß, dass er viel versprochen hat.

»Vielleicht war es zu viel? Er lauscht auf das Knirschen seiner Schritte im Sand und auf das leise Rasseln der Sporenräder.

Irgendwo in der Stadt fällt eine Tür mit einem Knall zu.

Dean ist es, als wäre sein Revolver so schwer wie ein Bleiklotz, den sie ihm an die Hüfte gehangen haben. Noch niemals ging er in einen Kampf mit Männern, die sich nicht mit ihm angelegt hatten. Hier war er nur ein unwichtiges Glied. Aber sie wissen es nicht! Er denkt, dass sie eines Tages vielleicht anders darüber denken werden – wenn sie noch dazu kommen.

Die fratzenhaft verzogenen Gesichter der drei Männer kommen ihm näher.

Nein, sie werden nicht dazu kommen. Zwischen ihnen scheint Ross zu stehen.

Schon kann er den unbändigen Willen, zu töten, wieder in ihren Augen leuchten sehen. Da bleibt er stehen. Er weiß, dass es nun kein Ausweichen mehr gibt. Denn wenn er sich umdreht, werden sie auf seinen Rücken schießen.

»Großartig«, meint Tip Danning. »Ich wollte Ernie erst gar nicht glauben, dass du kommen würdest.«

»Wenn du fertig bist, können wir anfangen, Tip. Deshalb stehen wir doch hier, nicht wahr?«

»Allerdings. Welchen von uns willst du dir denn aussuchen?«

»Dich«, sagt Dean. Er weiß, dass das nur ein Bluff ist. Aber zugleich sieht er, dass Danning bleich und unsicher wird.

»Dich«, sagt er da noch einmal. »Du wirst es auf jeden Fall nicht überleben, Tip!«

»Los!«, zischt Truscott und greift zur Hüfte.

Dean spürt den. heißen Kolben des Frontiercolts in den Fingern. Er schwingt die Waffe hoch und schlägt mit der

Linken über den Hammer. Grollend rast die Detonation durch die Stadt.

Tip Danning wird rückwärts geschleudert, und seine Waffe fällt in den Sand.

Dean wirbelt schon herum und feuert den zweiten Schuss ab. Er sieht Truscott fallen und spürt einen zuckenden Schmerz im linken Arm. Er wirbelt zurück. Eine Kugel streift an seinem Kopf vorbei.

Da drückt er abermals ab.

Harms wird um seine eigene Achse gedreht und stolpert zurück. Deans vierter Schuss holt ihn ein und schleudert ihn neben Danning.

Dean lässt die Waffe sinken. Er spürt sein warmes Blut, das über den Arm läuft. Er taumelt ein wenig, als er rückwärtsgeht.

»Das ist unglaublich«, hört er einen Mann hinter sich in der Menge sagen.

Da wendet er sich um und geht zurück. Er sieht Kate, die vor dem Saloon im grellen Sonnenlicht steht. Sie hat es so erwartet. Sie kennt ihn.

»Doc, kommen Sie her!«, ruft Logan. »Ich brauche Ihre Hilfe!«

Das Gesicht des Mannes glüht wie im Fieber, als er angerannt kommt.

»Sie sind ein Teufelskerl, Marshal!«, ruft er entzückt.

»Bitte sagen Sie Logan zu mir!«

»Wie Sie wünschen, Marshal Logan.«

Dean hat den Mund zu einer Erwiderung geöffnet, schließt ihn aber wieder. Er spürt, dass es sinnlos ist. Hier kann er wie gegen eine Mauer reden.

»Kommen Sie in mein Haus!«, drängt der Arzt, als er sieht, dass Dean das Blut bereits über das Handgelenk rinnt.

Dean geht neben dem Mann die Straße hinauf. Er bemerkt, dass die Männer immer noch an den Hauswänden stehen und schweigen.

»Was haben die Leute denn?«, fragt er den Doc. »Sind sie taubstumm?«

»Nein, Marshal. Aber sie denken daran, dass Elvey zwei Dutzend Reiter hat.«

»Ich bin sehr gespannt darauf, wie sehr er sich mit Truscott und seinen Freunden verbündet fühlt.«

»Das werden wir sicher bald sehen, Marshal. Sehr bald!«

13

Kate Duran sieht weiß wie eine frisch gekalkte Wand aus, als Dean in den Saloon kommt. Er geht zu einem Tisch und setzt sich dahinter.

»Kann ich ein Zimmer bekommen?«, fragt er den Keeper. »Ich brauche unbedingt Schlaf.«

»Sicher, Logan.«

»Dean, du solltest verschwinden«, sagt das Mädchen. »Lass es damit genug sein.« »Warum, Kate?«

»Weil sie es waren, die Ross erschossen haben. Du hast ihn gerächt!«

Dean pfeift leise durch die Zähne.

»Du weißt also, wer es war«, stellt er fest. »Darf man fragen, woher du es weißt?« »Das geht dich nichts an!«

»Vielleicht irrst du dich, Kate. Der Doc sagte mir, Danning habe dreihundert Dollar in der Tasche gehabt.«

»Na und?«

»Ich will wissen, wer ihm das Geld gegeben hat! – Wer, Kate?«

Das Tanzmädchen schaut den Keeper an. Der wendet sich ab und geht in die Küche, als wollte er mit dieser Frage nichts zu tun haben.

»Wer?«, fragt Dean wieder, steht auf und geht auf sie zu. Er bleibt so dicht vor ihr stehen, dass ihr warmer Atem sein Gesicht streift.

»Ich weiß es nicht!«, stößt sie hervor. »Lass mich in Ruhe! Sie sind es gewesen, und sie sind tot. Das sollte dir reichen!« »Nein, Kate. Ich will den Mann haben, der sie dazu angestiftet hat.«

»Truscott hat es wegen seines Bruders...«

»Hör doch endlich mit der Leier auf. Truscott hat nie einen Bruder gehabt. Darüber sprachen wir schon. Außerdem hat Danning das Geld gehabt. Er war also ihr Anführer. – Wer gab ihm das Geld?« Kate Duran weicht vor seinem erbarmungslosen Blick bis an die Wand zurück.

»Ich weiß es nicht!«, stößt sie keuchend hervor. »Und du irrst dich, wenn du auf Yordy Elvey tippst! Du irrst dich, Dean!« »Yordy also«, sagt er feststellend. »Ich hatte auf seinen Vater getippt. Aber Yordy kann das Geld auch nur von seinem Vater haben, wenn ich die Verhältnisse in diesem Tal richtig einschätze. Soll ich dir etwas sagen, Kate? – Ich bin auf die Begegnung mit deinem Verlobten gespannt. Er wird ja kommen, wenn er gehört hat, dass es nicht klappte.«

Sie kommt wieder auf ihn zu, als würde sie einem Zwang folgen.

»Du hast gesagt, du wärst kein Marshal, Dean. Stimmt das?«

»Du müsstest noch wissen, dass ich keine Lügen verbreite«, entgegnet er.

»Also gut. Du bist kein Marshal. Dir kann das alles gleichgültig sein. Das mit dem Sheriff und so weiter.«

»Aber nicht das mit Ross, Kate. Wir reden im Kreise herum. Ich werde niemals vergessen, dass er ermordet wurde!«

Dean zieht das Gästebuch zu sich herüber, greift nach dem Federkiel und schreibt seinen Namen in das Buch.

»Welches Zimmer?«, ruft er in die Küche.

»Fünf. Kate weiß, wo die Schlüssel sind.«

Das Mädchen geht hinter die Theke und nimmt den Schlüssel aus einem Kasten.

»Du hättest sehen müssen, wie er gestorben ist«, sagt Dean. »Er hat nicht geschrien, niemanden verflucht, nicht geweint, gar nichts! Dabei hat er genau gewusst, was kommen muss. Es war seltsam.«

»Aber er hat dir ein Versprechen abgenommen?«

»Nicht einmal das. Vielleicht hat er gespürt, dass ich das auch so für ihn zu Ende bringen würde. Damals wusste ich es noch gar nicht. Jetzt weiß ich es, Kate. Vielleicht solltest du versuchen, alles zu vergessen, was im letzten Jahr geschehen ist. Das ist ein gut gemeinter Rat von mir.« Er greift nach dem Schlüssel und verlässt den Saloon durch die Hintertür.

14

Dean erwacht durch ein Geräusch. Er hebt den Kopf und sieht, dass es im Zimmer dunkel ist. Draußen vor dem Fenster kämpft das letzte Tageslicht vergeblich gegen die anbrechende Nacht.

Logan greift nach seinem Revolver, den er auf den Stuhl neben dem Bett gelegt hat.

Jemand klopft an die Tür.

Da weiß er, dass schon einmal geklopft wurde. Das hat ihn geweckt.

»Wer ist da?«

»Ich. Kate!«

Er steht auf. Er hat sich vollkommen bekleidet niedergelegt. Er spürt den Schmerz in seinem linken Arm. Zwar hatte der Doc gesagt, es wäre nur ein Streifschuss gewesen, aber die Wunde muss doch tiefer sein, als er dachte.

Dean geht zur Tür und zieht den Holzriegel zurück. Er geht rückwärts.

Die Tür öffnet sich. Er sieht Kates bleiches Gesicht wie einen hellen Lichtstreifen durch die Dunkelheit leuchten und lässt den Revolver sinken.

Sie kommt ganz herein und zieht die Tür hinter sich zu.

»Was willst du?«

»Hörst du etwas?«

Dean geht zum Fenster und öffnet es. Ein anschwellendes Geräusch erfüllt die Luft.

»Hufschlag«, sagt er.

»Ja. Mindestens zehn Reiter, die hierher kommen. Ich wollte dich noch einmal bitten, mir diese Chance nicht zu verderben.« Sie kommt näher. »Hast du über alles noch einmal nachgedacht?«

Er sieht den flehenden Blick ihrer Augen. Dabei muss er daran denken, dass er sie geliebt hat. Vielleicht lebt dieses Gefühl jetzt noch irgendwo in seinem Unterbewusstsein. Und ausgerechnet sie bittet ihn um eine Chance, die bedeutet, sich mit einem anderen Mann nicht anzulegen. Weil sie ihn haben will!

»Ich habe geschlafen«, sagt er abweisend.

»Du... du wirst also nicht fortgehen?«

»Nein.«

»Dann tut es mir leid, dass ich gekommen bin.« Sie will sich abwenden, aber er hält sie am Arm fest.

»Kommt es dir nicht selbst komisch vor, was du von mir verlangst?«, fragt Logan. »Es ist doch eine ziemliche Zumutung!«

»Wieso?«

»Kate, wir zwei haben...«

»Hör auf damit, ich weiß, was du sagen willst!«, unterbricht sie ihn schroff. »Erinnere mich nicht an diese Zeit. – Schön, wenn du nicht gehen willst, wirst du selbst den Schaden haben!«

Sie geht mit kurzen, festen Schritten zur Tür und öffnet sie.

»Kate!«, holt sie sein Ruf ein und lässt ihre Füße stocken.

»Was noch?«

»Entscheide dich nicht voreilig. Wenn Yordy den Befehl, Ross zu töten, gegeben hat, wird er kein langes Leben mehr haben!«

»Du bildest dir reichlich viel ein. Hörst du nicht selbst schon, dass es mindestens zehn Reiter sind?« Sie geht hinaus und wirft die Tür zu, sodass sie mit einem Knall ins Schloss fällt.

Lauter dringt der Hufschlag zum Fenster herein, als ihre Schritte verklungen sind.

Dean schließt es und lehnt sich dagegen. Er dreht die Trommel seines Colts durch.

Ja, er hört es. Es sind vermutlich noch mehr als zehn.

Er geht zur Tür, nimmt unterwegs den Patronengurt auf und legt ihn um. Er schiebt die Waffe ins Holster und öffnet die Tür.

Als er den Saloon betritt, steht Kate an der Theke und der Keeper dahinter.

»Ein Cowboy war in der Stadt«, sagt Cabot. »Er hatte es sehr eilig, wieder fortzukommen.«

Dean schaut Kate an. Im trüben Licht der beiden Lampen leuchtet ihre Haut auf dem Gesicht so durchsichtig wie Glas.

»Ich bin gespannt, was sie wollen«, entgegnet er. »Weißt du es nicht, Kate?«

»Ich habe dich gewarnt, Dean. Mehr kann ich für dich nicht tun.«

»Eines habt ihr offenbar übersehen, Kate: Wenn Yordy nur hierher kommt, um gegen mich etwas zu unternehmen, so ist das ein Eingeständnis seiner Schuld!«

»Er hat damit nichts zu tun!«, ruft sie mit schriller, überkippender Stimme.

»Na also! Dann kann er auch nichts von mir wollen. Cabot, ich habe Hunger.« »Jetzt?«

»Du bist verrückt und überheblich«, sagt das Mädchen kalt. »Du hast gegen sie überhaupt meine Chance! Warum tust du denn noch so, als ginge es um eine Kleinigkeit, der jeder gewachsen ist!«

»Deine Sorge ist rührend, Kate«, entgegnet Logan. »Also gut, Cabot. Ich habe eben keinen Hunger.«

Der Hufschlag dröhnt jetzt laut in die Stadt herein. Jeden Moment müssen die Reiter draußen auftauchen. Dean fragt sich, ob er wirklich ein Narr ist. Ja, wahrscheinlich hat sie recht. Er hat gegen das Rudel keine Chance, und er weiß in dieser Minute, dass er nicht mehr hier wäre, sondern irgendeinen Trick versucht hätte, um Ross zu rächen; wenn sie nicht hier wäre. Nein, er will ihr nichts beweisen. Dazu kennt sie ihn gut genug. Er will nur sehen, wie sie reagiert. Deswegen steht er noch hier. Doch plötzlich denkt er daran, dass ihr Leben eine lange Kette bitterer Enttäuschungen gewesen ist.

Sie ist damals fortgegangen, weil er ihr nicht geben konnte, was sie suchte. Sie hat ihn aus ihrem Leben gestrichen. Und nun wird sie Zusehen. Sie und eine ganze Stadt.

Er schaut Cabot scharf an, erkennt die Schweißperlen auf dessen Stirn und weiß, dass der Mann Angst hat. Vielleicht Angst um ihn. Vielleicht auch nur um das Inventar seines Saloons.

Kate stößt einen kleinen Schrei aus. Dean schaut sie an und erkennt die roten Flecken auf ihren Wangen. Draußen werden Pferde pariert, und ein raues Kommando erschallt. Kates Atem geht stoßweise. Sie wirft ihm noch einen unsicheren Blick zu, hat die Lippen aber fest aufeinandergepresst.

Dean weiß, dass sie von nun an schweigend zusehen wird.

Er schaut zur Tür, vor der Staub in die Höhe quillt. Eine Hutkrone taucht auf und darunter ein kantiges, junges Gesicht. Er weiß, dass das Yordy Elvey ist, obwohl er ihn niemals zuvor gesehen hat.

Da wird die Tür mit dem Kolben eines Spencergewehres aufgestoßen.

Der Mann, der hereinkommt, ist von fast schmaler Gestalt. Das Gesicht passt dazu. Er steht leicht vorgebeugt, verharrt einen Moment und kommt dann näher. In seinen dunklen Augen tanzen glimmende Punkte.

Hinter ihm drängen die anderen herein. Dean unterlässt es, sie zu zählen. Es spielt für ihn keine Rolle, ob es zehn oder fünfzehn sind. Die Übermacht ist erdrückend.

Kate versucht in die Wand zu kriechen. Als die Männer alle stehenbleiben, ist ihr keuchendes Atmen wieder zu hören.

»Ist er das?«, fragt der junge Mann und blickt dabei an Dean vorbei.

»Wer?«, brummt der Keeper,

»Frage nicht so dumm. – Ob er das ist?«

»Ja«, sagt der Keeper kleinlaut. »Aber er ist allein.«

Yordy grinst, als er sich den Hut aus der Stirn schiebt.

»Allein«, meinte er. »War er auch allein, als er drei Männer tötete?«

»Drei Banditen«, verbessert Dean.

»Wer sagt dir das?«

»Sie haben sich wie Banditen aufgeführt, Mister.«

»Sei nicht so förmlich. Niemand hier weiß, was Danning und seine Freunde taten. Du als Fremder kannst es gleich gar nicht gewusst haben.«

»Ich sagte, sie haben sich wie Banditen aufgeführt«, meint Dean. »Übrigens habe ich einen von ihnen gekannt – von früher.«

Die Männer schieben sich rechts und links um den jungen Anführer herum und bilden so einen Halbkreis, der auf Dean wie eine Mauer aus Steinen wirkt.

»Mein Name ist Elvey«, sagt Yordy. »Das dachte ich mir.«

»Mein Vater hat diese Stadt gegründet. Wir brauchen hier niemanden, der für Ordnung sorgt.«

»Anscheinend doch, Elvey. Der Sheriff ist ermordet worden.«

»Das war ein Unglück. Der Sheriff war ein Narr. Er rief mich an und hatte den Colt in der Hand. Es gibt mehr als zehn Männer, die das gesehen haben.«

»Warum hatte er einen Colt in der Hand?«

»Weil er ein Narr war, das sagte ich doch. Es war ein Unglück.«

»Jemand hat behauptet, der Sheriff habe in den Bergen einen Banditen angeschossen. Dieser Bandit soll ein Geständnis abgelegt haben, das Sie schwer belastet.« »Wer sagt das?«

»Das werde ich Ihnen nicht erzählen. Elvey. Und zwar deshalb nicht, weil Sie dann sicher mit Ihrer ganzen Streitmacht bei ihm aufkreuzen. Ich wollte Ihnen nur erklären, dass die Leute wissen, warum der Sheriff einen Colt in der Hand hatte – und warum er sterben musste!«

Dean erkennt den grausamen, brutalen Zug, der wie hingezaubert in Yordy Elveys Gesicht steht. Es ist ihm, als wäre Kates Atmen noch lauter geworden. Erkennt sie immer noch nicht, wohin sie das Schicksal mit diesem Mann treiben wird?

»Sie Lügner!«, keucht Yordy. »Sie hundsgemeiner, dreckiger Kerl sind hierhergekommen, um mich und meinen Vater in den Schmutz zu ziehen.«

Dean muss lächeln, obwohl seine Lage nicht dazu angetan ist. Er findet, dass Yordy sich für seinen Auftritt gut vorbereitet hat. Natürlich werden weder Kate noch der Keeper ein Wort glauben können. Überhaupt weiß jeder in dieser Stadt, wie die Dinge wirklich liegen.

Aber das wird nie etwas nützen. Yordy hat sich gut vorbereitet. Und er geht davon aus, einen US-Marshal vor sich zu haben. Wahrscheinlich macht er nur deshalb so viele Umstände, weil er sich sicher ausgerechnet hat, dass er irgendwann dem Richter eine Erklärung abgeben muss.

Dean lehnt sich gegen die Theke. Er weiß auf einmal, dass Yordy nicht gekommen ist, um wie ein wildgewordener Stier über ihn herzufallen. Er will ihn reizen. Er will eine Handhabe, die dem Richter in Fort Reno am Powder River einleuchten muss. Denn schließlich ist auch ein US-Marshal nur ein Mensch, den man töten kann, wenn seine menschlichen Schwächen durchbrechen und wenn er andere zwingt, zum Revolver zu greifen.

»Sehr klug, mein Junge«, sagt er laut. Sein Lächeln verstärkt sich. Er denkt daran, dass sich Yordy schon damals, als er den Sheriff erschoss, alles sehr gut ausgerechnet hatte. Jeder spricht darüber, dass er mit den Banditen in den Bergen zu tun hat. Aber der Einzige, der das beweisen konnte, ist tot.

Die Männer neben Yordy treten von einem Bein auf das andere.

»Dauert es euch zu lange?«, fragt Dean. »Ich will euch erklären, wie das war. Die drei Banditen standen hier im Saloon. Truscott wollte mich niederschlagen, aber das klappte nicht. Sie forderten mich zu einem Duell auf. Draußen am Brunnen warteten sie auf mich. Sie zogen alle drei gleichzeitig. Zumindest was meine Person betrifft, ist es ganz fair zugegangen. – So, Elvey. Nun fragen Sie jeden in der Stadt, ob es so gewesen ist.

»Sie haben mich beschimpft!«, grollt Yordy. »Mich und meinen Vater!«

»Entschuldigen Sie! Ich war etwas voreilig, Elvey. Ich wollte das nicht.«

Dean sieht, dass Yordy die Farbe aus dem Gesicht verschwindet, als würde sie von einem Lappen weggewischt. Er sieht auf einmal ratlos aus.

»Cabot, geben Sie mir doch einen Whisky«, sagt Dean, ohne sich umzuwenden. »Und Elvey auch einen! – Ich wollte Sie nicht beleidigen, Yordy.«

Der Keeper schenkt zwei Gläser voll. Yordy sieht jetzt noch ratloser aus als vorher. Der Keeper schiebt die Gläser über den Schanktisch. Dean greift mit der linken Hand nach dem einen.

»Auf Ihr Wohl, Elvey«, meint er und hebt das Glas hoch.

Yordy blickt in seiner Ratlosigkeit zu Kate hinüber. Dann kommt er näher und greift nach dem Glas. Für einen Augenblick erwartet Dean den Inhalt ins Gesicht zu bekommen. Da trinkt Yordy schon. Er trinkt sein Glas ebenfalls aus und stellt es auf die Theke zurück.

Elvey blickt die Männer an, die er mitgebracht hat. Auch sie sehen irgendwie enttäuscht aus. Da wendet sich Yordy scharf ab. Vor ihm bildet sich eine Gasse. Durch sie geht er zur Tür. Die anderen folgen ihm.

»Kate, ich habe mit dir zu reden!«, schreit der Ranchersohn.

Dean sieht, dass sich das Mädchen von der Wand löst und hinter den Männern hergeht.

»Das haben Sie großartig gemacht, Logan«, sagt der Keeper, als draußen Pferde losgemacht werden und Männer aufsitzen. »Wie kamen Sie nur darauf?«

»Ich hätte es beinahe zu spät erkannt«, gibt Dean zurück. »Er wollte es auch so machen, dass es fair aussieht. Er hat wohl daran gedacht, dass wieder ein US-Marshal kommen könnte. Oder mehrere. Oder der Richter selbst – vielleicht mit Soldaten!«

»Ja, so wird es sein. Aber denken Sie, dass nun alles zu Ende ist?«

»Zu Ende kann es erst sein, wenn ich weiß, dass der Mann tot ist, der den Auftrag gab, Ross Cunter zu ermorden.«

»Ich meinte, ob Sie denken, dass Yordy nun aufgibt?«, fragt der Keeper.

»Sicher wird er auf einen Trick verfallen, Cabot. Darüber wollen wir uns nicht die Köpfe zerbrechen. Bekomme ich jetzt etwas zu essen?«

Cabot geht in die Küche.

Auf der Straße erschallt ein Befehl. Hufschlag braust auf, und Staub weht über die Schwingtür hinweg in den Saloon herein.

Dean greift nach der Flasche und füllt sein Glas. Er hört die Tür knarren und sieht in dem Spiegel neben dem Regal, dass es Kate ist. Hinter ihr pendelt die Tür aus. Sie ist stehengeblieben und blickt ihn im Spiegel an.

Dean stellt die Flasche ab und hebt das Glas an die Lippen.

»Jetzt kommst du dir sehr klug vor, was?«, fragt sie scharf.

Dean stellt das Glas auf das schimmernde Messingblech zurück. Er schaut das Tanzmädchen immer noch im Spiegel an. »Wieso, Kate?«

»Weil du ihn so prächtig losgeworden bist. Hast du nun gemerkt, dass er ein guter junger Mann ist, Dean?«

»Ich habe gemerkt, dass er Verstand im Kopfe hat, Kate. Sonst nichts.« Dean hebt das Glas wieder an und trinkt es aus.

Sie kommt näher. Ihre kurzschaftigen Stiefel wirbeln die Sägespäne, die den Boden bedecken, in die Höhe. Sie bleibt dicht vor ihm stehen, als er sich umgewandt hat.

»So hast du es oft gemacht«, sagt sie kalt. »Immer wenn es dir zu viele waren.« »Entschuldige mal, Kate. Ich habe es heute mit dreien gleichzeitig aufgenommen. Es ist zu viel verlangt, zehn bis fünfzehn Männer besiegen zu wollen. Das sollte dir auch einleuchten.«

»Ich sagte: So hast du es schon oft gemacht. In allen wilden Städten, in denen sie über dich herfielen und nicht wussten, wie sie anfangen sollten!«

»Stimmt. Du hättest ihm eben vorher sagen sollen, dass ich auch meine Taktik habe. Oder war keine Gelegenheit dazu?« Die Kälte weicht aus ihrem Gesicht, als sie nach seinem Arm greift.

»Ich will nicht, dass du hier stirbst«, sagt sie leise.

Dean zieht die Brauen in die Höhe. »Warum?«, will er wissen. »Weil es Yordy belasten müsste? – Oder wirklich nur meinetwegen?«

»Nur deinetwegen.«

»Das kann ich nicht glauben, Kate. Es geht dir um Yordy. Du willst vermeiden, dass andere kommen, die in der Sache herumkramen.«

»Du bist doch kein Marshal, hast du gesagt. Wieso sollten andere kommen? Wer kümmert sich schon um dich? Du bist doch nichts! Ein ziehender Revolvermann mit einer glücklichen Hand im Spiel. Wer also sollte kommen, wenn du kein Marshal bist?«

Dean lächelt sie an.

Ihre Hand fällt von seinem Arm.

»Hat er dir aufgetragen, herauszufinden, ob ich ein Marshal bin oder nicht?«

»Sie halten dich alle für einen Marshal, Dean. – Aber ich weiß, dass du keiner bist. Ich kenne dich zu gut. Und deshalb wird niemand kommen und nach dir fragen!« »Du hast Ross vergessen, Kate. Ich werde dem Richter schreiben, was ihm geschehen ist und wer es war. Ich muss nur erst wissen, welchen Namen ich schreiben muss. Und ob dahinter ein Kreuz gehört.«

In der Ferne verklingt der Hufschlag der Reiterschar.

»Du bleibst also?«, fragt sie herb.

»Ja, ich bleibe. Du müsstest von früher her wissen, dass meine Entschlüsse nicht umzustoßen sind. Auch dann nicht, wenn mir ein wilder Bursche anhand von zehn bis fünfzehn Männern seine Macht demonstriert hat.

Der Keeper kommt aus der Küche.

»Das Essen ist gleich so weit«, meint er. »Kate, wir werden Gäste bekommen. In spätestens einer Stunde! Denkst du noch daran?«

»Ja, ich habe es nicht vergessen.« Sie schaut Dean noch einen Augenblick zwingend an, dann wendet sie sich abrupt ab und geht zur Hintertür.

»Sie wollte Sie warnen, Logan«, meint der Keeper. »Es scheint noch irgendetwas in der Luft zu liegen.«

»Das Gefühl hatte ich auch. Aber sie spricht sich nicht aus.«

»Wenn Sie mich fragen, ich kann sie verstehen, Logan.«

»So?«

»Ja, Das hier ist der dritte Saloon, der mir gehört. Ich habe von ihrer Sorte viele kennengelernt. So eine Chance, wie sie sich ihr bietet, begegnet den wenigstens. Deshalb kämpft sie so verzweifelt darum.« »Sie muss doch wissen, dass Yordy ein Schuft ist, Cabot.«

»Natürlich weiß sie das. Aber sie rechnet anders, Logan. Noch ein paar Jahre, dann wird sie kein Keeper mehr haben wollen. Ich auch nicht. Mir tut das leid. Aber davon kann ich nicht leben. Die Männer wollen junge Mädchen sehen! Keine alternden Frauen, Logan.«

»Ja, ich weiß das.«

»Sehen Sie, Kate weiß es auch. Und deshalb ist es ihr gleichgültig, was für ein Mann er ist. Wenn er nur etwas hat und ihr Ruhe und Frieden für immer bieten kann!«

»Yordy ist ein Schuft. Wenn ich ihn nicht töte, wird es ein anderer tun. Oder der Richter lässt ihn aufhängen.«

»Die Elveys sind mächtige Leute, Logan. Wenn ihnen erst einmal das ganze Tal gehört, will ihnen kein Mensch noch etwas tun. Wissen Sie nicht, wie das hier draußen ist?«

»Ich will es nicht wissen, Cabot. Vielleicht verstehen Sie das!«

»Dann sind Sie ein Gerechtigkeitsnarr und werden kein langes Leben haben. Komisch. Es passt nicht in das Bild, dass ich mir von Ihnen mache.«

»Viele Dinge passen nicht zueinander und gehören doch zusammen.«

Der Keeper geht in die Küche.

Dean läuft zu einem Fenster und schaut auf die Straße hinaus.

Zwei Männer betreten den Saloon und setzen sich an einen Tisch. Kurz danach kommen noch drei.

Der Keeper taucht wieder auf und bringt Flaschen und Gläser an die Tische.

»Ist heute nichts los?«, fragt einer der Männer mit einem schiefen Blick auf Logan.

»Doch«, meint der Keeper. »Natürlich. Ihr müsst nur etwas Geduld haben!«

Dean geht auf die Straße hinaus. Er sieht den Doc auf sich zukommen und wartet.

»Wir sind alle Feiglinge«, murmelt der Mann. »Als Elvey kam, wollte ich die Leute zusammentrommeln und Ihnen helfen. Aber es war keiner bereit, mit mir zu gehen.«

»Schon gut. Es ist ja nichts geschehen.« »Aber es wird etwas geschehen.«

»Hat irgendjemand eine Ahnung, wo die Banditen in den Bighorn Mountains zu finden Sind?«

»Nein. – Warum?«

»Ich brauche eine Aussage. So eine, wie sie der Sheriff bekommen haben soll.« »Einer der drei Kerle hätte Sie Ihnen liefern können. Konnten Sie nicht einen verschonen?«

»Nein. Ich musste schnell und genau schießen. – Wieso hätten die mir helfen sollen?«

»Sie waren es, die den Stallburschen überfallen und angeschossen haben. Sie waren reif für den Strick und hätten sicher erzählt.«

»Darüber habe ich erst später nachgedacht. Es ging alles zu schnell. – Danke, Doc.« Dean geht an dem Mann vorbei. Er läuft die Straße hinunter, ohne zu wissen, wohin er will. Er sieht einen flachen Wagen vor dem Store stehen und hält wieder an. Ein Mann in geflickten Kleidern sitzt auf dem Bock.

»Ich brauche Draht!«, ruft er schrill. Dean erkennt einen zweiten Mann auf dem Stepwalk. Der hat sich eine grüne Schürze vor den Leib gebunden. Dean erkennt das im Licht der unter dem Vordach hängenden Lampe.

»Aber ich habe keinen Draht!«, ruft der Mann.

»Doch, du hast welchen«, schnaubt der auf dem Bock. »Ich weiß es! Du willst ihn mir nur nicht verkaufen! Ich will mein Land einzäunen. Das weißt du auch. Elveys Rinder werden sich dann nicht mehr auf meine Felder verirren. Ich denke, das ist mein gutes Recht!«

»Ich habe keinen Draht, zum Teufel!« Der Mann beugt sich vom Bock und scheint den Storehalter anzustarren.

»Hat er dir verboten, an uns Siedler Draht zu verkaufen?«, fragt der Mann.

»Nein. Niemand hat etwas verboten. Aber ich weiß, dass Elvey etwas dagegen hat. Seine Herefords verletzen sich an dem Draht.«

»Er hat Leute genug, die die Rinder von den Drähten fernhalten können. Ich will dir etwas sagen: Die Herden werden auf unser Land getrieben. Und dem will ich einen Riegel vorschieben!«

Dean sieht, dass der Storekeeper den Kopf schüttelt.

»Nicht mit meiner Hilfe«, sagt er. »Außerdem hast du Schulden bei mir. Wann willst du denn den Draht bezahlen?« »Nach der Ernte. Das weißt du doch.«

Der Storekeeper tippt sich an die Stirn. »Verrückt. Verrückt müsste ich sein, wenn ich dir Draht gebe, den du nicht bezahlen kannst. Ich handle mir die größten Schwierigkeiten ein und habe nicht einmal was verdient. – Nein! Fahre nach Hause. Von mir bekommst du keinen Draht. Tut mir leid.«

Dean sieht, dass sich der Mann auf dem Bock des Wagens aufrichtet und nach der Peitsche greift. Es scheint, als wollte er noch etwas sagen. Aber dann schaut er nach vorn und knallt mit der Peitsche durch die Luft.

Die beiden abgemagerten Pferde ziehen den leeren Ranchwagen die Straße hinunter. Der Storekeeper löscht die Lampe und ist für Dean nur noch als unklarer Schatten zu sehen.

Knarrend bewegt sich eine Tür. Ein Riegel fährt in eine Zuhaltung.

Dean schaut dem Wagen nach, bis ihn die Nacht aufsaugt.

So also sieht es in dieser Stadt aus, denkt er bitter. Er will weitergehen, als hinter ihm ein dünnes, raues Lachen erschallt.

15

Dean weiß, dass er einen Fehler gemacht hat. Er hat zu sehr auf das geachtet, was auf der anderen Straßenseite geschah.

Etwas Hartes berührt ihn im Rücken, und er fühlt, dass es der Lauf eines Revolvers ist.

»Wir gehen nach links«, sagt eine befehlende Stimme.

Dean geht vor dem Revolver her.

»Hier herum!«, erschallt hinter ihm ein Kommando, als sich zwischen zwei Häusern eine Lücke öffnet.

Dean biegt um die Ecke. Für einen Moment berührt ihn der Revolver nicht. Er wirbelt herum, sieht ein Gesicht vor sich und schlägt zu. Sein Hieb wirft den Mann rückwärts.

Da hört er knirschende Schritte hinter seinem Rücken, wirbelt zurück und sieht eine Faust. Er weiß im gleichen Moment, dass er ihr nicht ausweichen kann. Der Schlag explodiert auf seiner Nase und wirft ihn gegen die Holzwand des Hauses. Es ist ihm, als würde sein Bewusstsein in einem Strom lauen Öls fortschwimmen. Da trifft ihn der nächste Faustschlag gegen die Stirn und lässt seine Füße einknicken.

»Schnell«, hört er eine Stimme sagen. »Es soll niemand sehen!«

Er wird hochgehoben und fortgetragen. Er möchte sich wehren, aber die Befehle, die er sich gibt, erreichen seine Arme und Beine nicht.

Da wirft man ihn auf den Boden. Der Aufprall durchzuckt seinen Körper.

»Die Stricke!«, sagt die Stimme scharf.

Dean fühlt, dass sie ihn herumwälzen. Seine Lippen berühren den sandigen Boden. Die Hände werden ihm auf den Rücken gezogen. Da kann er sich plötzlich wieder bewegen.

Er wirft sich herum, sieht ein verzerrtes Gesicht über sich und schlägt zu. Aber seine Faust ist zu langsam, und der Mann zieht den Kopf zur Seite. Er schlägt zurück, und Deans Kopf wird so hart auf den Boden gestoßen, dass er das Bewusstsein verliert.

»Das war ja ein harter Brocken«, sagt der Mann knurrig.

»Schneller!«, raunt der andere.

16

Cabot schiebt alle Gläser von der Theke ins Spülbecken.

Kate, die die Tür geschlossen hat, kommt zurück. Unter der Decke hängen noch dicke Rauchschwaden. Draußen auf der Straße verklingt das Lied eines Betrunkenen. Ein paar Cowboys der Elvey-Ranch verlassen die Stadt.

»Ist er nirgends zu sehen?«, fragt Cabot. »Nein.« Kate bleibt am Schanktisch stehen. Sie legt die Hände darauf, und Cabot kann sehen, dass ihre Finger zucken.

»Du weißt doch etwas!«, schreit er sie wild an.

Sie zuckt zusammen, schaut auf und schüttelt den Kopf.

»Was soll ich denn wissen?«

»Wo sie ihn hingeschleppt haben!« »Niemand weiß, ob er nicht fortgeritten ist, Mr. Cabot.«

»Rede nicht so steif, verdammt. Sein Pferd steht im Mietstall. Er ist nicht fortgeritten. Außerdem halte ich ihn für einen Mann, der seine Rechnungen bezahlt. Bei mir hat er das noch nicht getan. – Kate, du hast mit Yordy gesprochen, ehe er die Stadt verließ. Was hat er gewollt?«

»Das ist eine persönliche Sache«, erwidert sie abweisend.

Cabot beugt sich über die Theke und blickt sie scharf an.

»Er ist ein US-Marshal!«

»Er ist keiner.«

»Also gut, dann ist er eben keiner. Aber er ist ein guter Mensch. Einer, der für seine Freunde einsteht! Kate, so etwas findet man hier draußen sehr selten!«

»Mag sein. Das geht mich nichts an.« »Kate, ich habe ihm erklärt, warum du so bist. Er hat das verstanden, hat es wohl vorher schon gewusst.«

»Solange wir zusammen waren, hat er sich nie danach gerichtet, Mr. Cabot. Ich habe damit nichts zu tun! Ich weiß nicht, wo er ist. Ich habe ihm lange genug gesagt, dass er verschwinden soll.«

»Also haben sie ihn verschleppt«, stellt Cabot fest.

»Das habe ich nicht gesagt!«

»Du hast es gewusst, Kate. Schämst du dich nicht? Du hast genau gewusst, dass sie ihm eine Falle stellen wollen. Und du hast nichts dagegen getan. Sie werden ihn ermorden!«

»Das werden sie nicht!«

Cabot richtet sich bolzengerade auf. »Also weißt du es doch!«

Kate senkt den Kopf.

»Ja«, sagt sie leise. »Ja, ich habe es gewusst. Aber Yordy hat mir versprochen, dass sie ihn nur zehn Meilen aus der Stadt bringen und dann freilassen. Ich denke, das wird ihn zur Vernunft bringen.«

Cabot bläst die Luft pfeifend aus dem Mund.

»Und du bist überzeugt, dass sie das auch tun?«, fragt er.

»Ja. Er hat es so versprochen, und er weiß, dass ich mit ihm kein Wort mehr wechseln werde, wenn sie etwas anderes tun!«

»Wann will er denn kommen und dir sagen, was geschehen ist?«

»Irgendwann. Sie werden es schon sehen, Mr. Cabot.«

17

»Bist du jetzt munter?«, fragt der Mann, der links von Dean Logan reitet.

Dean schaut ihn an. Er versucht noch immer, die Fesseln zu lockern, aber es gelingt ihm nicht. Sie haben ihm die Hände auf den Rücken gebunden und seine Beine am Sattelgurt festgeschnallt. Sie haben es so gemacht, dass er wehrlos ist.

»Was habt ihr vor?«, fragt er.

»Nichts weiter. Wir bringen dich nur ein Stück von hier fort. Unser Boss denkt, dass du dir dann überlegst, wie überflüssig du in Elvey Junction bist. Etwa zehn Meilen.

Die haben wir bald geschafft. Zu Fuß ist das eine weite Strecke.«

Der andere lachte leise. Dean schaut ihn an und glaubt, ihn unter den Männern, die hinter Yordy standen, gesehen zu haben. Die beiden riechen nach Pferden, Schweiß und Rindern. Es müssen Cowboys sein. Er hatte sie erst für Banditen aus den Bergen gehalten.

Dean schaut in die nachtdunkle Prärie hinaus. Er merkt, dass er sogar seinen Colt noch im Holster hat. Aber natürlich ist es ihm unmöglich, die Waffe mit einer Hand zu erreichen.

Zwei Cowboys also. Er fragt sich, ob sich zwei Banditen auch allein in die Stadt gewagt hätten, nachdem er drei auf einmal erschossen hatte.

Sie nähern sich einer Buschgruppe, die sich am Fuße eines Hügels von rechts nach links zieht.

»Wir werden uns nicht mit einem Marshal anlegen«, meint der eine. »Aber du wirst verstehen, dass wir etwas gegen dich haben müssen. Du hast unseren Boss beleidigt. Niemand hier draußen kann das auf sich sitzen lassen. Unser Boss ist noch sehr human.«

»Ich dachte immer, Yordys Vater wäre euer Boss«, erwidert Dean. »Ihn kenne ich gar nicht. Also kann ich ihn nicht beleidigt haben.«

»Yordy ist ein erwachsener Mann, Logan. Das hast du vergessen.«

Dean will etwas erwidern, als ein Schuss fällt. Er sieht den zuckenden Mündungsblitzt und spürt, wie das Pferd unter ihm einknickt. Er wird auf den Boden geworfen, fühlt wie das Pferd ausschlägt und dann ruhig liegt. Das eine Bein, das unter dem Leib des Tieres begraben liegt, schmerzt ihm. Er hörte Schüsse dicht neben sich und hört den einen Cowboy schreien:

»Verdammt, Banditen!«

Dann krachen wieder Schüsse. Zwischen den Büschen blitzt es viermal nebeneinander auf.

»Zu viele für uns!«, ruft der andere. »Los, zurück. Er scheint tot zu sein!«

Hufschlag lässt den Boden erzittern. Plötzlich fällt kein Schuss mehr. Die Banditen denken gar nicht daran, hinter den Männern, die sie überfielen, her zu schießen, und Dean findet das mehr als seltsam.

Es dauert nicht lange, da hört er Schritte. Und dann sieht er ein stoppelbärtiges, grinsendes Gesicht über sich.

»Hallo, Marshal«, sagt der Mann mit grollender Stimme. »Das ist aber eine Überraschung!«

Dean weiß genau, dass er diesen Mann noch nicht gesehen hat.

»Woher weißt du denn, dass ich ein Marshal bin?«, fragt er.

Der Kerl zuckt die Schultern und grinst noch breiter.

»Ich weiß es eben«, gibt er zurück. »Mach dir keine Gedanken darüber.« Er hebt den Kopf und blickt zu den Büschen, aus denen er gekommen ist. »Lynn, komm her!«, ruft er. »Bringt die Pferde mit. Es ist alles in Ordnung.«

Gleich darauf sieht Dean drei weitere Männer. Er kennt keinen von ihnen.

»Das ist also der US-Marshal, der Tip, Les und Ernie auf dem Gewissen hat«, sagt ihr Sprecher. »Seht ihn euch ruhig genau an.«

»Ich muss sagen, euer Nachrichtendienst funktioniert«, meint Dean sarkastisch.

»Was soll das heißen?«

»Das weißt du doch. Was habt ihr jetzt vor?«

»Wir nehmen dich zunächst einmal mit. Ich denke, wir sind genug, um dich zu bewachen. – Lynn, nimm ihm den Revolver ab! – Wir werden dir zeigen, wo Tip, Les und Ernie gelebt haben. Und dann töten wir dich!«

»Hat das Yordy befohlen?«

»Yordy, kenne ich nicht.«

»Du stellst dich reichlich dumm an.« Dean sieht, dass der Mann sich sofort niederbeugt und die Hand zur Faust schließt.

Doch dann richtet er sich wieder auf und schnauft verächtlich.

»Macht ihm die Beine los und zieht ihn hervor!«, kommandiert er.

18

Sonnenstrahlen irren durch die Fenster in den Saloon herein. Der Keeper hat sich gegen die Theke gelehnt und blickt zwischen Kate Duran und Yordy Elvey hin und her.

Kate ist bleich bis zu den Haarwurzeln hinauf geworden.

Yordy zuckt die Schultern.

»Das war eben Pech«, erklärt er. »Meine Leute wurden von Banditen überfallen. Dafür konnten sie nichts. Sie haben gesehen, dass ihn der erste Schuss tödlich traf. Da sind sie geflohen. Weiter konnten sie auch nichts tun. Es müssen viele Banditen gewesen sein!«

Das Mädchen geht zu einem Stuhl und setzt sich.

»Wir wissen hier nur von der Bande in den Bergen«, meint Cabot. »Das war nie eine sehr starke Bande, Elvey. Und gestern wurden drei von ihnen hier in der Stadt erschossen. Mehr als fünf können es also kaum noch sein. Und davon muss nach Logans Angaben mindestens einer verletzt sein.«

»Ich weiß nicht, wie viele es sind. Tatsache ist, dass meine Leute von ihnen überfallen wurden. Dafür können sie nichts.«

Kate steht wieder auf. Sie geht rückwärts bis zur Wand, gegen die sie sich lehnt. Für Cabot sieht es aus, als wäre sie vor Yordy geflohen, den sie immer noch anstarrt.

»Du lügst!«, schreit sie auf einmal. »Yordy, du lügst!«

»Wieso denn?«

»Ihr habt ein abgekartetes Spiel getrieben!«

»Unsinn.«

»Jedenfalls wird nie ein Mensch beweisen können, dass es anders war«, meint Cabot.

Yordy ist mit ein paar schnellen Schritten um die Theke herum und hämmert dem Keeper die Faust ins Gesicht.

Cabot stolpert über das dicke Rumfass und fällt zu Boden.

»Das nächste Mal schieße ich dir eine Kugel in den Kopf!«, zischt Yordy. »Ich lasse mich von euch nicht beleidigen. – Kate, denke in Ruhe darüber nach. Du wirst dann wissen, dass deine Gedanken ohne Grundlage sind.«

Yordy Elvey wendet sich mit einem Ruck ab und geht hinaus. Cabot steht auf.

Sie hören Yordy draußen fortreiten. Cabot blickt das Mädchen an.

»Das hat er sehr glatt gemacht«, meint Cabot und reibt über sein gerötetes Kinn. »Sehr glatt! Das wird ihm nie ein Mensch beweisen können. Aber vielleicht hat es Ihnen die Augen geöffnet.«

Warum sind Sie heute so förmlich, Mr. Cabot?«, fragt sie.

»Das weiß ich auch nicht. Was haben Sie nun vor, Kate?«

»Was soll ich denn Vorhaben? – Nichts!«

»Es... es bleibt also dabei?«

»Bei was?«

»Mit Yordy und Ihnen?«

Kate geht zum Fenster und schaut auf die Straße hinaus. Eine Staubfahne, die Yordys Pferd aufwirbelte, hängt noch in der Luft.

»Ich möchte, dass er hier in der Stadt beerdigt wird«, sagt sie, ohne sich umzuwenden. »Können Sie jemanden damit beauftragen, ihn zu holen?«

»Ja. Das will ich gern tun, Kate. Sie haben ihn immer noch geliebt!«

Sie fährt jäh herum.

»Das ist nicht wahr!«, schreit sie.

»Haben Sie Angst, Yordy könnte es hören? Der weiß es längst. Ein Mann spürt so etwas. Und vielleicht haben sie es deswegen so gemacht! – So, dass er sich als fairer Gegner vor Ihnen präsentieren konnte und gleichzeitig der dauerhafte Sieger ist. Auf den Kopf gefallen ist er wirklich nicht.«

Kate kommt an die Theke zurück. »Schicken Sie jemanden hinaus!«, sagt sie drängend.

Cabot bindet sich die Schürze ab und geht zur Tür. Dort bleibt er stehen und schaut sich um.

»Sie fühlen sich mitschuldig«, meint er. »Kate, du solltest das Land verlassen! Glaube mir, Yordy ist kein Mann für dich!«

Er geht hinaus, und die Tür klappt Hinter ihm zu. Kate schenkt sich ein Glas halb voll Whisky, trinkt es aus und hustet. Plötzlich hat sie Tränen in den Augen stehen, die über ihre Wangen rinnen und auf ihr schimmerndes Seidenkleid tropfen.

19

Dean Logan lässt die Axt sinken und blickt den stoppelbärtigen Banditen, der an der Wand der Hütte lehnt, an.

»Du wirst jetzt die Klappe halten«, sagt er. »Ich arbeite so schnell, wie ich will! Habt ihr mich eigentlich nur am Leben gelassen, weil ihr selbst zu faul seid, euch Holz für den Winter zu spalten?«

»Erraten, Logan. Mach schneller, sage ich dir!«

Dean hebt die Axt wieder und schlägt auf das Holz der Krüppelkiefern ein. Er denkt, dass es keinen Zweck hat, sich mit dem Banditen zu streiten. Damit schürt er nur dessen Wachsamkeit.

Aus der windschiefen Hütte kommt einer, der einen Verband aus verblichenem Kattunstoff um die Schulter geschlungen hat. Er gibt ein böses Grollen von sich.

»Ray, fange nicht schon wieder an«, knurrt der Stoppelbärtige.

»Mir springt das Messer von selbst in die Hand, wenn ich daran denke!«, knirscht Ray.

Dean lässt die Axt abermals sinken.

»Woher willst du denn wissen, dass ich es war, der dich verletzt hat?«, fragt er.

»Ich habe es gesehen! Ich habe es ganz genau gesehen!«

»Damit gibst du zu, dass ihr Cunter umgebracht habt, nicht wahr?«

Der Stoppelbärtige wirbelt seinen Colt am Abzugsbügel über den Zeigefinger. Das Grinsen in seinem Gesicht wirkt wie eine Herausforderung.

»Natürlich geben wir das zu«, meint der Bandit. »Damit kannst du ja doch nichts mehr anfangen.«

Dean schaut zur anderen Seite hinüber. Drei Banditen sitzen auf abgewaschenen Steinen und grinsen ihm zu. Alle grinsen. Alle lassen sie ihn spüren, wie fest sie ihn in der Zange haben. Und alle haben natürlich ihre Waffe in den Händen. Nur Ray nicht. Der hat mit seiner Schulter und seinem Hass zu tun.

»Sagst du mir noch, ob es Yordy Elvey war, der es befohlen hat?«, fragt Dean.

»Zu was, Logan? Denkst du, dass man sich im Himmel dafür interessiert? Du kommst doch in den Himmel?«

»Er ist doch ein guter Mensch«, sagt einer der anderen. »Freilich kommt er in den Himmel. Wir wandern in die Hölle. Nur etwas später als er.« Der Kerl stimmt ein meckerndes Lachen an.

Plötzlich kracht ein Schuss.

Die Banditen fahren zusammen, wirbeln herum und starren zum Eingang des Tales.

Dort hält ein Reiter. Die Banditen senken ihre Revolver.

Dean sieht, dass es Yordy Elvey ist. Auf den Messingknöpfen, die das Hutband zieren, brechen sich die letzten Sonnenstrahlen, die über die Felswände hinweg ins Tal fallen.

Der Reiter setzt sein Pferd wieder in Bewegung und kommt näher. Der Revolver, den er in der Hand hält, raucht noch.

»Warum ist keiner unten im Felsenkessel und passt auf?«, fragt Yordy.

»Wir... wir hatten es vergessen«, stottert der Stoppelbärtige.

»Einer geht sofort hinunter! Ihr müsst doch verrückt sein.«

»Lynn, hole dein Gewehr!«, kommandiert der Stoppelbärtige.

Einer der Banditen holt sein Gewehr aus der Hütte und dann sein Pferd aus dem Anbau, der sich dahinter befindet. Er reitet an Yordy vorbei aus dem Talkessel.

Elvey steigt ab.

»Warum macht er das?«, fragt er und nickt zu Dean hinüber.

»Wir dachten uns, dass er arbeiten kann, während er wartet«, sagt der Stoppelbärtige. »Ich glaube, so etwas hat er noch nie gemacht.«

»Fesselt ihn!«

Dean sieht den Stoppelbärtigen auf sich zukommen. Er bemerkt, dass nun auch Ray seinen Colt gezogen hat. Hinter sich hört er die beiden anderen. Er weiß, dass er dem Stoppelbärtigen die Axt entgegenschleudern könnte. Irgendwie gefällt ihm das nicht. Doch da hebt er den Arm schon und wirft die Axt mit einer kraftvollen Bewegung.

Ein Schuss kracht. Die Axt wird im Fluge getroffen und nach rechts geschleudert. Sie geht knapp am Kopf des Stoppelbärtigen vorbei und fährt mit einem pochenden Geräusch in die Hüttenwand, aus deren Fugen Moos gerissen wird.

Dean schaut Yordy an, dessen Colt nun wieder raucht.

»Ich dachte gar nicht, dass du so gut bist«, sagt er belegt.

»Aber sonst ist alles eingetroffen, was du gedacht hast?«

»Nur ein Teil. Elvey. Aber noch sind wir nicht am Ende.«

Yordy verzieht das Gesicht, als er grinst. Dann wendet er sich dem Stoppelbärtigen zu.

»Hoffentlich weißt du nun, dass es nicht gut ist, ihm die Hände freizumachen, Dale«, meint er. »Auch wenn ihr ihn gut kontrollieren könnt, kann einer von euch den Schaden davon haben.«

»Ja«, knurrt Dale. »Los, fesselt ihn.«

Dean wirbelt herum. In dieser Minute ist es ihm gleichgültig, ob sie ihn jetzt oder später töten. Er sieht die beiden vor sich und fällt den einen an. Sein Faustschlag treibt dem Mann zurück und wirft ihn von den Beinen. Er springt den anderen an. Zusammen schlagen sie auf den Boden. Da kniet sich jemand auf seinen Rücken und Dale ruft:

»Ray, die Stricke!«

Dean wehrt sich verzweifelt, kann den Stoppelbärtigen aber nicht abschütteln. Rod, der unter ihm liegt, keucht.

Dean werden die Hände auf den Rücken gerissen. Er wehrt sich dagegen, aber seine Kraft reicht nicht. Riemen schnüren sich um seine Handgelenke. Dale lässt von ihm ab. Ein schmerzhafter Tritt trifft ihn in die Hüfte und rollt ihn von Rod herunter. Über sich sieht er Yordy.

»Hast du darauf gehofft, dass ich es kurz machen würde?«, fragt der schurkische Sohn des mächtigen Ranchers.

Dean antwortet nicht.

»Du hast dich geirrt«, meint Yordy. »Mit einem Marshal würde ich es nie kurz machen. Und mit dir noch aus einem anderen Grunde nicht! – Bringt ihn in die Hütte!«

20

Kate läuft zu dem staubbedeckten Reiter hinüber und fällt ihm in die Zügel. Sie blickt auf das ledige Packpferd, das der Mann hinter sich führt.

»Wo haben Sie ihn?«, fragt sie.

Der Mann schüttelt den Kopf.

»Nicht gefunden«, murmelt er.

»Nicht gefunden?«

»Nein.«

»Ich habe Ihnen aber doch beschrieben, wo es gewesen ist!«

»Die Stelle fand ich auch. Und ein totes Pferd. Außerdem noch ein paar zerschnittene Stricke. Sonst nichts weiter, Miss Duran. Sie können mir glauben, dass ich mich genau umgesehen habe!«

Männer sind auf die Straße getreten. Kate wendet sich um und sieht den Keeper vor sich stehen.

»Haben Sie denn nicht einen anderen finden können, der die Augen aufmacht?«, schreit sie ihn an.

»Ich habe die Augen aufgemacht«, sagt der Mann hinter ihr ruhig. »Aber ich konnte nichts weiter finden, Miss Duran.« »Schon gut, Morton«, sagt der Keeper. »Sie meint das nicht so.« Er greift nach Kates Schulter, dreht sie herum und führt sie zum Saloon hinüber. Es sieht aus, als würde sie allein den Weg nicht finden. Sie scheint im Moment willenlos zu sein.

Cabot schiebt das Mädchen auf einen Stuhl, geht zur Tür zurück und schließt sie. Als er die Klappe darüber herunterlassen will, tauchen Männer auf dem Stepwalk auf.

»Es ist geschlossen«, verkündet er und lässt die Klappe fallen. Er geht zur Theke, schenkt sich ein Wasserglas voll Whisky und trinkt es aus. Er sieht, dass Kate ihn anblickt.

»Warum hat er ihn nicht gefunden?«, fragt sie.

»Wahrscheinlich, weil es ihn nicht zu finden gab, Kate. Es klang, als hätten die Banditen ihn mitgenommen. Ich frage mich, zu welchem Zweck.«

»Aber die Cowboys haben doch gesehen, dass er erschossen wurde!«

»Sie wollen es gesehen haben, Kate. Das ist ein Unterschied. Ich bin jetzt mehr als vorher davon überzeugt, dass Yordy uns ein abgekartetes Spiel vorgemacht hat. Und da Logan offenbar noch am Leben ist, kann es sein, dass es ihm früher oder später bewiesen wird.«

Kate will hochfahren, aber Cabot winkt ab.

»Sagen Sie nichts, Kate«, murmelt er. »Merken Sie auch schon, dass Sie zu vieles erreichen wollen?«

»Zu vieles? Wie meinen Sie das?«

»Sie wissen es doch. Sie lieben einen Mann, der ein Abenteurer ist. Gleichzeitig fürchten Sie sich davor, dass er eines Tages keines natürlichen Todes sterben könnte. Gleichzeitig wollen Sie aber auch Ruhe und Frieden erringen. Und das wieder erhoffen Sie sich von Yordy. Das ist zu vieles auf einmal.«

»Das ist nicht wahr«, entgegnet sie schroff. »Ich habe mit ihm nichts mehr zu tun. Ich habe ihn vergessen.«

»Warum sollte er dann hier in Ihrer Nähe wie ein Christenmensch beerdigt werden?«

»Weil..., weil...«

»Nun sagen Sie es doch, Kate! Davor braucht sich ein Mensch nicht zu schämen!«

»Ihr seid ja alle verrückt!«, schreit sie ihn an. »Verrückt!«

Cabot schenkt sein Glas wieder voll. »Eigentlich darf ich gar nicht so viel trinken«, brummt er. »Jedenfalls hat der Doc das gesagt.«

»Dann hören Sie doch auf damit.«

»Mir kommt noch ein Gedanke, Kate.« »So?«

»Stellen Sie sich Folgendes vor: Yordy sieht in dem Marshal...«

»Er ist kein Marshal!«

»Gut. Yordy sieht also in Logan den Mann, der einen Mörder sucht. Und außerdem sieht er in ihm einen Rivalen, was Sie betrifft. Bei seiner Veranlagung war es dumm von uns, daran zu glauben, dass er Logan nur zehn Meilen fortbringen lassen wollte, um ihn dann freizulassen. Er musste sich selbst ausrechnen können, dass Logan umkehren würde.«

»Ohne Pferd?«

»Auch ohne Pferd. Männer wie Logan lassen nie eine Sache auf sich beruhen. Folglich hat Yordy diesen Gedanken kaum gehabt.«

»Was soll die lange Rede?«

»Ich möchte wissen, wo er jetzt steckt.« »Yordy?«

»Ja, er. Ich wette, er hat uns ein raffiniertes Spiel vorgemacht. Er will ihn verschwinden lassen, ohne dass der

Verdacht auf ihn fällen kann. Und er will ihn natürlich gründlich verschwinden lassen. Die Banditen hausen in den Bergen. Sheriff Catlyn hat den Canyon aus dem er damals kam beschrieben. Es würde mich nicht wundern, wenn Yordy heute noch aus diesem Canyon käme.«

Kate steht langsam auf und blickt ihn an.

»Es wäre natürlich zu gefährlich, wenn Sie das in Erfahrung bringen wollten«, redet Cabot weiter. »Das müsste ein Mann versuchen.«

»Ich will mich selbst davon überzeugen«, sagt sie hart. »Vielleicht ist es ein guter Gedanke, aber ich kann es nicht glauben!«

»Sie wollen nicht, Kate. Verstecken Sie sich gut!«

»Ich werde erst zur Ranch reiten«, entgegnet sie lebhaft, als würde der Gedanke sie elektrisieren. »Dann weiß ich, ob es Sinn hat, am Canyon auf ihn zu warten. Aber Sie irren sich bestimmt, Mr. Cabot!«

Der Keeper schüttelt den Kopf. Aber das kann Kate, die zur Tür geht, schon nicht mehr sehen.

21

»Ich würde gern deinen Vater kennenlernen, Yordy«, sagt Dean, den sie an einen Stuhl gefesselt haben.

»Wozu?«

»Ich möchte herausfinden, ob es nur deine Schuld ist, dass du ein Bandit geworden bist.« Dean blickt sie der Reihe nach an. »Ich habe mich bei solchen Betrachtungen nie damit zufriedengegeben, dass ein Bandit eben ein Bandit ist. Ich wollte immer wissen, wieso er dazu werden konnte.«

»Er redet wie der Prediger bei uns zu Hause«, sagt Ray. »Soll ich dir sagen, wieso ich ein Bandit geworden bin? Ich habe im Zorn einen Mann erschlagen. Wegen einem Mädchen!«

Dean schaut immer noch auf Yordy. Er weiß, dass der zu den jungen Männern gehört, die den Reichtum ihres Vaters für eine Selbstverständlichkeit halten. Zu den jungen Männern, die von sich denken, über anderen Menschen zu stehen und auf ihnen herumtreten zu können.

»Ich will dir mal was sagen«, knurrt Yordy. »Ich bin kein Bandit. Und mein Vater ist auch keiner. Die Siedler im Tal brechen den Boden um und legen Felder an, obwohl hier zehntausend Jahre lang nichts als Gras gewachsen ist. Hier ist ein Rinderland. Sonst nichts! Aber jetzt fangen sie an, Drahtzäune zu ziehen. Daran reißen sich die Herefords die Leiber auf. Bildest du dir ein, ein Rancher kann dabei zusehen? Wir brauchen offenes Land – Zugang zu allen Wasserstellen. Und wenn die Territoriumsverwaltung so vernagelt ist, Siedler ins Land zu lassen und ihnen noch zu helfen, dann müssen wir uns auf eine andere Art schützen.«

Dean schaut von einem der Banditen zum anderen und zuletzt wieder auf Yordy.

»Dann muss man Banditen ins Land holen und die Siedler terrorisieren«, meint er. »Damit sie von selbst wieder gehen. Das ist eine feine Erklärung, Yordy. Ich bin überzeugt, dass du das für euer Recht hältst. Und gerade deshalb würde ich deinen Vater gern kennenlernen.«

Yordy grinst ihn an.

»Der Wunsch wird dir nicht erfüllt werden. Aber vielleicht genügt es dir, wenn ich sage, dass mein Vater ein alter Mann ist. Er hat es mir vollkommen übertragen, hier die richtige Ordnung wiederherzustellen.« »Danke, Yordy. Das genügt.«

»Ich möchte wissen, was er damit noch anfangen will«, brummt Ray. »Boss, du gibst ihn doch mir?«

»Immer langsam, Ray. – Hör zu, Logan. Da ist noch etwas. – Es geht... um Kate Duran.«

Dean nickt. Es ist ihm schon eine ganze Weile klar, dass Yordy die Sache nur deshalb so umständlich gemacht hat. Er will mehr über Kate wissen. Über ihr früheres Leben.

»Seit wann kennst du sie?«, will der Ranchersohn wissen.

»Seit Jahren, Yordy.«

»Seit Jahren also. Und wie gut... ich meine, du hast sie sehr gut gekannt?« »Natürlich, Yordy. Soll ich dir davon erzählen?«

»Ja.«

»Und sollen es alle hören?«

Elvey nagt sich an der Unterlippe, blickt die anderen von unten herauf an und macht dann eine Kopfbewegung zur Tür.

»Wartet draußen«, sagt er. »Aber nicht direkt vor der Tür!«

»Okay, Yordy«, brummt Dale. »Das is deine Privatsache. Los, kommt!«

Die Banditen gehen hinaus. Die Tür schlägt zu.

Yordy geht zum Tisch und brennt die Lampe an, weil es in der Hütte schon sehr dunkel geworden ist. Er setzt sich wieder.

Dean versucht, die Fesseln zu lockern. Doch es gelingt ihm nicht.

»Rede!«, zischt Yordy.

»Wir haben noch nicht über deine Gegenleistung gesprochen«, sagt Dean. »Jede Sache hat ihren Preis. Das weißt du wohl besser als ich.«

»Was verlangst du?«

»Dass du mir die Fesseln durchschneidest.«

»Versprichst du dir etwas davon?«

»Du hast draußen genug Leute, die dafür sorgen werden, dass ich euch nicht entkommen kann. Aber gefesselt erzähle ich nichts.«

Dean erkennt, dass Yordy angestrengt nachdenkt. Natürlich ist er fest entschlossen, ihn, den unliebsamen Widersacher, aus dem Wege zu räumen. Aber er will mehr von Kate wissen. Und er will das offenbar um jeden Preis wissen, auch wenn er den Preis am Ende nicht bezahlen will.

Yordy zieht seinen Bowie-Knife aus dem Gürtel, tritt hinter Dean Logan und schneidet ihm die Fesseln durch. Er tritt sofort zurück, steckt das Messer weg und zieht seinen Colt.

»Mach keinen Blödsinn!«, sagt er kalt. »Es wäre dein Ende!«

Dean steht auf und massiert seine Handgelenke. Er wendet sich Yordy zu und sagt: »Mein Ende ist für dich und die anderen eine beschlossene Sache. Du musst dir besser merken, was du sagst.«

»Du wolltest von dir und ihr erzählen! Ich muss es wissen.«

»Ich weiß, Yordy. Natürlich muss man über die Frau Bescheid wissen, die man heiraten will. Von ihr selbst erfährt ein Mann kaum die Hälfte. Vor allem, wenn es sich um eine Frau wie Kate handelt.« Dean geht zum Tisch und lehnt sich dagegen. Er blickt auf die Lampe. Sie flackert leicht.

»Los, fang an!«, ruft Elvey drängend. Dean blickt auf die Mündung des Revolvers.

»Ich lernte sie in Santa Fe kennen«, sagt er. »Vor ungefähr fünf Jahren.« »Da war sie fast noch ein Kind.« »Wieso?«

»Sie ist jetzt dreiundzwanzig.«

Dean lächelt.

»Du meinst, sie hat dir das erzählt«, entgegnet er.

»Wie alt ist sie dann?«

»Dreiundzwanzig war sie damals in Santa Fe, Yordy. Sie ist älter als du. Aber das dürfte wohl keine Rolle spielen. Es ging ihr schlecht. Der Saloon, in dem sie gearbeitet hatte, wurde gerade geschlossen. Der Besitzer war erschossen worden. Wegen Kate. Ein paar betrunkene Cowboys wollten sie mitnehmen. Sie waren auf dem Weg nach Texas. Es waren fünf. Und wir waren zwei. Ross Cunter und ich. Wer Cunter ist, weiß du, was?«

Yordy zeigt die Zähne. Sie funkeln im Lampenlicht.

»Weiter!«, zischt er.

»Ob deine Freunde zuhören?«, fragt Dean leise. »Vielleicht lehnen sie an der Tür.«

Yordy ist mit einem Schritt bei der Tür und stößt sie heftig auf. Die Banditen sitzen auf den abgewaschenen Steinen in der Mitte des Bergtales. Er schließt die Tür wieder.

Da steht Dean hinter ihm.

»Sehr unvorsichtig«, sagt er und schlägt zu. Sein Hieb trifft Yordy auf den Kopf und wirft ihn gegen die Tür. Vielleicht ist es der Schmerz, der ihn abdrücken lässt. Der Knall des Schusses erfüllt die ganze Hütte.

Da fällt Yordy schon. Dean reißt ihm die Waffe aus der Hand und springt zurück. Er hört die hastigen Schritte der Banditen und ruft: »Wenn einer hereinkommt, fährt er zur Hölle.«

Die Schritte verstummen.

»Verdammt, das war die dümmste Idee, auf die er je gekommen ist«, ruft der Stoppelbärtige draußen grollend.

»Die Eifersucht«, sagt Ray. »Was habe ich immer gesagt? – Wenn ein Mädchen im Spiel ist, geht alles zum Teufel!«

»Ruhe! – He, Logan, wirf die Waffe weg und komm heraus, Du hast keine Chance.«

Dean blickt auf Yordy, der auf dem Boden liegt. Er muss das Bewusstsein verloren haben. Er weicht bis zur rückwärtigen Wand zurück. Hinter sich hört er das Stampfen der Pferde im Anbau. Vielleicht kann er auf einem Pferd aus dem Felsenkessel kommen. Er wendet sich um und betrachtet die dünnen, morschen Stämme. Er greift danach und reißt einen heraus. Jetzt kann er die Pferde schon undeutlich sehen. Er bricht den zweiten, armdicken Stamm heraus.

»Yordy!«, ruft Dale. »Yordy, melde dich!« »Er ist bewusstlos«, sagt Dean. »Er liegt genau vor meinen Füßen.« Er fragt sich, ob er Yordy von hier fortbringen könnte, verwirft den Gedanken aber sofort wieder. Wenn überhaupt, dann kann er es nur allein und auf einem schnellen Pferd schaffen. Er greift nach dem dritten Stamm. Das

Holz ist so morsch, dass er es zwischen den Fingern zerdrücken kann.

Die Tür bewegt sich. Dean hebt die Waffe und schießt. Der Flammenblitz taucht den Raum für einen Moment in blendende Helligkeit. Eine graue Pulverdampfwolke zieht in den Anbau, und die Pferde schnauben erregt.

Die Tür hat sich wieder geschlossen. »Was machen wir nur?«, fragt draußen eine Stimme.

Dean bricht den nächsten Stamm heraus. Er kann das fast ohne Geräusche tun. Er sieht, dass sich Yordy immer noch nicht bewegt. Wenn er noch fünf Minuten Zeit gewinnt, wird er ein Pferd gesattelt haben. Er zerdrückt den nächsten Stamm und dann noch zwei.

»Yordy!«, ruft draußen jemand.

»Er schläft immer noch«, sagt Dean. »Ich wette, er hat ihn umgebracht«, meint Ray. »Schon mit dem ersten Schuss. Es war ein verrückter Gedanke. Dale, sage doch, was wir machen sollen! Es muss etwas geschehen!«

»Wir müssen vor allen Dingen Ruhe bewahren«, knurrt der Stoppelbärtige. »Er kann uns doch nicht entkommen!«

Dean spürt eine wilde Freude darüber, dass sie gar nicht daran denken, wie nahe er den Pferden ist. Schon hat er wieder zwei der dünnen, morschen Stämme herausgebrochen. Nun ist das Loch groß genug, sodass er hindurchkriechen kann.

Draußen kracht ein Schuss. Die Kugel fährt durch die Wand und wirft Moos aus den Fugen.

»Hör auf«, meint Dale. »Vielleicht lebt der Boss doch noch, und du triffst ihn versehentlich.«

Dean Logan kriecht durch das Loch in den Anbau und stößt ein leises Zischen aus, mit dem er die Pferde beruhigen will.

22

»Dort!«, schreit Ray. »Verdammt, die Pferde! Das haben wir vergessen!«

Ledige Pferde jagen den Banditen entgegen. Schüsse peitschen hinter ihnen auf, und Kugeln fahren jaulend durch den Talkessel. Die Banditen rennen zur Seite und werfen sich zu Boden. Funken sprühen unter den Hufen auf.

»Da!«, ruft Dale und feuert, als er den Reiter um die Hütte sprengen sieht.

Dean liegt fast auf dem Hals des Pferdes und treibt es durch einen Zuruf an. Die Kugeln umwehen ihn.

»Schneller!«, kommandiert der stoppelbärtige Dale und feuert seinen Colt erneut ab. Aber der Reiter rast dem Zugang des Tales entgegen und verschwindet darin.

»Fangt die Pferde!«, schreit Dale.

Sie rennen hinter den Pferden her, aber die aufgeschreckten Tiere weichen ihnen aus und galoppieren durch den Kessel.

Ray rennt zur Hütte und zieht die Tür auf.

»Elvey!«, hören die anderen ihn rufen. »Kommt her, er bewegt sich noch!« Ray geht fast schüchtern näher und beugt sich über Yordy, der eben die Augen öffnet und seinen Kumpan verwirrt anblickt.

»Wo... wo ist er?«, fragt Elvey, als sein Blick klarer geworden ist.

»Er flieht, Boss.«

»Hilf mir.«

Ray zieht Elvey mit einer Hand hoch. Sein Gesicht verkrampft sich dabei im Schmerz. Elvey taumelt an ihm vorbei hinaus. Er sieht, dass die anderen immer noch hinter den Pferden herjagen. Da hat Dale das eine Tier erreicht, reißt den Kopf nach unten und bringt es zum Stehen.

»Einen Sattel!«, ruft er. »Rod, bring einen Sattel her! Lasst die anderen Gäule. Ich bringe ihn zurück!«

Yordy hat sich gegen die Wand der Hütte gelehnt und massiert seinen Kopf.

Rod hastet in den Anbau und schleppt einen Sattel zu Dale, der das Tier inzwischen beruhigt hat.

»Willst du ihn verfolgen, Boss?«, ruft Dale Elvey zu.

»Nein. Ich... ich fühle mich elend!«

Da hat Rod schon den Sattel auf den Rücken des Tieres gelegt und schnallt den Gurt unter dem Leib des Pferdes fest.

»Dem werde ich zeigen, was hier in den Bighorn Mountains los ist!«, knirscht Dale, als er aufsitzt.

23

»Wer ist da?«, ruft Lynn, der in dem kahlen Felsenkessel die Wache hält.

»Dale«, gibt Dean mit verstellter Stimme zurück. Er hofft, den Stoppelbärtigen gut nachzuahmen. Er hat sich den Hut tief in die Stirn gezogen und reitet schnell auf Lynn zu.

Als er bis auf wenige Pferdelängen heran ist, richtet sich Lynn gerade auf.

»Das ist...«

Da prallen die Pferde schon hart zusammen, und Lynn, der darauf nicht gefasst ist, wird aus dem Sattel geworfen.

Dean Logan springt ab. Er sieht, dass Lynn eben wieder aufspringen will. Da wirft er sich auf ihn. Ein Schlag trifft ihn aufs Ohr und zaubert bunte Sterne vor seine Augen. Er weiß, dass er verloren ist, wenn er jetzt nicht durchkommt. Sein zäher Wille ringt den Schmerz nieder. Seine Faust zuckt vorwärts und trifft Lynn am Kinn. Er stemmt sich hoch und dreht den Mann um. Dann kniet er sich auf dessen Rücken, nimmt ihm das Halstuch ab und bindet ihm die Hände damit zusammen.

»Was hast du vor?«, fragt Lynn.

»Ich nehme dich mit nach Elvey Junction«, entgegnet Dean, steht auf und hebt den Mann hoch. Er wirft ihn quer über sein Pferd und bindet ihn mit dem Lasso fest.

Als Logan aufsteigt, die Zügel beider Pferde nimmt, hört er den Hufschlag, der schnell lauter wird.

»Keine hundert Yards bringst du mich!«, schreit Lynn. »Sie kommen schon!«

Dean reitet auf den Talausgang zu. Der Hufschlag wird immer lauter. Vielfach schallt er in den kahlen Kessel hinein, aber Dean glaubt zu hören, dass es nur ein Pferd ist. Er hält zwischen den schroffen Felswänden an und schaut zurück. Seine Hand mit Yordys Colt hebt sich langsam.

Da taucht der Reiter auf.

»Lynn!«, schreit er, und Dean erkennt, dass es Dale ist.

»Hier!«, ruft er.

Der Reiter kommt durch den Kessel gesprengt.

»Warte, Logan!«, schreit er. Dann blitzt es bei ihm auf.

Die Kugel fährt klatschend gegen die Felswand und zirpt jaulend zum Himmel.

Dean feuert zurück. Er sieht das Pferd einknicken und Dale über den Boden rollen. Er nimmt die Zügel kürzer und jagt die Pferde in den Canyon hinein.

Als er rechts einen Hohlweg sieht, der tiefer in die Berge führt, schwenkt er in diesen ein und zieht das zweite Pferd mit sich. Er weiß, dass es nicht sehr lange dauern wird, bis die anderen die Pferde beruhigt haben und ihn verfolgen werden. Er muss Umwege machen.

Der Weg führt schon bald in kahle Höhen, kreuzt sich mit anderen Wegen, und Dean Logan verschwindet spurlos in den Bighorn Mountains.

24

Yordy Elvey kommt als Erster aus den Bergen. Er pariert sein Pferd sehr heftig, als er den Reiter zwischen den Büschen sieht. Yordy beugt sich vor, um besser sehen zu können.

»Ich bin es«, sagt eine helle Stimme.

Yordy reitet weiter.

»Kate?«, fragt er.

Ja.«

»Was willst du hier?«

»Ich habe auf dich gewartet, Yordy. Ich wollte wissen, wie viel Wahrheit an der ganzen Geschichte ist. Glaubst du mir, dass ich es immer nicht wahrhaben wollte? Die Leute waren sich immer darüber einig, dass du der Anführer der Banditen bist. Aber ich wollte es nicht glauben.«

Yordy blickt die anderen an, die rechts und links von ihm halten. Es sind Dale, Joe und Rod. Nur Ray haben sie oben in den Bergen gelassen. Und das auch nur, weil sie kein Pferd mehr für ihn hatten.

»Wartest du schon lange hier?«, fragt Elvey.

»Ich war erst bei deinem Vater. Er sagte, du wärst im Haus, doch er wollte mich nicht einlassen. Er glaubte mir nicht.«

»Was?«

»Dass wir verlobt sind, Yordy. Er hält nichts von mir. Er meint, dass Geld zu Geld kommen muss. Ich aber habe kein Geld.«

»Mein Vater ist ein alter Mann. Ich habe dir oft genug erklärt, dass ich mache, was ich denke, Kate!«

»Das hast du mir oft erklärt. Dann denkst du also genau wie er, dass die Siedler verschwinden müssen?«

»Das weißt du doch. Du wolltest doch immer die Frau eines mächtigen Mannes sein. Warum denn auf einmal nicht mehr? Weil Logan...«

»Er ist doch tot«, sagt sie, als er plötzlich schweigt. »Hast du das nicht gesagt?« »Doch. – Natürlich ist er tot.«

»Ich wollte ihn in der Stadt beerdigen lassen, Yordy. Aber man konnte ihn nicht finden.«

»Was du nicht sagst. – Ich will wissen, wie lange du hier schon wartest!« »Ungefähr zwei Stunden, Yordy. Ich musste lange warten. Warum antwortest du nicht? Habt ihr ihn jetzt erst getötet?« »Du liebst ihn wohl immer noch?«, schreit er sie an.

»Und wenn es so wäre? Wenn ich mir verschiedenes überlegt hätte, Yordy?« »Das würde ich sehr bedauern, Kate. Du bist doch von ihm fortgelaufen.«

»Ja. Aber ich habe mir nur eingeredet, gefunden zu haben, was ich suchte. Es war ein Irrtum. Jetzt weiß ich das.«

»Jetzt weiß sie es«, meint Dale und lacht polternd. »Jetzt hasst sie dich, Yordy! Komisch, wie sehr sich doch eine Frau verändert. Verdammt, hier kann er also nicht vorbeigekommen sein.«

»Halte die Schnauze!«, brüllt Elvey,

»Er ist euch also entkommen«, stellt das Tanzmädchen fest.

»Ja. Mit einem Gefangenen«, gibt Yordy zu. »Wahrscheinlich will er ihn nach Fort Reno bringen. Und dort wird Lynn auspacken, wenn es ihm an den Kragen geht. Es ist keine Zeit mehr, um sich aus der Sache herauszureden, Kate. Ja, ich habe diese Leute hierher kommen lassen. Es gab keinen anderen Weg.«

»Um die Siedler zu vertreiben, nicht wahr? – Es ist dir nur noch nicht gelungen. Die amerikanischen Bauern sind starrköpfig. Sie brauchen dieses Land und kämpfen darum. Hast du das auch schon gemerkt?«

»Das spielt jetzt keine Rolle, Kate. Wir müssen offen über alles reden. Logan darf diesen Mann nicht nach Fort Reno bringen. Ich weiß, wie der Richter denkt. Er hat keinen Sinn für die Rinderzucht.«

»Er ist ja auch kein Rancher. – Yordy, unsere Wege trennen sich! Es ist alles anders, als ich dachte.« Sie will das Pferd wenden, als Elvey nach den Zügeln greift.

»Nur nichts überstürzten, Darling«, sagt er und grinst sie boshaft an.

»Was soll das?«

»Du kannst doch nicht einfach fortreiten, Kate.«

»Willst du mich zwingen, dich zu heiraten? Yordy, Menschen kann man nicht kaufen wie Rinder und Banditen.«

»Sind wir keine Menschen?«, will Dale wissen.

»Für mich seid ihr Raubtiere!«, gibt sie scharf zurück.

»Die hat ja auf einmal eine mächtig scharfe Zunge«, sagt Joe. »Ich möchte mal wissen, was Logan machen würde, wenn er erfährt, dass wir sie in unserer Gewalt haben.«

Kate weicht die Farbe aus dem Gesicht.

»Darauf bin ich auch gespannt«, sagt Yordy Elvey. »Die Frage ist nur, wie wir es ihm sagen sollen, ehe er in Fort Reno ist?«

»Vorläufig steckt er noch in den Bergen«, sagt Dale. »Ich nehme an, er will sie irgendwo im Nordosten verlassen. Dort gibt es eine Straße nach Fort Reno. Wenn er sieht, dass niemand in der Nähe ist, wird er sie nehmen wollen. Dort könnte man ein Schild aufstellen. Von hier aus ist die Straße in drei Stunden zu erreichen.«

»Das wäre eine Möglichkeit«, gibt Elvey zu. »Aber wir wissen nicht, ob er die Straße auch nimmt. In diesem Fall müssen wir ganz sichergehen!«

»Yordy, das willst du doch nicht wirklich machen?«, fragt Kate gepresst.

»Doch, Darling. Du hast einen Fehler gemacht. Ein Mensch kann nur für mich oder gegen mich sein. Ich wusste schon, dass sich alles verändert hat. So etwas fühlt man.«

Kate muss an Cabots Worte denken. So ungefähr hatte der es auch gesagt. Sie erkennt an Yordys Blick, dass er sie jetzt hasst. Sehr schnell ist sein Gefühl umgeschlagen.

Gerade so schnell wie ihr eigenes. Aber vielleicht stimmt das auch nicht. Vielleicht hat er länger darüber nachgedacht und sich alles genau zurechtgelegt.

Auf einmal weiß sie, dass es falsch von ihr war, die Stadt zu verlassen. Niemals durfte sie das tun! Sie will die Zügel ihres Pferdes freimachen, aber es gelingt ihr nicht.

Yordy grinst sie noch breiter an.

»Frauen sind ein verrücktes Volk«, meint er. »Ich möchte wirklich wissen, warum du ihm fortgelaufen bist. Jetzt willst du alles vergessen machen.«

»Du irrst dich, Yordy. Ich bin vor ihm geflohen, weil ich das Leben in Angst satt hatte. Daran hat sich nichts geändert. Ich habe nach einer guten Chance gesucht. Nach Ruhe. Aber nun habe ich erkannt, dass du nicht der Mann bist, der Ruhe und Frieden gebrauchen kann.«

»Du willst also gar nicht mit ihm...?« »Nein.«

»Er wird unsere Forderung ganz sicher erfüllen, wenn er weiß, was mit ihr los ist«, wendet Dale ein.

»Davon bin ich auch überzeugt«, sagt Yordy. »Nur wissen wir immer noch nicht, wie wir es ihm mitteilen sollen, ehe es zu spät ist. – Kate, wir machen einen Handel. Einen ganz einfachen Handel! Wir tauschen dich gegen Lynn aus. Das ist doch eine reelle Sache, nicht wahr?«

»Warum?«

»Lynn würden die Knie weich, wenn er in Fort Reno ist. Eine verständliche, menschliche Schwäche. Das müssen wir verhindern. Ich muss dich um Verständnis für unsere Lage bitten.« Er grinst sie nun so dreist an, dass sie sich abwenden muss.

»Aber wie sagen wir es ihm?«, fragt Dale.

Kate schaut Yordy erneut an.

»Logan selbst weiß doch, was mit dir los ist«, meint sie. »Reicht denn das nicht?« Elvey schüttelt den Kopf.

»Dem Richter kann das nicht reichen. Er braucht einen Zeugen, wenn er von mir etwas will. Logan kann nicht Zeuge in eigener Sache sein.«

»Ich nehme an, du irrst dich, Yordy.« »Ich? Wieso?«

»Du musst dich endlich von der Vorstellung befreien, dass er ein US-Marshal ist. Er ist keiner. Er wird wohl auch kein Interesse daran haben, einen Gefangenen nach Fort Reno bringen zu wollen.«

»Du meinst, er ist froh, wenn er uns entkommen ist, was?«

»Nein. Er will den Mann haben, der den Befehl dazu gab, Cunter zu ermorden. Und wenn er überhaupt jemanden nach Fort Reno bringt, dann diesen Mann, Yordy. – Dich!«

»Mich?«

»Du hast doch diesen Befehl gegeben.« »Das weißt du nicht!«

»Aber Lynn wird es wissen.«

»Sie will sich nur aus der Klemme ziehen«, brummt Dale.

»Natürlich ist er ein Marshal!«, pflichtet Joe eifrig bei.

»Er ist keiner«, beharrt das Tanzmädchen. »Und ihr werdet ihn bestimmt nicht auf dem Wege nach Fort Reno treffen können. Cunter und er waren Freunde. Sie ritten zusammen, wenn es sich gerade ergab. Sie trennten sich wieder, wenn jeder etwas anderes vorhatte. Ich habe niemals mehr zwei Männer kennengelernt, die so wie sie gewesen wären. Ich weiß, dass beide viel voneinander gehalten haben. Und deshalb wird Logan den Mörder suchen wollen.«

»Wenn er nicht nach Fort Reno reitet, wohin dann?«, will Dale wissen.

Kate schaut Yordy immer noch an.

»Zu dir«, sagt sie. »Wenn Lynn ihm bestätigt hat, was er denkt.«

»Das ist ja großartig«, meint Elvey belegt. »Dann brauchen wir also kein Schild. Wir einigen uns mit ihm, wenn er auftaucht.«

»Willst du mich zu deinem Vater bringen?«

»Nein. Wir haben noch ein paar andere Plätze, Darling. Schließlich gehört uns eine große Ranch. Reiten wir!«

Elvey zieht ihr Pferd mit sich und reitet an den Büschen vorbei.

Die anderen folgen ihm.

Nach hundert Yards springt Kate aus dem Sattel und rennt davon.

Yordy treibt beide Pferde herum und gibt einen Befehl. Schon eine halbe Minute später haben sie Kate eingekreist, sodass sie nicht mehr ausbrechen kann.

»Steig wieder auf«, kommandiert Yordy. »Sonst muss ich Dale befehlen, dich zu binden.«

Sie presst die Zähne so hart aufeinander, dass sie knirschen. Aber sie sieht, dass ihr keine Wahl gelassen wird. Da gehorcht sie.

»Das wirst du noch bereuen, Yordy!«, stößt sie hervor. »Und ich muss mich schämen, so blind gewesen zu sein.«

»Vielleicht kommt alles ganz anders, als wir denken«, entgegnet er. »Eines Tages wirst du selbst wissen, dass du nur an meiner Seite finden kannst, was du suchst. Hier wird Ruhe und Frieden sein, wenn ich alles geregelt habe.«

»Was willst du denn nun wirklich von mir?«

»Vieles, Kate. Vor allem, dass du umdenken lernst. – Und ihn vergisst!«

Sie blickt ihn aus großen Augen an und versteht gar nichts mehr.

»Also dann weiter«, sagt Yordy.

25

Doc Roy Dexter zuckt zusammen, als es gegen sein Fenster klopft. Er dreht den Docht der Lampe herunter.

Sofort wird es dunkel im Raum. Dexter greift nach seinem Gewehr und geht zum Fenster. Es ist draußen so finster, dass er nichts erkennen kann.

Da klopft es wieder gegen das Fenster. »Doc, machen Sie auf!«, raunt eine Stimme, die ihm bekannt vorkommt.

»Wer ist da?«

»Logan.«

Dexter öffnet das Fenster und kann das Gesicht Dean Logans nun wie einen Streifen dunstigen Nebels sehen.

»Sie?«

»Ja. Ist Yordy Elvey in der Stadt?« »Nein. Ich wüsste jedenfalls nicht. Vorhin war ich im Saloon. Niemand ist da.« »Ich habe einen Gefangenen. Einen Banditen. Sie nennen ihn Lynn. Ich will ihn ins Sheriffoffice bringen. Gibt es dort eine Zelle?«

»Ja. – Haben Sie Kate Duran getroffen?«

»Kate?«, fragt Dean, und es ist ihm, als würde eine kalte Hand nach seinem Herz greifen. »Nein, ist sie nicht da?«

»Sie hat die Stadt gestern verlassen. Gestern Abend. Und sie kam nicht zurück.« »Wohin wollte sie?«

»Ich weiß nicht. Cabot tut so geheimnisvoll. Er scheint es zu wissen.«

»Gut, Doc. Ich rede dann mit ihm. Wie komme ich von hinten ins Haus des Sheriffs?«

»Ganz einfach, öffnen Sie den Riegel. Ein Hebel führt nach draußen. Der Schlüssel für das Jail hängt im Office an der Wand neben dem Fenster.«

»Danke.«

Doc Dexter schließt das Fenster.

Dean geht geduckt an der Hecke entlang, die sich an das Haus anschließt. Der Schuppen wird vor ihm größer. Daneben stehen die beiden Pferde, und auf dem einen liegt sein Gefangener, der sich nicht befreien kann.

»Ich schreie die ganze Stadt zusammen«, knurrt Lynn.

»Unterlass es lieber. Die Leute haben euch nicht gern. Yordy ist nicht da. Wer weiß, was passiert, wenn die Männer dich sehen.«

»Was hast du mit mir vor?«

»Das weiß ich noch nicht. Zunächst bringe ich dich ins Jail. Dort kannst du dir meine Frage weiter durch den Kopf gehen lassen.«

»Ich weiß doch nicht, wer es befohlen hat!«

»Es kommt praktisch nur Yordy in Frage«, entgegnet Dean. »Aber ausgerechnet in diesem Fall muss ich es ganz genau wissen. Wenn es dir eingefallen ist, sagst du mir Bescheid.«

Dean führt die Pferde hinten um den Schuppen herum, an einem Gatter entlang und hinter den Häusern aus der Stadt hinaus. Er schlägt einen großen Bogen und ist zwanzig Minuten später hinter den Häusern auf der anderen Stadtseite.

Ungesehen erreicht er den Hof hinter dem verlassenen Sheriffhaus. Er hält die Pferde an, löst das Lasso und zieht Lynn vom Rücken des Tieres.

»Sie werden mich lynchen, wenn sie erfahren, dass ich hier bin!«, keucht der Bandit.

»Du machst dir über die Folgen deines Treibens reichlich spät Gedanken, Lynn. Wie viele Menschen hast du ermordet?« »Keinen! Ich schwöre dir, nicht einen Einzigen! Ich bin...«

»Du bist ein grundehrlicher Mensch«, meint Dean und nickt mit verzogenem Gesicht. »Nun bleib so ehrlich und sage mir, wer es befohlen hat!«

»Ich weiß es nicht! Verdammt, ich habe bestimmt keine Ahnung.«

»Komisch. Gestern hatte ich das Gefühl, als wolltest du nur nicht reden. Und nun weißt du es gar nicht. Du musst wirklich darüber nachdenken. – Geh vor mir her!« Dean schiebt den Banditen auf das Haus zu, zieht den Hebel des Riegels zurück und schiebt Lynn in den dunklen Flur.

26

»Logan«, sagt der Keeper und verliert die Farbe aus dem Gesicht.

Dean schaut sich schnell im Saloon um. Er ist mit dem Keeper ganz allein.

»Ja, der Laden geht nicht mehr«, brummt der Keeper, der seinen Blick bemerkte. »Die Männer haben sich an sie gewöhnt.«

»An Kate?«

»Ja.«

»Wo ist sie hin?«

»Sie wissen...?«

»Ich habe den Doc gefragt. Aber viel wusste er nicht.« Dean geht bis zur Theke und lehnt sich dagegen. Er greift nach einem Glas und der Flasche.

»Sie hatte den verrückten Gedanken, Yordy dabei ertappen zu müssen, wenn er aus den Bergen kommt«, meint Cabot. »Yordy hatte hier gesagt, Sie wären bei einem Überfall erschossen worden. Kate wollte Sie suchen lassen. Aber der Mann, den ich schickte, fand nur ein totes Pferd.«

»Ach so.«

»Ja.«

Dean trinkt den Whisky. Er schmeckt warm und dünn.

»Irgendetwas muss passiert sein«, sagt Cabot drängend. »Wo könnte sie denn sein?«

»Sie wird Yordy getroffen haben.«

»Aber dann müsste sie doch längst wieder hier sein!«, schreit der Keeper.

»Regen Sie sich doch nicht auf, Cabot. Vielleicht hat Yordy sie zur Ranch mitgenommen.«

»Nein, das hätte sie nicht gemacht. Sie weiß, dass sie bei mir einen Vertrag unterschrieben hat. Daran hält sie sich!«

Dean stellt das Glas langsam auf die Theke.

»Dann ist sie gegen ihren Willen mitgenommen worden, Cabot.«

»Was? – Verschleppt?«

»So kann man es auch nennen.«

»Logan, ich verstehe Sie nicht! Verschleppt? – Verdammt, dann müssen wir etwas unternehmen!«

»Was?«

»Das frage ich Sie, Logan!«

»Wir müssen Geduld haben und abwarten können, Cabot.«

»Wir... Sagen Sie mal, rührt Sie ihr Schicksal nicht? Sie hat es doch Ihretwegen gemacht!«

Dean schüttelt den Kopf.

»Nein, Cabot. Sie will die Chance, von der sie so viel redet, überprüfen. Ich kenne sie besser als Sie. Und noch etwas: Es wird ihr nichts schaden. Wer sich mit dem Teufel verbündet, muss sich gefallen lassen, durch das Fegefeuer geschleppt zu werden.«

»Yordy wird sie...«

»Yordy liebt sie«, unterbricht Dean den Keeper. »Daran müssen Sie immer denken. Er wird ihr also nichts tun. Zumindest so lange nicht, wie er sich für mächtig genug hält, alles im Leben zu erreichen. Daran glaubt er bestimmt noch eine Weile.« »Dann wollen Sie...?«

»Ich habe einen Gefangenen mitgebracht«, sagt Dean. »Vielleicht lautet Yordys Plan ganz einfach. Wir werden es sehen.«

»Sie haben einen Gefangenen?«

»Ja.«

»Wo?«

Dean lächelt.

»Irgendwo«, erwidert er und wendet sich ab. Als er auf die Straße tritt, sieht er einen Cowboy, der dabei war, als er Yordy im Saloon kennenlernte. Der Mann blickt ihn an und geht rückwärts, bis er bei seinem Pferd ist. Er macht die Zügel hastig los, wendet das Pferd und springt in den Sattel.

Wie von Furien gehetzt prescht der Mann aus der Stadt.

Dean blickt hinter der Staubwolke her und geht dann ein Stück die Straße hinauf. Er überquert die Fahrbahn und verschwindet in dem Moment zwischen zwei Häusern, als er sicher ist, von niemandem gesehen zu werden. Er kommt hinter den Häusern in einen Garten, jumpt über einen Zaun und steht im Hof des Sheriffhauses. Unbemerkt kann er eintreten. Im Office sieht er Lynn hinter den Gitterstäben, die das Jail abtrennen. Lynn hat die Hände um die Stäbe gekrampft.

Dean greift nach dem Schlüssel und öffnet die Zelle. Er hat den Colt in der Hand.

»Dreh dich um und geh zur Wand!«, kommandiert er. »Hände auf den Rücken.«

»Was hast du mit mir vor?«

»Ich werde dich an die Pritsche fesseln und knebeln. Das ist besser für dich. Und auch für mich.«

27

Der Cowboy reißt sein Pferd vor der Weidehütte hart zurück und springt aus dem Sattel. Schaumflocken tropfen vom Fell des Tieres.

Die Hüttentür öffnet sich. Eine lange Lichtbahn fällt über den sandigen Platz und reicht bis zu dem Cowboy.

Yordy steht im grellen Lichtschein. »Was ist?«, fragt er. »Hast du ihn gesehen?«

»Ja, Boss. Er kam auf einmal aus dem Saloon. Ich weiß auch nicht, wieso.«

»Aus dem Saloon?«

»Ja«

»Allein?«

»Ja, ganz allein. Er hatte niemanden bei sich.«

»Aber er muss doch erst einmal in die Stadt gekommen sein!«

»Das dachte ich auch. Boss. Aber er kam aus dem Saloon.«

»Hast du geschlafen?«

Der Weidereiter schüttelt den Kopf. »Bestimmt nicht!«, ruft er beschwörend. »Ich habe bestimmt nicht geschlafen. Keine Sekunde!«

»Dann muss er den Saloon von hinten betreten haben. Und dann hat er... Es ist gut. Reite zu Camp vier und melde dich beim Bestman.«

»Ja, Boss.« Der Cowboy geht zu seinem Pferd, steigt auf und reitet fort.

Yordy schließt die Hüttentür. Er wendet sich um und schaut Kate an. Sie sitzt auf einem Stuhl. Hinter ihr steht Dale.

»Sie wollte immer aufstehen«, meint der. »Ich glaube, sie hätte Freude daran gehabt, der Bursche hätte sie gesehen.«

»Er hat den Saloon von hinten betreten«, sagt er wie zu sich selbst. »Das heißt, Lynn muss in einem Zimmer des Saloons sein. Und von dort holen wir ihn.« »Warum hast du dem Burschen nicht gesagt, dass er deine Mannschaft zusammentrommeln soll?«, will Dale wissen.

»Weil wir das allein schaffen, Dale. Oder sind wir nicht genug?«

»Ach so. Natürlich, Boss. – Wann?« »Jetzt gleich. – Joe, du sattelst schon die Pferde.«

Joe geht hinaus.

»Du hast recht behalten«, wendet sich Yordy an das Mädchen. »Du kennst ihn wirklich besser als ich. Weißt du, dass ich allein darauf gebaut habe?«

»Sicher weiß ich das, Yordy. Du glaubst doch immer noch, dass er ein Marshal ist. Er ist ein Rächer! Cunters Rächer. Ich habe über alles noch einmal nachgedacht. Ich habe jetzt keine Angst mehr vor dir. Denn du wirst irgendwann in den nächsten Tagen nicht mehr zurückkommen.« »Übergeschnappt«, sagt Dale.

»Ich bin nicht abergläubisch«, murmelt Yordy. »Aber eines weiß ich: Sie kennt die Welt hier draußen mit ihren Menschen.« »Und?«

»Denke darüber nach, Dale. Natürlich werden wir bemüht sein, es zu einem anderen Ende zu bringen.«

»Verstehe ich nicht.«

»Macht nichts, Dale. Manchmal verstehe ich mich selbst nicht mehr. Es hat sich manches geändert, auch wenn es gar nicht danach aussieht.«

»Ich verstehe immer weniger, Boss.« Dale kommt um den Stuhl, auf dem Kate sitzt, herum und baut sich vor Elvey auf. »Kannst du nicht deutlicher werden? Meinst du Logan?«

»Ja.«

»Wenn wir in die Stadt kommen, erledigen wir ihn. Es ist doch ganz einfach. Er wäre längst tot, wenn du nicht den verrückten Gedanken gehabt hättest, mit ihm allein zu reden. War alles nur ein Trick von ihm!«

»Stimmt. – Kate, wir müssen dich binden. Es tut mir leid. Oder willst du mir versprechen, die Hütte nicht zu verlassen, bis wir zurück sind?«

»Dir verspreche ich nichts, Yordy!«, ruft das Mädchen zornig.

Er nickt.

»Das dachte ich mir. Dale, mach du es. Aber mach es ordentlich!«

28

Kate Duran hört die Männer fortreiten. Sie zerrt an den Fesseln, aber die dünnen Riemen schneiden nur tief in ihre Haut ein. Sie schimpft und stößt die Füße hart auf den festgestampften Boden. In der Ferne verklingt der Hufschlag.

Plötzlich hört sie ein Geräusch vor der Tür und zuckt zusammen. Sie hat Angst, weil sie unfähig ist, sich zu bewegen. Sie öffnet den Mund, um zu schreien, aber es kommt kein Wort über ihre Lippen.

Die Tür bewegt sich. Im zuckenden Licht taucht Dean Logan auf, kommt herein und schließt die Tür hinter sich.

»Dean«, sagt sie. Ihre Lippen sind trocken. »Woher kommst du?«

»Aus Elveys Stadt, Kate. Es war leicht, den Spuren, des Cowboys zu folgen.« Er zieht ein Messer aus dem Gürtel und schneidet ihre Fesseln durch. »War es dein Verlobter, der dich anbinden ließ?«, fragt er.

»Nein«, gibt sie hastig zurück und steht auf. »Nein, Dean!«

»Wer dann?«

»Es war...« Sie bricht ab, geht zum Tisch und lehnt sich dagegen.

»Ich sah sie fortreiten, Kate. Sie ritten direkt an mir vorbei. Aber sie sahen mich natürlich nicht.« »Sie wollen Lynn befreien! Deinen Zeugen. Hat er schon gesagt...?«

»Nein.«

»Warum hast du ihn dann im Saloon allein gelassen? Die Leute helfen dir doch nicht! Ich weiß, dass sie dir nicht helfen!« »Vielleicht bist du mir wichtiger gewesen«, entgegnet er. »Man weiß bei Menschen seines Schlages nie genau, zu was sie alles fähig sind, Kate. Ich wollte nicht, dass dir... Reden wir nicht mehr davon, es führt zu nichts.«

»Dean, du bist meinetwegen gekommen? – Nur meinetwegen?« Sie kommt dicht zu ihm heran und greift nach seinem Arm. »Ich danke dir dafür. Ich habe vieles falsch gemacht. Aber damals, weißt du, ich konnte nicht anders. Ich habe das nicht mehr ausgehalten. Die Angst! Immer diese Angst, wenn ich einen Schuss hörte. Ich wollte nicht erleben, dass sie dich aus einem Saloon tragen. Vielleicht war das sehr dumm von mir.«

»Nein, Kate. Heute kann ich das alles viel besser verstehen. Vielleicht liegt es daran, dass wir alle älter werden. – Wir wollen gehen.«

»Wohin?«

»Nicht nach Elvey Junction.«

»Nicht?«

»Nein, Kate. Die Stadt soll sehen, wie sie mit ihren Problemen selbst fertig wird. Wir wollen an uns denken.«

»Das kann nicht deine Überzeugung sein, Dean! Hast du Ross Cunter vergessen?«

»Ich vergesse nur selten etwas, Kate. Das weißt du. Aber ich will nicht, dass meine Gegenwart dich immer an etwas erinnert.«

»Du meinst, Yordy?«

»Ja.«

»Er hat sich schuftig benommen. Er hat mich hierher geschleppt. Du hast ja gesehen, dass sie mich angebunden haben.«

»Trotzdem würde es dich immer an etwas erinnern. Ich glaube, Ross könnte mich verstehen. – Komm, gehen wir!«

Als sie vor die Hütte kommen, bleiben sie beide ruckartig stehen. Ein Dutzend Reiter halten vor ihnen. In der Mitte ein großer, breiter Mann mit einem quadratischen Schädel.

»John Elvey«, murmelt Kate. »Wieso haben wir nichts bemerkt?«

»Offenbar waren sie auch schon in der Nähe«, gibt Dean zurück.

»Das ist er«, sagt ein Cowboy.

Der Rancher stützt den Ellenbogen auf das Sattelhorn und mustert Dean Logan wie einen Stier, den er kaufen will.

Dean legt die Hand auf den Kolben des Colts.

»Ich würde es an deiner Stelle nicht auf eine Schießerei ankommen lassen«, sagt der Rancher. »Dabei könnte versehentlich das Mädchen getroffen werden.«

»Was Sie nicht einmal bedauern würden«, meint Kate. »Denn dann wäre doch endlich alles so, wie Sie es wünschen.«

Elvey grinst.

»Genau«, entgegnet er. »Dann hätte sich alles von selbst geregelt. – Aber ich gebe Ihnen eine letzte Chance, Kate. Holen Sie Ihr Pferd und reiten Sie fort. Weit fort! Kommen Sie nie mehr hierher zurück. Ich kämpfe nicht gegen eine Frau – wenn sie mich nicht dazu zwingt.«

»Ich verstehe, Mr. Elvey.«

»Das ist gut. – Zack, hol du ihr Pferd. Mir dauert das zu lange.«

Einer der Cowboys steigt ab und geht um die Hütte herum.

»Was haben Sie mit ihm vor?«, fragt das Mädchen.

Elvey lacht.

»Wir machen einen Spazierritt.«

»Sie wollen ihn ermorden!«

»Unsinn. Ich habe noch nie einen Menschen ermordet.«

»Das kann stimmen. Sie lassen das andere für sich tun, Mr. Elvey. Sie haben ja Geld. Und für Geld bekommt man Hand langer. Ich hasse Sie!«

»Wenn Sie wütend sind, sehen Sie großartig aus«, erwidert der Mann ungerührt; »Aber nur darauf kommt es nicht an. Das will Yordy nicht verstehen.«

»Sie brauchen mir nicht zu erklären, warum ich von hier verschwinden soll«, entgegnet das Mädchen. »Im Übrigen kennen Sie nur die halbe Geschichte.«

Zack kommt mit dem Pferd und bleibt abwartend stehen.

»Wir wollten eben fortreiten«, sagt Kate. »Fort von hier, Mr. Elvey! Wir wollten beide nie mehr zurückkommen!«

»Wem erzählen Sie das?«

»Lass es, Kate«, meint Dean, als er sieht, dass sie wieder den Mund öffnet.

»Er ist ein Marshal«, redet Elvey weiter. »Wenn er von hier fortgeht, dann nur, weil er allein nichts ausrichten kann. Ich gebe zu, Yordy hat die Sache in manchen Fällen übertrieben. Aber das ist natürlich kein Grund, ihn wie einen gemeinen Verbrecher behandeln zu wollen. Er weiß schon zu...«

»Lass es sein, Kate!«, ruft Dean, als das Mädchen wieder den Mund öffnet.

»Steigen Sie auf!«, kommandiert der Rancher. »Zack, du reitest mit ihr fünfzig Meilen nach Südwesten. Ich denke, dann kommt sie nicht mehr zurück.«

»Gut, Boss.«

»Geh«, sagt Dean drängend.

»Ich denke nicht daran!«

»Zack, hilf ihr. Meat, du auch!«

Ein zweiter Cowboy steigt von seinem Pferd.

»Dean, so tue doch etwas!«, schreit das Mädchen verzweifelt.

Logan schüttelt den Kopf.

»Es hat doch keinen Sinn«, meint er. »Es war auch verrückt von mir, alles vergessen zu wollen.«

»Sie bringen dich um! Sie bringen jeden um, der ihnen im Wege ist!«

Zack und Meat schleppen das Tanzmädchen zu dem gesattelten Pferd und heben Kate in den Sattel.

»Bleib sitzen, sonst binde ich dich fest!«, knurrt Zack. »Meat, halte sie!« Zack holt sein Pferd, steigt auf und nimmt die Zügel beider Tiere.

Irgendjemand stößt einen schrillen Pfiff aus, und Zack jagt mit den Pferden in die Nacht hinein.

»Dean!«, hört Logan das Mädchen rufen. Dann geht alles im trommelnden Hufschlag unter.

»Und nun zu dir«, sagt der Rancher. »Ich hatte immer geglaubt, du würdest dich einmal zu mir bemühen. Aber du bist nicht gekommen.«

»Daran war Yordy schuld«, meint Dean. »Er ließ mich von seinen Banditen in die Berge schleppen.« Dean beobachtet die Cowboys. Ein paar von ihnen blicken den Rancher fragend an.

»Wieder einer, der das Gras wachsen hört«, sagt Elvey. »Komisch. Diese Kerle versuchen es auf jede Art. Also, wir machen es wie besprochen. Und denkt daran, für jeden fünfzig Dollar!«

Dean sieht sie alle gleichzeitig von den Pferden steigen. Er fällt den Ersten an und schlägt zu. Der Mann wird gegen den Nächsten geworfen.

Da springt ihn von links einer an und reißt ihn zu Boden.

»Den Strick!«, ruft er. »Keine Angst, Logan. Wir wollen dich nur binden!«

»Ehe die Nacht zu Ende ist, muss alles erledigt sein«, hört Dean den Rancher sagen, und er fragt sich, was sie noch für eine Gemeinheit planen.

»Da«, sagt jemand und wirft ein paar kurze Stricke auf seine Brust.

29

Auf der Hügelkuppe lässt Elvey die Mannschaft anhalten. Dean sieht die Herde. Hin und wieder ist ein dumpfer Laut zu hören. Die Gehörne der Tiere klappern gegeneinander. Der eintönige Gesang eines Wächters dringt von der anderen Seite herüber.

»Diese Herde wird in Stampede geraten«, sagt der Rancher. »Ganz von selbst. Sie wird dich unter sich begraben und noch etwas anderes. Eine Siedlerstätte. Einer meiner kleinen Nachbarn hat nämlich versucht, in meiner Stadt Draht zu bekommen. Ich will vermeiden, dass er auf den Gedanken kommt, es in der nächsten Stadt zu versuchen. Die Herde kommt also in Stampede, und was liegt näher, als dass sie den Weg zum Wasser nimmt. Zum Bighorn River.«

Dean weiß nun alles. Sie wollen die Rinder über ihn hinwegjagen. Über ihn und über eine Siedlerstätte. Er fragt sich, wie er nur auf den Gedanken kommen konnte, von hier fortgehen zu wollen.

»Weiter!«, kommandiert der Rancher.

Meat nimmt Deans Pferd mit. Als sie bei der Herde ankommen, führt der Cowboy das Pferd zwischen die Herefords.

»Ich gehöre also gewissermaßen mit zur Stampede?«, fragt Dean. »Solange mein Pferd das Tempo mithält und nicht stolpert?«

Meat schaut zurück.

»Noch weiter nach vorn!«, schreit Elvey. Meat zieht das Pferd weiter. Er muss sein eigenes immer wieder antreiben, weil es nicht vorwärts will. Als er wieder anhält, sind die Reiter hinter der Herde nur noch undeutlich zu sehen.

»Wir sind alle Schweine«, sagt er. »Als Cowboy hat man etwas gegen die Schollenbrecher. Mein Vater sagte immer, das wäre ganz natürlich. Aber das hier ist zu viel. Doch wir können nichts machen. Er jagt jeden fort, der ein Wort gegen ihn oder seinen Sohn sagt. Viele von uns haben sogar Spaß an der Sache. Sie fühlen sich selbst stark und mächtig dabei.« Dean schaut den Cowboy an.

»Weit genug!«, schreit Elvey. »Komm zurück, Meat!«

Der Cowboy hat plötzlich ein Messer in der Hand und schneidet Dean die Fesseln durch. Dann bringt er einen Revolver aus dem Hosenbund, den er Dean ins Holster schiebt. Er wirft ihm die Zügel zu, und Dean fängt sie auf.

»Versuche, nach links hinauszukommen, sobald sie schnell werden. Das ist nicht sehr schwer. Und dann lenke sie nach rechts. Gegen die Berge.«

»Danke, Meat.«

»Wenn er es jemals erfährt, schießt er mir eine Kugel in den Kopf. – Wenn ich nicht schneller bin.«

Meat wendet sein Pferd, treibt die Rinder auseinander und reitet zurück.

Dean zieht den Revolver aus dem Holster. Er sieht, dass er geladen ist. Die Herde wird erst hinter dem Hügel schnell werden. Bis dorthin ist es ungefährlich für ihn. Und nun kann er ja sein Pferd wieder lenken.

Er weiß nicht, wie viele Minuten vergangen sind, als er den gellenden Ruf der Treiber hört. Schüsse peitschen über das Land. Rund um ihn erheben sich die Rinder, die noch gelegen haben. Ihr Brummen wird laut und tief.

Immer mehr Schüsse krachen. Peitschen knallen. Es ist, als würde ein Ruck nach vorn durch die Herde gehen. Plötzlich läuft sie.

Dean spürt die Unruhe des Pferdes. Sein Fell ist schweißnass. Er muss die Zügel kurzhalten, weil er merkt, dass es durchgehen will.

Die Rinder werden schneller und schneller. Dean passt ihnen die Geschwindigkeit des Pferdes an, weil er nur so eine Chance hat, der tödlichen Gefahr zu entgehen.

Staub quillt in die Höhe. Die Herde rast abgründig brüllend über den Hügel hinweg. Hinter ihr wird immer noch geschossen und mit Peitschen geknallt, aber Dean hört die Geräusche nur noch sehr schwach. Der Hufschlag dröhnt so stark auf den Boden, dass es Logan ist, als würde die Erde zittern. Der Staub brennt ihm in den Augen. Er versucht, mit dem Pferd weiter nach links zu kommen.

Die Schüsse und das Knallen der Peitschen sind verstummt. Aber vielleicht kann Dean es auch nur im Stampfen der Hufe und im Brüllen der Tiere nicht mehr hören. Er tritt nach dem Kopf eines Bullen, der seinem Pferd das Horn in den Leib rammen will. Die Jagd geht durch eine lange Senke. Dean lenkt das Pferd etwas schärfer zur Seite.

Auf einmal hört er wieder Schüsse. Die Männer sind also noch da.

Aber er muss jetzt aus dieser tödlichen Umklammerung heraus, wenn er das überhaupt noch schafft. Er zieht den Kopf des Pferdes abermals nach links. Langsam kommt er weiter zur Seite. Am Ende der langen Senke, als es zum Hügel hinaufgeht, zieht sich die rasende Herde etwas auseinander. Dean sieht eine Gasse auf der Seite, presst dem Pferd die Sternsporenräder in die Flanken und jagt es in den Spalt hinein.

Auf einmal ist er neben der Herde. Er schaut zurück und kann niemanden sehen. Jetzt hört er auch keine Schüsse mehr, und er denkt, dass die Reiter nun endgültig von der Herde abgelassen haben. Die Herefords werden weiterlaufen. Immer geradeaus, egal, ob sich ein Hindernis in ihren Weg stellt oder nicht.

»Vorwärts!«, schreit er auf das Pferd ein. »Schneller!«

Dean Logan sprengt an der Flanke der Herde nach vorn. Er weiß, dass es zu der Siedlerstelle, die Elvey vernichten will, nicht mehr weit sein kann. Sonst würden seine Leute die Rinder noch lenken. Vielleicht taucht das Haus schon dort vorn hinter dem nächsten Hügel auf.

Dean feuert aus dem Colt, den ihm der Cowboy gegeben hat. Er trifft das erste Rind in den Kopf. Es knickt ein und wird von den anderen überrannt. Er schiebt den Revolver ins Holster, weil er merkt, dass er die Richtung so nicht beeinflussen kann. Dafür macht er die Peitsche von der Schlaufe am Sattelhorn los. Er schwingt sie durch die Luft und schlägt auf die Tiere ein. Schon schnell schmerzt ihm der Arm, weil er an diese Arbeit nicht gewöhnt ist. Doch er merkt, dass die Rinder zur anderen Seite hinüberdrängen. Da schlägt er immer heftiger und brüllt in das Inferno hinein.

Als sie über den Hügel jagen, rast die Spitze der Herde bereits nach Südwesten. Dean spürt seinen Arm kaum noch. Er denkt, dass er die Peitsche bald verlieren wird, aber er schlägt weiter damit auf die Tiere ein. Immer weiter geht der Bogen, bis Logan sieht, dass die Rinder den Bergen genau entgegensprengen. Da fällt die Peitsche aus seiner Hand. Vor sich sieht er eine Hütte. Hinter einem Fenster brennt Licht. Ja, es war wirklich nicht mehr weit. Und vielleicht war Elvey die genaue Richtung gleichgültig. Dean sieht langgestreckte Maisfelder aus der Dunkelheit auftauchen. Vielleicht hätte es dem Großrancher genügt, wenn diese Felder verwüstet werden.

Dean merkt, dass das Pferd unter ihm schwankt. Er reitet auf das Haus zu, steigt kurz davor ab und führt das Pferd. Er sieht einen Mann, der ein Gewehr in der Hand hält. Als er bis auf fünf Yards heran ist, erkennt er den Mann. Es ist der, der im Store in Elvey Junction Draht kaufen wollte, aber keinen bekam. Das Gewehr ist auf Dean gerichtet.

»Mein Name ist Logan«, sagt er in das sich langsam entfernende Donnern der Herde hinein. »Elveys Leute versetzten die Herde in Stampede. Aber einer dieser Leute gab mir Gelegenheit, die Rinder in eine andere Richtung zu lenken.«

Der Mann senkt das Gewehr. Aus der Hütte kommt eine verhärmte, gebeugte Frau. Sie hat ein Kind auf dem Arm.

»Das ist dieser US-Marshal, Martha«, erklärt der Mann.

Die Frau kommt noch weiter aus dem Haus.

»Ich will Ihnen, gern alles erklären«, sagt Dean. »Haben Sie die Absicht, gegen Elvey Klage beim Territoriumsrichter zu erheben?«

»Klage?«

»Ja. Ich bin Ihr Zeuge. Und vielleicht finden sich aus Elveys Mannschaft auch noch Männer, die Ihnen helfen wollen.«

»Cowboys«, sagt der Siedler verächtlich.

»Ich hatte den Eindruck, als hätten nicht alle Spaß daran gehabt.«

»Wissen Sie, das ist ein verlockender Gedanke. Aber hier draußen zählt das Gesetz sehr wenig. Für Elvey ist es nur ein Fetzen Papier, ohne jeden Wert. Ich habe eine Familie. Sie sehen es ja. Wenn Elvey erfährt, dass ich nach Fort Reno bin, treffe ich meine Frau und das Kind bei meiner Rückkehr nicht mehr an. – Wenn ich überhaupt zurückkomme.«

Dean zuckt die Schultern.

»Dann müssen Sie hier auf den nächsten Anschlag warten«, sagt er bitter. »Das ist natürlich jedes Menschen eigene Angelegenheit.«

»Sie als Marshal müssen doch von sich aus...«

»Ich bin doch kein Marshal«, unterbricht Dean den Mann. »Warum wollt ihr denn das nur nicht endlich glauben!« Er wendet das Pferd, steigt in den Sattel und reitet davon.

»He, Mister!«, ruft ihm der Siedler nach. »Was ist denn noch?«, fragt Dean und hält wieder an.

»Da ritt einer mit dem Mädchen vorbei. Es ist noch nicht lange her. Vielleicht eine halbe Stunde. Dort hinunter!«

Dean wendet das Pferd.

»Dort bei den Büschen müsste die Spur noch zu sehen sein«, meint der Siedler. »Danke.«

»Ich kann Ihnen auch ein frisches Pferd geben. Sie dürfen nicht denken, dass wir undankbare Menschen sind. Ich kenne nur die Grenze, die mir gesetzt ist und über die ich nicht hinwegkommen kann.«

Dean reitet zu dem Mann zurück und steigt wieder ab.

»Ich nehme Ihr Angebot gern an«, entgegnet er. »Auf einem frischen Pferd könnte ich Zack sicher einholen.«

Als Dean mit dem Pferd vom Korral kommt, hört er den anschwellenden Hufschlag. Er blickt zu der Frau, die zu zittern beginnt und ihren Mann ratlos anschaut.

»Nur Ruhe, Martha«, sagt der Mann leise. »Das ist er. Er will wohl nachsehen, was seine Rinder angerichtet haben.«

»Er wird schon hinter dem Hügel sehen, dass die Herde eine andere Richtung genommen hat«, meint Dean.

»Das hindert ihn bestimmt nicht daran, hierher zu kommen.« Der Siedler wendet sich wieder der Frau zu. »Geh ins Haus, Martha.«

»Wir gehen am besten alle ins Haus«, wendet Dean ein. »Hier draußen haben wir keine Chance gegen ihn. Kann ich von Ihnen ein Gewehr bekommen?«

»Nein.«

»Haben Sie nur das eine?«

»Ich habe drei Gewehre. Aber ich weiß, dass meine Chance darin besteht, ihn zur Vernunft zu bringen.«

»Vernunft? Ja, wissen Sie denn immer noch nicht, was er von Ihnen will?« Dean führt das Pferd zum Korral zurück und treibt es gesattelt hinein. Als er abermals vor das Haus kommt, ist der Hufschlag so laut geworden, dass er denkt, die Reiter müssen jeden Moment auf der Hügelkuppe auftauchen.

»Kommen Sie! Versuchen Sie von einem Fenster aus mit ihm zu verhandeln.«

Der Siedler geht vor ihm ins Haus und löscht die Lampe. Die Frau hat das Kind in einen Korb gelegt und schließt die Tür. Einen Balken, der an der Wand lehnte, hängt sie in die eisernen Krampen.

»Da«, sagt der Siedler.

Dean wendet sich um. Der Mann hält ihm ein Gewehr hin. Das Messingschloss funkelt ein wenig im bleichen Mondlicht.

»Winchester 66«, sagt der Mann. »Ich war damals ganz verrückt auf das Ding. Gebraucht habe ich es nie.«

»Würden Sie das Kind in den hinteren Raum bringen?«, fragt Dean die Frau.

»Warum?«

»Hier wird wohl geschossen werden. – Wenn Ihre Verhandlungen zu nichts führen, Mister.«

»Das Kind bleibt hier«, entscheidet die Frau.

»Wie weit ist es zu Ihrem nächsten Nachbarn?«, wendet sich Dean wieder an den Mann.

»Wenn geschossen wird, kann er es hören, falls Sie das meinen.«

Da tauchen die Reiter auf. Sie kommen wie Schemen über den Hügel und jagen ins Tal herunter. Dean sieht, dass die Frau nach dem dritten Gewehr, einer Long Rifle, gegriffen hat.

Der Farmer stößt das Fenster mit dem Lauf seiner Waffe auf.

Die Reiter kommen in den Hof und halten die Pferde an. Staubfontänen werden in die Höhe geschleudert.

»Cooper, komm heraus!«, ruft der Rancher. »Wir wissen, dass du da bist.«

Waffen klappern.

»Was willst du, Elvey?«, fragt der Siedler unsicher.

»Du sollst herauskommen! Ich befehle es dir!«

»Du kannst so sagen, was du willst. Du sprichst so laut, dass ich dich gut verstehen kann.« Der Siedler will genau vor das Fenster treten, aber Dean zieht ihn zur Seite.

»Wenn wir das Haus anstecken, wird er schon kommen«, sagt einer der Cowboys.

»Hast du das gehört, Cooper?«, fragt der Rancher.

»Ihr seid verdammte Halunken, Elvey! Ich habe die Herde gehört. Die Hütte zitterte. Ich weiß, was es werden sollte. Ein Unglück! Ein Unglück, wie es auch dem Sheriff zugestoßen ist.«

»Was soll das heißen?«

»Das weißt du doch.«

»Soll ich ihn herausholen?«, hört Dean den Cowboy Meat fragen.

»Ja.«

Der Mann steigt ab. Cooper hebt das Gewehr, aber Dean drückt es herunter.

»Nicht«, flüstert er. »Meat ist ein ordentlicher Kerl, wenn ich mich nicht sehr irre. Wir wollen abwarten. Treten Sie zurück!«

Der Siedler geht rückwärts bis zum Tisch.

Draußen kommen Schritte näher. Ein Schatten taucht dicht vor dem Fenster auf.

»Schießen Sie nicht, Cooper«, raunt er. »Vielleicht ist es sinnlos, was ich mache. Aber irgendwer muss Ihnen helfen.« Meat flankt über das Fensterbrett. Er bleibt stocksteif stehen, als er Dean vor sich sieht.

»Also doch Glück gehabt«, meint er.

»Ja.«

»Dann sind wir schon drei. Das ist eine ganze Menge, denn wir haben schließlich die Deckung. Cooper, nach seinem Willen sollen Sie diese Nacht nicht mehr überleben. Sie müssen jetzt kämpfen!« Meat blickt auf die Frau und nimmt ihr die Long Rifle aus der Hand.

»Meat, was ist los?«, schreit Elvey.

»Sie haben einen Strick mit, an dem man einen Menschen aufhängen kann«, erklärt Meat. »Vielleicht kennen Sie den erfrorenen Eisenholzbaum auf dem nächsten Hügel. An der Straße. Dort will er es machen.«

»Meat!«

»Ja, Boss. Er will nicht hinauskommen. Er sagt, es würde ihm keinen Spaß machen, aufgeknüpft zu werden.«

»Das hast du ihm gesagt?«

»Natürlich. Deswegen sind wir doch hergekommen – wenn die Hütte noch steht. Und sie steht noch. Boss, ich werde bei ihm bleiben. Ich wollte den Sattel vor dem Frühjahr nicht mehr wechseln, weil es schwer ist. Aber nun geht es nicht mehr. Wer von euch anderen noch ein wenig Verstand hat, der soll fortreiten!«

»Verräter!«, keucht der Rancher. »Verdammter Verräter! Vorwärts!«

»Boss, Logan ist auch hier. Er kam gar nicht unter die Herde. Irgendetwas von ihm hätten wir schließlich unterwegs auch finden müssen. Ich habe ihm die Stricke zerschnitten. Wir sind also drei Männer.«

Dean schaut Meat durch die Dunkelheit an. Er sieht die glänzenden Schweißperlen, die das ganze Gesicht des Cowboys bedecken. Da weiß er, dass Meat Angst hat. Und doch wird er tun, was er für seine menschliche Pflicht ansieht.

»Logan?«, fragt der Rancher.

»Ja, ich bin hier, Elvey.«

Meat wendet sich mit dem Gewehr um. Er tritt weiter in den Raum zurück, um von draußen nicht gesehen zu werden.

»Räuchert sie aus!«, schreit Elvey und treibt sein Pferd an, als wollte er die Hütte niederreiten.

Dean schwingt die Winchester hoch.

Da kracht schon ein Schuss. Ein Pferd wiehert und etwas schlägt zu Boden. Dann wird es sehr still. Und schließlich knarrt Sattelleder. Eine Stimme sagt: »Er ist tot.«

Dean blickt Meat wieder an. Er weiß, dass der das getan hat, was den Kampf verhindern kann.

»Nun kommt, wenn ihr noch Lust habt, einen wehrlosen Menschen einfach umzubringen«, sagt der Cowboy. »Kommt doch! Er ist doch nur ein Schollenbrecher! Einer, der Drahtzäune zieht! Kommt und hängt ihn auf! Aber denkt daran, dass euch kein Mensch für die schmutzige Arbeit bezahlen wird.«

»Meat, du hast ihn umgebracht«, sagt einer der Männer. »Weißt du auch, dass Yordy dich dafür bis ans Ende der Welt verfolgen und stellen wird?«

»Ja. Mit seinen Banditen. Vielleicht reitet ihr in diesem Haufen auch mit. Dann seid ihr ebenfalls Banditen. Aber ihr seid das schon, wenn ihr jetzt versucht, das Haus zu stürmen. Denn auch ein Siedler ist ein Mensch!«

Dean geht zur Tür, hebt den Balken aus und öffnet sie. Er tritt in den Hof hinaus und sieht die Reiter, die immer noch unentschlossen sind. Er erkennt auch den Klumpen auf der Erde. Das also ist übrig geblieben. Eine Kugel hat sein Leben ausgelöscht, wie sie auch jedes andere ausgelöscht hätte.

»Verschwindet«, sagt er. »Es ist eure letzte Chance, der Gerechtigkeit zu entgehen. Vielleicht wird sie euch nie wieder geboten. Wenn ein Mann ermordet wurde, wird der Richter Soldaten schicken. Das ist seine Pflicht. Die Soldaten werden nicht fragen, wer es befohlen hat. Sie interessiert nur, wer alles dabei war und mitgemacht hat.«

Die Weidereiter schauen auf ihren toten Boss.

»Er hat ihn einfach ermordet«, sagt einer.

»Lasst uns verschwinden«, meint ein anderer. »Ich habe das sowieso nur ungern mitgemacht.«

»Reite doch, wenn du Angst hast!«, schreit der Sprecher von vorher.

»Das mache ich auch, Pate.« Der Cowboy wendet sein Pferd. »Und wer von euch noch ein bisschen Verstand im Kopf hat, der kommt mit mir.« Der Mann reitet los.

»Immer geht! Wer Angst vor seinem blöden Gerede hat, der mag verschwinden!« Dean sieht, dass die anderen Männer ebenfalls die Pferde wenden und hinter dem Cowboy her reiten. Auf einmal ist Pate mit seinem toten Boss allein.

»Yordy ist in der Stadt«, meint Dean. »Eine undankbare Aufgabe, die du freiwillig übernommen hast.«

Meat kommt aus dem Haus.

»Er war schon immer so«, erklärt er. »Und vielleicht begreift er nie, was den Menschen über das Tier erhebt.«

Pate hebt den toten Rancher ächzend hoch schleppt ihn zu dem scheuenden Pferd und wirft ihn über den Sattel.

»Du wirst das noch bitter bereuen, Meat!«, ruft er. Dann steigt er auf sein Pferd, nimmt die Zügel des anderen und reitet davon.

Meat lehnt die Long Rifle gegen die Hüttenwand.

»Wohin willst du?«, fragt Dean, als der Cowboy zu seinem Pferd geht.

»Ich verschwinde. Es muss sein.«

»Wenn wir zusammenbleiben, haben wir vielleicht eine Chance. Die Bande ist nicht stark.«

»Eine Chance hätten wir nur, wenn Yordy so schnell erschossen wird wie sein Vater. Weißt du, dass ich es mir schon vorgenommen hatte, als wir über den Hügel kamen?«

»Ich kann es mir denken.«

»Yordy wird damit rechnen, wenn Pate ihm alles gesagt hat. Deshalb werde ich verschwinden, denn so etwas klappt nicht zweimal.«

»Hast du Angst?«

»Ja. Es sind mir zu viele. Er findet auch noch Männer aus der Mannschaft, die wie Pate denken. Es wäre besser, du kommst mit mir.«

Dean schaut auf die Hütte.

»Dann wird Yordy fortführen, wozu sein Vater nicht mehr kam. Dann war alles umsonst, Meat.«

Meat schüttelt den Kopf. Dean geht zur Hütte zurück. Er sieht, dass das Kind mit offenen Augen in dem Korb liegt und ihn anschaut, und er wundert sich, dass es nicht geschrien hat, als der Schuss fiel.

Draußen klingt Hufschlag auf.

»Er ist ein guter Mann«, meint die Frau. »Es wäre zu viel verlangt, wenn er über seinen Schatten springen soll. – Nun wird Yordy hierher kommen. Weil sein Vater hier erschossen wurde.«

Dean weiß, wie recht die Frau hat. Ja, er wird hierherkommen. Und so, wie er ihn einschätzt, wird er blindwütig Rache nahmen wollen.

Er denkt an Kate, der er helfen wollte. Vielleicht ist es besser, er tut das nicht. Zack wird sie irgendwo laufen lassen. Wenn er ihr jetzt folgt, fühlt sie sich vielleicht gezwungen, wieder mit ihm zu kommen und irgendwann fortzulaufen.

»Ich werde in die Stadt reiten, Cooper«, sagt er an den Siedler gewandt.

»Sie wollen sich für uns opfern. Aber das hat auch keinen Sinn!«

»Vielleicht denken die Männer in Elvey Junction anders, wenn sie wissen, dass John Elvey tot ist. Irgendwann muss diese Sache zu Ende gebracht werden.«

»Diese Leute betrifft es doch am wenigsten, Logan. Uns Siedler geht es an. Ich werde versuchen, alle Farmer und Smallrancher zusammenzuholen.«

Dean geht zum Korral und holt das gesattelte Pferd wieder heraus.

30

»Wo ist er?«, schreit Yordy die schweigende Menge an. »Er muss irgendwo in dieser Stadt sein! – Lynn!« Sein Schrei schallt über die Häuser hinweg.

»Hat denn keiner eine Ahnung?«, fragt Cabot mit zitternder Stimme.

»Er ist im Jail«, sagt der Doc.

Yordy wirbelt herum und geht geduckt auf den Arzt zu.

»Du hast es also gewusst!«, zischt er. »Und warum hast du es nicht gesagt?«

Doc Dexter blickt den Ranchersohn furchtlos an.

»Weil ich wollte, dass er dort bleibt«, sagt er, »Weil er ein Bandit ist.«

»Und was denkst du, was ich bin?«

»Sie liefern uns hier den Beweis, dass die Vermutung unseres toten Sheriffs immer richtig gewesen ist, Elvey. Immer holen Sie Lynn heraus. Irgendwann wird es der Richter erfahren. Er muss es erfahren, weil es zu viele sehen!«

»Willst du mir drohen?«

»Ich stelle nur etwas fest«, sagt der Arzt.

Yordy wendet sich den Banditen zu.

»Rod, du holst Lynn...« Er bricht plötzlich ab und schaut die Straße hinunter.

Die andern drehen die Köpfe.

»Pate«, sagt er.

Der Cowboy hält bei ihm an und lässt die Zügel des anderen Pferdes aus der Hand fallen.

»Dein Vater, Yordy. Meat ist es gewesen. Bei Cooper. Weiß der Teufel, was ihm plötzlich in den Sinn gekommen ist. Logan war auch dort. Die anderen sind fortgeritten, nachdem es passiert war.«

Yordy geht auf das Pferd zu und zieht den Toten herunter. Er fällt in den Staub und rollt auf den Rücken.

»Meat?«, fragt Yordy mit belegter Stimme.

»Ja. Er wird wohl jetzt geflohen sein. Aber seine Spur finden wir sicher noch.«

31

Dean Logan hält sein Pferd an, als er so nahe an die Stadt herangekommen ist, dass er die Menschen in der Frontstreet sehen kann. Er erkennt Yordy, der neben seinem Vater kniet. Und er sieht auch den Keeper Cabot, hinter dem noch jemand steht, den er aber nicht genau erkennen kann.

Dean zieht sein Pferd herum. Es wird besser sein, er reitet nicht offen in die Stadt hinein. Hinter den Häusern kommt er in den Hof des Sheriffhauses. Er steigt ab, schlingt die Zügel um einen Pfahl und geht auf das Haus zu. Vorsichtig zieht er den Hebel des Riegels zurück und schiebt sich in den Flur hinein, Es ist still im Haus. Er tastet sich weiter, bis er die Tür zum Office erreicht. Er öffnet sie lautlos und blickt in den Raum hinein. Der Colt in seiner Hand streckt sich vor.

Dean kann niemanden sehen. Bleiches Mondlicht fällt durch das Fenster. Er tritt über die Schwelle und blickt zu der Zelle in der Ecke. Der Gefangene liegt noch so auf der Pritsche, wie er ihn hingelegt und festgebunden bat.

Logan geht weiter bis zum Fenster. Er sieht Yordy aufstehen.

»Rod, du holst Lynn heraus«, sagt der junge Elvey gepresst.

Dean sieht Rod zum Stepwalk heraufkommen. Er nimmt den Colt in die linke Hand.

»Pate, leg ihn wieder auf das Pferd und bringe ihn zur Ranch hinaus«, bestimmt Yordy.

Da rüttelt Rod an der Tür.

»Schlage sie ein«, meint Yordy.

»Dazu dürfte sie zu stabil sein, Boss.« Rod geht zum Fenster und schlägt den Ellenbogen in die Scheibe. Rasselnd fällt sie zusammen. Rod schwingt sich über das Fensterbrett.

Dean steht plötzlich vor ihm und wuchtet ihm die Faust ans Kinn.

Rod wird gegen den Schreibtisch geschleudert und knickt ein.

Dean zieht ihn zur anderen Seite.

»Was ist los?«, ruft Yordy draußen.

»Ich bin gestolpert«, gibt Dean mit verstellter Stimme zurück, Er greift nach einem Lasso, das an der Wand hängt und bindet Rod. Er schiebt ihm sein Taschentuch in den Mund und zieht das Halstuch darüber. Dann schiebt er ihn an die Wand und geht zum Fenster zurück,

»Rod, was ist?«, meldet sich Elvey.

»Ich habe keine Schwefelhölzer. Kann den Schlüssel nicht finden.«

»Dale, hilf ihm!«, kommandiert Elvey.

Dales harte Schritte erschallen auf dem Stepwalk. Er blickt zum Fenster herein.

»Rod?«, fragt er.

»Hier«, erwidert Dean von links.

Dale reckt den Kopf weiter vor, und da weiß Dean, dass es nicht so kommen wird, wie er es erhofft hat. Dale kommt nicht herein.

Er tritt vor und hält Dale den Colt vor das Gesicht.

»Hier ist Logan!«, schreit Dale und will zurückspringen.

Da trifft ihn die Waffe gegen den Kopf und schleudert seinen Körper auf den Stepwalk.

Yordy ist herumgefahren. Joe steht neben dem Keeper Cabot.

»Nimm die Hände hoch, Yordy!«, ruft Dean. »Joe, wirf den Colt weg!«

Dean flankt über das Fensterbrett und rennt über die Straße. Als er zum Stepwalk hinaufspringt, dröhnt im Saloon ein Schuss auf. Die Kugel sirrt an ihm vorbei und kratzt gegenüber über das Dach.

»Komm nur!«, ruft Yordy. »Nichts hast du gewonnen! Gar nichts! Wenn du tot bist, ist alles, wie es vorher gewesen ist.«

Dean lehnt an der Wand neben der Tür. Er hämmert die Stiefelspitze gegen die Füllung.

Sofort kracht wieder ein Schuss.

»Du bist sehr aufgeregt, Yordy«, sagt er und stößt die Stiefelspitze abermals gegen die Türfüllung.

Da kracht der dritte Schuss. Die Kugel durchschlägt die dünne Türfüllung.

Ein Fluch schallt heraus.

»Bluffen willst du!«, schreit Yordy. »Komm herein und mache es wie ein Mann mit mir aus. Komm doch! Ja, ich habe es befohlen, dich und den anderen umzubringen!

Nun komm und tue, weswegen du dich hier in der Stadt aufgehalten hast!«

Dean tritt noch einmal gegen die Tür. Diesmal fällt kein Schuss. Dafür ist ein widerliches Lachen zu hören.

»Feigling!«, brüllt Yordy.

Dean wirft sich gegen die Tür und in den Saloon hinein. Er rollt sich um seine eigene Achse, hört das Krachen des Revolvers und liegt hinter einem Tisch. Er packt ihn an den Beinen und wirft ihn um. Eine Kugel fährt pochend in die Platte.

Dean kriecht weiter nach links. Nur ein schleifendes Geräusch ist zu hören. Völlige Dunkelheit umgibt ihn. Er springt auf, kann Yordy nirgends sehen und duckt sich sofort wieder.

»Wo bist du?«, fragt Elvey. »Zeig dich doch!«

Dean schiebt sich weiter zur Seite, bis er die Ecke erreicht hat. Er kann nun in beide Gänge sehen und glaubt, ziemlich sicher zu sein.

Im Saloon bleibt es still. Plötzlich ist wieder ein Geräusch zu hören. Ein Sporenrad klingelt leise. Dean weiß, dass Yordy jetzt versuchen wird, einen Blick in die Ecke zu werfen.

Da sieht er einen Stiefel. Er springt auf, hat Yordy dicht vor sich und sieht ihn herumwirbeln. Er schleudert ihm den Colt mit einem raschen Schnappen des Handgelenkes entgegen.

Yordy wird hart getroffen und gegen die Wand gepresst.

Dean flankt über den Tisch hinweg, schlägt die Revolverhand des jungen Mannes nieder und wuchtet ihm die Faust ans Kinn.

Yordy taumelt nach links und fällt. Aber noch im Fallen schießt er.

Die Kugel streift Dean über die Schulter. Er wirft sich zu Boden, hat seinen Colt dicht vor sich und will danach greifen. Da trifft eine Kugel die Waffe und schleudert sie in die Ecke.

Yordys raues Lachen erklingt.

»Fahr zur Hölle!«, schreit er.

Dean rollt sich um seine eigene Achse und stößt gegen einen Stuhl, der auf ihn fällt. Hinter ihm wirbelt die nächste Kugel die Sägespäne in die Höhe. Er weiß, dass er trotzdem verloren ist, sieht die rauchende Mündung groß vor sich und hört ein scharfes, metallisches Klicken.

Da springt er auf und auf Yordy zu. Seine Faust zuckt wie ein Hammer vorwärts, trifft Yordy und schleudert dessen Kopf zu Boden.

32

Die Siedler und Smallrancher kommen mit dem ersten Tageslicht. Auf der Straße stehen die Menschen wie eine Mauer.

»Wir werden sie hängen«, sagt jemand. »Das ist immer so gemacht worden.«

»In Fort Reno gibt es aber jetzt einen Richter«, sagt der Arzt. »Ihr solltet Vernunft annehmen! – Wenn wir sie lynchen, sind wir nicht besser als sie selbst.«

»Was ist denn?«, fragt Cooper.

»Sie sind alle im Jail«, meint Dean, der vor der Tür zum Office steht.

»Logan, Sie haben doch gesagt, Sie wären kein Marshal«, meint der Storekeeper. »Sie haben also auch kein Recht dazu, uns Befehle zu geben. Genaugenommen haben Sie zu nichts ein Recht!«

»Wir werden einen Sheriff wählen«, vermittelt der Doc.

»Was soll das blöde Gerede?«, knurrt der Storehalter.

Plötzlich lichtet sich der dichte Kreis der Männer.

Zwei Reiter kommen die Straße herunter. Dean sieht Kate Duran und Meat. Die beiden halten zwischen den Männern an.

»Ich habe Zack getroffen«, sagt Meat. »Er war sehr vernünftig, Logan.«

Kate steigt ab.

»Wo ist Yordy?«, will Meat wissen.

Cabot erklärt es ihm leise.

Kate kommt zu Dean herauf und stellt sich neben ihn.

»Wir wollen ihn zum Sheriff wählen«, meint der Doc. »Vielleicht können Sie ihm erklären, dass es für einen Mann gut ist, einen festen Platz in der Gesellschaft zu haben.«

Kate schaut Dean von der Seite an.

»Das habe ich schon früher versucht, Doc«, sagt sie. »Leider ohne jeden Erfolg. – Aber wenn du wieder fortreitest, werde ich mit dir kommen, Dean. – Wenn du es willst.«

Dean schaut sie an. Sie will lächeln, aber es gelingt ihr nicht. Ja, sie wird wieder mit ihm gehen, wird mit ihm von Stadt zu Stadt ziehen und die gleichen Ängste ausstehen wie damals.

»Wenn ihr alle der gleichen Meinung seid, nehme ich an«, hört er sich gegen seinen Willen sagen. Und auf einmal weiß er, dass es so richtig ist. Ross Cunter hatte das früher als er gemerkt.

»Wirklich?«, fragt Kate ungläubig.

»Ich denke, wir stimmen gleich ab«, sagt der Arzt. »Wer für ihn ist, soll die Hand hochheben.«

Dean sieht viele erhobene Hände.

»Ist jemand dagegen?«, will Dexter wissen. »Wenn ja, soll er jetzt die Hand heben.«

Dean sieht, dass sich keine Hände hochstrecken.

»Nun holt doch mal einer den Stern«, ruft der Doc. »Sonst überlegt er sich die Sache noch anders und wir haben ihn nicht vereidigt!«

ENDE

2. Sein Wille war Gesetz

1

South Dakota.

Clem Gannon hat sein großes rostbraunes Pferd zum Stehen gebracht. Er blickt von der Hügelkuppe auf den Cheyenne River hinunter und auf die Stadt dahinter. Die Sonne steht schon im Westen. Die Gluthitze hat etwas nachgelassen.

Clem zieht seinen verstaubten Hut vom Kopf und schlägt ihn übers Knie. Dann stülpt er ihn wieder auf und schnalzt mit der Zunge.

Der Braune setzt sich wieder in Bewegung. Er trabt langsam den Hügel durch das fast steigbügelhohe Büffelgras hinunter. Dann durchwatet das Tier den Fluss.

Clem blickt auf das Brett, das an einen Pfahl genagelt ist. Hot Springs steht auf dem Schild. Es ist nur noch schwer zu lesen. Aber Clem Gannon weiß, wo er hier ist, obwohl er nie zuvor in dieser Gegend war. Vor dem ersten Haus der Präriestadt hält er wieder an. Er steigt aus dem Sattel und blickt über den seitlichen Zaun in den Hof hinein. Von dort schallt ihm das helle Geklinge entgegen, das entsteht, wenn der Hammer des Black Schmieds einen Reifen bearbeitet.

Clem geht an dem Zaun entlang und betritt den Hof. Er hört den Hund anschlagen und mit der langen Kette rasseln.

Der Schmied lässt den Hammer sinken und hebt den Kopf. Er dreht sich und ruft: »Ruhig, Bello!« Dann wendet er sich zurück.

Clem ist ein großer, breitschultriger Mann. Er hat ein schmales, energisches Gesicht und steingraue Augen. Er bleibt neben einem Wagen stehen, an dem ein Rad fehlt. Die Achse steht auf einem Holzbock. Er lehnt den Arm auf die Planke und stemmt die andere Hand in die Hüfte über den glatten Kolben des 45er Colts.

Der struppige Hund hat sich in seine Hütte verzogen. Clem grüßt den Meister, der ihn forschend anschaut. Der Blick des Schmiedes gleitet langsam an der sehnigen Gestalt Clem Gannons hinunter und bleibt an dem Colt hängen, der oben und unten aus dem Holster lugt. Und jetzt werden die Augen des Schmiedes so schmal wie Schießscharten. Er muss wohl sehen, dass das Visier wie der Hahn abgefeilt sind und die Fingerplatte des Auswerfers völlig fehlt.

»Das Tragen von Waffen ist in der Stadt verboten«, sagt er schleppend. »Vor dem Office des Marshals steht ein Schild.«

»So weit bin ich noch nicht gekommen«, lächelt Clem Gannon. »Ich suche einen Mann, der sich Henry Curley nennt. Finde ich ihn hier in der Stadt?«

»Kaum, Stranger. Curley hat vor einem Jahr die Handelsstation an der Reservatsgrenze gekauft. Das ist drei Meilen nördlich von hier. Sie brauchen nur der Poststraße zu folgen.«

»Thanks«, sagt Gannon und tippt an seinen Hut. Er stemmt sich von dem Wagen los und geht zu seinem Pferd zurück.

Er steigt in den Sattel und reitet die Straße weiter hinunter.

Vor dem Office des Marshals kann er das Schild lesen, welches das Tragen von Waffen in der Stadt verbietet. Auf dem Schild steht weiter, dass Schießereien im ganzen County verboten sind und streng bestraft werden.

Neben dem Schild steht ein mittelgroßer Mann mit breiten Schultern und rotblonden Haaren, Der Mann mag vierzig Jahre alt sein, zehn Jahre älter als Clem. Es ist der Marshal von Hot Springs, wie der Stern an seiner Weste zeigt.

Der Mann tritt einen Schritt weiter auf die Fahrbahn.

»Sie müssen Ihre Waffe abgeben, Fremder«, schnarrt er.

Clem schüttelt den Kopf und reitet zum anderen Ende der Stadt gemächlich weiter. Damit gibt er dem Marshal zu verstehen, dass er nur auf der Durchreise ist.

2

Die Handelsstation steht einsam am Cheyenne River. Es ist ein großes, festes Blockhaus mit zwei Nebengebäuden, in denen wahrscheinlich Felle und andere Handelsartikel gelagert werden.

Clem hält sein Pferd auf dem offenen Platz vor der Station an und steigt ab. Er lockert den Bauchgurt des Sattels und zieht das Tier an die Tränke heran. Dabei blickt er zum Haupthaus hinüber. Die Tür steht offen, aber es ist niemand zu sehen.

Clem zieht seinen Gurt zurecht und schiebt den Hut zurück. Er geht langsam zum Haus hinüber. Dort zeigt sich immer noch niemand. Trotzdem hat er das Gefühl, beobachtet zu werden.

Doch er betritt das Haus, ohne dass etwas geschehen wäre. Er findet hinter der Tür einen langen und breiten Raum, der wie ein Saloon eingerichtet ist. Es ist halb dunkel. Er geht zur Theke, lehnt den Arm leicht darauf und stellt den Fuß auf die Messingtrasse, welche die Theke umläuft. Er blickt auf die Tür, die wahrscheinlich zur Küche führt.

Diese Tür bewegt sich jetzt. Sie schwingt zurück, und ein Mann betritt den Raum. Es ist ein großer, schmaler Mann, in seinem schmalen Gesicht stehen dunkle Augen. Sein Mund ist so schmal wie ein Messerrücken. Die Farbe seines Gesichts ist fast unnatürlich bleich.

Der Mann wischt mit der Rechten über sein pechschwarzes Haar, während die Linke den Gurt mit einem Ruck in die richtige Lage bringt. Er hat einen Colt in dem Holster, der dem Clems sehr ähnlich ist. Und er hat sehr schmale und sehr gepflegte Hände. Er lächelt und kommt ganz an die Theke. Dahinter bleibt er stellen und schaut Clem abwartend an.

Der schweigt, blickt den Mann nur an. Er weiß, dass es Curley ist, der da auf der anderen Seite steht. Er kennt ihn ganz genau, obwohl er ihn niemals gesehen hat. Aber er hat sich diesen Mann nach Beschreibungen eingeprägt.

»Whisky?«, fragt Curley endlich und grinst fad.

»Nein«, gibt Clem zurück. »Wegen eines Whiskys macht sich wohl keiner den weiten Weg bis hierher, Curley. Sie sind doch Curley?«

»Natürlich.« Der Mann hinter der Theke grinst breiter. Er geht jetzt zur Seite und kommt vor die Theke. Er bleibt an ihrem Ende stehen und lehnt den linken Arm angewinkelt auf das Messingblech. Ein Sonnenstrahl, der durch das Fenster fällt, spiegelt sich auf der Silberschnalle seines Gurtes.

»Womit kann ich dann dienen?«, fragt er in einer aufreizenden Art.

»Sie sind ein bekannter Mann, Curley«, murmelt Gannon. »Sie sollen sehr schnell sein. Es kommen wohl oft Leute, die wissen wollen, wie schnell Sie sind?«

»Hin und wieder«, meint Curley. Sein Grinsen wird breiter. »Neuerdings allerdings nicht mehr. In diesem County sind Händel dieser Art verboten. Wir verstehen uns wohl? – Der Marshal von Hot Springs ist ein strenger Mann, Stranger. Wenn ich hier jemanden erschieße, ist das Notwehr. Ich bin in dieser Station gewissermaßen Sullivans Stellvertreter. Sein Deputy.«

Clem nickt. Er wirft einen Blick in die Runde und nickt wieder.

»Ein sicher nicht wertloser Besitz«, sagt er.

»Ich habe das alles für fünftausend Dollar gekauft«, grinst Curley. »Mir hat die Ruhe hier draußen gefallen.«

»Yeah, es ist sehr abgeschieden. Es wird kaum mal jemand kommen, der Fragen stellt. Sicher gehen die Geschäfte auch recht gut.«

Curleys Gesicht ist noch etwas weißer geworden. Er hat die Rechte jetzt wie eine Klaue über dem Kolben des Colts hängen.

»Noch zwei bis drei Jahre, dann haben Sie vielleicht ausgesorgt, Curley. Und dann ist auch das Gras höher gewachsen.« Curley beugt sich etwas vor.

»Es scheint, als wollten Sie etwas anderes als die Narren, die vor Ihnen schon hier waren«, schnappt er.

Clem schüttelt den Kopf.

»Ich will genau das Gleiche, Curley«, sagt er sanft. »Und ich bin deshalb mehrere hundert Meilen geritten. Es war gar nicht so einfach, Ihren jetzigen Namen festzustellen.«

Curley atmet gepresst aus, stemmt sich von der Theke los und steht bolzengerade. Es glimmt in seinen dunklen Augen.

»Wer sind Sie?«, fragt er scharf.

»Ich heiße Gannon. – Clem Gannon!« Curleys Augen nehmen einen fragenden Ausdruck an. Seine Haltung ist immer noch sehr angespannt.

»Vergessen?«, erkundigt sich Clem. »Drei Jahre sind eine lange Zeit, Curley. Trotzdem hätte ich gedacht, dass Sie den Namen behalten haben. Den Namen Bill Gannon. Ihr hattet doch den Namen in der Stadt erfahren, in der auch die Rede von dem Geld gewesen war, das der Boy in der Tasche hatte.«

Curley leckt sich die Lippen. Seine rechte Hand liegt nun auf dem Kolben der Waffe.

»Ich kann mich nicht erinnern, diesen Namen jemals gehört zu haben.«

»Weiter im Süden nennt man mich Nevada«, wirft Clem hin.

Durch Curleys Körper scheint ein Ruck zu gehen. Ein Blitz schießt aus seinen Augen.

»Nevada!«, bellt er heiser. »Yeah, jetzt weiß ich es wieder! – Und du hast sie alle zur Strecke gebracht?«

»Yeah, alle, Curley. Du bist der Letzte. Es war wirklich nicht sehr einfach, deinen jetzigen Namen zu erfahren.«

Curleys Haltung entspannt sich schlagartig. Er geht ein paar Schritte von der Theke weg und lehnt sich an einen Stützpfeiler, der die Decke trägt.

Clem hat sich gedreht. Er sieht, dass Curley die Arme vor der Brust verschränkt hat. Doch er bleibt wachsam.

»Wer hat es dir gesagt?«, forscht Curley. »Ich meine, was damals geschehen ist?«

»Ich kam zwei Stunden hinter Bill«, entgegnete Clem. »Ich fand die Spuren. Sie führten in vier verschiedenen Richtungen auseinander. Ihr habt das geschickt gemacht, aber nicht geschickt genug. Der Fehler war wohl, dass einer den anderen kannte. Gleich der Erste verriet mir zwei andere. Es war schwer, die Spuren zu finden. Drei Jahre sind es nun.«

Clem wundert sich, wie ruhig er darüber sprechen kann. Aber er weiß, dass drei Jahre eben auch für ihn eine lange Zeit sind. Vieles sieht heute nicht mehr so grell aus wie damals, als er Billy tot in der Prärie liegen sah. Und doch ist sein Wille so fest wie damals. Nur etwas besonnener ist er geworden.

»Wir hatten gar nicht gewusst, dass er einen Bruder hat«, sagt Curley. »Brice schrieb es mir vor einem Jahr. Er hatte gehört, dass du nach Spuren suchst. Ich hatte deinen Namen wieder vergessen. Aber Nevada, das war mir in Erinnerung. – Und du hast Brice...?«

»Niemand kann der gerechten Strafe entgehen. Ihr müsst wie hungrige Wölfe über ihn hergefallen sein. Er hatte keine Chance, und ihr habt mit Gewehren geschossen. Er hatte kein Gewehr bei sich, ich weiß es. Aber er hatte zwanzigtausend Dollar. Ich weiß, dass jeder von euch fünftausend davon bekam.«

Curley schlendert zur Theke zurück. Er lehnt den einen Arm wieder auf das Blech. Mit dem Zeigefinger der rechten Hand fährt er über seine schmalen Brauen. Dabei lässt er Clem keine Sekunde aus den Augen, als würde er nach einer Chance suchen.

»Ich könnte dir die fünftausend Bucks geben«, sagt er. »Ich habe sie in bar hier liegen. – Ich weiß, dass man von Nevada als von einem sehr schnellen Mann sprach.«

»Das Geld gehört mir nicht, Curley. Deswegen bin ich auch nicht geritten. Billy war mein kleiner Bruder. Ich bin seinetwegen hier.«

Curleys Hand sinkt wieder auf den Colt hinunter. Er steht immer noch scheinbar sehr gelöst, aber Clem nimmt ihm das nicht mehr ab. Er weiß genau, dass Curley nur auf seinen Augenblick wartet und dass alles andere Bluff ist.

»Ich hätte auch achttausend Dollar«, sagt der Mann schleppend. »Wir sind hier weit von Texas entfernt. Du könntest...« Er bricht ab und schaut Clem fragend an.

Gannon gibt ihm keine Antwort. Er steht ganz ruhig. Er wartet.

»Du willst also nicht? – Es sollte ein faires Angebot sein. – Weißt du, dass der Marshal dich aufhängen lässt, wenn er mich hier tot vorfindet? Was du zu erzählen hast, ist schon eine Legende. Und hier oben weiß kein Mensch etwas davon. Wir sind hier wie in einer anderen Welt. – Es mag dir komisch Vorkommen, aber der Überlebende bei einer Schießerei wird hier wie ein Mörder behandelt.«

»Nur du machst in diesem Fall eine Ausnahme«, sagt Clem sinnend.

»Genau. Deshalb solltest du dir mein Angebot reiflich überlegen.« Curley macht eine großartige Geste und schnappt plötzlich nach der Hüfte.

Clem zieht in der gleichen Sekunde. Sie ziehen fast gleichzeitig, und das Brüllen der Schüsse vermischt sich.

Clem fühlt einen heißen Schmerz am Arm. Und er sieht, wie Curley mit dem Rücken gegen die Thekenwand schlägt und umfällt. Sein Colt rutscht über den Boden.

Er blickt auf den Mann nieder und lauscht in sich hinein.

»Mehr konnte ich nicht für dich tun, Billy«, sagt er leise. Dann geht er hinaus, tritt zu seinem Pferd und zieht den Bauchgurt des Sattels an. Er schwingt sich hoch und wirft einen Blick nach Süden hinunter. Er sieht den Reiter, der ihm entgegenkommt. Er mag noch eine Meile entfernt sein.

Clem wendet sein Pferd nach Westen und reitet im Trab den Black Hills entgegen.

3

Die Sonne ist längst untergegangen. Über den Bergen steht der Mond und ergießt sein silbernes Licht über die Zinnen und Grate.

Clem Gannon hält auf einem Plateau und blickt den Weg hinunter, den er heraufgekommen ist. Dieser Weg hängt direkt neben der Schlucht, die steil in eine schier endlose Tiefe führt.

Seit, einer Weile hört er den Hufschlag schon. Er weiß nun, dass Marshal Sullivan ein beharrlicher Mann ist.

Er zieht die Sharps aus dem Scabbard und nimmt sie in die Armbeuge.

Da kommt der Reiter um die Biegung. Er hält und schaut nach oben. Noch scheint er Clem nicht sehen zu können, der im Schatten der überhängenden Wand hält. Er treibt sein Pferd wieder an und kommt höher. Als er abermals an den Zügeln ruckt, ist er von Clem nur noch zehn Yards entfernt.

»Keine Bewegung, Marshal!«, sagt Gannon.

Jim Sullivan bringt sein Pferd sofort zum Stehen und legt die Hände auf dem Sattelhorn zusammen. Er schaut hinauf.

Clem kommt ein Stück aus dem Schatten und zügelt seinen Braunen wieder. Er hält das Gewehr fast lässig, und vielleicht ist es gerade dies, was Sullivan so vorsichtig sein lässt.

»Ich habe hier auf Sie gewartet, Marshal«, spricht Clem weiter. »In der Prärie konnten wir uns ja noch sehen. – Nehmen Sie die Hände über den Kopf!«

Sullivan scheint alles andere als ein Narr zu sein. Er hebt die Hände.

»Ich mache Sie darauf aufmerksam, dass ich ein Marshal bin«, schnappt er. »In Hot Springs haben Sie noch mehr Leute gesehen. Jeder wird wissen, was geschehen ist und wie es geschehen konnte.«

»Ich will Sie nicht umbringen, Marshal. Wäre das meine Absicht gewesen, könnten Sie schon tot sein. Ich habe hier auf Sie gewertet, weil ich keinen Verfolger gebrauchen kann. Ich werde weit fortreiten, und niemand braucht zu wissen, wohin. Wenn ich in einem anderen Staat bin, fragt kein Mensch mehr, was hinter mir liegt. Und noch etwas:

Es war ein fairer Kampf. Curley hat zuerst gezogen. Er hatte die gleiche Chance wie ich. Er war etwas aufgeregt und traf nur die Haut an meinem Arm.«

Sullivan sitzt bewegungslos auf seinem Pferd und hält die Hände noch immer erhoben.

»Sie sind einer von denen, die von Stadt zu Stadt ziehen, um zu beweisen, dass es keine Männer gibt, die schneller sind als Sie, nicht wahr?«

»Danebengeschossen, Marshal. Ich habe vier Schurken verfolgt, die einen jungen Mann erschossen, der gar keine Chance hatte. Die ihm zwanzigtausend Dollar abnahmen und sich trennten. Jeder ritt in ein anderes Land. Sie hatten es sehr sorgfältig geplant. Sie hatten nur nicht gewusst, dass der Junge einen Bruder hatte. Und das bin ich. Curley war der Letzte. Ich will jetzt irgendwohin gehen und Frieden finden. Ich bin kein Revolvermann, Marshal. Man hat mich gezwungen, so zu leben. Man hat mir einen Namen gegeben, der bald verrufen war. Dabei habe ich in meinem ganzen Leben nur mein Leben verteidigt. – Mit Ausnahme von vier Mal.«

Sullivan lässt die Hände sinken und verschränkt sie auf dem Sattelhorn. Er scheint nicht sehr furchtsam zu sein.

»Wo hatte denn der Boy zwanzigtausend Bucks her?«, fragt er.

»Wir hatten eine Herde nach Abilene getrieben. Der Junge sollte das Geld dem Boss bringen. Es war nur drei Reitstunden von der Stadt entfernt, in der uns der Junge verließ. Ich folgte ihm, weil ich mir Vorwürfe machte, ihn allein gelassen zu haben. Aber ich kam zu spät.«

Sullivan nickt.

»Eine tolle Geschichte«, bekennt er. »Ich frage mich, warum Sie mir das jetzt erst erzählen? Sie konnten das schon in Hot Springs machen. Ich bin hier der Marshal für das County.«

»Es war mein Bruder, Marshal. Und ich habe mir jeden Tag erneut geschworen, den Schurken keine Chance zu geben, außer der der Verteidigung. – Es ist schon drei Jahre her. Und es war viele hundert Meilen von hier entfernt. Kein Mensch hier oben weiß davon. Und ich bin ein Fremder. Curley aber ist für die Verhältnisse schon lange da. – Hätten Sie mir ein Wort geglaubt, Marshal?«

»In meinem County sind Schießereien verboten«, erwidert der Marshal mit knarrender Stimme.

»Soll das eine Antwort auf meine Frage sein? – Ich will wissen, welchen Wert und welches Gewicht meine Anschuldigung gehabt hätte?«

»Das hätte der Wanderrichter nachgeprüft. Er kommt jedes Jahr zweimal nach Hot Springs.«

»Er hätte in Texas Erkundigungen eingezogen, wie? Vielleicht bei dem Rancher, der einen Herzschlag bekam, als man ihm die Nachricht brachte, das sein Geld zum Teufel ist? – Sullivan, mit Ihrem Gesetz komme ich nicht mit. Hier draußen regelt noch jeder seine Angelegenheiten selbst, wenn er keine Hilfe zu erwarten hat. – Und ich habe meine Angelegenheit geregelt.«

»Wie viel von seinem Geld haben Sie genommen?«

»Keinen Cent. Ich habe darauf keinen Anspruch. – Steigen Sie ab, Marshal! Schön vorsichtig und nach der linken Seite!«

»Was haben Sie vor?«

»Nichts Schlimmes. Ich möchte mir nur einen Vorsprung sichern, der größer ist, als er bisher war. In diesen Bergen werden Sie die Spuren dann nie mehr finden.«

Clem hebt das Bein über das Sattelhorn, wobei die Mündung der Sharps noch immer auf Sullivan zeigt. Dann springt er mit einem Satz zu Boden und kommt federnd auf.

Der Marshal, der zur Hüfte greifen wollte, lässt die Bewegung unvollendet.

»Es hat keinen Sinn«, wirft Gannon hin. »Ich habe in den drei Jahren gelernt, genau aufzupassen. Mich übertölpelt man nicht mehr. – Steigen Sie ab!«

Da klettert Sullivan von seinem Pferd. Clem kommt auf ihn zu und macht mit dem Gewehr eine herrische Bewegung.

»Zurück!«

Sullivan weicht.

Clem greift nach seinem Messer, tritt an Sullivans Pferd heran und schneidet den Sattelgurt mit einer schnellen Bewegung durch.

»Sie werden gut eine Stunde brauchen, um das zu flicken«, dehnt Gannon. »Dieser Vorsprung reicht mir. – Schnallen Sie ab!«

Sullivan tut es und stößt seinen Gurt auf einen weiteren Befehl mit dem Fuß in Clems Richtung. Clem hebt den Waffengurt mit dem Stiefel auf und nimmt ihn in die Linke. Und mit dieser Hand entleert er die Trommel. Er zieht auch Sullivans Spencer aus dem Scabbard und lässt die Patronen durch den Auswerferschlitz springen.

Dann schiebt er die Waffe in den Sattelschuh zurück und stößt Sullivan den Gurt mit dem Colt wieder zu. Anschließend geht er rückwärts zu seinem Pferd, steigt auf und dreht es. Er sieht, dass Sullivan unverändert steht.

»Sie können reiten, wohin Sie wollen«, sagt der Marshal leise. »Ich kriege Sie, Gannon. Mir entgeht keiner!«

Clem zieht die Augen zusammen.

»Da staunen Sie, Nevada, wie? Ich weiß mehr, als Sie dachten. Und deshalb können Sie nicht spurlos verschwinden. Ich werde Sie in einer Stunde nicht mehr verfolgen. Ich kehre um. Aber ich werde Steckbriefe drucken lassen; jede Menge! In Hot Springs ist das möglich. Und dann mobilisiere ich die ganze Stadt und packe die Postkutschen bis an den Rand voll. Sie entgehen mir nicht! – Curley war noch nicht ganz tot. Auch Sie trafen ihn nicht richtig. Er konnte mir den Namen des Mannes sagen.«

Clem hat das Gefühl, als schnüre sich seine Kehle zusammen. Nirgends hatte man die Kämpfe tragisch genommen, die er ausgetragen hatte. Überall war das alte Präriegesetz noch ein Privileg gewesen. Und jetzt plötzlich war alles anders. Ausgerechnet bei Curley, der von den vier Schurken wahrscheinlich der größte gewesen war.

»Denken Sie zufällig auch manchmal daran, dass Curley ein Schuft war?«, fragt er heiser. »Und denken Sie auch daran, dass er zuerst zog? Ich habe mich praktisch nur verteidigt.«

Sullivan schüttelt den Kopf.

»Sie sind zu ihm geritten, weil Sie ihn töten wollten. Ich werde Sie hetzen lassen. Irgendwo schnappt man Sie. Dort hole ich Sie ab und bringe Sie nach Hot Springs. Ich werde mit Ihnen ein Exempel statuieren.«

Clem weiß nun alles. Curley spielt in der Rechnung dieses harten Mannes gar keine Rolle. Er hat nur der Angelpunkt zu sein. Sullivan will etwas beweisen. Und er will es an ihm beweisen.

Gannon schnalzt mit der Zunge. Sein Pferd trabt an. Er verschwindet von dem Plateau und reitet schnell den Hohlweg hinunter.

Hinter ihm bleibt es ruhig. Er weiß, dass Sullivan nicht kommen kann. Er wäre immer im Nachteil, würde er seinen Sattel zurücklassen und auf dem blanken Pferderücken reiten.

Der Weg windet sich immer tiefer. Der Mond steht nun schon so hoch, dass sein Licht bis auf den Schluchtboden reicht.

Clem bemerkt, dass sich der Weg gedreht hat. Er blickt nach oben, hört ein rollendes Donnern und sieht dann einen Stein, der, sich wild überschlagend, in die Tiefe stürzt. Der Stein kommt über eine Geröllhalde und reißt eine ganze Lawine mit sich.

Clem ist mit einem Satz aus dem Sattel und zieht das Pferd hinter eine schützende Felsnase zurück. Die ersten Steine krachen auf den Schluchtboden. Alkalistaub steigt auf und brennt in seiner Nase. Das Pferd stößt mit den Hufen unruhig auf den Boden.

»Still!«, zischt Clem dem Tier zu.

Stein auf Stein prasselt herunter. Der Staub wird fast undurchsichtig. Und der Weg zwischen den engen Felswänden ist plötzlich drei Yards hoch zugeschüttet. Clem sieht mit einem Blick, dass er das Pferd so nicht über das Hindernis bringen wird. Er hört auch das Lachen des Marshals oben auf der Höhe. Er klemmt die Zügel des Braunen unter einem Stein fest und geht auf den großen Steinhaufen zu.

Da kracht ein Schuss.

Clem lässt sich auf die schartigen Steine fallen. Er hört, wie die Kugel gegen die Wand schrammt und durch den Hohlweg sirrt. Das Pferd schnaubt wieder und zerrt verzweifelt an den Zügeln.

Ein zweiter Mündungsblitz zuckt durch die Nacht. Das Geschoss knallt neben Clem auf einen Stein und zieht einen weißen Strich darüber. Grollend rollt das Echo durch den Canyon.

Clem springt zurück und kann im letzten Moment die Zügel des Pferdes schnappen. Eben rutschen sie unter dem Stein hervor. Er hält das Pferd fest, indem er ihm den Kopf nach unten zieht.

Sullivans Schüsse peitschen noch immer durch den Hohlweg.

Clem wartet. Er ist hinter der Felsnase sicher. Höchstens ein verirrter Querschläger könnte ihn oder das Pferd treffen.

Das Schießen bricht plötzlich ab. Eine Weile lastet tiefe Stille über der Schlucht. »Lebst du noch?«, schallt Sullivans Ruf herunter.

Clem gibt keine Antwort.

Da kracht wieder ein Schuss. Er verhallt, und es bleibt ruhig.

Gannon befestigt die Zügel an einer Felszacke und kriecht wieder nach vorn. Er blickt dabei nach oben und sieht die Feuerlanze aus Sullivans Gewehr stechen. Das Geschoss liegt zu weit vorn.

»Schön in Deckung bleiben!«, ruft der Marshal herunter. »Nur noch zehn Minuten, dann habe ich meinen Sattel wieder in Ordnung. Und dann komme ich dich holen, Gannon!«

Clem friert plötzlich, obwohl ihm der Schweiß das Hemd zwischen den Schulterblättern festgeklebt hat. Er weiß, dass Sullivan nicht lange brauchen wird, um die Stelle zu erreichen, an der er jetzt steht. Der Marshal kennt die Berge wahrscheinlich sehr genau.

Er aber muss mindestens ein Yards von dem losen Geröll abräumen, wenn er das Pferd darüber bringen will.

Er kriecht weiter nach vorn auf die lose Halde hinauf und greift nach dem ersten Stein.

Da schießt Sullivan wieder, und er schießt verteufelt knapp an Clem vorbei, sodass sich dieser zurückzieht.

Eine Weile geschieht gar nichts. Plötzlich ist Hufschlag zu hören. Clem springt mit einem wilden Satz auf den Steinhaufen und wirft die Steine zur anderen Seite hinunter. Es fällt kein Schuss mehr. Sullivan reitet nun, wie vom Satan getrieben.

Clem spürt die scharfen Kanten der Steine kaum. Er wirft sie so hin, dass der Haufen nicht so spitz, sondern mehr abgeflacht ist. Einmal lauscht er. Der Hufschlag hat sich weiter entfernt. Aber das Echo scheint von allen Seiten zu kommen und schallt wie ein hämisches Lachen in seinen Ohren.

Er bückt sich nieder und wirft weiter Steine von der Spitze. Als er abermals innehält, hat sich der Hufschlag wieder genähert.

Da springt er auf den Schluchtboden zurück und läuft zu seinem Pferd. Er macht die Zügel los und zieht das Tier zu dem großen Haufen. Es schnaubt und wirft den Kopf zurück.

»Ruhig, Feller«, sagt er gepresst. »Irgendwie müssen wir auf die andere Seite kommen.« Er steigt auf den Berg hinauf und zieht fest an den Zügeln. Er spricht auf das Pferd ein, aber es zeigt nur die großen Zähne, und die Augen rollen furchtsam in den Höhlen.

Indessen ist der Hufschlag noch näher gekommen. Schaurig hallt das Echo von den Wänden zurück.

Clem merkt, wie ihm der Schweiß auf der Stirn perlt. Er lockt das Pferd wieder und verstärkt den Zug.

Da macht das Tier einen Schritt nach oben. Das Gestein hält, und es macht einen zweiten. Beim dritten rutscht ein Stein zurück. Zitternd verhält das Tier und schnaubt wieder. Der Stein unter seinem Huf ist nicht weit gerutscht.

Clem ist schon fast oben. Es ist ihm, als wäre der Hufschlag von Sullivans Pferd zu einem rasenden Stakkato angewachsen. Er schaut über den Kopf des Braunen hinweg und den Canyon hinauf. Aber noch kann er den Marshal nicht sehen.

Die Zügel in seinen schweißnassen Händen sind straff gespannt. Der Kopf des Pferdes reckt sich weit vor, und die dicken Muskelstränge zeichnen sich unter dem Fell ab.

»Komm!«, ruft Clem dem Tier verzweifelt zu. »Komm, er wird jetzt nicht mehr nach Hot Springs reiten! Nicht ohne mich!«

Es ist, als hätte das Pferd die flehenden Worte verstanden. Es setzt tastend die Hufe höher und erreicht mit zitternden Flanken die Höhe, während hinter dem Tier Gestein auf den Schluchtboden poltert.

Clem klettert auf der anderen Seite hinunter und zieht den Braunen hinter sich her. Er schwingt sich in den Sattel und stößt einen wilden Ruf aus.

Da kracht ein Schuss. Die Kugel zirpt über den Steinhaufen hinweg und orgelt durch den Hohlweg, um sich irgendwo platt zu schlagen.

Das Donnern der Hufe hallt von den Wänden wider. Clem wirft den Kopf herum. Flüchtig denkt er daran, mit dem Gewehr in der Hand auf Sullivan zu warten und ihn nochmals zur Umkehr zu zwingen. Aber er verwirft den Gedanken. Der Marshal wird seine Waffe jetzt immer in der Hand halten. Und er ist hartherzig genug, ohne Gnade zu schießen.

Ihm bleibt nur die Flucht, wenn er nicht kämpfen will. Und gegen Marshal Sullivan kann und darf er nicht kämpfen.

Er jagt den Hohlweg weiter hinunter, der sich jetzt schnurgerade nach Norden zieht. Mehrmals dreht er den Kopf. Der Marshal ist nicht mehr zu sehen. Sicher bemüht er sich jetzt verzweifelt, sein Pferd über das von ihm errichtete Hindernis zu bringen.

»Schneller!«, ruft Gannon. Er schlägt leicht auf den Hals des Braunen. Was er tut, ist Wahnsinn, denn er kennt keinen Fußbreit des Geländes vor sich. Nur ein kleiner Fehltritt des Pferdes kann ihm den Tod bringen. Aber noch ist das Glück mit ihm. Noch läuft der Braune schnell und sicher, springt über die Hindernisse und fegt um die Kanten.

Clem kommt in einen kleinen Bergkessel, aus dem zwei Wege hinausführen. Er nimmt den rechten Weg und hofft, dass Sullivan die verkehrte Richtung ein schlagen wird. Er weiß nicht, dass beide Wege schon bald wieder zusammenführen.

4

Clem ist nach Nordwesten eingeschwenkt. Als die Sonne aufgeht, erreicht er die Ausläufer der Black Hills, die sich hier wie eine lange Kette von Süden nach Norden ziehen, als wollten sie die Prärie hier gegen das Land im Westen abgrenzen.

Er sprengt in einen Hohlweg hinein und treibt das schweißbedeckte, abgekämpfte Tier noch einmal zur vollen Kraftentfaltung an. Er bringt es bis zu einem Kessel, der mit losen Gesteinsbrocken wie übersät ist.

Hier gleitet er steifbeinig aus dem Sattel, zieht die Sharps aus dem Sattelschuh und führt das Tier hinter einen hohen Stein und macht die Zügel an einer Zacke fest.

Er geht ein Stück weiter nach vorn, legt das Gewehr auf einen abgeflachten Stein und wartet. Er blickt zu dem Hohlweg hinüber, aus dem er gekommen ist.

Den Hufschlag kann er schon hören. Er blickt zur Sonne, die eben über die Felswände zu steigen scheint. Ihre goldenen Strahlen fallen schräg in den öden Bergkessel herein. Es ist schon wieder sehr heiß. Die Müdigkeit drückt auf Clems Lider.

Er schüttelt plötzlich den Kopf. Er versteht nicht, dass ein Marshal so beharrlich sein kann. Es war ein fairer Kampf gewesen – ein Kampf mit einem Banditen, der gar keine Chance verdient hatte. Gleichzeitig weiß er aber auch, dass es Sullivan nur um das Prinzip geht – um sein Prinzip! Und er denkt daran, dass der Marshal wahrscheinlich seine erste Drohung wahrmachen wird, wenn Clem ihn wirklich irgendwie abhängen kann. Sullivan wird dann nach Hot Springs zurückkehren und Steckbriefe ausfertigen lassen.

Aber nein, so schlimm ist das gar nicht. Was wird es die Leute in Colorado kümmern, was hier oben geschehen ist? Es wird sie gar nicht interessieren. Aber die Angst wird bleiben. Und er wird immer ein Gehetzter sein.

Da kommt Sullivan in den Kessel.

Clem hebt das Gewehr und schießt. Er hätte jetzt den Marshal oder dessen Pferd treffen können. Es wäre ganz einfach gewesen. Aber das Geschoss prallt gegen die glatte Felswand über dem Reiter und hinterlässt dort einen weißen Strich.

Sullivan ist schon aus dem Sattel. Sein erschrockenes, abgetriebenes Pferd flieht nach links. Es verschwindet hinter den großen Steinen auf dieser Seite. Clem sieht noch, dass Sullivans Spencer noch im Sattelschuh steckt.

Der Marshal ist nicht mehr zu sehen.

»Sullivan, werfen Sie Ihr Eisen weg!«, ruft Gannon laut.

Ein höhnisches Lachen ist die Antwort. Dann ruft Sullivan:

»Ich denke gar nicht daran, Gannon. Ich werde mich anschleichen. Und dann werden wir sehen, ob ich dich noch nach Hot Springs schleppen kann oder nicht. Ich werde ins Schwarze schießen, wenn es nicht anders geht!«

Clem will feststellen, woher die Worte kommen, aber es gelingt ihm nicht. Das Echo schallt in dem engen Kessel zu sehr. Es ist völlig unklar, ob Sullivan noch da vorn neben dem Hohlweg ist oder schon viel weiter rechts.

Clem geht zu seinem Pferd und schiebt die Sharps in den Sattelschuh. Er will es nicht darauf ankommen lassen, von Sullivan abgeschossen zu werden. Das Spiel ist ihm zu einseitig.

Er macht die Zügel los, jumpt in den Sattel und rast davon.

Zweimal kracht ein Colt, und Sullivan steht plötzlich auf einem Stein. Aber er ist viel zu weit hinten, als dass seine Kugeln noch treffen könnten. Er sieht den Reiter im Hohlweg verschwinden, springt zu dem Stein und rennt nach links hinüber, wo sein Pferd verschwand.

Er braucht zwei Minuten, bis er es gefunden hat. Dann macht er sich an die Verfolgung. In seinem Gesicht liegt ein sehr harter Zug. Es sieht aus, als würde sein Wille, Gannon nach Hot Springs zu bringen, immer stärker. Er rast in den Hohlweg hinein, zieht das Gewehr aus dem Scabbard und beugt sich weit über den Hals des Pferdes.

Sullivan weiß, dass der Weg bald schnurgerade über eine weite Strecke verlaufen wird. Dort wird er den Fliehenden sicher noch sehen können. Und dort wird es sich entscheiden.

Er jagt um eine vorspringende Kante. Der aufgewirbelte Alkalistaub hängt noch in der Luft und frisst sich in seine Nase. Plötzlich reißt er sein Pferd zurück. Sein Kopf ruckt nach oben. Er hat etwas schimmern sehen.

Und nun sieht er mehrere Männer, die hinter einem Grat liegen und Gewehre auf ihn angeschlagen haben. Ein Schuss kracht. Die Kugel orgelt vor Sullivans Pferd auf den Boden und flirrt seitlich weg. Ein raues, wildes Lachen schallt hinterher. Dann erhebt sich oben ein Mann, der einen Hut mit wagenradgroßer Krempe trägt. Seine Gesichtsfarbe ist fahlgelb und sein Haar schwarz. Er muss Mexikaner sein.

Der Bursche hebt die Hand und winkt.

»Wohin des Weges, Sullivan?«, fragt ein anderer. »Lass den Boy reiten! Kehre um! Du weißt, wir haben es nicht gern, wenn in den Black Hills ein Mann verfolgt wird. Hier ist Niemandsland! Hier kann man noch zwischen den Strömen schwimmen. – Kehre um!«

Der Marshal weiß, dass er es dort mit White Skinners Bande zu tun hat, die hier ihr Unwesen treibt. Ausgerechnet sie hatte er hier nicht treffen wollen. Und er sieht, dass sie den Weg jetzt vollkommen unter Kontrolle haben. Wenn sein Pferd noch einen Schritt nach vorn macht, kann für ihn alles zu Ende sein.

Darauf will er es nicht ankommen lassen. Er zieht sein Pferd langsam zurück.

»Er muss sehr lange überlegen, der Señor«, wirft er über die Schulter. Dann reißt er neben sich ein Schwefelholz über den Stein, um seine Zigarette anzubrennen. Er bläst den Rauch in die klare Luft und zieht sein Gewehr höher.

»Umkehren!«, brüllt ein anderer.

Sullivan reitet schnell durch den kleinen Bergkessel und auf der anderen Seite in den Hohlweg hinein. Er knirscht noch immer mit den Zähnen.

Nach zehn Minuten wechselt er die Richtung und folgt einem Wildwechsel.

»Du entgehst mir trotzdem nicht«, knurrt er. »Der Hohlweg führt nach Norden und dann wieder aus den Bergen hinaus. Und dort finde ich deine Spur!«

5

Clem hatte nicht gemerkt, dass er plötzlich Helfer bekam. Männer, die ihm nicht halfen um der Hilfe willen. Sie taten es, weil das Spiel mit einem Marshal für sie eine große Freude ist.

Es ist schon Abend, als er die Berge verlässt. Er reitet durch die Prärie, bis die Sonne blutrot hinter den gezackten Felsgiganten verschwindet. Immer wieder schaute er zurück. Es kommt kein Verfolger, und das wundert ihn.

Dann, als es schon tiefe Nacht ist, hört er immer noch keinen Hufschlag. Langsam kommt er zu der Überzeugung, dass der Marshal seine Spur verloren hat. Da sich die Hohlwege in den Bergen mehrfach kreuzten, ist das sehr leicht denkbar.

Er hört das Heulen der Kojoten und sieht die Sterne, die über ihm am Himmel glänzen. Er kann das Land weit überschauen. Es kommt niemand.

Wieder und wieder schläft er ein. Und immer wieder weckt ihn die Unruhe.

Gannon reitet bis gegen Mittag und rastet an einem Creek. Die Hitze lastet schwer auf seinen Schultern. Seine Augen brennen vor Müdigkeit. Er legt sich ins Gras und schläft ein.

Schweißüberströmt wacht er nach einer Stunde auf. Er springt hoch und reißt den 45er aus dem Holster. Er blickt nach allen Seiten und sieht ein Karnickel fliehen.

Er ist immer noch allein. Das Pferd hat sich ein Stück am Creek entfernt. Es hebt den Kopf und schaut zu ihm her.

Clem geht mit schleppenden Schritten zu ihm hin und zieht sich in den Sattel. Er durchreitet den Creek und setzt seinen Weg nach Norden fort.

Als die Sonne untergeht, kann er hinter sich immer noch keinen Verfolger sehen. Er schläft in einer Mulde und reitet im Morgengrauen weiter. Hunger wühlt in seinem Innern. Er blickt von der Höhe eines Hügels zurück. Das Gras ist noch niedergetreten, über das die Hufe des Braunen gingen. Vielleicht wird es sich am nächsten Tag aufrichten.

Es kommt niemand.

Clem ist nun sehr sicher, dass Sullivan die Spur in den Bergen verloren hat. Er wird umkehren oder schon umgekehrt sein. In Hot Springs wird er Steckbriefe drucken lassen. Es wird eine Weile dauern, bis diese von Stadt zu Stadt gelangt sind.

Mit dieser Zuversicht reitet er weiter. Am Spätnachmittag sieht er in einer Senke eine Stadt auftauchen. Er hält auf einem vorgelagerten Hügel und schaut auf die Hütten und Häuser hinunter. Es ist eine Rinderstadt, die noch sehr jung sein muss. Keine der Hütten kann älter als zwei Jahre sein.

Clem beschließt, in dieser Stadt wenigstens einen Tag zu bleiben. So groß wird sein Vorsprung vor dem Steckbrief bestimmt sein.

Er reitet die Straße hinunter, die von schmalen Rädern zerfurcht ist und von Pferdehufen aufgewühlt wurde. Hier scheint schon eine reguläre Postverbindung nach Süden zu bestehen.

An die erste Hütte ist mit grauer Farbe geschrieben:

Rapid City.

Clem reitet vorbei. Er schaut nach rechts und links und sucht nach einem Plakat, obwohl er sicher ist, dass es noch nicht hier sein kann. Er kommt an den Gebäuden der Wells Fargo vorbei, die hier oben im Nordwesten den ganzen Postverkehr und das Transportwesen in der Hand hat.

Dahinter schließt sich ein Saloon an, der ein Obergeschoss trägt. Vor dem Saloon stehen mehr als ein Dutzend Pferde. Lautes Stimmengewirr dringt ins Freie. Hinter dem Saloon ist das Office des Marshals. Ein kleiner, krummbeiniger Mann mit einem harten Gesicht steht davor. Er hat einen silbernen Stern auf der Lederweste. Auf dem Stern blitzt ein letzter Sonnenstrahl.

Clem hält vor dem Saloon und steigt ab. Der Pferdebursche kommt aus dem Mietstall, der sich auf der anderen Seite der Front Street befindet. Er bleibt vor Gannon stehen. Mit Kennermiene mustert er den Braunen und sagt:

»Der Gaul hat viel hinter sich. Wenn ich ihn in vierundzwanzig Stunden wieder fit machen soll, müssen Sie drei Dollar bezahlen.«

»Du bist direkt billig«, lächelt Clem und gibt dem Boy das geforderte Geld. Er schnallt sein Bündel vom Sattel und zieht die Sharps aus dem Scabbard.

Der Junge führt das Pferd über die Straße.

Clem dreht sich um und blickt den Marshal an. Der Mann schaut zu ihm her und scheint eine Frage auf der Zunge zu haben. Offenbar weiß er aber nicht, wie er sie anbringen soll.

Clem ist das recht so. Er dreht sich weiter und steigt die Stufen vor dem Saloon hinauf.

6

Der Geruch von Schweiß, Rindern, Pferden, Rauch, Whisky und Essen schlägt ihm hinter der Schwingtür entgegen. Vor ihm steht eine dichte Menschentraube. Es sind alles Weidemänner, die an den Tischen keinen Platz mehr finden konnten.

Gannon hört die helle Stimme einer Frau, die ein Lied singt. Er kann diese Frau aber nicht sehen. Er schiebt sich vorsichtig zur Theke durch. Der Keeper dahinter lehnt an einem Regal und blickt zu der Bühne, die Clem nun ebenfalls sehen kann. Er schätzt die Frau da vorn auf höchstens dreißig Jahre. Sie ist mittelgroß, sehr schlank und braunhaarig. Ihre Augen schimmern im Licht der bunten Lampen wie die eines Rehes. Sie singt von einem Sheriff, der es mit der Gerechtigkeit zu genau genommen hat und zu Grabe getragen wird. Als sie am Ende des Liedes ist, braust donnernder Beifall auf.

Der Keeper stemmt sich von dem Regal los und reibt sich die Hände. Er schaut Clem an. Das Lächeln verschwindet langsam aus seinem Gesicht, wie etwa ein Bild verschwindet, vor das man einen Vorhang zieht. Er kommt ganz an die Theke und nimmt ein Glas zur Hand.

»Ich möchte erst ein Zimmer und ein Bad«, sagt Gannon.

Der Wirt nickt. Unter der Theke hervor bringt er ein Buch mit Eselsohren, das er aufgeschlagen vor Clem legt.

Der schreibt »Clem Gannon, Kansas« in das Buch und legt den Stift hinein.

»Das Zimmer Nummer acht im Obergeschoss«, erklärt der Wirt. »Es kostet pro Tag fünf Dollar. Das Bad ist hinten im Anbau.«

Clem nimmt den Schlüssel und schiebt sich weiter.

Es ist dunkel, als er wieder in den Saloon kommt. Nirgends kann Gannon einen freien Platz entdecken. Selbst die Theke wird jetzt derart belagert, dass er keinen Platz mehr an ihr finden wird.

So verlässt er den Saloon durch die Hintertür und sucht sich ein anderes Lokal. Er findet es in Hunters Inn. Hier sind kaum zehn Männer. Es ist sehr ruhig. In einer Ecke sitzen ein paar Frauen. Sie sind jede über vierzig Jahre alt. Sie müssen noch zu jenen Frauen gehören, die mit ihren Familien in Planwagen über die Plains kamen und das Land besiedelten. Die noch die Long Rifle luden, mit denen die Männer diese Scholle aus den Händen der Indianer rissen.

Clem setzt sich auf der anderen Seite ans Fenster und bestellt sich ein Steak und Kaffee. Er hört, wie eine der Frauen sagt:

»Wir brauchen uns das nicht bieten zu lassen. Wir haben diese Stadt gegründet. Und wir bilden jetzt einen Frauenverein für Recht und Ordnung. Dann gehen wir zum Reverend und tragen ihm unser Anliegen vor. Und ich sage euch: Mit der nächsten Postkutsche fährt sie fort!«

Die anderen Frauen nicken zustimmend.

Clem reibt sich über das Gesicht. Nach dem Bad fühlt er sich wunderbar wohl. Nur die Müdigkeit ist geblieben.

»Damit sind wir sie und gleichzeitig das Halbblut los«, sagt eine andere Frau. »Ich denke, wir machen das gleich morgen früh. Die nächste Kutsche nach Süden geht übermorgen. Sie mag hinunter in den Mittelwesten an die Bahnlinie gehen. Dort gehört sie hin!«

Die anderen Frauen nicken wieder.

Der Waiter kommt mit Clems Steak. Er bringt auch den Kaffee mit.

»Also dann bis morgen früh«, sagt eine der Frauen und steht auf.

Die anderen erheben sich ebenfalls und verlassen geräuschvoll den Saloon.

Sie sind kaum draußen, da kommt der Marshal herein. Er tritt an die Theke und trinkt dort einen Whisky. Dabei schaut er zu Clem her.

Dann kommt er an den Tisch, grüßt und setzt sich.

»Gefällt es Ihnen in Rapid City?«, fragt er.

Clem nickt.

»Yeah, soweit ich es bis jetzt beurteilen kann.«

Der Marshal gibt dem Waiter ein Zeichen, worauf er einen zweiten Whisky bekommt.

»Sie schlafen bei Curly, nicht wahr?«

»Yeah.«

»Es wird dort bald ruhiger werden. Unsere Frauen haben etwas gegen die Sängerin.« Er lächelt verkniffen. »Frauen müssen wohl so sein«, fährt er fort. »Morgen werden sie den Prediger einschalten. Dann wird Ann David schnell aus der Stadt verschwinden müssen.«

Er lacht leise.

Clem isst weiter. Er fragt sich, was der Mann mit seiner langen Rede bezweckt.

»Sie reiten wohl nur durch?«, fragt der Marshal und beugt sich etwas vor.

»Yes.«

»Hier ist gutes Rinderland. Sie sind Cowboy?«

Clem legt das Besteck auf den leeren Teller und schiebt alles zusammen zur Mitte.

»Yes, ich bin Cowboy«, sagt er. »War das alles?«

Der Blick des Marshals verfinstert sich.

»Ich weiß, dass es Männer gibt, die nicht viel von sich erzählen wollen«, knurrt er. »Sie gehören also zu diesen Männern. – Gut, es ist Ihre Sache.« Er kippt seinen Whisky, steht auf und verlässt den Saloon mit rasselnden Sporen.

7

Es ist zwei Stunden vor Mitternacht, als Clem das Hotel wieder betritt, in dem er ein Zimmer genommen hat. Draußen stehen jetzt nur noch wenige Pferde. Auch im Saloon ist es fast leer.

Clem setzt sich an einen Tisch und bestellt sich Whisky. Er blickt zu der Frau hinauf, die eben das letzte Lied beendet hat und mit den Händen abwinkt. Sie will also keine Zugabe geben.

Dann verschwindet die Frau hinter einem Vorhang.

»Gehen wir«, sagt ein stämmiger Weidereiter.

Durch eine Seitentür kommt ein junger Mann, der kaum älter als zwanzig Jahre sein kann. Er ist mittelgroß und hat schwarzes Haar. Seine Gesichtsfarbe ist sehr dunkel, fast rostrot. Er geht zur Theke, und Clem sieht, dass er einen fast schleichenden Gang hat und in seiner ganzen Art an ein Raubtier erinnert. Er hat einen langen Armeecolt im Holser und ein Bowieknife im Gürtel.

An der Theke bleibt der junge Mann stehen und verlangt etwas. Zwei Männer, die dort stehen, drehen die Köpfe. Die Weidereiter an der Tür, die eben gehen wollten, sind stehen geblieben. Sie haben sich umgewandt und blicken nun ebenfalls zur Theke hin.

Der Keeper füllt ein Glas und schiebt es dem jungen Mann zu.

Clem sieht, dass es ein Halbblut sein muss. Und er bemerkt, dass die anderen Männer ihn nicht gern neben sich sehen.

Das Halbblut trinkt einen Schluck und stellt das Glas auf das Messingblech zurück. Er leckt sich die Lippen und schaut die anderen an.

Die beiden Cowboys an der Tür mustern sich gegenseitig. Dann geht einer zur Theke zurück.

»Verschwinde!«, zischt er.

Der Junge hat den Kopf gehoben. Er blickt den Cowboy an und hebt sein Glas wieder.

Da schlägt der Cowboy dem Jungen aufs Handgelenk. Das Glas fällt zu Boden und rollt über die schmutziggrauen Dielen. Unter einem Tisch bleibt es liegen. Das Halbblut steht ganz ruhig.

»Verschwinde, es stinkt!«, zischt der Cowboy wieder.

Clem sieht, dass der Weidereiter nicht älter als das Halbblut sein kann. Und es sieht so aus, als wollte er hier etwas vorführen. Die anderen machen keine Miene, diesem Spiel ein Ende zu setzen.

»Hörst du nicht?«, grollt der Cowboy. »Du verstehst unsere Sprache wohl gar nicht?«

Der zweite Mann an der Tür geht nun auch zurück. Er baut sich neben seinem Kameraden auf und verschränkt die Arme vor der Brust.

Das Halbblut macht noch immer keine Bewegung. Er hat die Hände nun an den Seiten nach unten hängen.

Clem steht auf und geht bis zur Mitte des Raumes. Hier lehnt er sich an einen Pfeiler.

Der junge Cowboy dreht den Kopf nach ihm.

»Du solltest nach Hause reiten, Amigo«, sagt Clem leise. »Es sieht aus, als hättest du viel getrunken. Morgen würde es dir vielleicht leidtun, dass du heute so aufgebracht gewesen bist.«

Der Cowboy dreht sich ganz herum.

»Wegen dem Bastard?«, fragt er gereizt.

»Drücke dich ruhig etwas feiner aus, Boy. Er ist ein Mensch wie du und ich. – Wie wir alle!«

Die anderen Männer haben sich nun auch umgewandt. Zwei von ihnen sehen sauer aus, als hätten sie Angst, um einen prächtigen Spaß betrogen zu werden.

»Er ist ein Fremder, Benny«, sagt einer. »Kümmere dich nicht um ihn.«

Benny grinst und dreht sich zurück.

»Bist du immer noch hier?«, schnauft er. Und plötzlich holt er aus.

Da hält das Halbblut den Bowieknife in der Hand. Die Klinge funkelt im Lampenlicht. Der Mann zeigt die Zähne. Seine Augen blitzen.

Clem tritt blitzschnell vor und drückt den Messerarm nieder.

»Lass es!«, zischt er. »Wenn du nach ihm stichst, werden sie dich aufhängen.«

Der junge Cowboy lacht und springt vor. Er streckt den Arm mit der geballten Faust aus und will sie dem Halbblut ins Gesicht schlagen.

Da schlägt Clem von der Seite zu. Der Rammer trifft den Burschen gegen die Schläfe und feuert ihn halb über die Theke.

Clem schiebt das Halbblut zurück und weicht ebenfalls.

Die anderen stehen wie Zuschauer.

Der junge Cowboy dreht sich und greift nach der Hüfte. Doch als er den Colt umkrallt hat, zieht sich sein Gesicht zusammen. Sein Blick ruht auf Clems Hand, die über dem Kolben hängt. Und er scheint auch den Colt im Holster genau zu betrachten. Er muss das abgefeilte Korn und den Hahn gut sehen können. Und er lockert den Griff um den Kolben.

»Ich glaube, wir gehen«, sagt der andere Weidereiter. »Er ist ein Coltman, Benny.«

Benny schluckt und schiebt sich nach links. Er reibt über seine Wange und über die Schläfe.

Clem tritt noch einen Schritt zurück.

»Vielleicht treffen wir uns noch einmal, Stranger«, murrt der junge Cowboy.

»Ich bin daran nicht interessiert«, gibt Clem zurück.

Der junge Cowboy dreht sich und geht mit seinem Kameraden zur Schwingtür. Draußen kratzen ihre Stiefel über den Stepwalk. Dann schnauben Pferde. Hufschlag klingt auf und entfernt sich.

Das Halbblut ist wieder an die Theke getreten. Es verlangt einen neuen Whisky und bekommt ihn. Er schaut Clem an.

»Thanks, Mister«, sagt er. »Sie haben mich davor bewahrt, ihn umzubringen. Er versucht es schon lange mit mir. Heute hätte es sich entschieden. Aber morgen wird er wieder hier sein...«

Clem gibt keine Antwort. Er dreht sich um und geht zu seinem Tisch zurück.

Über die Bühne kommt die Sängerin. Sie blickt sich in dem leeren Saloon um und tritt dann herunter. Sie schaut nun Clem an und kommt auf ihn zu.

8

»Gestatten Sie?«, fragt sie mit ihrer hellen, melodischen Stimme.

Er nickt.

Sie setzt sich ihm gegenüber und lässt sich einen Sherry bringen. Als der Keeper gegangen ist, beugt sie sich über den Tisch.

»Sie haben Jesse geholfen«, sagt sie.

»Das war sehr nett von Ihnen. Wussten Sie, dass er mein Halbbruder ist?«

Gannon schüttelt den Kopf.

»Tut mir leid. Ich habe noch nie von ihm gehört und sah ihn auch zum ersten Mal.«

Sie nickt.

»Ich dachte es mir. Offenbar gehören Sie zu einer Art von Männern, die selten geworden ist. – Jesse hat es sehr schwer im Leben. Er ist weder bei den roten noch bei den weißen Männern zu Hause. Niemand will ihn haben. Niemand gibt ihm Arbeit. Er ist zwanzig Jahre alt und kann nichts – außer mit seinem Messer umgehen. Hier kann er manchmal Holz für den Winter hacken oder den Stall ausmisten – aber auch nur, weil ich hier bin.«

»Sie nehmen ihn immer mit?«

»Yeah. Ohne mich würde er verhungern oder ein Bandit werden. Aber auch so werden sie ihn früher oder später dorthin bringen.«

Sie seufzt und stützt die Ellenbogen auf die Tischplatte.

Clem sieht nun aus der Nähe, dass ihr Gesicht beinahe hart und verschlossen ist. In den braunen Augen brennt ein helles Feuer. Und er weiß plötzlich, dass das Leben dieser Frau hart und bitter ist.

»Früher habe ich in Ohio auf einer großen Farm gearbeitet«, sagt sie. »Ich hatte einen Job fürs Leben. Da kam meine Mutter zurück und brachte Jesse mit.«

»Und Ihr Vater?«

»Er wurde ermordet. Vor fünfundzwanzig Jahren. Es war auf dem Treck nach Oregon. Meine Mutter wurde von den Pawnees verschleppt. Sie war zwanzig Jahre bei ihnen, bis Soldaten sie befreiten.«

»Ach so«, sagt Clem. »Das tut mir leid.«

»Sie starb ein Jahr nach ihrer Befreiung«, redet Ann David weiter. »Jesse war in Ohio im Wege. Er musste fort. Ich ging mit ihm in den Westen und verdiente Geld für uns. Wir zogen von Stadt zu Stadt, und der Hass lief mit uns. Nirgends sind wir lange gewesen. Auch hier ist es schon zu Ende. Die Frauen scharen sich gegen uns zusammen. – Gegen mich und gegen Jesse.«

Clem denkt an das Gespräch der anderen Frauen, das er in dem anderen Saloon hörte.

»Langweile ich Sie?«, fragt Ann David.

»Nein.«

»Ich musste das einmal erzählen. Es wird dadurch nicht leichter. Aber man fühlt sich eine kleine Weile erleichtert.«

Clem rollt sich eine Zigarette und steckt sie an. Er blickt der Frau ins Gesicht. Sie versucht zu lächeln, aber es gelingt ihr nicht.

»Ich habe Sie wohl, doch gelangweilt«, sagt sie und steht auf. Sie dreht sich um und geht wortlos auf die Hintertür zu.

Clem möchte sie zurückhalten. Er will etwas sagen, tut es aber nicht.

9

Es ist Mittag, als Clem den Saloon betritt. Er sieht zwei Männer. Sie stehen an der Theke. Er setzt sich wieder in die Ecke neben der kleinen Bühne und bestellt sich Bohnen mit Speck.

Der Keeper geht zur Theke. Da kommt Ann David durch die Hintertür. Sie lächelt flüchtig und bleibt unentschlossen stehen.

Er winkt ihr zu.

Sie kommt an seinen Tisch.

»Setzen Sie sich doch, Ann. Sie haben mich wirklich nicht gelangweilt.«

Sie setzt sich und bestellt ebenfalls Essen.

»Es ist, wie ich sagte«, meint sie. »Die Frauen der Stadt haben ihren Kopf bereits durchgesetzt. Heute Morgen war der Marshal bei mir. Er teilte mir mit, dass ich die Stadt mit der nächsten Postkutsche zu verlassen habe. – Ich und Jesse!«

Sie reibt sich über die Stirn und schüttelt den Kopf. Als sie ihn wieder anblickt, sind ihre Augen dunkler geworden.

»Ich werde nach Süden fahren. Von dort bin ich zwar gekommen, aber alle Städte habe ich noch nicht abgeklappert. Ständig schießen ja auch neue aus dem Boden.«

Sie lacht rau.

»Ich werde noch lange wandern können«, spricht sie dann weiter. »Und dabei sammelt sich doch Geld an. Die Keeper der Saloons sind meine einzigen Freunde. – Zweckfreunde!«

Clem blickt zur Tür, durch die er zwei Männer treten sieht. Sie gehen beide zur Theke und tuscheln dort mit den Männern, die bereits im Saloon waren. Alle zusammen schauen sie verstohlen zu dem Tisch herüber.

»Die ganze Stadt weiß es bereits«, sagt Ann. »Sie verabschieden mich mit einem weinenden und einem lachenden Auge. Nur bei Jesse sind sie wirklich alle froh, dass er endlich verschwindet. Warum ist das so?«

Clem zuckt die Schultern.

»Ich weiß es auch nicht«, erwidert er. »Vielleicht ist es schon zu ruhig geworden.«

»Nein, ich war in Countys, wo man vor den Apachen zitterte. Dort hat man Jesse vielleicht noch mehr gehasst als hier. Allerdings auf eine andere Art. Das lässt sich nur schwer erklären.«

»Ich verstehe schon.« Clem schaut zur Hintertür, durch die auch eben zwei Männer kommen. Sie setzen sich beide an den Tisch daneben.

Und plötzlich steht auch ein Mann rechts draußen am Fenster und schaut herein. Clem erkennt, dass der Mann eine Winchester in der Armbeuge hat.

»Man hat mich eingekreist«, sagt Ann. »Wahrscheinlich sind es alles Leute, die der Marshal als Deputys vereidigt hat. Seltsam! Die Postkutsche geht erst morgen. Ob sie alle so lange stehen bleiben wollen? Sie werden Hunger bekommen.« »Der Keeper wird sie bedienen«, sagt Clem lächelnd. Er blickt zur Bühne und sieht auch dort zwei Männer auftauchen. Sie haben ihre Colts in den Händen und lassen sie um den Zeigefinger kreisen.

Der Keeper bringt das Essen. Clem bemerkt, dass er rot wie eine überreife Tomate aussieht.

Der Mann entfernt sich wortlos.

»Guten Appetit«, sagt Ann. »So eine Mittagseskorte hatte ich noch nie.«

»Ich werde das Gefühl nicht los, der ganze Zauber könnte mir gelten«, gibt Clem zurück. »Wissen Sie, ich bin da mit einem Marshal aneinandergeraten, der mich zum Mörder abstempeln will. Es wäre denkbar, dass er meine Spur doch gefunden hat und hier in der Stadt ist. – Tut mir leid, Ann. Ich werde mich verabschieden müssen. Vielleicht treffen wir uns irgendwo wieder und setzen unsere Unterhaltung fort.«

Er steht auf, ohne einen Bissen gegessen zu haben. Er geht zur Hintertür. Die beiden Männer lassen ihn wortlos vorbei.

Clem geht zu seinem Zimmer und holt sein Bündel und sein Gewehr. Damit geht er die Treppe wieder hinunter und verlässt den Saloon durch den Hinterausgang. Er geht hinter den Häusern entlang und kommt unangefochten zum Mietstall. Er sattelt den Braunen und schiebt die Sharps in den Scabbard. So langsam verflüchtigt sich sein Gefühl wieder. Er muss sich getäuscht haben.

Einen Moment ist er versucht, umzukehren. Dann verwirft er den Gedanken. Er wird reiten. Vielleicht hatten die Männer nur noch keine genauen Instruktionen. Er führt das Pferd in den sandigen Hof und steigt in den Sattel.

»Gannon!«, ruft da eine knurrige Stimme.

Clem wirft den Kopf herum. Er sieht Marshal Sullivan. Und nun weiß er, dass er sich nicht getäuscht hatte. Er dreht sich zurück, lässt sich auf den Hals des Pferdes fallen und presst die Sporen in die Flanken des Braunen.

Mit einem schrillen Wiehern springt das Tier an, läuft um die Tränke herum und geht den Zaun an der Seite mit einem gewaltigen Satz an.

Da kracht ein Schuss.

Clem ist es, als würde der Braune zur Seite geworfen. Er hört das ersterbende Schnauben und merkt, wie der gestreckte Leib unter ihm zusammenzuckt und hart auf den Zaun schrammt. Es gibt ein knackendes Geräusch, als die Latten zusammenbrechen.

Clem rollt durch den Staub.

10

Als er aufspringt, haben sie ihn schon umstellt. Sie halten Gewehre oder Colts in den Händen, die auf ihn gerichtet sind. Sullivans Waffe raucht noch. Er grinst.

»Ich hätte auch in deinen Kopf schießen können«, sagt er fast hämisch. »Aber du weißt ja, dass ich es anders machen will. – Packt ihn!«

Clem dreht sich um. Er sieht, dass sie von allen Seiten wie ein Schwarm Heuschrecken über ihn herfallen. Er wehrt sich verzweifelt, aber Fäuste und Kolben schlagen auf ihn ein, und sie kommen von überall. Er spürt die harten Schläge und sieht plötzlich eine rabenschwarze Wand vor sich aufwachsen. Er will sich gegen die Ohnmacht wehren, schafft es aber nicht. Er kippt nach vorn. Den Aufschlag auf die Erde bemerkt er nicht mehr.

Sullivan grunzt zufrieden und schaut seinen Kollegen Rod Carnes zwinkernd an.

»Nun, war mein Plan gut?«, fragt er.

Carnes nickt.

»Sehr gut.«

»Bringt ihn ins Jail, Leute«, sagt Sullivan großartig zu den Männern. »Dort kann er sich ausschlafen. Und vergesst nicht, zuzuschließen.«

Die Männer schleppen den Bewusstlosen fort.

Sullivan wendet sich um und schaut zum Mietstall.

»Ich brauche für ihn ein anderes Pferd«, sagt er. »Es braucht nicht sehr wertvoll zu sein.«

Rod Carnes geht mit ihm zum Stall. Sie sehen den jungen Boy, der das Stroh in einer Box wendet. Er lehnt die Gabel jetzt an die Trennwand und kommt näher.

»Habt ihr ein Pferd zu verkaufen?«, fragt Carnes.

Der Boy schüttelt den Kopf.

»Nein. Mit Pferden sieht es hier oben schlecht aus. Hier werden fast nur Herefords gezüchtet.«

Carnes nickt und wendet sich Sullivan zu.

Sullivan reibt sich über das Kinn. Er hat das Gesicht verzogen.

»Mit der Postkutsche«, dehnt er. »Himmel, warum habe ich ihn erst noch aus dem Saloon gelassen?«

»Weil du den Triumph restlos auskosten wolltest«, brummt Carnes. »Und noch etwas: So, wie du es erzählt hast, war es meiner Ansicht nach kein Mord!« Sullivan fährt heftig herum.

»Ich habe in meinem County eine Bestimmung erlassen, die jeder zu beachten hat – vor allem jeder Fremde! Und ich werde mit ihm ein Exempel statuieren. Es war für mich schwer genug, seine Spur immer wieder zu finden. Alle Leute werden nun wissen, dass man Sullivan nicht abhängen kann!«

Carnes brummt etwas Unverständliches vor sich hin und geht zur Straße.

Sullivan folgt ihm. Sie bleiben an der Ecke des Mietstalles stehen.

»Morgen mit der Post fährt eine bunte Gesellschaft«, meint Carnes. »Ein Tanzmädchen, ein Halbblut und noch ein Mann. Außerdem transportiert die Wells Fargo fünfzehntausend Dollar über Hot Springs nach Cheyenne. Der Posthalter hat darüber gesprochen. Und ich sah gestern Ward Hollag in der Stadt. Er ist einer von White Skinners Banditen. Die Bande weiß also vermutlich, was sich in der Kutsche befindet.«

»Dann würde ich den Transport abblasen.«

»Ich auch, wenn ich das könnte. Aber es ist nicht mein Geld. Die Verwaltung der Gesellschaft in Cheyenne hat den Transport angeordnet. Niemand hier oben kann ihn rückgängig machen. – Natürlich ist es auch fraglich, ob Hollag etwas gehört hat. Als ich Wind davon bekam, dass er hier ist, suchte ich ihn. Aber ich sah nur noch eine Staubwolke. – Deshalb wäre es eine Zusatzsicherung, wenn du mit der Kutsche fährst.«

»Ich bin nicht bei der Wells Fargo angestellt«, brummte Sullivan.

»Dafür bist du Marshal. Wenn du in der Chaise sitzt, geht dich die Sicherheit des Geldes eine ganze Menge an. Ob du nun willst oder nicht. Hier draußen ist das so.«

Sullivan blickt über die Front Street.

»Wo könnte man noch ein Pferd bekommen?«, fragt er. »Ich möchte heute noch fort.«

»Du kannst ja mal von Haus zu Haus gehen. Es gibt hier viele Leute, die eigene Pferde haben. Ich warte in meinem Office.« Carnes wendet sich ab und geht die Straße zu seinem Haus hinunter.

Sullivan dreht sich um und winkt den Stallburschen heran, der unter der Tür steht.

Der Junge schlendert zu ihm.

»Kannst du mir kein Pferd besorgen?«, fragt Sullivan.

»Nein, Marshal.«

Da wendet sich Sullivan ab und geht hinter Carnes her.

Als er vor dem Saloon ist, kommt Ann David durch die Schwingtür. Sullivan bleibt stehen und schaut sie an.

»Sind Sie das – das Tanzmädchen, das morgen mit der Postkutsche nach Süden fährt?«

»Yeah, das bin ich. Und Sie sind der Mann, der Clem Gannon verhaftet hat und dazu mehr als ein Dutzend Helfer brauchte, nicht wahr?«

Sullivans Augen funkeln zornig.

»Ich habe ihn ganz allein durch die Black Hills verfolgt«, brummt er.

»Und offenbar nicht fangen können«, gibt sie zurück. »Man hat drinnen im Saloon eben erzählt, welche Anschuldigungen Sie gegen ihn erheben. Ist es wahr, dass er den Mörder seines Bruders in Notwehr erschoss?«

»Dann hätte er es vermutlich auch nie beweisen können«, sagt Ann. »Ich glaube, Sie sind ein harter und oft ungerechter Mann, Marshal.«

Sullivan blickt auf seinen Stern an der Weste.

»Ich bin in Hot Springs das Gesetz«, gibt er barsch zurück. »Und ich will Ihnen gleich sagen, dass Sie in meiner Stadt nicht eine einzige Vorstellung geben können. Nehmen Sie also gleich eine Karte bis Cheyenne.«

»Das ist schon geschehen«, erwidert sie kühl und wendet sich ab.

Sullivan brummt vor sich hin und geht weiter. Er betritt das Office Carnes'.

11

Clem Gannon richtet sich von der harten Pritsche auf und blickt zum vergitterten Mauerausbruch. Dann wandert sein Blick an der kahlen Wand entlang und bleibt an den Gitterstäben haften, die die Zelle zum Gang hin abtrennen.

Hinter den Stäben steht Sullivan.

»Du hast lange geschlafen, Gannon«, sagt der Marshal. Er lächelt etwas. Jetzt bringt er eine Zigarre aus der Tasche, von der er die Spitze abbeißt und in eine Ecke spuckt. Er brennt die Zigarre an und pafft die Wolken in die Zelle.

Clem schaut wieder zu der grauen Wand hinüber.

»Wir fahren morgen mit der Postkutsche nach Hot Springs«, redet Sullivan weiter. »Es tut mir leid, dass ich dein Pferd erschießen musste.«

Clem dreht den Kopf und blickt in das Gesicht hinter dem Gitter.

»Es konnte bestimmt nichts dafür«, erwidert er scharf. »Sullivan, ich glaube, Sie haben gar kein Herz.«

»Das ist wohl meine Sache. Bis Hot Springs brauchen wir drei Tage. Die Kutsche fährt zwei Stationen an. Dort wird übernachtet. Jetzt gehe ich zum Schmied und lasse solide Handschellen anfertigen. Weißt du, was das ist? – Eine kurze Kette mit stabilen Armbändern. Dazu ein schweres Vorhängeschloss.«

Sullivan pafft den Rauch seiner Zigarre wieder in die Zelle.

Clem legt sich auf die Pritsche zurück.

»Wenn Sie mir einen Gefallen tun wollen, dann gehen Sie jetzt«, wirft er hin.

Sullivan schnauft böse.

»Warte nur ab«, meint er düster. »Wenn die Stadt näher kommt, werden dir deine Sünden einfallen. Und dann wirst du reden lernen. Ich habe noch keinen Fall gehabt, in dem der Schurke nicht am Ende gewinselt hätte.«

Er wendet sich ab und geht sporenklirrend davon. Eine Tür fällt dumpf ins Schloss. Kalk rieselt von der Decke.

Clem rollt sich mit dem Gesicht zur Wand. Er sieht nicht, wie sich der vergitterte Mauerausbruch verdunkelt. Aber er hört den leise gezischten Ruf, dreht sich und springt auf.

Draußen steht Jesse, das Halbblut.

»Ich habe gehört, was der Marshal sagte. Ann und ich, wir fahren auch mit der Kutsche. Ich wollte Sie befreien. Aber ich schätze, es wird unterwegs leichter sein. – Mister, ich vergesse nie einen Freund, denn ich habe fast keinen.«

Jesse grinst und zeigt seine perlweißen, kräftigen Zähne.

Clem schüttelt den Kopf.

»Meinetwegen solltest: du dir keine Ungelegenheiten machen, Freund«, sagt er flach. »Ich nehme an, sie würden mit dir noch weniger Federlesen machen als mit mir.«

Jesse nickt.

»Ich weiß«, gibt er betrübt zu, und seine Stirn zieht sich in Falten. »Ich weiß, dass sie mich hassen – alle! Die roten und die weißen Männer. Aber ich weiß jetzt, dass es auch Menschen gibt, die anders sind. Auch Ann ist anders. Sie hat für mich alles aufgegeben – Sicherheit, Arbeit und einen Mann, den sie liebte. – Yeah, das hat sie getan. Alles für mich. Für einen Burschen, den niemand sehen will.«

»Du bist jetzt wütend, Jesse. Vielleicht war das gestern Abend nur ein Spaß.«

Jesse schüttelt energisch den Kopf.

»Es war kein Spaß. Es war bitterer Ernst. – Also, bis morgen.«

Clem will noch etwas sagen, aber Jesse ist schon verschwunden. Es ist kein Schritt zu hören – gar nichts!

Gannon denkt wieder daran, wie katzenhaft gewandt sich dieses Halbblut bewegt. Zugleich denkt er aber auch an Sullivan. Wie sicher war der Marshal doch eben noch seiner Person. Und wie nahe wird ihm Jesse ab morgen sein. Immer in greifbarer Nähe. Und scheinbar auch immer bereit, alles zu riskieren, weil er ihn, Clem, vor ein paar Rowdys beschützte.

Clem schüttelt den Kopf. Er kann das nicht begreifen, denn das gestern Abend war nicht viel mehr als eine freundschaftliche Geste. Aber vielleicht sind solche Gesten in Jesses Leben wirklich sehr selten gewesen.

Dabei hatte er den Zwischenfall schon fast vergessen gehabt. Er hatte ihn aber nicht nur mit Jesse, sondern zugleich auch mit dessen Halbschwester Ann bekannt gemacht.

Er wendet sich um, geht zurück und legt sich auf die Pritsche. Er ist plötzlich sehr ruhig geworden. Es muss das Bewusstsein sein, nicht ganz einsam in dieser feindlichen Welt zu stehen.

12

Dunkel lastet die Nacht über dem weiten Land oberhalb des Cheyenne River. Hufschlag hallt über den Boden. Wie ein Schemen taucht ein Mann auf, der sein Pferd erbarmungslos antreibt.

Er reitet genau nach Süden, und er reitet auf der Poststraße nach Cheyenne. Fünf Meilen südlich von Rapid City schwenkt er leicht nach Westen ab. Er sprengt über die

Kuppe eines Hügels, jagt durch eine gestreckte Senke und zügelt sein Pferd auf dem nächsten Hügel.

Er formt die Hände zu einem Trichter und nimmt sie an den Mund. Der klagende Ruf eines Kojoten kommt fast echt aus seinem Mund und schallt weit über das nächste Tal.

Der Reiter wartet.

Zwei Minuten geschieht nichts. Dann taucht ein zweiter Reiter auf, der aus südlicher Richtung kommt.

Er hält am Fuße des Hügels. Sein Gesicht glänzt wie ein heller Fleck in der Nacht.

»Wer ist da?«, ruft er den Hügel hinauf, und zugleich schnappt der Repetierverschluss eines Winchestergewehres.

»Ward«, gibt der Mann auf der Höhe zurück.

»Gut, komm herunter.« Der Mann am Fuße des Hügels dreht sich im Sattel. »Es ist Ward, Boss! Er ist allein!«

»Kommt her!«, ruft es von irgendwo.

Der Reiter auf dem Hügel treibt sein Pferd wieder an und kommt den Hügel herunter. Mit dem anderen Mann reitet er weiter.

Über ihnen reißt die Wolkendecke urgewaltig auseinander, und der helle, silberne Mondschein ergießt sich über das Land.

In seinem Licht ist ein großer, bulliger Mann zu erkennen. Er hat ein breitflächiges Gesicht und stechende Augen, die wie die Lichter eines Wolfes durch die Nacht leuchten. Der Mann trägt einen breiten Kreuzgurt, an dem zwei Holster hängen. Die Colts, die darin stecken, sind mit den Kolben leicht nach außen gedreht.

»Und?«, fragt dieser Mann, der kein anderer als der gefürchtete Bandenboss White Skinner ist.

Ward Hollag leckt sich über die spröden Lippen und grinst.

»Wie ich gestern schon sagte«, meint er. »Fünfzehntausend Bucks! Ich habe mich nicht verhört.«

»Gut. Dann werden wir die Kutsche hochnehmen. Es wird leicht sein.«

»Vielleicht«, meint Hollag. »Der Marshal von Hot Springs fährt mit ihr.«

»Sullivan?«

»Genau, Boss. Er hat doch einen Boy hier durch die Berge verfolgt. Weißt du es noch?«

»Yeah, mein Gedächtnis ist ausgezeichnet.«

»Well, diesen Boy hat er in Rapid City aufs Kreuz gelegt. Er erschoss sein Pferd. Und er will ihn mit der Postkutsche nach Hot Springs schleppen.«

White Skinner grinst.

»Sullivan dürfte für uns kein Hindernis sein«, brummt er selbstgefällig. »Wir sind fünf Mann. Für uns gibt es überhaupt kein Hindernis. – Wer ist denn der Boy, der sich von ihm reinlegen ließ?«

»Er heißt Clem Gannon. Ich habe zwei Stunden überlegt, woher ich ihn kenne. Jetzt weiß ich es.«

»Und?«

»Er hat vier Männer verfolgt. Sie hatten seinen Bruder erschossen und zwanzigtausend Bucks kassiert. Er hat sie nach und nach erschossen. Den letzten vor wenigen Tagen hier oben. Es war Henry Curley. Und nur deswegen ist Sullivan hinter ihm her. So, wie ich den Marshal einschätze, wird er dem Richter die Hölle heiß machen, damit man

Gannon hängt. Sullivan ist so ein Kerl. Er hält sich für das Gesetz.«

Skinner nickt.

»Wenn der Boy Glück hat, kommt er mit dem Leben davon«, brummt er.

»Wenn nicht...« Er macht eine Handbewegung zum Boden hin.

Skinner tritt betroffen einen Schritt vor.

»Da ist noch etwas, Boss«, meint Hollag. »Dieser Gannon ist der, den man Nevada nennt.«

»Nevada? – Weißt du das genau?« »Ganz genau, Boss!«

»Na schön. Wir werden sehen, wie es mit ihm läuft. Wäre er für uns brauchbar?«

Hollag zuckt die Schultern »Ich weiß nicht, wie weit Sullivan ihn schon getrieben hat. Jedenfalls müsste er seinen Befreiern dankbar sein.«

13

Marshal Rod Carnes lehnt an einem Stützpfeiler des Daches vor seinem Haus und blinzelt in die Morgensonne. Die Wolken haben sich verzogen, und der Himmel ist azurblau, als wäre er von einem mächtigen Scheuerbesen blank gefegt worden.

Vor dem Gebäude der Wells Fargo steht die Postkutsche. Eben kommt der Posthalter mit dem Kutscher um das Haus herum. Sie bringen die ersten vier der sechs Gespannpferde und drängen sie in die Sielen. Der Kutscher macht die Geschirrketten fest, während der Posthalter um das Haus herum verschwindet.

Rod Carnes blickt Sullivan an, der neben ihm steht. Auch Sullivan blickt zu der Kutsche hin.

»Es fährt noch ein Mann mit, der seine Frau und seinen Jungen sucht«, sagt Carnes. »Heißt Abe Drake. Er hat fünftausend Dollar in der Tasche.«

Sullivan schnauft böse.

Carnes zuckt die Schultern, als wäre daran nichts zu ändern.

Der Posthalter kommt jetzt wieder um das Haus. Er bringt die beiden letzten Pferde.

In diesem Moment tritt Ann David aus dem Saloon. Sie hat einen Koffer bei sich, den sie auf dem Plankenweg abstellt. Ihr folgt Jesse, der den Koffer nimmt und über die Straße trägt.

»Eine lustige Gesellschaft«, brummt Sullivan. »Aber drei Tage sind schließlich keine Ewigkeit. Ich werde jetzt den Gefangenen holen.«

»Ich würde damit noch etwas warten«, wendet Carnes ein. »Es wird noch eine gute halbe Stunde vergehen, bis es soweit ist. Die Post ist hier oben nicht sehr schnell.«

Sullivan blickt seinen Kollegen von der Seite an. Dann bringt er eine seiner Keulenzigarren aus der Westentasche, beißt die Spitze ab und spuckt sie in den Staub der Straße.

»Was hättest du gemacht, wenn dir das mit Gannon passiert wäre?«, fragt er.

Carnes zuckt die Schultern.

»Mir wäre das kaum passiert. Ich habe hier oben nicht die Macht, um das Tragen von Schusswaffen zu verbieten. Diese Gegend dürfte dazu noch nicht reif genug sein.«

»Warum weichst du mir aus?«

Carnes dreht den Kopf.

»Weil unsere Ansichten sehr verschieden sind«, gibt er scharf zurück. »Ich habe von Nevada schon gehört. Man erzählte, dass er ein schneller und wilder Bursche sein soll. Aber es sieht mir nicht danach aus. Vielleicht wirst du auch dein Urteil über ihn noch revidieren müssen.«

»Kaum«, knurrt Sullivan und brennt die Zigarre an. Er wirft das Zündholz auf die Fahrbahn und wendet sich um.

14

Clem Gannon tritt auf den Stepwalk. Die Kette zwischen seinen Händen rasselt leise. Er blickt zu der Kutsche hinüber. Eben steigt Ann David ein. Clem spürt das Blut, das plötzlich in seinen Kopf steigt. Er weiß, dass es die Verlegenheit ist. So wird er ihr nun gegenübertreten müssen.

»Gehen wir«, sagt Sullivan hart. Er hat die Hand auf dem Kolben seines Colts, und die Fingerknöchel treten weiß hervor.

Sie treten auf die Fahrbahn hinunter und überqueren die Straße. Hinter ihnen kommt Carnes, der Clems Revolvergurt und die Sharps hat.

Sie bleiben vor der Kutsche stehen. Der Fahrer kommt um den Wagen herum und verhält neben dem Marshal aus Hot Springs.

»Wollen Sie mit dem Gefangenen drinnen sitzen?«, fragt er.

»Natürlich. Soll ich mir seinetwegen auf dem Dach einen Sonnenstich holen?«, knurrt Sullivan. »Kommt nicht in

Frage. Es dürfte ausreichend Platz sein. Soviel ich weiß, sind wir fünf Personen.«

Der Fahrer verzieht das Gesicht.

»Es ist nur nicht üblich, Gefangene und Reisende – ich meine, es ist eine Zumutung.«

»Gannon ist kein üblicher Gefangener«, meint Sullivan. Er beißt sich gleich darauf auf die Zunge, als er sieht, wie der Fahrer leicht grinst. Aber der Mann geht um ihn herum und nimmt den Pferden die ledernen Futtersäcke ab, die sie immer noch tragen.

Dafür tritt Carnes an Sullivans Seite. Auch er hat ein leises Lächeln um die Mundwinkel.

»Niemand hier denkt so wie du«, sagt er leise. »Alle Männer kamen mit der Waffe in der Hand ins Land. Anders hätten sie nie kommen können. – Du machst da keine Ausnahme.« Er geht nach rechts und gibt dem Kutscher Clems Waffen.

Der Fahrer verstaut sie in der Kiste unter dem Bock.

Ann ist zur Seite gerückt. Ihr gegenüber sitzt schon Abe Drake, dessen rosiges Gesicht glänzt. Jesse sitzt in der anderen Ecke auf der gleichen Bank wie Ann in Fahrtrichtung.

»Sie müssen sich zwischen uns setzen, Clem«, sagt er mit einem leisen Lächeln. »Zwischen mich und Ann.«

Clem steigt durch die offene Tür und setzt sich. Er blickt Ann aus den Augenwinkeln an und rasselt mit der Kette.

Der Marshal klettert herein und setzt sich neben Drake auf die Bank.

Draußen sind jetzt ein paar Frauen zu sehen, die zu Ann blicken.

»Ich hörte einmal, dass ein Gefangener einen Marshal mit so einer Kette erdrosselt haben soll«, sagt Jesse leise, als spreche er nur für sich allein. »Es kann eine gefährliche Waffe sein.«

Clem lächelt schief und blickt zu Sullivan, der das Gesicht verzogen hat.

»Das hat er offenbar nicht berechnet«, wendet er sich an Jesse.

»Kutscher, fahre zu!«, ruft eine der Frauen draußen. »Wir wollen sie endlich aus den Augen bekommen!«

Das Gefährt schwankt leicht, als der Kutscher Bart Slavin auf den Bock klettert. Dann knallt die Peitsche. Die Pferde ziehen an. Die Buchsen knarren. Staub quillt auf.

Schneller und schneller wird das Gefährt und verschwindet rasselnd aus der Stadt.

»Man muss ihm die Hände von der Seite um den Hals legen«, redet Jesse weiter. »Dahinter zieht man sie dann zusammen, sodass sich die Kette spannt. Es soll sehr schnell gehen.«

Sullivan reißt seinen Colt aus dem Holster und richtet ihn auf Jesse. Sein Gesicht hat sich verfärbt.

»Noch ein Wort!«, zischt er. »Sage noch ein Wort, dann fährst du zur Hölle!«

»Ich würde einen Mann nicht so einfach niederschießen«, lächelt Clem. »Er hat schließlich nur etwas erzählt, was er einmal hörte. – Oder kann man als Marshal so einfach schießen?«

»Er wird einen Freibrief haben«, sagt Ann und schaut auf die Prärie hinaus, die sich nun rechts und links neben die Kutsche geschoben hat.

»Ich habe das Leben einer Katze«, sagt Jesse ruhig. Er blickt dabei genau in die Mündung. »Und ich bin mit meinem Messer sehr schnell und sehr sicher. Ich glaube, ich könnte es noch ziehen und werfen, wenn ich schon tödlich getroffen bin.«

»Marshal, stecken Sie das verdammte Ding weg!«, brummt Drake. »Wenn die Kutsche in ein Loch fährt, drücken Sie aus Versehen ab. Es könnte dann auch einen anderen treffen.«

»Dafür hat er als Marshal sicher eine Erklärung«, wirft Ann hin.

Sullivan lässt den Colt sinken und schiebt ihn schließlich in das Holser zurück. Er zeigt die Zähne.

»Und wenn ihr alle gegen mich seid«, knurrt er, »ich bringe ihn nach Hot Springs!«

15

Es ist Mittag. Sie halten an einem klaren Bach, der aus den westlichen Bergen kommt. Die Türen der Stagecoach stehen offen. Aber es weht keine Kühle in das Gefährt.

Sie hocken auf beiden Seiten des schmalen Wasserlaufes und trinken das klare Wasser. Der Kutscher hat einen Proviantbeutel aufgeschnürt.

Plötzlich steht er auf, wie in die Länge gezogen, und schaut nach Westen.

»Ich sah etwas blinken«, sagt er. Gleich geht er zur Kutsche zurück und langt ein Teleskopfernrohr aus dem Kasten unter dem Bock. Er zieht es aus und blickt hindurch.

Dann kommt er zurück und gibt dem Marshal das Fernrohr.

»Es ist White Skinner mit seiner Bande«, sagt er. »Sie sind vier Mann.«

Sullivan nimmt das Rohr und schaut hindurch. Er sieht Jesse nicht, der plötzlich aufsteht und sein Messer in der Hand hält. Das Halbblut schaut zu Clem, als warte er auf ein bestimmtes Zeichen von ihm.

Clem schüttelt den Kopf, und auch Ann macht eine abwehrende Bewegung. Aber Drake steht mit offenem Mund. Plötzlich stößt er einen Schrei aus.

Da wirbelt der Marshal herum. Er erfasst seine Lage mit einem Blick, sieht, dass Jesse noch unentschlossen ist, und wirft das Fernrohr nach ihm.

Jesse weicht geschickt zur Seite aus. Sein Messer fährt in das Maisbrot, das er in der linken Hand hat. Er grinst dazu mit blitzenden Zähnen.

»Was ist denn los, Marshal?«, fragt er.

»Gib das Messer her!«, fordert Sullivan rau. »Gib es her!«

Jesse schüttelt den Kopf und tritt einen Schritt zurück.

Der Marshal hat die Hand am Kolben.

Jesse zieht das Messer aus dem Brot und hält es wie zufällig mit der Klinge nach vorn.

»Wenn Skinner in der Nähe ist, Marshal, dann sind Ihre Feinde überall. Haben Sie schon daran gedacht?« Ann legt bei diesen Worten den Kopf schief und blickt Sullivan von unten herauf an. »Jesse, steck das Messer weg! Siehst du nicht, dass du ihn nervös machst?«

Jesse schiebt das Messer in den Gürtel und beißt in sein Brot. Er grinst immer noch.

»Hätte ich Sie töten wollen«, sagt er plötzlich, ernst werdend, »so wäre es längst geschehen gewesen. Sie sind für mich kein Gegner, Marshal. Sie wissen doch, dass ich zur Hälfte Indianer bin.« Sullivan lässt den Colt los und blickt sie der Reihe nach an. Zuletzt bleibt sein Blick auf dem Kutscher haften.

»Slavin, wenigstens wir beide sollten uns darüber klar sein, dass wir am gleichen Strang zu ziehen haben«, sagt er. »Wenn ich den Gefangenen nicht durchbringe, haben Sie auch mit dem Geld keine Chance. Ist das klar?«

»Sicher«, nickt der Kutscher. »Ich sehe da zwar keine direkte Verbindung, aber wenn Skinner etwas weiß, brauche ich Ihre Hilfe. Im Übrigen fürchte ich nichts.« Der Fahrer bückt sich nach dem Proviantsack und schnürt ihn zu.

»Ich schätze, wir fahren weiter«, brummt er.

16

Sie werden auf dem schlechten Weg durchgeschüttelt, und der Schweiß brennt auf ihren Gesichtern. Die heiseren Zurufe des Fahrers wehen in das Gefährt. Knallend streicht die Peitsche durch die Luft.

Abe Drake stöhnt. Er wischt sich mit einem riesigen buntkarierten Taschentuch durch das Gesicht. Als er es sinken lässt, blickt er den Marshal an.

»Sie kennen doch alle Indianerstämme, Marshal, haben Sie noch nie eine weiße Frau und einen Jungen gesehen?«

»Nein, Drake. Tut mir leid. Ich glaube, Sie laufen einer Fata Morgana nach. Soll ich Ihnen sagen, was sein wird, wenn Sie Ihre Frau finden könnten?«

»Was?« Drake beugt sich vor. »Ich muss die beiden finden, hören Sie!«

»Sie werden sie nicht wiedererkennen. Und sie wird unter uns nicht mehr leben können. – Fragen Sie Ann David. Auch ihre Mutter war lange unter den Roten.« Er blickt zu Jesse und beißt sich auf die Unterlippe.

»Sie meinen wohl – meine Frau – sie könnte nicht mehr...?«

Sullivan zuckt die Schultern.

»Ich habe keine Ahnung. Ich weiß nur, dass die Blicke der weißen Menschen sie töten würden, wenn sie noch einmal zurückkommen könnte.«

Drake lehnt sich zurück und schließt die Augen.

»Vielleicht wäre ich auch schon tot«, sagt er, »wenn mich nicht die Hoffnung treiben würde.«

Sullivan blickt zum Fenster hinaus. Auch die anderen schweigen.

Eine Stunde vergeht. Die Kutsche quält sich einen Hügel hinauf und jagt auf der anderen Seite ins Tal. Plötzlich ist ein heiserer Ruf des Fahrers zu hören. Die Stagecoach wird nach links gerissen. Das kleinere Vorderrad geht hart an einem langen Loch vorbei. Das Hinterrad schafft es nicht. Es fällt wie ein schwerer Stein hinein. Ein heftiger Ruck geht durch das Gefährt.

Clem wird vom Rücksitz katapultiert und schlägt mit dem Kopf gegen die Vorderwand. Mit den gefesselten Händen kann er den Anprall kaum halb auffangen. Er hört einen hellen Schrei und Sullivans Fluch.

Gleichzeitig kracht ein Schuss.

Die Kutsche wird von den Pferden aus dem Loch gerissen und kippt hinten nach rechts.

In einer gewaltigen Staubwolke kommt die Chaise zum Stehen.

Und wieder krachen Schüsse, und Kugeln ziehen bösartig wimmernd über das Gefährt oder fahren pochend ins Holz.

»Hinlegen!«, schreit Sullivan. Er stößt die Tür auf und springt hinaus. Sein Colt fährt aus dem Holser. Er schießt in den Staubschleier hinein, ohne ein Ziel sehen zu können.

Dann kracht das Gewehr des Kutschers. Clem schiebt sich aus dem Gefährt. Er sieht, dass Jesse schon draußen ist. Er kauert neben dem demolierten Hinterrad.

Ann ist hinter der Kutsche. Neben ihr steht Drake, der den Schweiß mit dem Handrücken von der Stirn wischt. Ann bringt einen Colt aus ihrer Handtasche und geht hinten um das Gefährt herum. Eine Kugel weht über ihren Kopf. Sie lässt sich fallen.

Jesse schnellt plötzlich hoch. Durch den Staub sieht er einen Reiter. Er schießt in rasender Folge drei Mal.

Ein Schrei durchdringt das Inferno und verweht. Der Mann fällt zur Erde. Das Pferd flieht mit schleifenden Zügeln.

Plötzlich ist es sehr still. Es fällt kein Schuss mehr.

Marshal Sullivan hebt den Kopf und steht dann ganz auf.

17

Der Staub hat sich gesenkt. Sullivan hat seinen Colt nachgeladen. Er blickt über das Land, aber er kann nur bis zu den Kuppen der Hügel ringsum schauen. Dahinter müssen die Banditen verschwunden sein. Nur der Tote liegt noch im Gras, keine zehn Yards von dem Gefährt entfernt.

Sullivan geht zu ihm hin und dreht ihn auf den Rücken. Der Marshal drückt ihm die Augen zu, richtet sich auf und dreht sich um. Er blickt zu der Gruppe bei der Kutsche.

Der Fahrer wendet sich eben von dem geborstenen Hinterrad ab. Er zuckt müde die Schultern.

»Ersatz haben wir nicht«, sagt er. »Und bis zur Station sind es noch gut vier Stunden. Wir werden die Nacht hier draußen verbringen müssen.«

»Wird man dann nach der Kutsche suchen?«, fragt Ann.

»Glaube ich nicht«, murrt der Fahrer. »Der Stationer ist mit seiner Frau und einem Stallburschen ganz allein. Ich kann mir nicht vorstellen, dass sie sich auf einen ungewissen Weg machen.«

»Er wird also warten?«

»Ich nehme es an. Einer von uns muss zur Station reiten.«

Sullivan blickt Jesse an.

»Der Fahrer hat auf sein Geld zu achten«, beginnt er. »Ich habe einen Gefangenen zu bewachen. Drake dürfte zu alt sein. Kommst nur du noch infrage, Jesse.«

Jesse grinst.

»Ich bin ein Reisender, der seinen Fahrpreis entrichtet hat«, gibt er zurück.

»Ich habe noch nie gehört, dass man auf einer Fahrt solche Pflichten zu übernehmen hat. Es gibt doch keinen Zweifel daran, dass Skinner mit seinen Banditen auf den Mann wartet, der sich auf den Weg zur Station macht.«

Sullivan reibt über sein Kinn und blickt den Kutscher an.

»Natürlich wird der Mann erwartet«, meint Slavin. »Und vielleicht hat er nicht einmal eine Chance, durchzukommen. Noch dazu muss er ja zwei Mal an den Schurken vorbei.«

Jesse rollt sich eine Zigarette. Er dreht auch für Clem eine, die er ihm gibt.

»Es sind noch drei Banditen«, sagt der Marshal. »Zwei Mann könnten vielleicht eine Chance haben. Slavin, ich übernehme die Haftung für das Geld. Sie und Jesse, so müsste es gehen.«

»Ich bin wirklich ein harmloser Reisender«, widerspricht Jesse sofort. »Mir hat auch nie ein Mensch Veranlassung gegeben, ihm besonders dankbar zu sein.« »Ich gebe hier die Befehle«, spricht der Marshal weiter. »Wenn du es nicht machst, lassen wir dich hier in der Prärie sitzen.«

»Man könnte meinen, Sie wären der Boss der Wells Fargo, Sullivan«, wirft das Mädchen hin. »Manchmal habe ich das Gefühl, als hätten Sie Ihren Beruf verfehlt. Sie hätten Soldat werden sollen.« »Die Kugel, die ihn dann getroffen hätte, wäre vielleicht nicht einmal von vorn gekommen«, meint Jesse. Er zieht noch einmal an seiner Zigarette und wirft sie weg.

»Also schön, Marshal. Ich und Slavin. Lieber wäre ich bei dem Geld geblieben. – Wir haben also zwanzigtausend Dollar bei uns. Fünftausend Drake, den Rest die Kutsche.«

Jesse lacht leise. »Daran könnte auch ich Geschmack finden. Zwanzigtausend Dollar sind eine Summe, die einen Kerl wie mich sogar über seine Herkunft hinwegtrösten könnte. Hoffentlich ist das Geld noch da, wenn wir zurückkommen.«

Der Kutscher geht zu den Pferden und schirrt zwei davon aus.

Jesse folgt ihm. Er wirft Clem noch einen Blick zu und springt dann von der Erde aus auf den ledigen Rücken des Tieres.

18

Sie blicken den beiden Männern nach, die schnell über die Hügelkuppe reiten.

Clem setzt sich ans Vorderrad und lehnt den Kopf gegen eine Speiche.

»Vermutlich wird man die beiden nicht aufhalten«, sagt er langsam. »Skinner will doch das Geld, sonst nichts. Er wird hierher kommen müssen, wenn er es holen will. Und er wird kommen!«

Sullivan lässt die Trommel seines Colts rotieren. Er blickt auf Drake und sagt: »Sie sollten sich darauf vorbereiten, Drake. – Und Sie auch, Ann. Es geht um unser aller Leben bei dieser Sache.« »Auch um sein Leben«, erwidert Ann und nickt zu Clem hin. »Soviel ich hörte, soll er ein As mit dem Colt sein. Carnes hat doch seine Waffen dem Kutscher gegeben.«

Sullivan schneidet ein Gesicht, als habe er in eine Zitrone gebissen.

»Er ist mein Gefangener«, knurrt er. Drake hantiert mit seiner Waffe herum. Es ist ein 38er Colt mit einem ziselierten Lauf. Er muss seine hundert Dollar gekostet haben.

»Ich habe noch nie einen Menschen erschossen«, sagt er flach. »Ich glaube, ich kann es auch gar nicht.«

»Dann ist Ihnen Ihr Leben nicht viel wert, Drake.«

»Ich, bin auch nicht dafür, hier zu kämpfen«, meint Ann. »Sie sind doch Marshal, Sullivan. Und Sie sind doch der Meinung, der Marshal hätte alle Banditen zu verhaften. Sie plädieren doch laufend gegen die Selbstjustiz und haben Gannon deshalb verhaftet. – Wissen Sie, alles, was Sie sagen, widerspricht sich irgendwie.« Sie lacht hell auf.

»Verhaften Sie Skinner und seine wilde Horde, wenn sie kommen«, fährt sie fort. »Ich werde Ihre Anklage vor dem Richter unterstützen.«

Sullivan dreht ihr das Gesicht zu und knirscht mit den Zähnen.

»Sie sind gewaltig auf dem Holzwege, wenn Sie glauben, mich in die Enge treiben zu können!«

»Sie haben sich schon selbst in die Enge getrieben, Marshal. Gewiss, es mag bei Gannon etwas anders gewesen sein. Aber im Grunde genommen sehe ich keinen Unterschied.«

Drake hat nun Patronen in die Kammern der Trommel geschoben und dreht sie durch. Knackend springt sie von Raste zu Raste.

Plötzlich ist Hufschlag zu hören.

»Gehen Sie hinter die Kutsche, Mädel!«, ruft der Marshal. »Schießen Sie an der Seite vorbei. Es reicht schon, wenn Sie genug knallen. Die moralische Wirkung erhöht sich dadurch ungemein.«

Sullivan tritt neben die Pferde. Drake kriecht unter den schiefhängenden Wagen.

Da kommen sie über die Kuppe des Hügels im Westen. Sie sind drei Mann. Sie sprengen wie von Furien gehetzt herunter und schießen ihre Gewehre ab.

Ein Pferd bricht tödlich getroffen zusammen.

Sullivan feuert aus seiner Spencer zurück. Als er sie leergeschossen hat, nimmt er die Sharps. Er schießt mit verbissenem Gesicht, trifft aber keinen der Halunken.

Skinner führt seine Bande an. Er reitet einen weiten Bogen und kommt auf die andere Seite der Kutsche.

Aber auch hier kommt er nicht heran.

Ann David feuert nun ebenfalls, und Drake schließt die Augen, als er abdrückt.

Sullivan lädt seine Waffe mit fliegenden Händen nach und legt wieder an.

Da sprengen die drei Banditen über den Hügel im Osten und sind wie ein Spuk verschwunden.

Sullivan kommt um den Wagen herum und schneidet das tote Pferd aus den Sielen. Er macht die anderen frei, die verängstigt mit den Hufen stampfen.

»Helfen Sie mir, Drake!«, ruft er.

Der Mann kommt etwas unbeholfen um den Wagen gehastet. Er greift nach den langen Zügeln und bekommt einen Tritt, der ihn zwei Yards nach rechts wirft.

»Gannon, hierher!«, bellt der Marshal. »Wenn uns die Gäule durchgehen, sind wir verloren!«

Clem steht auf und hält seine Hände vor.

»Soll ich so helfen?«, fragt er. »Das dürfte doch ein Witz sein!«

Sullivan reißt seinen Colt aus dem Holster und legt auf Clem an.

»Ich kann dich erschießen, wenn du dich meinen Befehlen widersetzt!«, grollt er. »Du kannst die Pferde so halten! Los!«

Clem zuckt die Schultern und greift nach den Zügeln. Sie ziehen die Tiere zu einem großen Stein am Wegrand. Hier macht Sullivan sie fest.

Kaum sind sie zum Wagen zurückgekehrt, als der rasende Hufschlag schon wieder aufklingt. Diesmal kommt er aus nördlicher Richtung.

Die Bande kommt schießend und schreiend über den Hügel. Ihre Kugeln fahren ratschend in die Kutsche, unter der jetzt vier Menschen liegen.

Sullivans Gewehrfeuer schlägt der Horde entgegen. Skinner schlägt sofort einen Bogen nach Westen und verschwindet hinter der Hügelkuppe.

Sullivan lässt ächzend sein Gewehr sinken.

»Sie wollen uns fertigmachen«, sagt er gedehnt. »Sie wollen dieses Spiel so lange fortsetzen, bis wir weich sind oder uns verschossen haben. – Ann, Sie schießen nur noch, wenn die Bande auf zwanzig Yards herankommt. Ist das klar?«

»Sicher, Marshal.«

Sullivan blickt zu Drake weiter.

»Sie schießen ja sowieso nicht«, brummt er.

»Das dürfte auch besser für ihn sein«, wirft Clem hin. »Wenn er gar einen der Burschen trifft, riskiert er es, vor den Richter nach Hot Springs geschleppt zu werden. Oder ist es etwas anderes, wenn man in Ihrem Auftrag einen Mann erschießt, Sullivan?«

Sullivan dreht den Kopf nach der anderen Seite.

»Wer neben mir schießt, ist so gut wie ein Deputy von mir«, brummt er. »Er handelt also in meinem Auftrag. Und das macht schon einen Unterschied. Im Übrigen besteht der zweite Unterschied darin, ob man einen Mann aufsucht, um ihn zu erschießen, oder ob man von Banditen überfallen wird. Niemand will die Notwehr in ausweglosen Situationen verbieten. Auch ich nicht. Aber gegen Schießereien habe ich ganz entschieden etwas.«

»Dann könnten Sie doch Gannon sein Gewehr geben und ihm die Hände freimachen«, sagt Ann. »Vielleicht ist dann von den drei Banditen in einer Stunde keiner mehr übrig. Es besteht doch wohl kein Zweifel daran, dass Sie nicht sehr gut treffen können. Vielleicht kann er es.«

»Ich sagte schon einmal, dass er mein Gefangener ist«, schnaubt Sullivan zornig. Er steht auf und holt einen kurzen Spaten, der unter dem Bock der Kutsche klemmte.

Den Spaten wirft er Clem zu.

»Wir brauchen ein Loch unter der Kutsche«, sagt er dazu. »Darin verschwinden wir. Beeilung!«

Die Bande kommt nach einer halben Stunde erneut im Sturmlauf der Pferde über die Hügel. Diesmal kommen sie nebeneinander und feuern aus allen Rohren.

Aber nun liegen die vier Menschen hier unten schon unter dem Gefährt.

»Es wundert mich, dass sie nicht versuchen, die Pferde zu erschießen«, sagt Ann, nachdem die Bande wieder verschwunden ist. »Damit könnten sie uns doch hier festnageln.«

»Vielleicht möchten sie sich die Tiere gern unter ihre schmutzigen Nägel reißen«, vermutet der Marshal. »Banditen haben für Pferde immer Verwendung. Vor allem hier oben, wo Pferde offenbar recht knapp sind.«

Ann legt ihren Colt neben sich und sucht nach der Wasserflasche.

Clem, der im Moment ein Stück zurück liegt, greift nach der Waffe.

Drake stößt einen erschrockenen Ruf aus. Der Kopf des Marshals wirbelt herum.

Clem lächelt und lässt Sullivan in die Mündung blicken.

»Wie sich die Lage doch so schnell verschieben kann, Marshal, was?«

In Sullivans Gesicht zuckt es.

Clem wirft die Waffe zur Seite.

»Ich wollte nur zeigen, dass Ihre Macht sehr wackelig ist, Marshal.«

19

Jesse hält sein Pferd an und stoppt auch das Ersatztier, auf dessen Packsattel sie das Rad für die Kutsche gebunden haben. Er gleitet zur Erde nieder und lockert die Sattelgurte der beiden Pferde. Die Zügel bindet er zusammen, dann legt er sich auf dem Rücken ins Gras.

Slavin beißt sich ein Stück Kautabak von seiner Rolle und schiebt den Rest in die Tasche.

»Darf man fragen, was das soll?«, schnaubt er ergrimmt.

»Ich denke, wir warten hier, bis die Nacht anbricht«, erwidert Jesse.

»Warum?«

»Weil dann alle Katzen grau sind. Wir haben jetzt keine Chance, mit dem Rad durchzukommen. Es sei denn, bei der Kutsche wurde der Bande kein Widerstand mehr geleistet.«

»Das kann nicht sein. Sullivan gehört zu den Männern, die bis zum letzten Atemzug kämpfen. Die Kutsche lässt sich ganz gut verteidigen.«

»Das ist genau meine Meinung«, bestätigt Jesse. »Und deshalb warten wir hier. Sie werden nämlich inzwischen darauf gekommen sein, dass sie uns leichter ins Jenseits befördern können, als das Geld holen. Und wenn wir nicht mehr mit dem Rad kommen können, haben sie Zeit – viel Zeit! Irgendwann werden sie dann die Gewinner sein.«

Jesse zieht seinen Hut über die Augen. Er sagt nichts mehr.

Da steigt Slavin ab und lockert seinem Pferd ebenfalls den Sattelgurt. Er geht zu einem halb ausgetrockneten Bach, zieht die Stiefel und Strümpfe aus und hängt die Füße ins Wasser.

20

Als sich die Nacht über das weite Land gesenkt hat, reiten sie weiter. Jesse hat die langen Zügel des Packpferdes in der Hand. Er schlägt einen Bogen nach Osten.

Eine Stunde später ist es dunkel. Aber am Himmel sind keine Wolken zu sehen. Das helle Mondlicht überstrahlt das Land.

»Man sieht uns auf mindestens eine Meile«, meint der Kutscher. »Wenn sie uns einen Hinterhalt gelegt haben, laufen wir genau hinein.«

»Nur, wenn, wir den Weg nehmen, den sie berechnen«, schränkt Jesse ein. Er wechselt die Richtung jetzt genau nach Norden.

Slavin folgt ihm.

»Wir müssen immerzu etwas anders reiten«, spricht Jesse weiter. »So können sie nie genau wissen, wo wir wann sein werden.«

»Woher hast du diese Taktik?«

Jesse hält sein Pferd an, und das Packpferd läuft auf und schnaubt.

»Reite weiter«, brummt Slavin. »Wenn man zu dir etwas sagt, ist man immer angeeckt. Ich hatte mir nichts dabei gedacht.«

Jesse treibt sein Pferd wieder an und zieht das andere Tier hinter sich her.

»Du solltest dir immer etwas denken, wenn du mit mir sprichst«, sagt er bissig. »Ich denke mir auch immer etwas dabei. Ich habe es von den Pawnees. Nun weißt du es genau!«

Er schnalzt mit der Zunge und wechselt die Richtung etwas nach Westen.

Sie reiten eine halbe Stunde. Nichts geschieht.

»Es können jetzt höchstens noch zwei Meilen sein«, sagt Slavin. »Wie weit können wir hier seitlich von der Straße weg sein?«

»Höchstens fünfhundert Yards. – Dort vorn bewegt sich ein Busch.«

Jesse hat angehalten. Der Kutscher wirbelt sein Gewehr hoch und lässt den Verschluss schnappen.

»Wo?«

Jesse streckt den Arm aus.

»Dort.«

Slavin sieht mehrere Büsche, aber sie stehen alle still.

»Jetzt nicht mehr«, sagt Jesse. »Es ist der niedrige Busch links. Er ist für einen sicheren Schuss zu weit entfernt. Schade.« Slavin atmet langsam aus und lässt das Gewehr sinken.

»Was machen wir?«

»Wir reiten wieder nach Osten und tun, als hätten wir nichts gesehen. Wenn wir mit ihnen auf gleicher Höhe sind, treiben wir die Pferde an. Weiter können wir nichts tun.«

Slavin nickt und treibt sein Pferd mit den Schenkeln weiter.

Jesse wechselt die Richtung. Er blickt aber immer nach links. Plötzlich sieht er, wie der Busch umfällt. Ein Mann steht auf.

Um einen anderen Busch kommen zwei Reiter, die ein drittes Pferd mit sich führen. Der Mann springt in den Sattel. Ein wilder Zuruf erschallt, dann kommen sie.

Jesse gibt seinem Pferd die Sporen. Er reißt das Packpferd mit und reitet nun genau nach Norden. Die langen Zügel des Packpferdes schlingt er sich im donnernden Galopp um das rechte Handgelenk. Mit der Linken fischt er nach seinem Colt.

Slavin hat seine Not, an Jesses Seite zu bleiben. Er sieht, dass die Banditen nach Nordosten einschwenken und ihnen offenbar den Weg abschneiden wollen. Aber Jesse reitet genau in der gleichen Richtung weiter. Da pfeift die erste Kugel, heran. Sie liegt zu hoch und streicht harmlos vorbei.

Da reißt Jesse sein Pferd herum und hält nach Osten.

Der Kutscher folgt ihm, wobei er fast aus dem Sattel gestürzt wäre. Hinter ihnen weht eine zweite und dritte Kugel her. Sie pflügen an den Seiten den Boden auf.

Slavin dreht sich im Sattel und feuert zurück. Da er so überhaupt nicht zielen kann, geht seine Kugel weit vorbei. Er wirbelt wieder nach vorn und sieht Jesse schon drei Yards voraus. Fluchend treibt er sein Pferd an, schlägt ihm mit der Hand zwischen die Ohren und hämmert mit den Absätzen in die Flanken.

Da trifft ihn ein heißer Schlag in die Schulter. Er kippt zur Seite und schreit. Jesse reißt sein Pferd zurück und stoppt auch das Packpferd. Slavin kommt an seine Seite.

»Was ist?«, schreit das Halbblut.

»Links, die Schulter«, stöhnt Slavin und versucht, sich im Sattel höher zu schieben.

Jesse greift hinüber und hilft ihm. Durch diese Bewegung entgeht er einem Geschoss, das links an ihm vorbeizischt.

»Nimm die Zügel des Packpferdes!«, schreit Jesse und hält die Leinen hinüber.

Slavin greift danach.

»Reite schnell weiter!«, ruft Jesse ihm zu. »Ich werde sie aufhalten. Dann komme ich nach! Heyyy!« Er schlägt Slawins Pferd auf die Hinterhand, sodass es noch schneller wird.

Dann dreht er sein Pferd und lässt den Colt wie einen Degen vorstechen. Er wartet, während die Kugeln ihn wie giftige Hornissen umwehen.

Die Banditen kommen immer näher. Und die rotgelben Feuerlanzen stechen aus ihren Waffen. Es ist, als würden die Projektile einen Bogen um Jesse schlagen. Er wirft sich plötzlich auf den Hals seines Pferdes und sprengt den Banditen entgegen. Und wieder schreit er, wie er es von den Pawnees gehört hat.

Eine Feuerzunge leckt aus seinem Colt. Einer der Burschen stößt einen erschrockenen Ruf aus und blickt seinem Hut nach, der durch die Luft weht und dann im Gras verschwindet.

»Teufel!«, ruft Hollag heiser. »Er ist ein Teufel!«

Da trifft Jesses zweite Kugel seinen Unterarm und zerfetzt den Stoff von seinem Hemd.

Hollag reißt sein Pferd nach rechts und donnert davon.

Die anderen beiden schlagen sich zur anderen Seite. Sie schießen noch immer, aber sie haben kein Ziel mehr.

Jesse hält an. Er dreht den Colt über den Zeigefinger und lächelt hart.

»Ich könnte euch jagen, bis ihr tot auf dem Boden liegt«, zischt er durch die Zähne. »Aber warum soll ich dem Marshal die Arbeit abnehmen?«

Er dreht sein Pferd und setzt es wieder in Bewegung. Slavin kann er nicht mehr sehen. Er muss schon hinter dem nächsten Hügel sein und den Wagen bald erreicht haben. Sicher hörte man dort auch die Schüsse.

Jesse hört noch einen Abschuss. Das Wimmern der Kugel erfüllt einen Moment die Luft, dann wird es ruhig. Er blickt über die Schulter. Die Banditen sieht er als dunkle

Punkte. Sie streben jetzt aufeinander zu. Scheinbar ist ihnen im Moment die Lust vergangen, Jesse weiter zu verfolgen.

21

Clem blickt auf die Kette zwischen seinen Handgelenken, während er Slavin zuhört, der mit fliegendem Atem berichtet.

»Es tut mir leid«, wendet der Kutscher sich an Ann. »Ich hatte wirklich nichts gegen ihn. Er war ein feiner Kerl.«

Sullivan spuckt ins Gras.

»Er muss es selbst so gewollt haben«, murrt er. »Also los, sehen wir, dass das Rad an den Wagen kommt.«

Ann David wendet sich um. Clem sieht ihr Gesicht im Mondschein. Es sieht wie ein weißer Klecks aus. Er bemerkt auch die Tränen, die über ihre Wangen rinnen. Er geht auf sie zu und streckt die Hand nach ihrem Arm aus.

In diesem Moment hört er etwas. Er dreht sich um und sieht ihn kommen.

Jesse hat die Kutsche schon fast erreicht. Er führt sein Pferd am Zügel. Er lächelt und bleibt stehen.

»Jesse!«, ruft Ann und stürzt auf ihn zu.

Er legt den Arm um ihre Schulter und zieht sie mit sich zurück.

Sullivan und Slavin stehen wie erstarrt. Endlich leckt sich der Marshal über die Lippen.

»Du musst dich getäuscht haben, Bart«, knurrt er. »Und das gefällt mir an deiner Geschichte nicht. Nicht seinetwegen. Ich liebe überhaupt die Genauigkeit.«

Slavin schüttelt den Kopf.

»Wo – wo kommst du denn her, Junge?«, fragt er hohl.

Jesse lässt Ann los und lächelt stärker. Er zuckt die Schultern.

»Aus der Hölle«, gibt er zurück. »Sie wollte mich nicht.«

»Aber – aber du bist doch direkt in ihr Feuer geritten.

Jesse zuckt wieder die Schultern.

»Nur die Guten sterben jung«, wirft er hin. »Zu ihnen gehöre ich nicht.« Er tritt seitlich an das Pferd heran und macht den Sattelgurt los. Er hebt den schweren Bocksattel herunter und wirft ihn mit einer knappen Handbewegung und einer Drehung der Schulter auf das Dach der Kutsche.

»Den müssen wir in der Station wieder abgeben«, sagt der Fahrer. Er wird plötzlich grün im Gesicht und kippt um.

»Was ist denn nun wieder?«, fragt der Marshal betroffen.

»Er hat etwas in die linke Schulter bekommen«, entgegnet Jesse. »Hat er es in der Aufregung über mein Ende vergessen?«

Sullivan beugt sich über den am Boden Liegenden.

Jesse zwinkert Clem zu, aber der schüttelt den Kopf.

Da lässt das Halbblut den Griff des Bowieknife los und führt sein Pferd weg.

Ann steht vor der Kutsche und blickt zwischen Jesse und Clem hin und her.

Clem geht an ihr vorbei und folgt Jesse. Er holt ihn bei dem großen Stein ein, an dem die Pferde stehen.

»Warum nicht?«, fragt Jesse. »Der Augenblick war günstig. Er war schon oft günstig.«

Clem lehnt sich gegen den Stein. Die Kette zwischen seinen Händen rasselt leise.

»Wenn Sullivan nach Hot Springs kommt, wird er Steckbriefe von mir anfertigen lassen, Jesse. Sie haben dort einen Mann, der Zeitungen druckt. Du weißt doch, was das ist?«

»Ich weiß es. In Ohio gab es jeden Tag eine Zeitung. Es war eine überflüssige Einrichtung, finde ich.«

»Mag sein. Jedenfalls kann er Steckbriefe drucken lassen, die er in alle Städte verschickt. Ich weiß nicht, wie lang sein Arm ist und wie weit seine Verbindungen darüber hinaus reichen. Jedenfalls würde er mir keine Ruhe gönnen. Ich aber suche eine reelle Chance, Jesse.«

Jesse bindet die Zügel an die der anderen Pferde. Er tritt dicht vor Clem hin und sieht ihn zwingend an.

»Ich weiß im Westen noch freies Land, Amigo! Viel freies Land! Bis dorthin werden deine Steckbriefe nicht kommen. Wir könnten uns absetzen. Ann, du und ich. Wir könnten es schaffen!«

Ich kann nicht einfach mit euch gehen. Wie stellst du dir das denn vor?«

»Ann liebt dich.«

»Du bist verrückt.«

»Vielleicht. Sie liebt dich trotzdem. Ich erkenne bei ihr so etwas ganz genau. Wir hatten dieselbe Mutter, verstehst du?«

»Schon, Jesse. Aber du irrst dich bestimmt.«

»In diesem Punkt nicht. Frage sie doch!«

Clem schüttelt den Kopf.

Jesse lacht leise auf, wird aber schlagartig wieder ernst.

»Unglück?«, forscht er. »Ich bin Anns Unglück. Ich weiß das ganz genau. Ich wollte schon fortlaufen. Oft! Aber ich tat es nicht. Ich war wohl zu feige dazu. Ich brauchte ganz einfach einen Menschen, der mich versteht. Ann versteht mich. Sie tut nicht nur so. Nein, sie versteht mich wirklich. Sie fühlt mit mir. Und sie wird auch mit dir fühlen. Ich weiß es!«

Clem schüttelt wieder den Kopf.

»Es ist nicht die Chance, die ich suchte. Ich bin Jahre auf einer langen Fährte geritten. Ich hätte einen solchen Vorschlag wie deinen wohl immer aufgegriffen. Jetzt will ich nicht mehr.«

»Es tut mir leid, dass du unbedingt ein Narr sein willst«, sagt Jesse leise. Clem kehrt Jesse den Rücken zu und geht zu den anderen.

Sullivan hat eben die lange Deichsel abgemacht. Er trägt sie nach hinten und klemmt sie als Hebebaum unter die Hinterachse.

»Komm her!«, ruft er. »Du willst schließlich auch nach Hot Springs!«

Clem bleibt stehen. Er blickt zu dem Kutscher, der neben der Stagecoach im Gras sitzt und einen dicken Verband um die Schulter hat.

»Der Marshal hat ihn verbunden«, sagt Ann leise. »Aber die Kugel steckt noch drin. Ein Steckschuss. Sullivan meint, er könnte sie hier nicht herausholen, weil Slavin dann sehr ruhig liegen müsste.«

»Ich werde es schon schaffen«, knurrt der Kutscher und stemmt sich ächzend hoch.

Sullivan ist zurückgekommen. Er stemmt beide Hände in die Hüften.

»Du sollst zu mir kommen, Gannon«, schnaubt er. »Stehst du auf deinen Ohren?«

»Nein. – Hatten Sie keine Angst, ich könnte mir ein Pferd nehmen und damit verschwinden?«

Sullivan zeigt die Zähne, und sein Gesicht schiebt sich in die Breite.

»Ich habe dir schon einmal das Pferd unter dem Sattel zusammengeschossen. Hast du es vergessen?«

»Bestimmt nicht«, gibt Clem bitter zurück und bewegt sich einen Schritt nach vorn.

»Na, siehst du. Ich konnte dich da drüben sehr gut sehen. Die Eisen an den Handgelenken sind dir immerhin hinderlich. – Was habt ihr denn ausgebrütet?«

»Irgendetwas«, sagt Clem und geht an dem sitzenden Kutscher vorbei.

Drake, der am Vorderrad auf der rechten Seite lehnt, stemmt sich auf einen Wink Sullivans dort hoch und folgt ihnen nach hinten.

»Sie nehmen den runden Stein und schieben ihn unter die Deichsel, damit wir mit dem kurzen Ende Druck nach oben ausüben können. Ist das klar, Drake?«, fragt der Marshal.

Drake nickt.

Er geht zu dem Stein und rollt ihn ächzend näher.

Sullivan greift nach der Deichsel.

Clem will hinter ihm zugreifen, aber der Marshal wendet sich um.

»Vor mir«, schnauft er. »Immer vor mir, Gannon, damit ich dich im Auge behalten kann und nichts auf den Schädel bekomme!«

Clem geht vor, und Sullivan stemmt sich unter die Deichsel. Sie pressen sie schräg fest unter die Achse, und Drake rollt den runden Stein darunter und tritt zurück.

»Sie nehmen jetzt das Rad und schieben es auf die Achse, Drake«, sagt der Marshal.

Drake dreht sich unbeholfen und bückt sich nach dem Rad.

Slavin will wieder aufstehen, aber Ann drückt ihn nieder.

»Was Sie machen, kann Ihr Tod sein«, sagt sie herb. »Seien Sie froh, dass es nicht mehr so stark blutet.«

Widerwillig knurrend ergibt sich der Kutscher in sein Schicksal.

Drake hat das Rad aufgehoben und an die Kutsche herangerollt.

»Na also«, meint der Marshal und spuckt sich in die Hände. »Wir schaffen das schon, Gents!« Er zieht nun mit Gannons Hilfe an dem Hebebaum, und sie schaffen es, die Achse mit dem langen Hebelarm auszuheben.

Drake schiebt das Rad stöhnend auf die Achse.

»In Ordnung!«, ruft er aufgeregt.

Sullivan lässt los.

»Stecken Sie die Deichsel wieder ein, Gannon«, brummt er und wendet sich dem Rad zu, um die Mutter aufzuschrauben.

Dann schaut er den Kutscher an, blickt zu Ann weiter und schließlich zu Jesse, der von den Pferden kommt.

»Du wirst die Kutsche fahren«, sagt er zu ihm. »Slavin kann es mit seiner verletzten Schulter nicht. Er wird hinten sitzen.«

»Warum machen Sie es nicht selbst?«

»Weil ich einen Mann zu bewachen habe. Ich gebe hier die Befehle, Jesse. Ist dir das klar?«

Jesse grinst.

»Sicher, Marshal.«

»Well, dann hole die Pferde, Die Reise geht in zehn Minuten weiter.«

Jesse blickt zu Ann, wendet sich dann um und geht zurück.

22

Das Stationshaus ist ein festes Gebäude aus dicken Stämmen. Es ist mit allen Nebengebäuden von festen Palisaden umgeben, die nach oben zugespitzt sind.

Clem schaut aus dem Fenster der Kutsche und kann die Station sehen. Sie liegt in einer gestreckten Mulde. Das Tor ist aufgeschwungen, und ein Mann steht daneben. Dünne Morgennebel wallen in der Senke. Der Mann sieht darin aus, als würde er auf einer Wolkendecke schweben.

Jesse knallt noch zweimal mit der Peitsche, dann fährt die Stagecoach durch das Tor und kommt in einer Staubwolke zum Stehen.

Clem stößt die Tür auf und steigt steifbeinig aus. Er dreht sich zurück und blickt den Mann an, der das Tor geschlossen hat und einen schweren Balken in zwei eiserne Krampen schiebt. Der Mann wendet sich um. Er sieht die Kette zwischen Clems Händen, und seine Augen werden größer.

»Das – das...«

»Das ist mein Gefangener«, sagt der Marshal kratzig hinter Gannon. »Ich erwische jeden, den ich verfolge.«

Clem dreht sich um und fixiert Sullivan.

»Sie sind ein verdammtes Großmaul, Marshal. In den Black Hills konnte ich Sie abschießen, wenn ich das nur gewollt hätte.«

Sullivan grinst breit.

»Warum hast du es dann nicht gemacht?«

»Vielleicht, weil ich ein Menschenfreund bin«, wirft Clem hin und geht auf das niedrige Stationshaus zu, in dem eine Frau unter der Tür steht.

»Gannon!«, ruft Sullivan scharf.

Clem bleibt stehen und dreht sich zurück.

»Du wirst Slavin tragen«, sagt der Marshal. »Er hat das Bewusstsein endgültig verloren.«

»Ich habe mit der Kette vieles fertiggebracht, was ich vorher nie geglaubt hätte«, meint er. »Aber einen Mann kann ich so wirklich nicht tragen. Sie müssen es selbst machen, Marshal.«

Er wendet sich um und geht auf das Haus zu.

»Gannon!«, schreit Sullivan.

Clem achtet nicht darauf.

»Gannon! – Ich schieße!«

Da dreht Clem sich wieder um. Er sieht, dass Sullivans Kopf zornrot gefärbt ist. Die Hand des Mannes liegt auf dem Kolben.

»Aber, Marshal«, sagt Clem gedehnt, »man schießt doch nicht einfach, wenn man etwas zu regeln hat. Man bemüht den Richter.«

Er dreht sich wieder und geht weiter.

Die Frau weicht vor ihm ins Haus zu rück. Er geht an ihr vorbei und setzt sich an einen langen Tisch, der an der Schmalseite des Raumes steht. Er legt die Hände auf die blankgescheuerte Platte. Die Kette klappert auf dem Holz.

Die Frau, sieht ihn mit furchtsamen Augen an.

Ann bleibt neben ihr stehen.

Die Frau schluckt und wendet sich wortlos der Küche zu.

Ann kommt an den Tisch und setzt sich Clem gegenüber nieder.

»Sie waren plötzlich sehr wütend, Clem. Wie kam das?«

»Ich weiß nicht«, erwidert er flach. »Vielleicht bin ich auch müde, Ann.«

Sie schüttelt langsam den Kopf, dann ziehen sich ihre Rehaugen zusammen.

»Sie sind nicht müde. Sie sehen noch frischer aus als Jesse. Und Jesse ist einer, der sehr hart sein kann – härter als Sullivan, denn dessen Härte kommt nicht von innen. Sie ist nur von außen anerzogen. Er ist so, weil er so sein will. Ich nehme an, dass er früher ein Feigling war und irgendwann einmal versagte, aber das wird er uns vermutlich nie erzählen.«

»Glaube ich auch nicht«, lächelt Clem.

Ann legt die Hände auf dem Tisch zusammen und blickt auf den Ring an ihrer linken Hand. Es ist ein schmaler Goldreifen ohne jede Verzierung. Sie schaut nach einer Weile wieder auf und sieht seinen Blick, der auf dem Ring ruht. Sie verdeckt die Hand, zeigt sie aber gleich wieder. Sie lächelt flüchtig.

»Es ist mein Verlobungsring«, sagt sie schlicht. »Ich konnte mich damals nicht davon trennen.«

»In Ohio?«

»Yes.«

Sullivan, der den bewusstlosen Slavin trägt, kommt herein.

Der Stationer rennt um den Marshal herum und zieht eine Decke über eine Pritsche in der hinteren Ecke des flachen Raumes.

Der Marshal legt den Verletzten darauf. Er richtet sich auf und blickt zum Tisch.

»Gannon, ich brauche Sie«, meint er. »Ich muss ihm die Kugel herausschneiden. Sie und Jesse müssen ihn halten. Er wird aufwachen.«

»Ich tue für Sie keinen Handschlag mehr, solange ich diese Kette tragen muss«, gibt Gannon rau zurück.

Sullivan kommt langsam an den Tisch.

Er stemmt die Hände auf die Platte und reckt den Kopf vor.

»Ihr letztes Wort?«, fragt er.

»Er sagt wieder einmal Sie«, meint Ann. »Er ist wirklich ein sehr seltsamer Mann. Und offenbar weiß er selbst nicht genau, was er will.«

Sullivan schmettert die Faust auf den Tisch. Er tritt einen Schritt auf Ann zu und schaut sie wütend an.

»Gehen Sie von ihr weg, Marshal«, sagt Jesse von der Tür her. »Ich muss Sie sonst, erschießen.«

Sullivan wirbelt herum. Er sieht Jesse am Türrahmen lehnen und den Colt am Bügel über den Finger drehen.

»Ich will nicht als Mörder eines Marshals gehetzt werden«, spricht Jesse weiter. »Aber wenn Sie ihr etwas tun, ist es passiert. Es gibt Dinge, über die ich erst hinterher nachdenke.«

Stille tritt ein. Und in diese Stille hinein sagt Ann: »Sie haben nicht sehr viele Freunde auf dieser Reise, Marshal. Ihre Gegner sitzen überall. Neben Ihnen, hinter Ihnen, vor Ihnen. Und dazu kommen welche, die es ganz offen mit der Waffe machen. Ich frage mich, ob diese Fahrt in Hot Springs oder in der Hölle enden wird.«

Sullivan tritt an die Kante des Tisches zurück, und Jesse schiebt seinen Colt ins Holster, lässt aber die Hand auf dem Kolben.

Der Stationer schiebt sich hinaus und macht sich an der Kutsche zu schaffen.

Drake kommt herein. Er lehnt sich an die Wand und blickt von einem zum anderen.

»Wir sind doch ein zu netter Verein«, sagt Ann. »Keiner von uns ist ausgesprochen schlecht. Und keiner ausgesprochen gut. Nicht einmal unser prächtiger Marshal.«

In diesem Moment stöhnt der Verletzte.

Sullivan tritt auf die andere Tischseite und steht nun dicht vor Clem.

Gannon streckt die Hände vor.

»Sie brauchen nur aufzuschließen, dann sind wir uns vorerst wieder einig, Marshal.«

»Den Teufel werde ich!«, schnaubt Sullivan. »Gannon, Sie reiten sich immer tiefer in die Tinte.«

»Er wird nun dafür sorgen, dass man Sie zweimal hängt, Clem«, meint Ann und lächelt belustigt. »Er ist wirklich ein Menschenfreund.«

Der Stationer kommt mit einem eisernen Kasten zurück. In ihm befindet sich das Geld – fünfzehntausend Dollar.

Jesse blickt dem Mann aus schmalen Augen nach. Der Stationer verschwindet mit dem Kasten in der Küche. Von dort ist das Klappern von Töpfen und Pfannen zu hören.

Der Stationer kommt gleich darauf zurück. Er bringt noch einen Mann mit, der breit und wuchtig den Raum betritt.

»Wir werden Ihnen helfen, Marshal«, sagt der Stationer. »Es ist schließlich auch unser Mann, der getroffen wurde.«

Sullivan grinst plötzlich, indem er zu Gannon hinschaut.

»Danebengeschossen«, meint er. »Du fährst in Eisen bis Hot Springs!«

»Jetzt sagt er schon wieder du«, wirft Ann hin. »Er ist wirklich ein komischer Mensch.«

23

Sullivan wirft die schmale Eisenstange auf den Boden. Sie rollt scheppernd über die Dielen.

Der Stationer will den Verletzten schon loslassen, als dieser die Augen öffnet und einen Schrei ausstößt. Er will mit dem Oberkörper hoch. Der Stationer kann ihn kaum noch halten. Ratlos blickt er den Marshal an.

Sullivan schlägt mit der Faust zu.

Slavins Kopf fällt auf das Lager zurück.

»Ich weiß, dass das Ausbrennen verdammt wehtut und Tote aufwecken kann«, knurrt Sullivan. »Aber es muss sein. Ich brauche jetzt die Salbe und sauberes Verbandszeug.«

Der Stationer schluckt. Nur zögernd lässt er den Kutscher los, der wieder in tiefe Ohnmacht gesunken ist. Dann geht der Mann zur Küche. Er kommt nach einer Minute mit Salbe und Verbandszeug zurück. Beides hält er dem Marshal hin.

Als Sullivan den Ohnmächtigen verbunden hat, wendet er sich um und wischt sich den Schweiß aus dem Gesicht. Er blickt die Anwesenden an und kann Clem nicht entdecken.

»Wo ist er?«, schreit er Drake an.

»Er ging hinaus«, erwiderte der Mann. »Schon vor zehn Minuten.«

Sullivan hetzt mit langen Schritten zur Tür und bleibt in ihr stehen. Er atmet langsam aus, als er Clem und Jesse auf der Laufplanke hinter den Palisaden stehen sieht.

Jesse hat sich umgewandt und blickt dem Marshal entgegen, der nun über den sandigen Hof geht.

»Er dachte, du hättest die Gelegenheit zur Flucht benutzt, Freund«, sagt Jesse. »Günstig war sie ja auch. Niemand war im Stall. Du konntest dir ein Pferd nehmen und jetzt schon über die Hügel sein.«

Sullivan bleibt unten bei der Laufplanke stehen. Er blickt Clem an.

»Merke dir, dass du das Haus nicht zu verlassen hast«, befiehlt er. »Wenn dir das nicht passt, kette ich dich irgendwo an. Möglichkeiten dazu gibt es mehr als genug.«

Clem klettert von der Planke. Seine Kiefer schieben sich nach vorn und treten scharf durch die Haut.

»Ich könnte Sie zusammenschlagen, Sullivan!«, stößt er rau hervor. »Und vielleicht mache ich es auch noch! Sie sind ein dummer, eingebildeter Trottel! Dort, wo andere Menschen ihr Herz haben, haben Sie einen kalten, erbarmungslosen Stein. Sie glauben von sich, über den Menschen und den Dingen in diesem Land zu stehen. Dabei sind Sie kleinlich und erbärmlich.«

Sullivan hat die Augen zu schmalen Schlitzen zusammengezogen. Seine Mundwinkel biegen sich verächtlich nach unten.

»Willst du es so mit mir versuchen?«, fragt er und zeigt auf die Kette.

Da zieht Clem die Fäuste dicht nebeneinander blitzartig hoch und hämmert sie Sullivan auf den Schädel. Der Marshal stolpert zurück und landet im Sand. Er dreht sich, flucht und reißt den Colt aus dem Holster.

Da kracht ein Schuss.

Wie von Geisterhand getroffen, wird Sullivan die Waffe aus der Hand geschmettert und landet drei Yards weiter.

Jesse lehnt lässig oben auf der Laufplanke an den Palisaden und bläst den Rauch aus der Mündung seines Colts. Er muss ihn mit unglaublicher Schnelligkeit gezogen haben. Außerdem brachte er einen Meisterschuss an.

Sullivan steht auf. Er steht geduckt und schielt zwischen seinem Colt, Clem und dem Halbblut hin und her. Zuletzt bleibt sein Blick auf dem Colt hängen. Er geht hin und bückt sich danach.

Da knallt Jesses Waffe wieder. Der Colt auf dem Boden wird erneut getroffen und einige Yards durch den Sand getrieben.

Jesse lacht leise und bläst abermals den Rauch von der Mündung.

Sullivan richtet sich bolzengerade auf.

»Du hast mich an der Ausübung meiner Pflicht gehindert«, schnauft er. »Bist du dir im Klaren, was das bedeutet?«

»Er ist mein Freund, Marshal. Immer wenn Sie ihn angreifen, greifen Sie mich an. Und wenn Sie mich jetzt noch verhaften wollen, dann müssen Sie morgen mit Drake alles allein machen. Sie wissen doch selbst, dass Bart Slavin unter zwei Wochen nicht wieder auf die Beine kommen wird.«

Sullivan geht weiter zurück.

»Lassen Sie den Colt noch liegen, Marshal«, sagt Jesse sanft. »Wenn ich ihn noch einmal treffe, könnte er unbrauchbar geworden sein. Ich möchte es mit Ihnen hier nicht auf einen Schusswechsel mit dramatischem Ausgang ankommen lassen. Gehen Sie ins Haus!« Die Mündung seiner Waffe zuckt, und Sullivan kann in das kreisrunde Loch sehen.

»Das wirst du noch bereuen, Junge«, murmelt er. »Mit mir hat noch kein Mensch so ein böses Spiel getrieben.«

Der Marshal dreht sich um und geht zum Haus zurück. Die anderen, die unter der Tür standen, verschwinden mit ihm im Haus.

Im Sand liegt die Waffe. Auf ihr spiegeln sich Sonnenstrahlen.

Jesse schiebt seinen Colt in das Holster und blickt Clem an, der sich gedreht hat.

»Du hättest das wirklich nicht tun sollen, Jesse. Er vergisst es nicht.«

»Du hättest nicht nach ihm schlagen sollen. Es wäre dann nie so weit gekommen. Weißt du, einmal muss diese Sache ausgetragen werden. Ich bin froh, dass es nun endlich so weit ist. Machst du nun mit? – Mit Ann und mir – und...«

»Und mit dem Geld?«

»Yeah.«

»Nein, Jesse. Geraubtes Geld kann kein Glück bringen.«

Jesse lacht verächtlich.

»Ich war immer ein armer Schlucker und wurde getreten wie ein Hund. Für mich kann es nicht mehr schlimmer kommen, Clem! – Ich kann nur etwas gewinnen. Und auch du sitzt in der Tinte. Glaube mir, Ann liebt dich. Ich habe einen Blick dafür. Auch sie braucht endlich Ruhe und Frieden.«

Clem schwingt sich auf das Brett.

»Mit dem Geld, das ist aussichtslos«, sagt er gedehnt. »Und auch sonst suche ich nach einer guten Chance. Ich weiß selbst nicht, wie sie aussehen soll.«

»Wenn Sullivan tot ist, wirst du keinen Verfolger mehr haben.«

Clem dreht überrascht den Kopf.

»Wie meinst du das?«, fragt er belegt. »So, wie ich es sagte. Ich würde es schon für Ann tun. Sie hat für mich viel mehr getan. Kommst du mit uns, wenn wir keinen Verfolger mehr haben? Oder würdest du nur mit Ann gehen und sie glücklich machen? – Ich lenke alle Spuren in eine ganz andere Richtung.«

»Du bist ja wahnsinnig, Jesse. Damit wäre auch Ann niemals einverstanden.« Clem springt von dem Brett und geht auf das Haus zu.

Jesse zieht seinen Colt wieder aus dem Holster und stößt die schwarzverbrannten Geschosshülsen aus der Trommel. Er schiebt frische Patronen hinein und dreht die Trommel durch. Dann steckt er die Waffe wieder weg.

Er wendet sich um und blickt in die Prärie hinaus. Es wird schon wieder sehr heiß.

24

Als Clem durch die Tür getreten ist, hört er seitlich von sich einen harten Schritt. Er dreht den Kopf und sieht Sullivan.

Sullivan hat einen Colt in der Hand, dessen Korn und Hahn flach abgefeilt sind. Es ist Gannons Waffe. Und er richtet die Mündung auf Clem.

»Ich hätte nie gedacht, dass ich einmal vor meinem eigenen Colt stehe«, lächelt Gannon. »Selbstmordabsichten hatte ich nie. Und dass ein Marshal meinen Colt haben könnte, der Gedanke kam mir auch nie.«

»Es scheint im Leben viele Möglichkeiten zu geben, die man nicht einkalkuliert«, versetzt der Marshal trocken.

»So ist es«, stimmt Clem lächelnd zu. »Es wundert mich, dass ausgerechnet Sie das wissen. Ich nahm an, Sie hielten sich für unfehlbar.«

»Geh zurück!«, bellt Sullivan. »Ich habe nicht die Absicht, mir deine langen Reden anzuhören. Zurück zu der Stütze! Dort mache ich dich fest!«

Clem dreht sich um und blickt zu dem Pfeiler hin, der etwa in der Mitte des Raumes die Decke trägt. Daneben steht ein Stuhl, den Sullivan an diesen Platz gestellt hat.

Clem blickt Ann an, die den Kopf senkt. Auch Drake senkt den Blick auf die rissigen Dielen.

»Ich zähle bis drei, dann mache ich den Finger krumm!«, presst der Marshal giftig durch die Zähne. »Eins...«

Clem geht zu dem Pfeiler und setzt sich auf den Stuhl daneben.

Sullivan grinst plötzlich.

»Ich sehe, du wirst so, wie du sein sollst«, meint er zufrieden. Er kommt näher und angelt den Schlüssel aus der Tasche.

»Mark, wenn er Faxen machen will, drückst du ab.«

»In Ordnung.«

Clem dreht den Kopf. Er sieht den Stationer in der Küchentür stehen. Er hat eine Long Rifle in der Armbeuge.

Drake hebt kurz den Kopf und blickt dann wieder zu Boden.

Sullivan schließt die Kette auf und zieht sie um den Pfeiler. Als er sie wieder um Clems Handgelenk geschlossen hat, lacht er leise und krähend.

»Sullivan, Sie sind ein Schwein!«, sagt Ann leidenschaftslos und geht hinaus.

Der Marshal fährt auf dem Absatz herum und blickt ihr nach. Er zeigt die Zähne und knirscht bitter.

Drake spuckt auf den Boden, erhebt sich und geht ebenfalls hinaus.

Der Stationer lässt die lange Flinte sinken.

»Sie scheinen wenig Geschmack an deiner Auffassung von Recht und Ordnung zu finden«, sagt er schleppend. »Das Mädchen hat mir vorhin die Geschichte noch einmal erzählt. Aber etwas anders als du. Er ist kein Mörder, Marshal. Warum willst du ihn unbedingt dazu stempeln?« »Wollt ihr euch alle gegen mich und gegen das Gesetz stellen?«, knurrt Sullivan.

25

Jesse dreht sich um, als er den Marshal mit dem Gewehr kommen sieht.

Ann, die drüben am Stall steht, stemmt sich von der Wand los und greift in die Tasche, die auf ihren Rock aufgesetzt ist.

»Sie sollten ihn in Ruhe lassen, Marschal!«, ruft sie »Er hat Ihnen kein Haar gekrümmt. Wenn Sie Ihren Kopf aber jetzt durchsetzen wollen, könnte er es tun. Sie müssen wissen, dass er die Waffen der roten und der weißen Männer mit Meisterschaft beherrscht. Vielleicht ist er mit einem Colt fast so gut wie ein Mann, den man Nevada nennt.«

Sullivan ist stehen geblieben. Er stellt das Gewehr mit der blanken Kolbenplatte auf den Boden.

»Schnalle ab und komm zu mir her, Jesse!«, ruft er. »Du wirst den Rest der Reise ohne Waffen machen. Wenn du bis Hot Springs keine Tricks mehr versuchst, werde ich davon absehen, den Richter zu bemühen.«

Jesse springt von der Laufplanke und lehnt sich mit dem Rücken dagegen.

»Ich mache Ihren Kutscher doch nicht mehr, Sullivan«, gibt er zurück. »Sie werden morgen die Kutsche selbst fahren müssen. Es sei denn, Sie bringen Drake auf den Bock.«

»Du wirst fahren. Es ist deine Chance – die letzte, die ich dir gebe.«

Jesse schüttelt den Kopf.

»Sie werden mir jetzt schon eine Chance geben. Sie können gar nicht anders. Solange ich meinen Colt und mein Messer habe, habe ich auch eine Chance. Also los, Sullivan, versuchen wir es!«

Er macht sich mit einem Ruck von dem Brett frei und lässt die Hände an den Seiten nach unten hängen.

Sullivan nagt an der Lippe. Er scheint zu wissen, dass es mit Jesse anders ist als mit Gannon. Jesse will sich nicht entwaffnen lassen. Er sucht sein Heil auch nicht in der Flucht. Er will es im Kampf ausmachen. Und Sullivan weiß von sich, dass er zwar hart ist, aber nicht übermäßig schnell. Jesse aber ist sehr schnell – und sehr sicher.

»So willst du es also machen«, sagt der Marshal. »Na schön.« Er dreht sich um und geht zurück.

Jesse lehnt sich wieder gegen die Planke. Ann kommt über den Hof. Sie bleibt neben ihm stehen und sieht ihn zwingend an.

»Du hättest das nicht machen dürfen«, sagt sie. »Er wird dich nun zu überlisten versuchen. Irgendwann gelingt es ihm.« »Was hättest du gemacht, wenn er mich entwaffnet hätte?«

»Nichts, Jesse.«

»Warum hast du dann nach der Waffe in deiner Tasche gegriffen?«

»Ich weiß nicht. Vielleicht wollte ich nur bluffen.«

»Ich werde mich von ihm nicht entwaffnen lassen. Und ich fahre auch die Kutsche nicht mehr. Ich will nicht der Henkersknecht sein, verstehst du?«

»Doch, Jesse, ich verstehe schon. Aber es hat alles keinen Zweck, solange Clem sich nicht entscheidet. Vielleicht bist auch du schuld.«

»Ich?«

»Yeah.«

»Wieso?«

»Du willst das Geld rauben, Jesse. Ich weiß, er wird das nie mitmachen. Und mir gefällt dein Plan auch nicht.«

Jesse presst die schmalen Lippen zusammen. Er blickt an ihr vorbei auf den Stall, aus dem eben Drake kommt.

Der Mann geht zum Stationshaus weiter und verschwindet darin.

»Warum willst du unbedingt arm sein?«, fragt er gepresst. »Warum, Ann? – Was willst du ohne Geld anfangen? Nirgends bekommt man etwas geschenkt! Überall muss man bezahlen. – Wenn wir die Bucks haben, können wir alles! Wir können Land kaufen, Rinder, Pferde – alles! Aber wenn wir nichts haben, wenn wir bettelarm sind, dann kommen wir noch nicht einmal zu Pferden, um fortreiten zu können. Wir haben nichts, Ann! Gar nichts! Wir haben noch nicht einmal die Ausrüstung, die ein Mann in diesem Land braucht, um viele hundert Meilen zwischen sich und ein bestimmtes County zu bringen.«

»Und deshalb willst du unbedingt das Geld der Wells Fargo?«

»Yeah, deshalb. Es geht nicht anders. Sullivan ist ein Mann ohne Gnade. Und wie weit wollen wir ohne Pferde und ohne Ausrüstung kommen?«

Ann blickt sich um. Sie zuckt müde die Schultern.

»Ich weiß nicht, Jesse. Ich weiß nur, dass er nicht mitmachen wird. Und ich habe ganz bestimmt auch keine Lust.« »Ann, wenn wir nach Oregon kommen, fragt kein Mensch, woher wir die Bucks haben! Wir werden reiche Leute sein. Wir können den Reichtum schnell vermehren. Clem war früher Cowboy. Er kennt die Rinderzucht. Und er ist ein Kerl, mit dem alles gelingen muss.«

Sie schüttelt wieder den Kopf.

»Er macht das nie mit. Eher wird er sich in Hot Springs verurteilen lassen. Und auch mir würde die Furcht ständig nachlaufen. Es ist ein Unrecht, Jesse. Ich müsste immer daran denken. Wir wissen gar nicht, wer der Eigentümer des Geldes ist. Vielleicht irgendeiner, der es sehr mühsam zusammengescharrt hat. Vielleicht auch mehrere. Dieser oder jener könnte sich eine Kugel durch den Kopf schießen. Du weißt, welche Verzweiflung so etwas über einen Menschen bringen kann.«

»Das Geld gehört der Wells Fargo«, gibt er drängend zurück. »Ich habe mich genau umgetan. Die Wells Fargo ist eine Postgesellschaft, die hier im Nordwesten das ganze Transportwesen kontrolliert. Sie haben viel mehr Geld. Diese fünfzehntausend Dollar sind für sie gar keine Summe!«

»Trotzdem. – Ich hoffe, du wirst dich anders entschließen. Es ist für uns alle besser. Und vor allem, auf dieser Basis werden wir uns nie einigen können. Die Zeit verrinnt, Jesse...«

Sie dreht sich um und geht zum Stationshaus hinüber. Drake kommt ihr entgegen. Er bleibt stehen, blickt sie an und geht dann nach links, um sich auf den gemauerten Brunnenrand zu setzen.

26

Ann David betritt das Haus. Sie sieht Clem, der an dem Pfeiler sitzt und den Kopf dagegen gelehnt hat. Der Marshal liegt auf einer der Pritschen im Hintergrund. Er schläft, wie es scheint. Auch der Postkutscher scheint zu schlafen oder immer noch ohnmächtig zu sein.

Ann geht auf Clem zu. Es ist sonst niemand weiter anwesend. Die Küchentür ist angelehnt. Dahinter ist Mark Hussels Frau zu hören; die Frau des Stationers klappert mit Geschirr.

Clem hat den Kopf gehoben und schaut ihr entgegen. Sie zieht einen Stuhl heran und setzt sich. Dabei blickt sie zu Sullivan.

»Er schläft wirklich«, sagt Gannon raunend.

Sie blickt ihn an.

»Clem, wir wollen fortgehen. Es wird für uns leicht sein, sie alle zu überwältigen. Sullivan rechnet offenbar nicht damit. Zumindest jetzt noch nicht.«

»Yeah, es scheint so. Und weiter?« »Was weiter?«

»Ann, wir kennen uns kaum.«

»Ich kenne dich gut, Clem. Es ist wohl nicht üblich, dass eine Frau von sich aus darüber spricht, aber wir befinden uns in einer Lage, die Ausnahmen rechtfertigt. Wir sind Außenseiter der übrigen Gesellschaft. Wir alle! Du, ich und auch Jesse.« »Und er will das Geld, nicht wahr?« Ann senkt den Kopf.

»Yeah«, haucht sie. »Ich habe vergeblich versucht, es ihm auszureden. Ich weiß nicht einmal, ob er unrecht hat.«

»Ich weiß, dass er viel getreten worden ist, Ann. Aber damit kann man ein Unrecht nicht ins Gegenteil verkehren. Wenn wir hier fort wollten, müssten wir auch Pferde stehlen.«

»Ich habe genug Geld, um sie bezahlen zu können. Es wäre kein Raub.«

Gannon bewegt den Kopf nach links und rechts, blickt zu Sullivan und dann wieder zu dem Mädchen. Er sieht ihre großen rehbraunen Augen an seinen Lippen hängen.

»Es geht nicht«, murmelt er. »Es ist keine Chance. Sullivan würde nie Ruhe geben. Ich sagte das wohl schon.«

»Yeah, du hast es gesagt. – Aber wie soll die Chance dann aussehen? Glaubst du, Sullivan jemals anderen Sinnes machen zu können?«

»Ich weiß nicht. Glaube mir, ich weiß schon selbst nicht mehr, was ich will.« Ein langer Schatten fällt plötzlich in das Stationshaus. Jesse steht unter der Tür. Er nähert sich ohne ein Geräusch. Er bleibt neben Ann stehen und stützt die Hand leicht auf die Lehne des Stuhls.

»Du machst also nicht mit?«, wendet er sich leise an Clem.

»Nein. Ich habe Sullivan nur im Zorn niedergeschlagen. Es sollte kein Signal zum Aufbruch sein.«

Jesse blickt Ann an und zuckt die Schultern.

»Er glaubt wirklich, immer ein Narr sein zu müssen«, wirft er ein. Er wendet sich ab und geht zur Tür zurück.

Da schnappt der Repetierverschluss eines Gewehres.

27

Jesse steht stocksteif.

Marshal Sullivan lacht leise.

Clem dreht den Kopf und sieht den Mann neben der Pritsche stehen, auf der er eben noch lag. Er hat seine Spencer unter dem rechten Arm. Die Mündung ist auf den Rücken des Halbblutes gerichtet.

»Ihr habt euch wohl eingebildet, ich wäre fertig und ausgepumpt«, knurrt Sullivan. »Ah, ihr habt euch verschätzt. – Jesse, du hast jetzt zwei Möglichkeiten. Du kannst abschnallen und die Hände heben. Oder du machst etwas anderes. Dann werde ich abdrücken.«

»Ergib dich, Jesse!«, drängt Ann. »Du hast keine Chance!«

Jesse nimmt die Hände langsam nach vom.

»Überlege dir genau, wie du es machen willst«, knurrt der Marshal dunkel. »Ich habe den Finger am Abzug. Wie Spinell du auch sein magst, jetzt bist du langsamer als ich!«

Jesse öffnet die Schnalle. Sein Gurt fällt polternd zu Boden.

»Siehst du«, meint Sullivan. »Ich wusste doch, dass ein geladenes Gewehr in der Hand immer ein gutes Argument ist. Und nun die Hände hoch und umgedreht! Dalli!«

Jesse hebt die Hände und dreht sich.

Sullivan kommt etwas nach vorn und geht dann zur Seite.

»Mark!«, ruft er.

Keine Antwort.

»Mark, wo steckst du denn?«

»Mark, der Marshal will etwas von dir!«, ruft die Frau in der Küche.

Gleich darauf kommt der Stationer vorn durch die Tür.

»Binde ihn«, wirft Sullivan lächelnd hin. »Aber mach es so, dass du mir nicht in die Schussrichtung kommst. Er ist gefährlich wie ein Wolf, der schon einen Monat kein Futter mehr fand!«

Mark Hussel geht wieder hinaus. Wenig später kommt er mit Stricken zurück.

»Die Hände auf den Rücken!«, kommandiert der Marshal.

Jesse blickt zu Ann, die die Schultern zuckt. Er schaut zu Sullivan weiter, sieht dessen verkantetes Gesicht und nimmt die Arme nach hinten.

Der Stationer hat schon eine Schlinge zurechtgelegt, die er schnell über Jesses Hände zieht.

28

Der Abend hat sich über das Land gesenkt. Der Stationer kommt durch die Tür. Er sieht Ann, die am Tisch sitzt und eingeschlafen ist. Clem sitzt am Pfeiler und blickt dem Mann entgegen. Drake und Sullivan schlafen hinten auf den Pritschen neben dem Kutscher, der die Augen offen hat. Jesse liegt vorn in einer Ecke. Er ist derart gebunden, dass er sich kaum rühren kann.

Hussel kommt weiter in den Raum. Er blickt an Clem vorbei, tritt zu Sullivan und rüttelt ihn. Der Marshal fährt in die Höhe.

»Ein Mann kommt«, sagt der Stationer.

Sullivan ist mit einem Satz hoch.

»Was ist daran verwunderlich?«, fragt er fad. »Kommt nicht öfter ein Mann hierher?«

»So einer nur sehr selten. Er hat kein Pferd. Er läuft.«

Sullivan geht mit Hussel hinaus. Sie laufen über den Hof und klettern auf die Laufplanke hinter den Palisaden. Sullivan blickt nach draußen. Er sieht den Mann, der aus westlicher Richtung kommt. Er ist nur noch dreihundert Yards entfernt.

Der Gang des Mannes ist müde und schleppend. Er hat seinen schweren Cowboysattel auf der Schulter. Mit der Linken hält er seine Winchester am Lauf gepackt und zieht sie hinter sich her.

»Mach das Tor auf«, sagt der Marshal. »Er muss sein Pferd verloren haben. So etwas soll vorkommen und gar nicht so umwerfend selten.«

Hussel steigt von der Planke, geht zum Tor und hebt den Balken aus.

Der Mann mit dem schweren Sattel braucht noch eine Weile, bis er endlich im Hof steht und den Sattel von der Schulter werfen kann.

Indessen ist auch Sullivan von der Planke gestiegen. Er blickt den Mann forschend an. Er muss etwa fünfunddreißig Jahre alt sein, ist von großer Gestalt und hat ein glattes Gesicht.

»Terhune«, sagt der Mann mit einem schwachen Lächeln. Er zieht sein großes Taschentuch aus der Hose und wischt sich den perlenden Schweiß aus dem Gesicht. Sullivan sieht, dass dem Mann das Hemd auf der Haut klebt. Er muss den Sattel weit geschleppt haben. Er kann sich auch nicht erinnert, den Namen Terhune schon einmal gehört zu haben, genauso wenig, wie er diesen Mann jemals gesehen hat.

»Tim Terhune«, sagt der Mann noch einmal. »Ich habe schon immer gesagt, dass alle Präriehasen ausgerottet gehören. Ihre tückischen Bauten sind schon zahllosen Pferden zum Verhängnis geworden.«

Er lächelt wieder und zuckt die Schultern.

»Mein Gaul trat in einen solchen Bau und brach sich ein Bein. Was sollte ich machen? – Ich musste ihn erschießen.«

Der Stationer nickt betrübt.

»Wie weit von hier?«, fragt Sullivan sachlich.

»Es kam mir vor, als wären es fünfzig Meilen gewesen. Aber sicher waren es höchstens acht. Es war Mittag.«

»Und wo wollen Sie hin, Terhune?«, bohrt Sullivan weiter.

»Nach Cheyenne. – Ich komme von Deadwood herunter. Habe dort etwas nach Gold gegraben. Die Ausbeute war mager. Aber ich hatte es satt. Ein ganzes Jahr war ich da oben. Eine verdammt lange Zeit!«

Er unterbricht sich und spuckt auf den Boden.

»Ich muss etwas aus der Richtung gekommen sein«, redet er weiter. »War plötzlich viel zu weit im Westen. Ich bin froh, dass ich diese Station von den Hügeln aus gesehen habe. Konnte mir auch passieren, dass ich ein paar Meilen entfernt vorbeilaufe. Es gibt doch sonst keine Verbindung nach Süden?«

»Nein«, sagt der Stationer.

Terhune beugt sich über seinen Sattel, öffnet eine Tasche und bringt einen kleinen Lederbeutel zum Vorschein. Er öffnet ihn und lässt einen Teil des Inhalts auf seine hohle Hand rollen.

Sullivan sieht kleine Nuggets in der Abendsonne leuchten.

Terhune kippt das Gold in den Beutel zurück und schiebt ihn in die Tasche des Sattels. Er richtet sich wieder auf und blickt zur Postkutsche.

»Sie sieht aus, als wäre sie noch in Betrieb«, meint er.

»Ist sie auch«, brummt Sullivan. »Sie fährt morgen früh nach Süden. – Haben Sie schon mal eine Kutsche gefahren?«

Terhune schüttelt den Kopf.

»Bedaure. Aber ich habe noch bares Geld. Ich kann ein Ticket bis Cheyenne bezahlen. Oder kann ich hier ein Pferd kaufen?«

»Ein Pferd nicht«, sagt der Stationer. »Aber ein Ticket nach Cheyenne schon.« Er blickt dabei zu Sullivan, der das Gesicht verzogen hat.

»Wir brauchen einen Kutscher«, sagt der Marshal. Er blickt Terhune dabei an.

»Der Mann, der die Kutsche gefahren hat, wurde von Banditen verletzt. Ich selbst habe zwei Gefangene, die ich streng bewachen muss.«

Terhune zieht die Brauen in die Höhe und blickt zwischen den beiden Männern hin und her.

»Von Banditen?«, fragt er erschrocken. »Ich dachte, hier oben gäbe es keine.« »Keine Banditen?«, dehnt der Stationer. »Die gibt es doch überall. Ich will Ihnen etwas sagen: in der Postkutsche wird Geld befördert. – Viel Geld! Vielleicht wollen Sie es sich noch einmal überlegen, ob Sie mit der Stagecoach nach Cheyenne fahren. Nächste Woche geht wieder eine Kutsche.«

Terhune leckt sich die Lippen und krault sich die zu langen Haare im Nacken.

Der Stationer tritt von einem Bein auf das andere. Er reibt sich überlegend über das Kinn.

»Es ist auch nicht statthaft«, sagt er nach einer Weile leise.

Sullivan sieht ihn scharf von der Seite an und lacht dann abgehackt und grollend.

»Statthaft?«, fragt er. »Was ist das? – Wir sind uns doch einig, dass die Kutsche morgen früh irgendwie auf die Reise gebracht werden muss – oder? Wie soll denn hier ein Kutscher herkommen, der bei der Wells Fargo fest angestellt ist?« »Das weiß ich auch nicht«, gibt Hussel widerwillig zu.

Sullivan wendet sich wieder Terhune zu, der scheinbar gelangweilt nach den Palisaden schaut.

»Also, wollen Sie es versuchen?«, fragt der Marshal. »Sie fahren dann ohne Ticket und bekommen wahrscheinlich noch einen Lohn.«

»Gut«, stimmt Terhune zu. »Ich habe schon alles Mögliche gemacht. Warum also soll ich nicht auch mal eine Postkutsche fahren? Vielleicht gefällt mir der Job besser als mein Claim in Deadwood, und ich bleibe dabei.«

Sullivan wendet sich wieder dem Stationer zu. Er klopft ihm freundschaftlich auf die Schulter.

»Deine Macht wird doch hier draußen groß genug sein, einen Ersatzmann für deinen verletzten Fahrer anzuheuern? – Oder?«

»Ich weiß nicht«, murrt Hussel. »Den Fall hatte ich noch nicht.« Er dreht sich um und geht über den Hof zum Haus hinüber.

29

Sullivan lächelt überlegen, als er das niedrige Haus betritt. Er stemmt die Hände in die Hüften und kommt auf Clem zu, der immer noch an dem Pfosten sitzt.

»Sicher hast du dir eingebildet, wir würden nun hier festsitzen«, wirft er hin. Er zeigt mit dem Daumen über die Schulter.

Terhune betritt eben den Raum und wirft seinen Sattel neben der Tür von der Schulter. Er bleibt dort stehen und schaut sich um.

»Er hat sein Pferd in der Prärie verloren«, redet Sullivan an Clem gewandt weiter. »Ein Zufall. Er wird die Kutsche fahren.«

Ann, die am Tisch gesessen hat, kommt jetzt mit vor der Brust verschränkten Armen heran. Sie blickt zu Terhune und schaut dann Sullivan an.

»Was Sie doch für ein Glück haben, Marshal«, sagt sie. »Ich hatte schon angenommen, Sie würden die Bewachung Ihrer beiden Gefangenen morgen mir und Drake übertragen.«

»Ich will damit nichts zu tun haben«, schnauft Drake.

Sullivan lächelt stärker.

»Yeah, ich habe Glück. Wer das Recht vertritt, muss in diesem rauen Land eben ganz einfach Glück haben.« Er geht an dem Mädchen vorbei zu dem Fahrer, der die Augen offen hat und irgendetwas vor sich hin murmelt.

Terhune geht zum Tisch und setzt sich. Hussel ist in der Küche verschwunden.

Ann blickt Clem an. In ihren Augen steht eine Frage, die sie jedoch nicht ausspricht.

Gannon senkt den Kopf.

»Wollen Sie Kaffee?«, fragt der Stationer von der Küchentür her an Terhune gewandt.

»Nein. Ein Whisky-Soda, schön kalt.«

»All right.« Hussel verschwindet wieder in der Küche. Er kommt zwei Minuten später mit dem Whisky. »Meine Frau wird Ihr Essen machen, Mister. Es dauert nicht lange.«

»In Ordnung.«

Hussel geht zur Küche zurück.

Ann blickt auf Sullivans Rücken. Der Marshal sitzt auf der Kante der Pritsche, auf der Bart Slavin liegt. Sie dreht sich um und schaut zu Jesse hinüber. Der Junge hat die Augen weit offen und blickt Terhune an.

Der dreht den Kopf und grinst leicht. »Was hast du ausgefressen?«, fragt er schleppend.

»Geht dich das etwas an?«

Terhune zuckt die Schultern.

»Ich denke. Schließlich soll ich die Kutsche fahren. Man muss doch wissen, welcher Art die Fahrgäste sind. – Also...?«

Jesse wälzt sich auf dem Boden herum. Er gibt keine Antwort.

»Dann muss ich eben den Marshal fragen«, meint Terhune.

»Er wird es Ihnen bestimmt sagen«, zischt Ann, die plötzlich vor dem Tisch steht. »Vielleicht sagt er Ihnen auch, dass Sie auf dieser Reise Kopf und Kragen für einen Mann riskieren, der nichts weiter will, als diesem Land seine Art aufzudiktieren.«

Sullivan steht mit einem heftigen Ruck auf und kommt mit klirrenden Sporen zum Tisch. Er bleibt hart vor Ann stehen und sieht sie verbissen und mühsam beherrscht an.

»Eines kann ich Ihnen sagen, Miss David: Wenn Sie gegen mich Stimmung zu machen versuchen, schließe ich Sie aus der Reisegesellschaft aus. Ich lasse Sie hier zurück. Sie können mit der nächsten Kutsche in einer Woche nachkommen. Bis dahin ist alles andere bestimmt schon erledigt.«

»Da haben Sie es«, wendet sich Ann wieder an Terhune. »Er kennt nichts als seinen Willen. Und er meint, alle Menschen müssten nach seiner Pfeife tanzen.« Sie dreht sich um und sieht Sullivan mit funkelnden Augen an.

»Sie sind ein Wichtigtuer – ein Protzer, Marshal!«, ruft sie eisig. »Genau genommen, haben Sie hier gar nichts zu sagen. In dieser Station liegt alle Gewalt bei Hussel. Er weiß das sogar. Er kommt nur nicht über den langen Schatten hinweg, den Sie werfen.« Sie dreht sich auf dem Absatz um und verlässt das Haus. Sullivan lacht leise.

»Er ist ihr Halbbruder«, erklärt er. Dabei nickt er zu Jesse hin. »Haben Sie schon einmal von einem Mann gehört, den man Nevada nennt?«

Terhune nickt heftig.

»Sicher hörte ich von ihm. Es war oben in Deadwood, Marshal.«

»Das ist der da«, meint Sullivan und zeige über die Schulter auf Gannon. »Aber Jesse ist nicht weniger gefährlich.« Er nickt zu dem Halbblut. »Er schießt höllisch glatt. Vielleicht ist er mit seinem Bowieknife noch besser. Gewissensbisse scheint er nicht zu kennen.«

»Und was haben die beiden ausgefressen?«

Sullivan rückt sich einen Stuhl zurecht und setzt sich.
»Das will ich Ihnen gern erklären«, sagt er.

30

Ann spürt den leichten Wind kaum, der über die Palisaden weht und ihr Gesicht streift. Sie steht oben auf der Laufplanke und blickt über das Land. Als sie sich umwendet, erkennt sie Drake, der mit dem Stationer in der Nähe des Brunnens steht. Sie hört die Worte, die Drake hart und drängend hervorstößt.

»Bestimmt nicht?«, fragt er eben und reckt den Kopf vor.

»Nein«, sagt Hussel. »Hier kommen fast nie Indianer her. Und wenn, dann nur ein paar ganz friedliche, die Felle gegen Schnaps eintauschen wollen. Es war nie von weißen Menschen die Rede, die sie bei ihrem Stamm sahen. Sie müssen wissen, die Roten können sehr schweigsam sein, auch wenn sie verkommen sind und von ihrem Stamm verstoßen wurden.«

Ann David sieht, wie Drake sich auf den Brunnenrand setzt.

»Wo kann ich sie nur noch finden?«, fragt er bitter. »Wo, Hussel?«

»Keine Ahnung. Tut mir leid, Drake. Ich glaube, Sie sollten es aufgeben.«

»Aufgeben?«, fragt Drake hohl. »Das kann doch nicht Ihr Ernst sein?«

»Doch. Ich weiß, wie bitter das für Sie sein muss. Aber es ist nun eine sehr lange Zeit. Vieles geschah inzwischen,

Drake. – Sehr vieles! Ich bin überzeugt, Sie wissen selbst, durch welche Hölle die beiden gingen. Sie wollen nur das alles nicht wahrhaben. Und das ist ein Fehler. In dieser Welt muss man die Augen offen halten und klar denken. Wunschvorstellungen sind hier fehl am Platze.«

Ann sieht, dass der Stationer um Drake herumgeht und zum Haus hinüber schreitet. Er tritt durch die Tür, aus der eine lange Lichtbahn fällt.

Sie steigt von der Planke und geht sehr langsam auf Drake zu. Sie spürt plötzlich großes Mitleid mit diesem Mann, dessen ganzer Lebensinhalt in der Suche nach zwei Menschen besteht.

Ann bleibt vor ihm stehen. Sie sieht, dass er den Blick zu Boden gerichtet hat.

»Irgendwo müssen sie doch sein«, sagt er, ohne aufzuschauen. »Oder was meinen Sie, Ann?«

Er blickt immer noch nicht auf, obwohl er weiß, wer vor ihm steht.

Ann bohrt die Schuhspitze in den sandigen Boden. Sie weiß nicht, was sie auf seine Frage antworten soll.

Drake hebt den Kopf und schaut sie fragend an.

»Was meinen Sie, Ann?«, drängt er. »Haben Sie auch keine Hoffnung, dass ich sie jemals finden kann?« Er steht plötzlich auf und tritt dicht an sie heran.

»Sprechen Sie doch!«, schreit er. »Sagen Sie, dass ich ein verdammter Narr bin! – Alle denken es von mir. Jeder hat nur zu viel Mitleid und wagt nicht es auszusprechen!«

»Ich habe Ihre Frau nicht verschleppt, Drake«, gibt sie zurück. »Warum schreien Sie mich also an?« Sie geht an ihm vorbei und auf die Tür zu. Sie findet, dass es dumm war, was sie sagte. Zugleich weiß sie, dass sie gar nichts anderes sagen konnte. Denn die Wahrheit weiß sie so wenig wie er selbst. Vermutungen aber will sie einfach nicht anstellen. Sie helfen Drake auch nicht weiter.

Als sie den langen Raum unter der niedrigen Decke betritt, sieht sie Hussel mit seiner Long Rifle. Er sitzt auf der Tischplatte und hat das Gewehr auf den Knien.

Jesse liegt noch immer an der Wand. Er scheint zu schlafen. Auch der Marshal schläft augenscheinlich. Er liegt auf der Pritsche neben dem verletzten Postfahrer.

Clem sitzt auf dem Stuhl neben dem Pfosten. Er hat die Augen offen und blickt zu Hussel hinüber.

Der Stationer rutscht von der Tischplatte, macht ein paar Schritte zur Seite und lehnt sich an die Wand. Er stellt das Gewehr mit dem Kolben auf den Boden. Den linken Arm winkelt er an und stützt ihn auf den Lauf. Er schaut Ann entgegen.

»Sehen Sie mich ruhig an«, knurrt er unterdrückt. »Ich habe das schlechteste Amt erwischt, das hier zu vergeben ist. – Aber denken Sie auch daran, dass ich gar nicht anders kann?«

»Habe ich Ihnen einen Vorwurf gemacht?«, fragt sie kühl.

»Nicht direkt. Aber in Ihren Augen kann man alles lesen; das, was Sie aussprechen möchten und das, was Sie für sich behalten wollen. – Alles. Ann!« »Morgen fährt die Kutsche weiter«, versetzt sie herb. »Dann ist für Sie alles vorbei. Bald werden Sie nicht mehr daran denken.«

Sie dreht sich und blickt Clem an. Er schaut sie ebenfalls an. Aber er sagt nichts. Da geht sie schweigend zu den Pritschen in der Ecke und legt sich nieder.

Der Stationer geht zum Tisch zurück und setzt sich wieder auf die Platte. Er blickt nun wieder zu Gannon.

»Du musst Reue zeigen«, sagt er leise. »Reue, verstehst du?«

»Yeah. Und warum?«

»Weil er dann vielleicht umschaltet. Ich kenne ihn. Er will seinen Kopf immer durchsetzen. Und er hat für dieses Land vieles getan.«

»Curley war ein Schurke«, erwidert Gannon. »Ein Straßenräuber. Ich habe ihm eine faire Chance gegeben. Mehr konnte ich nicht. Ich habe nichts zu bereuen, Hussel.«

»Warum willst du unbedingt stur sein? Was nützt es dir? – Nichts! Wenn du tot bist, hast du gar nichts gewonnen.«

»Und wenn ich Reue zeige?«

»Dann wird Sullivan sehen, dass du ihn und seine Stellung anerkennst. Sicher kommst du dann mit einer Strafe davon, die du bald vergessen haben wirst. Er wird dich eine gewisse Zeit ins Jail sperren.«

»Tut mir leid. Bereuen kann ich es nicht. Es war keine Kurzschlusshandlung, Hussel. Ich ritt lange auf der Spur – sehr lange! Und ich hatte mir genau zurechtgelegt, wie ich es machen wollte. Und so kam es auch.«

»Dann musst du ebenso bleiben – und sterben.«

31

Ein hartes Rütteln an der Schulter reißt Clem aus dem Halbschlaf, in den er gefallen ist. Er sieht zuerst die Morgensonne, die schräg durch die Fenster fällt. Dann bemerkt er Sullivan, der seine Schulter loslässt.

»Ausgeschlafen?«, fragt der Marshal.

Clem gibt ihm keine Antwort. Er sieht Terhune von draußen kommen und Jesse aufheben. Er wirft sich das Halbblut über die Schulter und trägt ihn hinaus.

Sullivan hat über die Schulter geblickt. Jetzt wendet er sich wieder Gannon zu und sagt: Du wirst genauso verpackt wie er, wenn du einen Trick anbringen willst. Lass es also lieber sein.« Er bringt den Schlüssel für die Handschellen aus der Tasche, dreht sich und blickt hinaus in den Hof.

Terhune schiebt Jesse eben in die Kutsche. Er kommt zurück und bleibt an der Tür stehen. Dort greift er nach seiner Winchester, die neben seinem Sattel an der Wand lehnte.

»Nimm ihn ins Visier!«, kommandiert Sullivan jovial. »Ich will nichts riskieren.«

Terhune hebt grinsend die Büchse und legt auf Gannon an.

Sullivan brummt zufrieden. Er schließt die Handschellen auf und tritt zurück. Seine Hand liegt plötzlich auf dem Kolben des Colts.

Terhune macht einen Schritt nach links. Er grinst.

»Nur keine Angst, Marshal!«, ruft er. »Wenn er Faxen macht, ist er ein toter Mann!«

»Du hast es gehört, Gannon! Die Hände vor!«

Clem streckt die Hände vor. Er hat das Gefühl, als würde Terhune gern abdrücken. Er sieht, dass der Mann enttäuscht ist, als sich, die Handschellen um seine Gelenke schließen. Er lässt die Büchse schnaufend sinken.

»Ehrlich gesagt, unter Nevada stellte ich mir immer einen anderen Kerl vor«, bekennt er. »Nach den Geschichten, die über ihn kursieren, nahm ich an, er wäre ein Kerl, mit dem man Felsen auseinandersprengen kann.«

Sullivan dreht den Kopf.

»Er hat es in sich«, wirft er hin. »Deshalb ist Wachsamkeit immer das oberste Gebot.« Er zieht nun seinen Colt aus dem Holster und wackelt mit der Mündung. »Vorwärts, Gannon!«

Clem verlässt das Haus und geht zur Kutsche im Hof. Er sieht nun Ann David. Sie steht beim Brunnen und steigt dann in die Kutsche.

Jesse sitzt in der Ecke. Er hat nur noch die Hälfte der Stricke am Körper, kann aber weder Hände noch Beine gebrauchen.

Plötzlich steht der Postfahrer Slavin in der Tür. Er hält sich mit der rechten Hand am Pfosten fest, während seine Linke nach unten hängt. Er scheint zu Terhune zu blicken, der eben auf den Bock steigt und die lange Peitsche ergreift.

Der Stationer steht vor den Pferden. Er macht eine verzweifelte Handbewegung, aber das scheint Slavin gar nicht zu sehen.

»Ich fahre den Wagen!«, ruft er heiser. »He, Boy, da oben!«

Hussels Frau taucht neben dem Fahrer auf. Sie zieht seinen erhobenen Arm nach unten und schaut ihn zwingend an.

»Du bist krank, Bart! Merkst du es nicht? Du kannst die Kutsche nicht fahren! Du wirst hier bei uns bleiben. Welche Kutsche du fährst, wird die Gesellschaft bestimmen. Aber zuerst bleibst du wenigstens zwei Wochen hier – und zwar im Bett!«

Unter ihrem zwingenden Blick zieht sich Slavin schrittweise zurück.

»Ich hätte gar nicht gedacht, dass sie so sein kann«, meint Jesse an Clem gewandt. »Gestern hat man von ihr kaum etwas gemerkt. Sie hat weder mich noch dich beachtet.«

»Sie will damit nichts zu tun haben«, erwidert Gannon. »Sie hat hier draußen ihren Frieden und will nicht gestört werden. Viele Menschen denken und handeln so.«

Drake kommt vom Haus und steigt schnaufend ein. Er hat schon wieder dicke Schweißperlen auf der Stirn stehen.

Sullivan spricht noch mit dem neuen Fahrer. Inzwischen steigt Ann ein. Sie setzt sich neben Clem, direkt Jesse gegenüber. Das Halbblut sieht ihren Navy Colt, der sich auf dem Stoff der Tasche durchdrückt.

»Heute muss etwas geschehen«, zischt Jesse. »Am Abend haben wir die zweite Station erreicht. Unsere Chance wird immer geringer. – Auch Skinner scheint aufgegeben zu haben. Es wird nichts Unvorhergesehenes mehr passieren.«

»Kann ich mir nicht denken«, gibt Clem zurück. Er blickt dabei auf Drake. Er dreht den Kopf und erfasst Jesse und Ann mit einem Blick. »Skinner wird gewusst haben, dass es sinnlos ist, die Station anzugreifen. Aber er wird das Geld nach wie vor haben wollen. Irgendetwas wird geschehen. Ich fühle es.«

Jesse lacht bitter.

»Natürlich wird etwas geschehen! Wenn sie uns hängen, ist auch etwas geschehen. – Oder nicht?« Er spuckt aus dem Fenster und biegt die Mundwinkel verächtlich nach unten. »Ich bin noch ein größerer Narr als du«, fährt er fort. »Hätte ich mir das Geld angeeignet, als ich die Kutsche fuhr, wäre ich allem entgangen. Ich hatte es in der Hand, den Wagen Umfallen, zu lassen. Ein Pferd, und ich wäre bestimmt durchgekommen. Ein harmloses kleines Unglück.«

»Es hätte dich verfolgt, solange du lebst«, wendet Gannon ein.

»Es wäre vielleicht schon vergessen. Ich kenne keinen Trost, der besser als Geld wäre.«

»Und Ann? – Sie saß auch in der Kutsche.«

Jesse blickt seine Halbschwester an und sagt zu Clem: »Vielleicht war sie der einzige Grund, dass mir der Gedanke nicht kam. Aber wenn es noch einmal irgendwie klappen sollte, dann mache ich es!«

Er schaut zu Drake weiter, der die Hand auf die Brust gepresst hält. Scheinbar hat er sein Geld darunter in einer Tasche.

»Das Postgeld«, sagt Jesse leise. »Drake, Sie wissen doch, dass ich es haben will?«

Drake schüttelt den Kopf.

»Ich weiß gar nichts. Ich will auch nichts wissen. Ich suche nach einem Indianerstamm. Sonst geht mich alles nichts an.«

»Vergessen Sie es, Drake«, wendet Ann ein. »Jesse weiß nicht mehr, was er redet. Wüsste er es, käme es nicht über seine Zunge.«

»Das denke ich mir auch«, räumt Drake ein. »Aber ich will damit wirklich nichts zu tun haben.«

Clem dreht den Kopf und schaut den schwitzenden Mann fest an.

»Was würden Sie sagen, wenn diese Fahrt gar nicht in Hot Springs endet?«, fragt er.

»Hot Springs?«, fragt Drake zurück und schüttelt den Kopf. »Dieser Name sagt mir nichts, Gannon. Ich suche etwas anderes.«

»Die Fahrt wird sicher in Hot Springs enden«, mischt sich Ann ein. »Sullivan ist ein Mann aus Eisen. Er scheint sein Ziel immer zu erreichen.«

Der Marshal steigt in die Kutsche und klappt den Schlag zu.

»Fertig!«, ruft er. »Zeigen Sie, was Sie können, Terhune!«

Der Stationer springt zur Seite, und das Tor schwingt auf. Terhune lässt die Peitsche knallend durch die Luft streichen.

Die Pferde ziehen an. Rasselnd fährt die Stagecoach durch das Tor.

Sullivan lehnt sich zurück und blickt sie alle der Reihe nach an. Dann streckt er in Anns Richtung die Hand aus.

»Geben Sie mir den Colt, den Sie in der Tasche haben, Mädel. Wenn Sie ihn noch brauchen sollten, bekommen Sie ihn zurück. Spätestens aber in Hot Springs ist er wieder in Ihrem Besitz.«

Ann schüttelt den Kopf.

»Mein Colt geht Sie nichts an, Sullivan«, entgegnet sie.

»Er geht mich sogar eine ganze Menge an«, lächelt Sullivan. »Und wenn Sie nicht sofort damit herausrücken, lasse ich an halten. Wann die nächste Kutsche geht, sagte ich ja schon.«

Ann blickt zu Jesse hinüber.

»Ich würde ihm die Waffe geben«, schlägt Clem vor. »Er fühlt sich stark genug, eine Frau so einfach abzusetzen.«

Jesse dreht den Kopf und schaut den Marshal blitzend an.

»Wenn ich noch einmal die Hände frei habe, drehe ich Ihnen das Genick um, Sullivan. Vielleicht geschieht auch etwas anderes.«

»Na siehst du«, erwidert der Marshal überlegen. »So langsam rückst du mit allem heraus, was du gegen mich im Schilde führst. – Geben Sie den Colt nun heraus?«

Ann greift in die aufgesetzte Tasche ihres Rockes und zieht die Waffe heraus.

»Wenn ich irgendwo den Richter dieses Countys treffen sollte, dann werde ich ihm einiges erzählen«, knirscht sie.

»Du wirst tauben Ohren predigen«, knurrt Jesse. »Er wird vermutlich mit ihm von einer Sorte sein.« Er nickt zu Sullivan hin.

Der Marshal beachtet das gar nicht. Er greift nach dem Navy Colt und schiebt ihn in seinen Gürtel.

32

Um zehn Uhr können sie die Waldgrenze sehen, der dieser Weg entgegenstrebt. Zwei Stunden später sind sie dicht herangekommen. Terhune auf dem Bock knallt noch immer munter mit der Peitsche. Auch seine Zurufe klingen noch frisch und kein bisschen heiser.

Clem blickt dem dunklen Wald entgegen.

»Ich nehme an, Skinner wird da drüben warten«, sagt er. »Seine Zeit, einen Hinterhalt zu legen, war ausreichend.«

Sullivan blickt ihn lächelnd an.

»Ein Mann in deiner Lage muss ja auf etwas hoffen können. Deshalb will ich dir diese Vorstellung nicht zerstören.«

Sullivan blickt hinaus und der Waldgrenze entgegen. Das Lächeln verschwindet langsam aus seinem Gesicht. Er sieht das tiefe Dunkel zwischen den mächtigen Stämmen. Es scheint ihn nachdenklich zu stimmen.

Er beugt sich hinaus und ruft: »Terhune, wir halten an!«

Der Wagen kommt neben halbvertrockneten Rotdornbüschen zum Stehen. Terhune klettert vom Bock und vertritt sich die Beine.

Sullivan ist schon ausgestiegen.

»Drake, schneiden Sie Jesse die Fußfesseln durch!«, ruft er.

Zwei Minuten später stehen sie alle neben den Büschen und blicken zum Wald im Süden. Sie sind jetzt noch etwa drei Meilen davon entfernt. Sullivan betrachtet die ausgefahrene Poststraße sehr genau.

»Es ist wirklich viel Geld«, sagt er in Gedanken und blickt Gannon an. »Leider gibt es keine andere Straße, die die Kutsche nehmen könnte.«

»Ich kann mir gar nicht denken, dass es hier Männer geben soll, die gegen Sie vorgehen, Marshal«, sagt Terhune.

»Reden Sie keinen Unsinn. Gewiss, man fürchtet mich. Aber Sie sehen an den beiden, dass es immer wieder Leute gibt, die sich keinen Deut darum kümmern.« Er nickt zu Clem und Jesse hin.

Terhune blickt auf den Coltkolben, der aus Sullivans Gürtel lugt.

»Sieht aus wie ein Spielzeug«, dehnt er.

Der Marshal zieht die Waffe heraus und dreht sie in der Hand.

»Diese Waffen sind gefährlicher, als sie aussehen«, entgegnet er. »Allerdings nur für den Nahkampf. – Es ist Ann Davids Colt. – Terhune, falls wirklich etwas geschehen sollte, so müssen Sie wissen, dass Sie und ich allein kämpfen müssen! Ann David steht gegen uns. Wegen Gannon und Jesse.«

»Und Drake?«, fragt Terhune und dreht sich etwas, um den Mann besser ins Auge fassen zu können.

»Er ist nicht zum Kämpfen geboren. Vielleicht kann er es nicht einmal, wenn er sich zwingen würde. Nur wir zwei! Sie fahren im Auftrag der Wells Fargo. Sie sind für das Geld und die Kutsche genauso verantwortlich wie ich!«

»All right!« Terhune geht zum Bock und holt den Lederbeutel, in dem sich der Proviant befindet. Sullivan kümmert sich um die Pferde, denen er die Futtersäcke umhängt.

Ann gibt Jesse ein Stück Maisbrot in die Hand. Er muss es mit beiden Händen zum Munde führen, so ist er gefesselt.

»Ich glaube nicht, dass wir angegriffen werden«, sagt Terhune überzeugt. »Skinners Bande scheint genug zu haben. Sie haben ihr ja tüchtig zugesetzt, Marshal!«

»Ich gehöre zu den Leuten, die nie unvorsichtig werden«, erwidert Sullivan. »Gewiss, ich glaube auch nicht, dass sie es noch einmal versuchen, Aber es ist möglich. Sie sollten Ihr Gewehr stets griffbereit haben.«

»Gut.«

Zehn Minuten später schnürt Terhune den Beutel zu und schiebt ihn in den Kasten unter dem Bock. Er steigt hinauf und legt sich die Zügel zurecht. Sullivan nimmt den Tieren noch die Futtersäcke ab.

»Eigentlich ist das Ihre Arbeit«, grollt er.

Terhune schüttelt den Kopf.

»Wir hatten ausgemacht, den Job weitgehend zu teilen«, widerspricht er. »Sie wissen doch, dass ich nur als Kutscher fungiere, weil es nicht anders geht. Ich hätte meine Fahrt bezahlt.«

Sullivan verstaut die Säcke und steigt dann in die Kutsche. Er sieht den giftigen Blick, den Jesse ihm zuwirft, und er legt die Hand auf den Kolben.

»Lass es«, grollt er. »Es hat für dich keinen Sinn. Du verschlimmerst deine Lage nur!«

Die Kutsche zieht an. Terhune treibt die Pferde mit der Peitsche und durch Zurufe vorwärts. Der Wald kommt schnell näher.

Der Marshal zieht seinen Colt aus dem Holster und dreht die Trommel durch. Immer öfter irrt sein Blick aus dem Fensterausschnitt und dem Wald entgegen. Er ist merklich unsicher geworden.

»Sie hätten sich viel Kummer erspart, wenn Sie meiner Spur nie gefolgt wären, Marshal«, meint Clem.

Sullivan hebt den Kopf und blickt ihn an.

»Bildest du dir ein, ich hätte Angst?«, forscht er.

»Durchaus nicht. Ich frage mich, ob es überhaupt etwas gibt, vor dem Sie Angst haben könnten, Marshal. Aber Sie sind unsicher. Man merkt das jedem Menschen an, wenn der Pulsschlag schneller wird – sogar Ihnen.«

Sullivan blickt wieder hinaus. Er gibt keine Antwort mehr.

33

Die mächtigen, bemoosten Stämme stehen bis dicht an die Straße, die vor gar nicht sehr langer Zeit durch den Wald geschlagen wurde.

Sullivan hat den Oberkörper aus dem Seitenfenster gebeugt und hält seinen Colt hinaus. Hin und wieder blickt er aber nach drinnen.

»Glaubt nicht, dass ich nicht aufpassen würde«, knurrt er. »Mir entgeht nichts!«

Er blickt wieder hinaus. Die Kutsche streift fast an den Bäumen rechts und links vorbei.

»Schneller, Terhune!«, ruft der Marshal. »Der Wald ist nach drei Meilen zu Ende. Wir wollen uns hier nicht länger aufhalten, als unbedingt nötig ist!«

Terhune stößt einen hellen Ruf aus und lässt die Peitsche knallen. Es dringt weit in den Wald hinein.

Ann schaut auf der anderen Seite hinaus. Sie sieht, dass kaum ein Sonnenstrahl das dichte Laubdach zu durchdringen vermag. Zwischen den Bäumen ist es halb dunkel.

Terhune knallt wieder mit der Peitsche.

»Lauft!«, ruft er schallend. »Schneller, zum Teufel!«

Die Hufe stampfen auf den Boden.

Plötzlich erfüllt ein knackendes und brechendes Geräusch die Luft. Von links neigt sich ein dicker Stamm nach rechts. Geäst knackt. Der Stamm schlägt zehn Yards vor der Kutsche auf den Weg. Er hat sich im dichten Unterholz verfangen und hängt so etwa einen Yard hoch schräg in der Luft. Er wippt noch leicht auf und ab.

Sullivan wird bleich.

Terhune reißt die Zügel zurück und stemmt sich weit nach hinten.

Die Pferde schnauben. Sie können die jagende Kutsche nicht so schnell bremsen. Und Terhune hat augenscheinlich vergessen, nachzuhelfen.

Da laufen die beiden ersten Tiere auf das Hindernis. Die nachfolgenden pressen sie fest dagegen. Ein schauriges Wiehern erfüllt die Luft, untermischt vom berstenden Brechen der Deichsel.

Schüsse knattern auf. Sie scheinen von allen Seiten zu kommen. Die Pferde brechen, bis auf zwei, getroffen zusammen.

Terhune springt mit einem weiten Satz vom Bock und bringt sich hinter einem Baum in Deckung. Auch Sullivan wirft sich aus der Kutsche. Er liegt im Unterholz und blickt suchend umher. Nichts ist zu sehen.

Es fällt kein Schuss mehr. Überhaupt ist es sehr ruhig. Nur die beiden noch lebenden Pferde stampfen mit den Hufen.

Staub hängt wie ein dickes Polster in der Luft.

Sullivan gleitet nach links und richtet sich auf. Er hat noch immer Clems Colt in der Hand und den Daumen auf dem abgefeilten Hahn, den er nach hinten gezogen hält.

Nichts! Tiefe Stille! Auch die Pferde stehen plötzlich ruhig.

Der Schlag der Kutsche knarrt, als Ann aussteigt. Sie bleibt neben dem gestoppten Gefährt stehen und lehnt sich gegen ein Rad.

Sullivan wirft einen Blick über die Schulter. Dann kommt er schrittweise zurück, bleibt immer wieder stehen und versucht, das Halbdunkel mit seinen Blicken zu durchdringen. Er kann aber einfach nichts sehen. Terhune kommt von hinten um die Kutsche. Auch er hält seinen Colt in der Hand.

Sullivan blickt ihn kurz an, dann wendet er sich der Tür zu.

»Drake, kommen Sie heraus!«, ruft er. »Bringen Sie Ihr Schießeisen mit.«

Drake steigt mit gerötetem Kopf aus und zieht seinen Schmuckcolt aus der Tasche.

»Sie stecken im Wald«, sagt Sullivan unterdrückt. »Vielleicht sehen sie uns sogar. Aber sie wagen sich offenbar nicht heran.«

»Sie wollen nichts riskieren«, meint Ann. »Zu was auch? Wir haben vier Pferde verloren, und der Weg ist verbaut. Hier kommen wir wahrscheinlich mit dem Geld nie mehr weg.«

Gannon steigt aus der Kutsche. Er wirft nur einen kurzen Blick zu dem Hindernis, auf das die Pferde gelaufen sind.

»Wahrscheinlich sollen wir hier gar nicht mehr fortkommen, jedenfalls nicht mehr dorthin, wohin der Marshal will.« Er blickt Sullivan mit einem winzigen Lächeln an. »Von hier aus wird der Weg so oder so in die Hölle führen.«

Ein Schuss peitscht urplötzlich auf. Die Kugel winselt über die Kutsche hinweg und fährt ratschend in einen Stamm, von dem die Rinde splittert.

»Hinlegen!«, kommandiert Sullivan. »Sie sollen sich nur zeigen!«

Terhune hat sich sofort fallen lassen. Auch Drake geht in Deckung.

Ann bleibt stehen.

»Bis jetzt will die Bande uns nur Angst einjagen«, sagt sie.

»Woher wollen Sie das wissen?«, fragt Drake hohl.

»Ganz einfach. Die Pferde trafen sie gleich.«

»Sie haben sich weiter zurückgezogen«, brummt der Marshal. »Los, Ann, legen Sie sich hin!«

Sie geht in die Hocke. Clem kniet sich neben sie. Er blickt zum Schlag hinauf. Jesse zeigt sich nicht.

»Was machen wir nun?«, fragt Terhune. »Himmel, hätte ich nur mein Pferd nicht verloren!«

Sullivan schiebt sich weiter zur Seite und blickt misstrauisch auf Gannon.

»Versuche jetzt besser keinen Trick! Sie werden auch mit dir nichts Gutes im Schilde führen. – Warum meinst du, würden wir nicht mehr nach Hot Springs kommen, wohin ich will?«

Clem zuckt die Schultern.

»Nur eine Vermutung. Wenn es Skinner ist und wir sehen ihn, so würde man bald überall wissen, was geschah, wenn wir es bis nach Hot Springs schaffen.

Wenn wir aber nie dort ankommen, wird auch nie jemand erfahren, wer es war, der die Kutsche überfiel. Deshalb.«

»Alle werden wissen, dass es Skinner war!«, schnaubt Sullivan.

Clem schüttelt den Kopf.

»Alle werden es annehmen«, verbessert er. »Wissen aber kann man es nicht.«

Sullivan blickt wieder in den Wald hinein.

»Drake, gehen Sie zur anderen Seite«, wirft er über die Schulter.

Drake steht schnaufend auf und geht um die Kutsche herum.

Terhune steht ebenfalls auf.

»Ich werde bei ihm bleiben«, sagt er. »Es ist vielleicht besser.«

»Yeah«, stimmt Sullivan zu.

Terhune geht hinter Drake um den Wagen.

Da kommt Jesse aus dem Wagen. Er bleibt aufrecht stehen.

»Zurück!«, bellt der Marshal. »Los, geh wieder in die Kutsche!«

Jesse lächelt leicht.

»Jetzt machen sie dich fertig, Marshal«, dehnt er. »Gannon hat recht. Von hier aus geht der Weg direkt in die Hölle. Er hat es schon lange gewusst. Frage ihn einmal, ob er auch ahnt, wie es mit dir in der Hölle enden wird. Vielleicht braten sie dich im Fegefeuer.«

Sullivan wirbelt auf den Knien herum und schlägt den Colt auf Jesse an. Seine Kiefer treten weiß durch die Haut.

»Wenn Sie ihn erschießen, ist das ein kaltblütiger Mord«, wirft Clem hin. »Er kann noch nicht einmal die bloßen Hände zur Gegenwehr benutzen. Außerdem hocken Ihre Gegner auf der anderen Seite, Marshal.«

Sullivan blickt Clem gar nicht an.

»Wenn wir nach Hot Springs kommen, dann wirst du im Fegefeuer sein, Jesse«, sagt er giftig. »Ich habe es nicht gewollt. Du zwingst mich dazu.«

Auf der anderen Seite der Kutsche ist ein dumpf krachendes Geräusch zu hören, dann schlägt etwas zu Boden. Unterholz bricht.

Sullivan steift in die Höhe.

»Drake?«, ruft er.

»Er ist ohnmächtig geworden«, meldet sich Terhune. Er kommt hinten um die Kutsche herum, den Colt in der Rechten. Wie zufällig zeigt die Mündung auf Sullivan, dessen Waffe zu Boden gerichtet ist.

Der Marshal blickt unverständlich in die Mündung.

»Nimm den Colt weg!«, schnappt er.

Terhune grinst plötzlich.

»Lass ihn fallen«, sagt er schleppend. »Ich zähle bis drei.«

Sullivans Gesicht wird lang und fragend. In seinen Augen tanzen Funken.

»Eins – zwei...«, zählt Terhune. Er ist nun sehr ernst, und jeder kann sehen, dass es kein Zufall war.

»Wie sich doch die Lage verändert«, lächelt Jesse. »Immer neue Überraschungen. Und keine taugt etwas – für Sie, Marshal.«

»Lass fallen!«, schreit Terhune mit überkippender Stimme. Seine Waffe sticht vorwärts.

Sullivans Colt fällt zu Boden. Er steht auf und schüttelt den Kopf.

»Was soll der Unsinn?«, fragt er hohl.

»Es ist bitterer Ernst«, gibt Terhune zurück. »Ich gehöre zur Gegenpartei. Ich habe auch nie ein Pferd in der Prärie verloren. Ich konnte mir nicht einmal denken, dass der berühmte Marshal Sullivan so dumm ist.«

34

Sullivan steht wie an den Boden genagelt. Er blickt noch immer in die kreisrunde Mündung. Es arbeitet in seinem Gesicht, aber er sagt nichts.

»Sie sind also ein Bandit«, stellt Ann gelassen fest.

»So ist es«, gibt Terhune zu.

»Seltsam, ich hatte immer gedacht, jeder Wegelagerer wäre irgendwie gezeichnet.«

»Das war ein Trugschluss«, grinst Terhune. Er steckt zwei Finger der linken Hand in den Mund und biegt die Zunge damit nach oben. Ein gellender Pfiff erschallt, der sich noch zweimal wiederholt. Terhune nimmt die Finger aus dem Mund.

»Ihr könnt kommen!«, ruft er in den Wald hinein. »Ich habe sie außer Gefecht gesetzt.«

Eine Minute vergeht. Dann bricht Unterholz.

Der Erste, der auftaucht, ist Skinner. Groß und bullig steht er hinter Sullivan und schlägt zu. Der Marshal kippt ohne einen Laut zur Seite.

»Den anderen habe ich schon mattgesetzt«, grinst Terhune seinen Boss an. »Er liegt auf der anderen Seite.«

Skinner gibt dem zweiten Mann einen Wink. Es ist John Morgan, der nun um den Wagen geht.

Ward Hollag, der dritte, klettert gleich auf den Bock der Kutsche.

»Das Geld liegt im Kasten«, sagt Terhune. »Der Dicke auf der anderen Seite hat auch noch fünftausend Bucks in der Tasche.«

Hollag beginnt in dem Kasten unter dem Bock zu suchen.

Skinner gibt Terhune einen Wink.

»Bindet den Marshal«, sagt er. Er wendet sich Clem zu und betrachtet die Kette zwischen seinen Händen.

»Es ist Nevada«, sagt Terhune. »Yeah, der Mann, den sie Nevada nennen. Ich wollte es erst gar nicht glauben. Dort liegt seine Kanone. Sullivan hatte sie sich angeeignet.«

Skinner dreht den Kopf und blickt auf den Colt. Er hebt ihn auf, nickt anerkennend und schiebt ihn in den Hosenbund.

»Nevada«, murmelt er. »Du sollst ein höllisch schnelles Eisen sein. – Aber kein Mann, der etwa mein ausgesprochener Freund sein könnte.«

»Bestimmt nicht«, gibt Clem gepresst zurück.

»Und du?«, wendet sich Skinner an Jesse. »Warum bist du gebunden?«

»Weil ich das Gleiche wollte wie du.«

»Er lügt«, sagte Terhune, der sich eben aufrichtet. »Er wollte irgendetwas verändern, das stimmt. Es mag auch mit dem Geld zusammenhängen. Auf jeden Fall aber wollte er Nevada helfen. Aber er hatte kein Herz, den Marshal zu erschießen.«

»Wirres Zeug«, knurrt Skinner. Er tritt an Jesse heran und schneidet ihm die Riemen durch. »Kümmere dich um die Pferde«, meint er. »Ihr kommt zunächst einmal alle mit uns.«

Jesse massiert seine Handgelenke. Er wirft Ann einen Blick zu und geht dann zum vorderen Teil der Kutsche.

Hollag wirft den Geldbeutel vom Bock.

»Da sind die Bucks!«, ruft er fröhlich. »Ho, war es doch nicht umsonst. Warum haben wir es nicht gleich so gemacht? – Pedro könnte noch leben.«

»Dann wäre dein Anteil kleiner«, grinst Terhune. »Hätte dir das gefallen?«

»Ruhe!«, schnaubt Skinner. Er wendet sich Ann zu, fixiert sie eine Weile und sagt dann: »Irgendwo muss ich dich schon gesehen haben. Wo könnte das gewesen sein?«

»Keine Ahnung. Ich habe Banditen nie beachtet, wenn sie mir ihr Handwerk verrieten.«

»Du bist bemerkenswert offen. Genau genommen seid ihr also alle meine Gegner. Hat einer von euch noch Angehörige?«

»Wegen Lösegeld?«, fragt Ann. »Vielleicht.«

»Ich will es genau wissen!«, beißt der Bandenboss grimmig.

Ann zuckt die Schultern.

»So genau wissen wir es selbst nicht, Mister. Wer kümmert sich schon um die, die durch das Land trailen und dem Glück nachjagen?«

»Sie machte mir gestern gar nicht den Eindruck, nur Blödsinn quatschen zu können«, wirft Terhune ein. »Aber scheinbar will sie nur nicht mit der Sprache heraus. – White, ich würde mit der ganzen Gesellschaft kurzen Prozess machen.«

Skinner blickt wieder auf Clem.

»Tim, wie viel weißt du von ihm?«, fragt er seinen Kumpan.

»Der Marshal hat mir alles erzählt«, erwidert Terhune, der eben den Beutel aufgehoben hat.

Morgan kommt um den Wagen. Er schleift den gefesselten Drake hinter sich her und lässt ihn neben Skinner fallen. In der linken Hand zeigt er ein dickes Bündel Banknoten.

»Steck es mit in den Beutel«, entgegnet der Bandenführer.

Morgan macht das, wozu ihm Terhune den Beutel aufhält.

»Jetzt wirst du hier etwas aufpassen«, kommandiert Skinner. »Ich muss mir von Terhune erst berichten lassen.«

»Gut.«

Skinner winkt Terhune zu. Sie entfernen sich.

Morgan lehnt sich an einen Baum und dreht seinen Colt über die Finger. Er hat eine kurzläufige Waffe, wie sie Spieler tragen.

Clem setzt sich neben dem Rand auf den Boden. Ann lässt sich neben ihm nieder. Jesse bleibt an der Tür stehen.

Sullivan bewegt sich. Er dreht sich auf den Bauch und späht zu Clem hin.

»Ich frage mich, warum ich die Pferde ausschirren sollte«, meint Jesse. »Sie wissen doch noch gar nicht, ob sie uns mitnehmen oder umbringen wollen.«

»Sie werden die Tiere jedenfalls nicht hier zurücklassen«, gibt Clem zurück. »Marshal, wenn Sie in Hot Springs gute Freunde haben, die ein dickes Lösegeld für Sie springen lassen, haben Sie durchaus eine Chance. Skinner scheint an einem guten Geschäft mehr zu liegen als an der Vertuschung seiner Untaten.«

Morgan dreht seinen kurzläufigen Colt noch immer um den Finger. Er grinst belustigt.

Skinner und Terhune kommen nach wenigen Minuten zurück. Skinner greift dem Marshal unter die Arme und setzt ihn auf. Er hockt sich vor Sullivan und sieht ihn überlegen an.

»Bist du dir über deine Lage im Klaren?«, fragt er süßlich.

Sullivans Brauen schieben sich zusammen.

»Fahr zur Hölle!«, knirscht er.

»Thanks, Marshal. Nach dir. – Ich weiß, dass du seit ewiger Zeit hinter mir und meinen Freunden her bist. Aber darüber wollen wir nicht reden. Mir kam der Gedanke, dass es sicher viele Leute geben wird, denen du eine Menge bedeutest. Du willst doch hier draußen etwas aufziehen, auf das mancher schwören dürfte. – Ob es den Bürgern von Hot Springs zwanzigtausend Bucks wert ist, wenn sie dich lebend wieder begrüßen können?«

Sullivan richtet den Blick zu Boden.

»Er will nicht antworten«, sagt Terhune. »Aber schließlich braucht man zu dem Geschäft seine Einwilligung nicht. In Hot Springs kennt man mich nicht. Ich könnte dorthin reiten und einen Brief liegen lassen.«

»Daran dachte ich schon«, sagte Skinner nickend. »Wir setzen ihnen eine Zahlungsfrist fest. Ich dachte an drei bis vier Tage. Einer der Spießer kann das Geld in die Black Hills bringen. Den genauen Ort bestimmen wir noch.«

»Und wenn sie mit einer ganzen Posse anrücken?«, wendet Morgan ein.

»Das würden wir schließlich lange genug vorher beobachten können«, grinst Skinner. »Wir werden in unserem Brief mitteilen, dass Sullivan erledigt ist, wenn mit dem Geld mehr als ein Mann kommt. Das wirkt immer.«

Hollag rollt sich eine Zigarette und stecket sie an. Er blickt nachdenklich von einem zum anderen.

»Das Mädchen könnte bei uns bleiben«, meint er.

Skinner schaut zu Ann hin.

»Was willst du mit ihr anfangen, Ward?«, fragt er. »Siehst du nicht, dass sie von einer Art ist, die du nicht bändigen kannst? – Und vergiss das Halbblut nicht. Sie beide hatten die gleiche Mutter. Er wird dich erledigen, wann immer er dazu, kommt.«

Hollag klemmt die Zigarette in den Mundwinkel und zieht seinen Colt aus dem Holster. Knackend lässt er die Trommel von Raste zu Raste springen.

»Ich räuchere ihn aus«, zischt er. »Diese Gefahr lässt sich leicht beheben.«

»Immer langsam«, stoppt Skinner ihn. »Tim sagt, er wäre bei den Pawnees groß geworden. Er könnte uns von Nutzen sein. Er wird viele geheime Wege durch das Territorium der Indianer kennen, die kaum einem Weißen bekannt sind.« Hollag lässt den Colt sinken. Er rollt die Zigarette über die Zunge in den anderen Mundwinkel.

»Und weiter?«, fragt er gedehnt. »Was wollen wir mit seinen Kenntnissen schon anfangen?«

»Unter Umständen sind sie Gold wert. Die Pawnees haben zahllose Trecks überfallen, die auf dem Wege nach Oregon waren. In ihrem Besitz müssen sich fast märchenhafte Reichtümer befinden. Ist das vielleicht nichts?«

»Da kommen wir nie heran«, knurrt Morgan.

»Wer sagt denn das?«, will Skinner wissen. »Wir müssen nur Wege kennen, auf denen wir uns unbemerkt nähern können – und unbemerkt verschwinden. Ich traue ihm zu, solche Wege zu kennen. Seien wir doch ehrlich: Hier ist kaum noch etwas zu holen. Alle Leute wissen von uns. Reiner Zufall, wenn uns eine solche Ladung wie heute in die Hand fällt. Die nächste Ladung werden sie besser bewachen oder noch geheimer halten. Terhune wird sich auch nirgends mehr zeigen dürfen. Dann wissen wir nichts mehr. Wir brauchen ein anderes Arbeitsgebiet. Ich bin dafür, wir nehmen sie alle mit.«

»Du willst Sullivan also wirklich wieder laufen lassen?«, erkundigt sich Terhune. »Dann ist es mit mir gleich aus.«

»Über ihn reden wir weiter, wenn wir das Geld haben«, meint Skinner. »Brechen wir auf.«

35

Feuerrot steht die Sonne über den Bergzacken im Westen; sie reiten ihr direkt entgegen. Sullivan und Drake sitzen zusammen auf dem Rücken eines Postpferdes. Sie sind beide zu einem großen Paket zusammengeschnürt.

Ann sitzt allein auf einem Pferd. Clem und Jesse müssen vor den Tieren laufen. Hinter ihnen reitet Terhune, der nun sein wahres Gesicht ganz offen zeigt. Er hat die lange Peitsche in der rechten Hand und lässt sie hinter den beiden Männern knallend über den Boden streichen.

»Hoo!«, schreit er. »Schneller! Nur nicht müde werden, Freunde!«

Skinner hat die Tasche mit dem Geld am Sattelhorn. Er reitet neben Ann David, die als Einzige der Gefangenen nicht gefesselt ist. Er blickt immer wieder zu ihr hinüber, aber sie hat den Blick ins Gras gerichtet.

Morgan und Hollag bilden den Schluss. Hollag schaut hin und wieder zur Waldgrenze zurück, von der sie sich immer mehr entfernen.

»Noch fünf Stunden«, sagt Morgan, »dann haben wir das Lager erreicht. Ich bin müde. Was denkst du, wird die Wells Fargo den Schlag leicht verwinden können?«

»Keine Ahnung. Ich kann mir aber nicht denken, dass sie die vielen Bucks so einfach abschreiben. Aber es wird eine ganze Weile dauern, bis sie etwas unternehmen. Vielleicht versuchen sie, Soldaten einzuschalten. Sie werden keine Chance haben, die Black Hills sind kaum zu durchforschen.«

»Dafür werden sie die Straßen kontrollieren können. Ich glaube, White hat recht. Wir müssen uns ein anderes Gebiet suchen. Und dazu könnte das Halbblut sehr dienlich sein.«

Jesse stolpert plötzlich in ein Loch und schlägt mit dem Kopf auf die Erde.

Clem bleibt stehen. Er beugt sich nieder. Da zischt die Peitsche durch die Luft. Sie streift an Gannons Gesicht vorbei und zischt über Jesses Rücken.

Das Halbblut zuckt zusammen und dreht sich auf die Seite.

Clem sieht, dass Jesse fertig und ausgebrannt ist. Der Fußmarsch scheint nichts zu sein, was er vertragen kann. Hier liegt sein schwacher Punkt.

»Hoch!«, schreit Terhune. Er hebt die Peitsche wieder weit über den Kopf.

Ann stößt einen spitzen Schrei aus.

Skinner lächelt.

Clem springt mit einem Satz hoch. Mit dem zweiten ist er bei Terhune, packt dessen Bein und reißt den Mann mit einem heftigen Ruck aus dem Sattel.

Terhune schlägt auf die Schulter. Er will sich zurückrollen, aber Clem wirft sich neben ihn. Er hat die Hände rechts und links von Terhunes Hals und presst ihm mit der Kette die Luft ab.

»Soll ich dich umbringen?«, fragt er rau.

Hollag reißt das Gewehr aus dem Scabbard und repetiert es.

»Lass die Flinte, Ward«, sagt Skinner ruhig. »Gannon, lass ihn los!«

Clem blickt auf. Er schaut in die Gesichter der Banditen, und er weiß, dass er keine Chance gegen sie hat.

Sullivan sitzt fast unbeteiligt im Sattel. Er ist auch vollkommen machtlos, so, wie sie ihn verschnürt haben.

Gannon steht auf.

Terhune atmet röchelnd. Er kommt schwer auf die Beine, tritt zwei Schritte zurück und legt die Hand auf den Kolben des Colts.

»Du lässt es auch«, sagt Skinner. »Und du sollst auch das Halbblut nicht schlagen, wenn es stolpert. Kein Mann des Sattels ist ein guter Marschierer. Wir brauchen ihn noch. – Jesse, steh auf!«

Jesse kommt langsam hoch. Er zeigt seine gefesselten Hände, sieht Terhune an und sagt: »Wenn ich die einmal los bin, bringe ich dich um. Du hast mein Wort!«

»Er wird es vergessen«, versucht Skinner zu bagatellisieren. »Im Zorn sagt man vieles, was man selbst nicht glaubt. – Weiter!«

36

Die Nacht ist schon angebrochen, als sie einen kleinen Bergkessel in den Ausläufern der Black Hills erreichen.

Terhune und Hollag bringen die Pferde weg. Skinner wirft Ann einen Ziegensack zu.

»Hole Wasser!«, sagt er befehlend. »Da drüben!« Er streckt den Arm nach links aus.

Ann hebt die Ziegenhaut auf und entfernt sich.

Morgan zerkleinert Kaffeebohnen mit dem Kolben seines kurzläufigen Colts. Er kratzt sie zusammen und schüttet sie in einen Topf.

Skinner kauert sich vor Clem nieder.

»Terhune hat mir deine Geschichte erzählt«, meint er. »Du gehörst wirklich nicht zu uns – noch nicht. Aber du bist dir sicher darüber im Klaren, dass du hier oben gegen Sullivan nie etwas werden kannst. – Ich habe schon immer schnelle Männer gebrauchen können. Wie wäre es?«

»Mit mir und dir?«

»Yeah.«

»Ich weiß nicht, White. Ich habe es noch nie versucht.«

»Es ist ganz einfach.« Skinner grinst bei seinen Worten. »Man überfällt eine Postkutsche, einen Treck, einen Postreiter. Es ist egal. Man kann dann nie mehr zurück und findet sich damit ab.«

»Und du würdest mir glauben, wenn ich Zusage?«

»Wenn wir den ersten Überfall gemeinsam gemacht haben, kannst du nicht mehr zurück. Ich gehe kaum ein Risiko ein. – Außerdem will Sullivan dich hängen sehen. Ich habe dir also gewissermaßen das Leben gerettet.«

»Mag sein«, stimmt Clem zu. Er blickt zu Sullivan hin, der teilnahmslos an der Felswand lehnt und auf seine gefesselten Hände blickt.

»Du musst es dir bald überlegen«, wirft Skinner hin. Er wendet sich ab.

Terhune und Hollag kommen mit dem Holz trockener Büsche zurück und entzünden ein kleines Feuer.

Ann bringt die volle Ziegenhautflasche, die sie Skinner gibt. Er will nach ihrem Arm greifen, aber sie tritt schnell zurück.

Skinner lacht meckernd.

»Was hast du denn als Tanzmädchen gehabt?«, knurrt er. »Nichts! Sie haben dich alle verachtet, auch wenn sie dir zujubelten. Bei mir kannst du alles haben – alles! Geld,

Anerkennung, Frieden! Yeah, wir haben nichts zu befürchten. Bei uns bist du gleichberechtigt. Niemand rümpft die Nase!« Er will wieder nach ihrem Arm greifen.

»Lassen Sie das!«, sagt sie kalt. »Wir zwei haben nichts Gemeinsames.«

Skinner entfernt sich ein paar Schritte.

Clem hört ein leises Geräusch und dreht den Kopf. Er sieht, dass sich Drake bewegt. Er stützt die Hände auf und kommt langsam hoch. Dabei dreht er den Kopf und blickt Clem an.

»Ich bin frei«, raunt er. »Ich habe die Stricke an einer scharfen Kante hinter mir zerrieben.«

Clem blickt schnell auf die vier Banditen. Noch scheint keiner etwas bemerkt zu haben.

»Lassen Sie es, Drake!«, zischt er verhalten. »Sie haben keine Chance!«

Drake zeigt die Zähne.

»Sie haben mir mein Geld gestohlen!«, presst er hervor. »Skinner, der Schuft, hat es!«

Drake blickt auf das Gewehr Hollags, das drei Yards vor ihm auf dem Boden liegt. Sein Blick gleitet höher und erfasst den Rücken des Bandenführers.

»Drake!«, mahnt Clem unterdrückt.

Da springt der Mann hoch, wirft sich mit einem Hechtsprung nach vorn und packt das Gewehr.

Skinner und auch die anderen hören das Geräusch und fahren herum.

Da hat Drake die Waffe schon an die Wange gerissen und zieht durch. Fauchend fährt der Mündungsblitz aus dem Lauf. Das Pfeifen der Kugel vermischt sich mit einem Schrei, den Skinner ausstößt. Drei Schritte taumelt der

Bandenführer zurück, dann schlägt, er zu Boden und bewegt sich nicht mehr.

Sullivan will hochspringen, fällt aber infolge der Fesseln zurück.

Clem schafft es, und auch Jesse ist mit ihm gleichzeitig auf den Beinen.

Morgan schüttelt die Überraschung als Erster ab. Seine Hand fährt zur Hüfte und reißt den Colt aus dem Holster. Als er ihn auf Drake anlegt, stößt Clem den Mann aus dem Weg.

Die Kugel weht vorbei und klatscht gegen die Felswand. Sirrend fährt sie zur Höhe. Das Echo rollt durch den Bergkessel.

Da kommt schon der zweite Schuss.

Drake dreht sich im Kreise und wird gegen die glatte Wand geschleudert. An ihr fällt er langsam um.

Da ist Jesse an Morgan heran. Mit den gefesselten Händen schlägt er zu. Aber Morgan dreht sich und hämmert dem Halbblut den Colt auf den Kopf. Er dreht sich sofort weiter und legt auf Clem an, der verwirrt mitten in der Szene steht.

»Komm näher, Hombre«, meint Morgan. »Komm, wenn du müde geworden bist.«

Clem blickt auf Jesse hinunter. Das Halbblut hat das Bewusstsein verloren.

»Zurück!«, bellt da Morgan.

»Mach, was er sagt!«, schreit Sullivan. »Er bringt dich sonst wirklich um!«

Clem geht zurück und setzt sich an der Wand nieder.

Terhune, der sich über Skinner gebeugt hat, richtet sich steif auf.

»Er ist tot«, sagt er flau. »Was machen wir nun? – John, hörst du nicht? – Er ist tot!«

»Doch, ich habe es gehört, Tim. Drake ist auch tot. Bringe sie beide weg. Stecke sie in eine Höhle und verbaue den Eingang. Mehr können wir nicht tun.«

37

»Er war ein Narr«, sagt Sullivan. »Der Verlust der fünftausend Dollar muss ihn um den Rest seines Verstandes gebracht haben. Dabei war das Geld noch ganz in der Nähe.«

»Vielleicht war es deshalb«, gibt Clem zurück. Er blickt zu Terhune und Morgan hinüber, die gemeinsam einen Stein vor die Höhle rollen, in die sie die beiden Toten geschoben haben.

Hollag kauert am Feuer und rührt mit einem Stock in dem Topf. Hin und wieder schiebt er trockenes Buchenholz in die Flammen.

Jesse hebt den Kopf und blickt sich um. Er richtet sich auf und streicht sich mit den gefesselten Händen über den Kopf. Dann steht er ganz auf. kommt zur Felswand zurück und setzt sich neben Clem.

Ann weint leise. Ihre Schultern zucken.

»Hören Sie endlich auf«, brummt Sullivan. »Er war doch selbst schuld!«

Ann hebt den Kopf und wischt die Tränen von den Wangen. Sie blickt ins Feuer, dessen Lichtschein gerade bis zu ihr reicht.

»Er hat seine Frau so sehr geliebt, dass er sie in all den Jahren keinen Augenblick vergessen hat«, sagt das Mädchen. »Es gibt nur wenige Männer, die so sind, wie er war. – Und als er nach dem Gewehr griff, hat er auch nur an sie gedacht.«

»Er war trotzdem ein Narr«, schimpft der Marshal. »Ein Mann sollte so etwas nur tun, wenn er eine Chance hat. Gegen vier konnte er nie eine Chance haben. Die drei anderen sind über den Verlust ihres Anführers nicht traurig. Es hat sie nur im Moment erschüttert. Bald werden sie ihn vergessen haben. Vielleicht geraten sie sich nun gegenseitig in die Haare – wegen des Geldes!«

»Genau genommen hätten Sie Drake verhaften müssen, Marshal, wenn er es überlebt hätte«, wirft Clem hin. »Oder gelten in diesem Fall andere Maßstäbe?«

»Skinner ist einer, von dem jedes Kind weiß, dass er ein Schurke war.«

»Curley war auch einer, nur wusste es nicht jedes Kind. Zwischen ihm und Skinner bestand kaum ein Unterschied.«

Sullivan lässt einen Fluch hören und wendet den Kopf zur anderen Seite.

»Darüber spricht er nicht gern«, meint Jesse. »Wenn wir freikommen sollten, was machen wir dann mit ihm, Clem?«

»Freikommen? – Ich glaube, sie werden sich jetzt schnell einigen.«

»Wie einigen?«

»Wir sind überflüssig, Jesse. Ich nehme an, sie wollen das Geld teilen und aus dem Land verschwinden. Aber vielleicht hat der Marshal auch recht, und sie geraten sich in die Haare. – Wir werden es sehen.«

Ann wischt die Tränen weg, die wieder aus ihren Augen getreten sind.

Morgan und Terhune kommen durch den Kessel und hocken sich am Feuer nieder. Terhune blickt zu den Gefangenen.

Hollag geht zu den Pferden. Er kommt mit drei Blechbechern und der Geldtasche zurück. Die Tasche wirft er auf den Boden. Von den Bechern gibt er jedem seiner Kumpane einen.

Morgan schöpft Kaffee aus dem Topf. Er schlürft ihn in sich hinein und blinzelt dabei zur Wand hinüber. Plötzlich steht er auf und kommt heran. Er baut sich vor ihnen auf und schaut auf den Marshal nieder. Dabei hebt er wieder seinen Becher und trinkt.

Er setzt ihn ab und dreht ihn um. Der Rest des Kaffees läuft auf den Boden.

»Wenn du mir den Mund wässrig machen willst, musst du dir etwas anderes einfallen lassen«, knurrt Sullivan.

Morgan grinst ihn erhaben an.

»Gib nicht so an, eiserner Marshal«, dehnt er verächtlich. »Du bist auch nur ein Mensch. Noch nicht mal ein Supermann! Du bist ein ganz gewöhnlicher Mann mit Fehlern und Schwächen. Ich kenne dich. Das ist dir neu, wie?«

Clem dreht den Kopf. Er sieht, wie Sullivans Gesicht die Farbe verliert.

»Ich kenne dich aus Kansas«, redet Morgan weiter. »Es war zu der Zeit, als neben der Bahnlinie die Städte wie Pilze aus der Erde schossen. Die Stadt, von der ich rede, heißt Dodge City. – Weißt du es noch?«

Sullivan ist jetzt ganz weiß um die Nase geworden. Seine gefesselten Hände zucken. Er gibt dem Banditen keine Antwort.

»Ich war damals noch ein kleines Licht unter den Spielmachern«, spricht Morgan weiter. »Du hast mich kaum gekannt, denn ich ging in der Masse unter. Aber ich kannte dich. Du kamst in die Stadt und hast den Stern genommen. Dabei ist weiter nichts. Viele Männer zogen umher und suchten einen Job. Der eine als Spieler, so wie ich. Der andere versuchte es als Marshal, so wie du. Du wolltest die Stadt bändigen. Vielleicht hattest du sogar das Format dazu. Aber dir unterlief ein schlimmer Fehler, wie er einem Marshal nicht unterlaufen darf. – Weißt du es noch? – Ah, du weißt es. Du hast es wohl nie vergessen.«

Morgan unterbricht sich und lacht leise auf. Seine Augen sind kalt dabei.

»Ein kleiner, verhängnisvoller Irrtum«, fährt er fort. »Man hatte dir berichtet, dass ein Mann in der Stadt war, der Stonefield hieß. Er wurde als Mörder gesucht. Sein Face stimmte mit dem auf dem Steckbrief ziemlich genau überein. Und der Steckbrief hing an deinem Office. Du gingst in den Long Brauch Saloon und wolltest ihn verhaften. Er sagte, dass er nicht der Mann wäre, den du suchst. Und er hatte die Hand auf dem Kolben. Er war ein Schießer, aber kein Mörder. Und du warst damals noch sehr wild. Sie nannten dich *Wild Jim*, Sullivan«. – Das weißt du noch?«

Morgan unterbricht sich wieder und lacht abermals auf seine leise, gefährlich klingende Art. Er leckt sich über die schmalen Lippen.

»Es kam zu einem Kampf, bei dem Stonefield starb. Es war ein fairer Zweikampf, wie die halbe Einwohnerschaft von Dodge City sehen konnte. Und der Mörder war tot – dachte man. Zwei Tage später stellte sich heraus, dass Stonefield der Bruder des Mörders gewesen war. Der Mann, der gesucht wurde, befand sich auf dem Wege nach Dodge City. – Du bist den Stern los gewesen. Du hattest im Kampf einen Mann erschossen, gegen den nichts anlag. Wie ich später hörte, soll sein Bruder dich verfolgt haben. Du hast ihn auch noch erschossen. Man sagt, die Kugel in seinem Kopf wäre aus einer Spencer gekommen. Es war also kein solcher Kampf wie der in Dodge City gewesen.«

Morgan spuckt auf den Boden. Er blickt zu Clem hin und lächelt wieder.

»Das ist die Wahrheit über ihn«, wirft er hin. »Er hat einen Mann erschossen – wegen nichts und wieder nichts. Und dann versuchte er das zu korrigieren, indem er Revolverkämpfe jeder Art verbot. Er geht dabei so weit, dass er einen Mann auch unter den Galgen schleppt. Scheinbar will er auf diese Art etwas aus der Welt schaffen, was sich nicht mehr aus ihr schaffen lässt.« Morgan dreht sich um und geht zum Feuer zurück.

»So ist das also«, sagt Jesse.

Clem blickt zum Feuer, neben dem sich Morgan niederhockt.

Terhune rollt eben seine Decke aus, die er von den Pferden holte. Er legt sich darauf und schiebt sich den Sattel unter seinem Kopf zurecht.

Auch Hollag holt Decke und Sattel von seinem Pferd und legt sich in der Nähe des Feuers nieder.

»Du wirst die erste Wache übernehmen, John«, sagt er zu Morgan. »Die zweite mache ich. Tim wollen wir diese Nacht schlafen lassen. Morgen früh müssen wir sehen, was nun geschehen soll. Vielleicht machst du dir inzwischen Gedanken.«

38

Mitternacht ist lange vorbei. Hollag hat die zweite Wache übernommen. Er steht in der Nähe des erloschenen Feuers auf sein Gewehr gestützt und reibt durch sein Gesicht.

»Er ist müde«, raunt Jesse Clem zu. »Wenn er sich setzt, wird er bald einschlafen.«

»Er wird das selbst wissen«, entgegnet Clem. »Deshalb bleibt er bestimmt stehen. Und wenn er umfällt, wacht er davon wieder auf.«

»Ich habe meine Fesseln fast durch«, meint Jesse. »Bis jetzt hat er noch nichts bemerkt. – Wie machen wir es mit dem Geld? – Sullivan ist also wirklich kein Heiliger.«

»Es ist nicht sein Geld, Jesse.«

»Und wenn schon. Für die Wells Fargo ist es doch verloren!«

»Nein, Jesse. Ich mache bestimmt nicht mit. Wir würden nie Ruhe finden.« Jesse dreht sich um und blickt seine Halbschwester an.

»Und du?«

»Ich mache, was er will«, gibt sie zurück und blickt an Jesse vorbei zu Clem. »Es führt zu nichts. Du musst das viele Geld vergessen. Es ist noch unklar, was Sullivan vorhat.«

»Sullivan? – Ihn übernehme ich«, stößt Jesse heftig hervor. »Es geht dann alles auf Skinners Konto. Niemand wird von uns reden. Wir sind einfach verschwunden.«

Clem blickt zum Marshal, der stumpf vor sich hin stiert. Er dreht den Kopf zurück, schaut Jesse fest an und sagt: »Ihm wird nichts geschehen. Kein Mensch ist ohne Fehler, Jesse. Vielleicht denkt er jetzt über alles anders. Genau betrachtet, muss man ihm in gewisser Beziehung recht geben. Ihm ist ein Fehler unterlaufen. Er will nun vermeiden, dass anderen ähnliche Fehler unterlaufen. Er ist also nicht schlecht. – Und er soll das Geld nach Hot Springs bringen, wenn wir uns befreien können.«

Jesse nickt.

»Und uns mit dazu, damit er uns hängen kann, wie? Glaube nur nicht, dass er seine Meinung geändert hat! Es ist nicht nur der Fehler. Er ist auch ungeheuer ehrgeizig!«

Clem dreht den Kopf wieder zu Sullivan hin.

»Ich trage nur die Handschellen«, sagt er leise. »Und Sie müssen noch immer den Schlüssel dazu in der Tasche haben. In welcher, Sullivan?«

Der Marshal dreht fast träge den Kopf und blickt Gannon an. Doch es scheint, als blicke er durch ihn hindurch. »Rechts innen«, sagt er leise.

Clem blickt zu Hollag. Der Bandit stützt sich noch immer auf sein Gewehr. Er blickt aber zu den Höhen, die den Bergkessel einschließen.

Da greift er in Sullivans Tasche und bringt den Schlüssel heraus.

39

Hollag hat sich neben das erloschene Feuer gesetzt. Sein Gewehr liegt neben ihm. Dafür hat er den Colt gezogen. Er dreht sich etwas auf die Seite, stützt den Ellenbogen auf die Erde und liegt nun halb.

»Er schläft bestimmt ein«, zischt Jesse kaum hörbar.

Clem gibt keine Antwort. Er blickt Sullivan an, der noch immer kein Wort gesprochen hat. Die Handschellen hat Gannon unbemerkt entfernen können.

Hollags Oberkörper sinkt tiefer. Und plötzlich rutscht er ganz zur Erde. Sein Kopf zuckt wieder hoch. Leise fluchend richtet er sich wieder in sitzende Stellung auf. Er beugt nun den Oberkörper weiter nach vorn, um nicht neuerlich umzufallen.

Jesse blickt aus schmalen Augen hinüber. Er weiß, dass Hollag jede Bewegung sehen kann, die er macht. Deshalb sitzt er ganz still, weil er hofft, das würde einschläfernd wirken.

Zehn Minuten vergehen. Da beginnt Hollags Kopf zu pendeln und sinkt schließlich auf die Brust.

Clem dreht sich lautlos und löst Jesse die schon halb aufgeschnittenen Fesseln. Sie fallen zu Boden. Clem wendet sich Sullivan zu, aber der stiert immer noch vor sich auf das harte Gestein. In ihm muss plötzlich durch Morgans Eröffnung irgendetwas zerbrochen sein.

Clem wendet sich zurück.

»Er schläft«, sagt Jesse und richtet sich lautlos auf.

»Was habt ihr vor?«, fragt Ann. »Es ist Wahnsinn! Wir haben keine Waffen!«

»Gleich haben wir welche«, gibt Jesse zurück. Gleich, Ann! – Alles werden wir haben.« Er geht lautlos nach vorn.

Clem ist aufgestanden und schlägt einen kleinen Bogen nach links. Er blickt zu den Schläfern, die noch nichts merken.

Als sie die Hälfte des Weges zurückgelegt haben, zuckt Hollags Kopf hoch. Er stößt einen Schrei aus und fährt in die Höhe.

Jesse und Clem rennen gleichzeitig los. Jesse rennt den noch benommenen Hollag um und wirft sich über ihn. Morgan fährt in die Höhe.

Da steht Clem vor ihm. Er sieht, wie der Arm des Spielers zuckt.

Da schießt seine Faust vor, trifft Morgan an der Kinnspitze und wirft ihn zurück.

Krachend entlädt sich Terhunes Colt. Der Mann steht nun ebenfalls. Die Kugel war Jesse zugedacht, geht aber über ihn hinweg. Zu einem zweiten Schuss kommt Terhune nicht mehr.

Clems Faust schmettert gegen sein Ohr und treibt ihn rückwärts ins erloschene Feuer. Er stolpert und liegt flach. Aber so liegend hebt er die Waffe wieder. Da wirft sich Clem über ihn. Sie verkrallen sich ineinander und rollen über den Boden.

Terhune stemmt sich etwas hoch, um den Colt anlegen zu können, den er nicht losgelassen hat.

Gannon packt die Faust und dreht sie. Der Colt fällt neben ihm zu Boden.

Schwer kracht Terhune zwei Yards seitlich zu Boden. Clem will aufstehen, als er Morgans verkantetes Gesicht hinter dem kurzläufigen Colt sieht. Er lässt sich zurückfallen.

Da zuckt der Mündungsblitz aus der Waffe. Clem spürt den heißen Luftzug des Geschosses. Er hört es über den Boden kratzen. Er dreht sich um sich selbst. Vor ihm streift die zweite Kugel den Boden. Da ergreift er plötzlich Terhunes Colt, dreht sich und legt an. Er schießt eine Sekunde früher als Morgan. Der Spieler schwankt zurück und schießt in die Luft. Dann kippt er über die Absätze.

Terhune, der eben aufgesprungen ist, steht wie erstarrt und blickt auf seinen Kumpan. Er dreht den Kopf und blickt Clem aus weit offenen Augen an.

»Streck sie hoch, Terhune!«, sagt Gannon ruhig und schwenkt Terhunes Colt.

Die Hände des Banditen gehen langsam in die Höhe. Clem tritt zurück, um auch Jesse besser sehen zu können, der sich eben aufrichtet und sein Messer fallen lässt.

Er hebt sein Messer wieder auf und geht zu Sullivan, der unverändert ruhig an der Felswand sitzt. Der Marshal blickt Jesse an, zeigt aber keine Regung.

»Ich habe ihn umgebracht, Marshal.« Sullivan antwortet nicht.

»Umgebracht!«, schreit Jesse. »Hörst du es nicht? Umgebracht!« Er dreht das Messer. »Willst du mich jetzt immer noch nach Hot Springs schleppen? – Willst du sehen, wie ich hänge? – Sullivan, es war kein Irrtum! Ich wollte ihn umbringen! – Ich nehme mir jetzt das Geld.«

Er geht rückwärts, vorbei an dem Toten, vorbei am erloschenen Feuer. Er beugt sich nieder und hebt den Geldbeutel auf. Er öffnet ihn, bückt sich und greift wie irr hinein und reißt die Scheine heraus. Er wirbelt sie durch die Luft.

»Geld!«, schreit er. »Ann, wir haben das Geld jetzt! Es gehört uns.«

Er hebt plötzlich ruckartig den Kopf und blickt Clem an, der den Colt gesenkt hat und zu Jesse schaut.

Jesse schluckt.

»Sage es ruhig, wenn es dir nicht passt!«, keift das Halbblut. »Na los, sage es schon!«

Clem schüttelt den Kopf.

»Du solltest dich besinnen, Jesse«, sagt er gedehnt. »Das Geld geht uns nichts an. Sullivan wird es nach Hot Springs bringen. Wir haben keinen Grund, ihn unmöglich zu machen.«

»Hast du vergessen, dass er...?« »Nein, ich habe es nicht vergessen«, unterbricht Gannon ihn rau. »Aber ich habe meine Meinung auch nicht geändert. – Jesse, lass es nicht so weit kommen, dass wir um die Bucks streiten müssen, die keinen von uns etwas angehen.«

Jesse knirscht mit den Zähnen.

Und Terhune bückt sich blitzschnell nach seinem Gewehr, das auf dem Boden liegt.

»Clem!«, ruft Ann schrill.

Gannon wirbelt herum. Er sieht das Gewehr hochschwingen und wirft seinen Colt mit einem raschen Schnappen des Handgelenkes nach Terhune. Der Revolver trifft den Banditen genau gegen die Stirn und streckt ihn zu Boden.

Clem geht zu Jesse und streckt die Hand verlangend aus.

»Gib mir das Messer!«, fordert er.

Jesse gibt es. Er bückt sich über Hollag und zieht ihm den Colt Anns aus dem Hosenbund.

40

Clem hat Sullivans Fesseln durchschnitten und tritt zurück. Er hört hinter sich das Rascheln von Geldscheinen und dreht sich um.

Jesse hat das Geld in den Beutel gestopft, aus dem er es gerissen hat. Er klemmt den Beutel unter den Arm und hebt den Colt in der linken Hand.

»Ann, komm zu mir!«, ruft er schrill. »Ich habe mir alles überlegt. Wir zwei gehen allein fort.«

Ann lehnt mit dem Rücken an der glatten Wand.

»Nein, Jesse«, sagt sie. »Ich bin immer mit dir gegangen. Jetzt kann ich nicht mehr. Wir würden keine Ruhe finden. Ich habe dir schon mehrmals gesagt, dass auch ich keinen Geschmack daran finde.«

Jesse kommt zwei Schritte näher. Sullivan steht auf und reibt seine Handgelenke. Er hat immer noch nichts gesagt.

»Weil du ihn liebst, nicht wahr?«, fragt Jesse hohl, an seine Halbschwester gewandt.

»Vielleicht, Jesse. Aber nicht nur deshalb. Ich beging nie ein Unrecht. Ich trat als Tanzmädchen auf, weil wir leben mussten. Aber das war für mich kein Unrecht. Andere betrachten es wohl so.« Sie blickt den Marshal von der Seite an. »Aber sie glauben von sich nur, auf einer hohen Warte zu sitzen.«

Jesse wippt den Colt scheinbar unentschlossen in der Hand auf und nieder.

»Nevada«, dehnt er läppisch. »Ein Mann, von dem man in mindestens fünf Staaten denkt, er wäre ein Außenseiter der Gesellschaft. Und ein Mann, den Sullivan hängen will. – Ich verstehe dich nicht, Clem! Warum hast du Angst?« Gannon schüttelt sanft den Kopf.

»Es ist keine Angst, Jesse«, sagt er leise. »Bestimmt nicht.«

»Natürlich ist es die Angst. Du fürchtest, deshalb verfolgt zu werden. Was soll es denn sonst sein? Rede mir nicht ein, es gäbe so etwas wie ein Gewissen. Das sind alles nur Hirngespinste!«

»Ich hatte immer angenommen, auch du würdest ein Gewissen haben. Ist das nicht so, Jesse?«

»Es stimmt nicht. Ich habe so etwas nie gekannt. Und ich habe auch keine Angst. Irgendwann erwischt es jeden. Früher oder später. Wenn man Geld hat, kann man es vielleicht sehr lange hinauszögern. Man kann Leute um sich scharen, die schnell mit der Waffe bei der Hand sind. Und man kann die besten Ärzte bemühen, wenn es mal etwas anderes ist.«

»Dann geh mit dem Geld, Jesse«, wirft Clem hin. »Nimm dir ein Pferd und reite fort.«

Sullivan stellt sich langsam gerade. Ann schaut zu Clem. Ihre Augen sind groß und fragend.

»Du – du willst ihn wirklich damit reiten lassen, Clem?«

Gannon zuckt die Schultern.

»Wenn er glaubt, sein Glück hinge davon ab, soll er es tun.«

Jesse geht rückwärts zu den Pferden der Banditen. Er macht Skinners Tier frei und schwingt sich in den Sattel, der noch auf dem Rücken des Tieres liegt.

Jesse schnalzt mit der Zunge. Das Pferd unter seinem Sattel setzt sich in Bewegung. Er dreht sich und hält die Waffe noch immer schussbereit. Den Beutel hat er ans Sattelhorn gehängt.

Jesse reitet genau zehn Längen, dann hält er das Tier wieder an und dreht es zurück.

»Wollt ihr wirklich nicht mitkommen?«, fragt er. »Clem, du solltest es dir schnell noch einmal überlegen!«

»Nein, Jesse. Es bleibt wohl dabei.« »Aber wo wollt ihr denn hingehen? – Ihr habt doch nichts! – Ann, kannst du denn alles vergessen? – Ich meine...«

»Du reitest doch fort«, unterbricht sie ihn schroff. »Du bist es, der mir die Entscheidung abnimmt. Was erwartest du denn noch von mir?«

Jesse treibt das gedrehte Pferd wieder an und kommt den halben Weg zurück. Er leckt sich über die Lippen und blickt mit scheelen Augen auf den Beutel an seinem Sattelhorn.

»Ich verstehe das alles nicht«, dehnt er. »Wir können uns alles leisten, wovon wir immer geträumt haben. – Ann, eine Ranch im fernen Westen, sehr weit weg von hier! Davon hast auch du immer wieder gesprochen!«

»Mag sein, Jesse. Ich wollte auf eine andere Art dazu kommen. Das allein macht den Unterschied.«

»Du solltest jetzt wirklich reiten«, wirft Clem ein. »Bald wird es hell werden. Ann und ich, wir gehen auch fort. Vielleicht hat Sullivan jetzt gar nichts mehr dagegen. Aber er wird das Geld haben wollen. Er wird deine Spur suchen. – Reite, Jesse! Bis die Sonne aufgeht, bleiben wir hier bei ihm!«

Jesse schluckt heftig. Plötzlich löst er den Beutel vom Sattelhorn und wirft ihn mit einer weiten Handbewegung von sich.

Der Beutel landet genau vor Sullivans Füßen.

41

Ann atmet befreit auf. Die Anspannung fällt wie eine Last von ihr.

Sullivan bückt sich und hebt den Beutel auf. Er wiegt ihn in der Hand, dreht den Kopf leicht zur Seite und schaut Clem an.

»Du kannst sehr gut berechnen, Gannon«, meint er. »Aber das ist für mich nicht neu. Du hast schon mit Curley gezeigt, wie man einem anderen Menschen seinen Willen aufzwingen kann, ohne es zu sagen. Curley zog, ohne es zu wollen. Und Jesse gab eben den Beutel zurück – ebenfalls gegen seinen Willen und gegen seine innere Überzeugung.«

»Er hängt an seiner Schwester mehr als an dem Geld«, erwidert Clem. »Das ist der ganze Witz an der Sache. Mehr habe ich auch nicht berechnet.«

»Stimmt«, gibt Sullivan zu. »Und du glaubst, auch mich beeinflusst zu haben, wie?«

»Ich weiß nicht, was Sie damit andeuten wollen, Sullivan.«

Der Marshal lächelt plötzlich.

»Wir haben uns bestimmt verstanden, Gannon. Jesse hat mich bedroht – einen Marshal. Und du hast dich über Bestimmungen hinweggesetzt, die ich herausgab. Beides

Dinge, in denen ich keinen Spaß verstehe. Es hat sich mit der Vernichtung der Bande durchaus nichts geändert.«

»Ich fange an zu bereuen, dass ich nicht mit Jesse und dem Geld ritt«, wendet Ann ein. »Er hat wirklich kein Herz.« »Es scheint so«, gibt Clem zu. »Aber es scheint nur so. – Sullivan, ich habe alles vergessen.«

»Was, alles?«

»Alles. Curley, den ich erschoss – Morgan, der ebenfalls tot ist und auch, dass Sie ein Marshal sind. Ich weiß auch nicht mehr, was Morgan erzählte. Jesse und Ann werden sich auch nie mehr daran erinnern können.«

»Jeder macht irgendwann mal einen Fehler«, knurrt der Marshal. »Auch ich habe einen Fehler gemacht. Ich konnte nichts dafür. Alle waren der Meinung, er wäre der richtige Stonefield. Es wusste niemand, dass der Mörder noch einen Bruder hatte. Sie waren sich sehr ähnlich.«

»Yeah, ich glaube es«, nickt Clem. »Aber Sie fanden kein Verständnis. Und Sie wissen, dass Sie auch in Hot Springs kein Verständnis finden werden, wenn die alte Sache bekannt wird. – Aber wir gehen nicht nach Hot Springs, Sullivan. Wir wollen von hier aus durch die Black Hills nach Westen. Nehmen Sie sich ein Pferd. Sie werden ganz allein sein.« Sullivan blickt zu dem erloschenen Feuer hinüber, neben dem der bewusstlose Terhune liegt.

»Er wird auch nicht nach Hot Springs gehen«, dehnt Clem. »Was sollte er auch dort? Sicher geht er weit fort. Und vielleicht wird er besser, als er bis jetzt gewesen ist. Geben Sie ihm eine Chance. Es wird auch Ihre Chance sein.«

Sullivan kneift die Lippen fest aufeinander. Als sie wieder aufspringen, ist sein Gesicht hart und kantig.

»Nein«, sagt er scharf. »Er ist ein Verbrecher, der die Postkutsche überfallen hat. – Gannon, mit Ihnen wollte ich nur meinen Kopf durchsetzen. Mit ihm ist es anders. Er gehört vor den Richter!«

»Das müssen Sie mit sich selbst ausmachen, Sullivan.«

»Ich weiß. Aber ich weiß auch, dass man seinen Fehler irgendwann eingestehen muss. Es ist nicht damit getan, dass man ihn macht und fortreitet. Man muss auch einmal Farbe bekennen. – Jeder! Gannon, auch an dich wird die innere Unruhe herantreten.«

Clem schüttelt den Kopf.

»Ich habe nur getan, was ich musste. Billy war mein Bruder. Ich fühle keine Reue.«

Er wendet sich hart ab, geht zum erloschenen Feuer und hebt einen Sattel auf, den er zu den Pferden trägt. Er kommt noch einmal zurück und holt einen zweiten Sattel.

42

Clem und Ann sitzen auf den Pferden und schauen den Marshal an, der noch immer an der Wand lehnt. Der Beutel liegt vor Sullivan auf der Erde.

Plötzlich bewegt sich der Marshal. Er geht an den Pferden vorbei.

Clem dreht sich im Sattel. Er sieht, dass Terhune sich aufgerichtet hat. Als er ganz aufsteht, ist Sullivan schon neben ihm. Er hält die Handschellen vor, die Clem getragen hat.

»Steck sie hinein«, sagt er kalt.

Terhune weicht zurück.

Sullivan folgt ihm.

»Ich habe genau gehört, was Morgan sagte!«, presst der Bandit durch die Zähne. »Er hat das früher nie zu uns gesagt. Vielleicht wollte er es sich als eventuelles Druckmittel gegen dich aufheben! – Aber jetzt weiß ich es! – Sullivan, nimm die Dinger weg! Ich reite fort und will es vergessen.«

Sullivan streckt die Handschellen weiter vor.

»Steck sie hinein!«, schreit er.

Terhune will wieder zurückweichen. Da springt Sullivan vor. Die Handschellen schnappen um Terhunes Handgelenk ein.

Der Marshal zieht seinen Gefangenen zu den Pferden.

»Du wirst ein ungesatteltes Tier reiten müssen«, knurrt er.

»Ich werde es in Hot Springs laut hinausschreien!«, ruft Terhune schrill. »Hörst du, Sullivan? Ich werde es so laut rufen, dass es jeder hören kann! Sie werden dich aus der Stadt jagen wie einen Hund!«

Sullivan drängt den Verbrecher auf das Pferd. Er schlingt einen Riemen um den Hals des Tieres und bindet die Handschellen daran fest.

»Sullivan, du denkst wohl, ich bluffe nur?«, keift Terhune.

Der Marshal gibt keine Antwort. Er holt den letzten Sattel, der noch in der Nähe des erloschenen Feuers liegt. Diesen legt er auf den Rücken eines Postpferdes. Er steigt auf und nimmt die Zügel des anderen Pferdes.

»Reite!«, ruft er Terhune zu. »Reite nach Norden! Wir gehen nach Hot Springs.«

Clem trägt Sullivan den Beutel mit dem Geld hinüber. Er hängt ihn ans Sattelhorn,

Der Marshal schaut gar nicht hin. Er schlägt Terhunes Pferd auf die Hinterhand und treibt sein eigenes Tier durch ein Zungenschnalzen an.

Clem geht zu Ann zurück.

Jesse ist aus dem Sattel geglitten und stellt sich neben seine Halbschwester. Sie blicken alle drei dem eisernen Marshal nach, der langsam aus dem Bergkessel reitet. Als er verschwunden ist, sagt Jesse:

»Ich fürchte, er wird ihn erschießen, sobald wir es nicht mehr hören können.«

»Nein«, sagt Clem. »Er wird Terhune nach Hot Springs bringen. Er will jetzt seinen eigenen Schatten überspringen, der für ihn zu lang geworden ist. Er ist noch härter, als ich dachte.«

»Und doch kommt es nicht von innen heraus«, wendet Ann ein. »Er ist nur so, weil er so sein will. Aber jeder muss wohl auf seine Art mit sich selbst und seinem Schicksal fertig werden.«

Sie schweigen eine Weile.

»Eines verstehe ich nicht«, meint Jesse dann. »Wenn er es sowieso darauf ankommen lassen will, warum ließ er uns dann zurück? Deinetwegen zumindest hat er sich doch den weiten Weg gemacht.« »Mit mir wollte er nur etwas demonstrieren, Jesse. Das gab er vorhin selbst zu. Er hat diesen Plan aufgegeben. Er muss eingesehen haben, dass er den größeren Fehler von uns beiden machte. Und er will ihn nun nicht mehr vertuschen. Das hat seine ganze Person verändert.« »Ich muss mich korrigieren«, mischt sich

Ann ein. »Er kann wohl doch gerecht sein, wenn er nur will.«

»Reiten wir«, brummt Jesse. »Verdammt, warum nahmen wir nur die Bucks nicht? Was geht uns dieser Marshal denn schon an?«

»Höre auf, Jesse«, brummt Ann. »Ich kann das schon gar nicht mehr hören.« »Einmal wird auch er anders denken«, sagt Clem überzeugt und treibt sein Pferd vorwärts. »Er muss nur erst merken, dass es die Guten sind, die nicht jung sterben. Alle seine Vorstellungen sind verdreht. Komm, Jesse – nach Westen!«

ENDE

3. Bütten-Rede in Blei

1

Die fünf Reiter parierten die Pferde, als der Canyon vor der senkrechten Felswand endete.

»Verdammt und zugenäht!«, schimpfte Guy Hengston, der grobschlächtige Anführer der wilden Horde.

»Wir müssen umkehren.« Einer der Komplizen wendete sein Pferd zurück. »Kennt sich denn keiner aus?«, murrte Froggy, ein junger, wilder Bursche.

Der Anführer zog den Hengst scharf herum und gab ihm die Sporen. Das Pferd wieherte und stob durch den Canyon wieder zurück. Die Komplizen folgten.

Sie mochten zwanzig Minuten geritten sein, als sie voraus auf einer Bergschulter zwei Männer entdeckten, die sich hinter das karge Gestrüpp zu ducken versuchten. Das Unterfangen war freilich aussichtslos, zumal sich das Sonnenlicht auf dem Stern an der Brust des einem wie in einem Spiegel brach.

»Achtung, der Marshal und sein Kopfgeldjäger!«, brüllte Hengston, riss das stämmige Pferd zurück und war schon aus dem Sattel, als der erste Schuss fiel.

Die Kumpane brüllten sich gegenseitig Warnungen zu und warfen die Pferde herum. Zugleich zogen sie jedoch die Colts und schossen wild um sich.

Hengston hatte das Gewehr in den Händen. Er lag auf der Schulter, zielte und drückte ab.

Der Mann mit dem Stern stieß einen Schrei aus und brach zusammen.

Die Komplizen von Guy kehrten wild feuernd zurück. Der Bandenführer lief die Schlucht hinunter. Sein Hengst stand nur hundert Yards entfernt mitten auf dem Weg. Er jumpte in den Sattel und trieb das Tier an.

»Die haben uns überholt, während wir nach Norden ritten«, erkannte Froggy. »Was ist, Guy, hast du einen erwischt?«

»Der kam nicht mehr dazu, die Birne einzuziehen.«

»Dann sollten wir die Pferde vielleicht ein bisschen schonen«, schlug einer der Banditen vor.

Hengston war anderer Meinung.

»Ich will raus aus Wyoming. Und ihr solltet das auch, damit wir mit dem Zaster auch was anfangen können.« Er schlug gegen die abgeschabte Tasche an seinem Sattel und lachte schallend.

»Siebzehntausend Dollar.« Froggy verdrehte selig die Augen. »Wann krieg ich meinen Anteil, Guy?«

»Sobald wir über die Grenze sind.«

2

James Wilde hockte in der untersten Astgabel einer Blutbuche und beobachtete die beiden Braunbären, die tollpatschig durch das Sagegestrüpp im Bergtal streiften.

Eine aufgeschreckte Antilope floh durch das aufspritzende Wasser im Creek und jagte in langen Sprüngen in den dunklen Wald am westlichen Hang.

Verdutzt schauten die Bären hinterdrein und rührten sich nicht vom Fleck.

»Nun kommt doch endlich näher«, murmelte James. Er war ein großer, sehniger und doch breitschultriger Mann von neunundzwanzig Jahren. Weißblondes Haar fiel unter seinem hellen, flachen Hut hervor. Aus stahlblauen Augen beobachtete er die Bären, während sich seine Hand fest um den Kolbenhals des Gewehres schloss.

In diesem Augenblick fiel auf der anderen Hangseite ein Schuss, der durch das Bergtal wummerte und die beiden Braunbären augenblicklich zur Flucht veranlasste.

Das Buschwerk schlug hinter den zottigen Raubtieren zusammen.

Im Wald entlud sich das Gewehr noch zweimal kurz hintereinander, was James verriet, dass der Versuch des Jägers, die Antilope zu erlegen, nicht von Erfolg gekrönt war.

Er sprang aus der Astgabel, erklomm den Osthang und fand seinen Fuchshengst noch da, wo er ihn zurückließ. James saß auf und ritt die Schneise hinab. Geröll, vom letzten Schmelzwasser zurückgelassen, löste sich unter den Hufen und polterte vor dem Fuchshengst her.

Schon fast unten angelangt, hörte James, wie ein Gewehr mit einem scharfen Schnappen repetiert wurde. Er zügelte den Hengst und rief: »Sei so nett und verwechsle mich nicht mit der Antilope, Jolan!«

»Teufel noch eins, woher weißt du das schon wieder?«, schallte es herauf.

James ritt weiter. Sein Partner Jolan Cobb wartete im Canyon. Er war groß und hager, siebenundzwanzig, hatte mattschwarzes Haar, dunkle Augen und ein Oberlippenbärtchen.

»Sie war ein bisschen weit weg«, brummte Jolan, unzufrieden über den Fehlschlag.

»Du hättest besser das Blei gespart.«

»Plagt dich plötzlich der Geiz?« Jolan schob die Winchester in den Sattelschuh.

»Ich denke dabei nur an zwei Braunbären, die durch die Büsche watschelten und sicher an den Creek gekommen wären. Die liefen natürlich schnurstracks davon, als du im Wald rumgeballert hast.«

James lenkte das Pferd nach Osten und folgte der Schlucht aufwärts.

»Nun sei nur nicht gleich sauer, zum Satan, das konnte ich doch nicht riechen«, maulte Jolan.

Er schaute auf James' ehemals sandfarbenes Hemd und die verwaschene Levishose. Seine eigene Kleidung ähnelte der des Partners wie ein alter Pantoffel dem anderen.

Der Canyon führte in ein langes Tal, in dem Bäume vom glasklaren Wildwasser bis hinauf zu den Gipfeln der Hänge standen. Sattgrünes Buschwerk folgte dem Bach und breitete sich überall da aus, wo keine Bäume standen. Am Bach duckte sich ein Blockhaus unter weitästige Douglasfichten. Links davon stand der kleine Korral für ihre Pferde, daneben der Verschlag, in dem sie bis zum letzten Herbst eine Ziege und ein paar Schweine gehalten hatten.

James zügelte sein Pferd und blickte sichernd umher.

Jolan war schon etwas weiter.

»Warte!«, stieß James hervor.

»Was hast du denn?« Jolan parierte den Grauen und schaute über die Schulter. Die gefurchte Stirn des Partners veranlasste ihn jedoch, schleunigst wieder auf das Blockhaus und den Korral zu schauen.

»Hast du nach dem Kaffeekochen noch mal Holz aufgelegt, Jolan?«, fragte James leise und ohne die Hütte unter den hohen, dunkelgrünen Nadelbäumen aus den Augen zu lassen.

»Nein, dafür hack ich das Zeug nicht gern genug«, brummte Jolan.

»Dann muss jemand anders das Feuer wieder entfacht haben.«

Aus zusammengekniffenen Augen spähte Jolan Cobb auf den Kamin, doch es dauerte eine Weile, bis ihm der mehr als dürftige Rauch auffiel, der in die Bäume stieg.

Tür und Fenster waren geschlossen, das Tor des leeren Korrals eingehängt. Alles sah noch so aus, wie sie es vor einigen Stunden verlassen hatten.

»Vielleicht hab ich ein bisschen viel aufgelegt«, sagte Jolan.

»Das wäre auch längst niedergebrannt. Erschrick nicht, ich jage ’ne Kugel über das Dach. Wenn jemand drin ist, wird er sicher reagieren.« James zog die Winchester aus dem Scabbard und repetierte sie mit einem Schlenker des Unterarms. Der Verschluss schnappte auf und wieder zu und transportierte eine Patrone ins Röhrenmagazin. Er hob die Waffe an und feuerte. Die Kugel kratzte über das Blockhausdach und traf dumpf pochend die linke Douglasfichte.

Im Hangwald hinter der Hütte wieherten Pferde.

»Scheint ja ’ne ganze Horde zu sein!«, rief Jolan.

Tür und Fenster der Hütte flogen auf. Gewehrläufe reckten sich heraus.

»Weg hier, das sind zu viele für uns!« Jolan riss das Pferd scharf herum, gab ihm die Sporen und warf sich auf den Hals des Grauen.

»Manche hören das Gras wachsen«, schimpfte eine barsche Stimme. Dann dröhnten die Gewehre.

James sprengte schon zwischen die schützenden Bäume östlich des Wildwassers. Projektile pfiffen an ihm vorbei. Er sah, wie Jolan aus dem Sattel sprang und den Grauen laufen ließ. Der Partner stolperte und rollte ins prasselnde Dickicht.

»Beinahe hätt ich mir sämtliche Knochen gebrochen«, rief Jolan in den Lärm der peitschenden Schüsse.

James fetzte ein Geschoss den fadenscheinigen Ärmel auf, was ihn dazu brachte, ebenfalls einfach abzuspringen. Er landete in einem sattgrünen Busch wie in einem Fangnetz.

Geduckt liefen sie zurück, bis sie das leise Rauschen des Wassers vor sich hörten und das spitze Blockhausdach über den Büschen sehen konnten. Die Bäume davor ächzten unter den dumpfen Einschlägen der Kugeln. Rinde wurde abgerissen und wirbelte ins Buschwerk. Eine immer dichter werdende Wolke verbrannten Schwarzpulvers hüllte die Hütte ein.

»Was schätzt du, wie viele es sind, James?«

»Nach dem Klang der Gewehre zu urteilen – fünf.« James zielte durch das Dickicht aufs offene Fenster, wo er eine Gestalt sah.

Doch als er abdrückte, bewegte sich der Mann und entging der Kugel, die in den Fensterrahmen schrammte.

»Sei vorsichtig, wir haben nur die eine Hütte«, knurrte Jolan finster.

Das Knattern nahm sofort wieder erheblich zu. Die Freunde mussten die Köpfe einziehen. Äste wurden losgerissen und taumelten in der Luft, bevor sie im Gras landeten.

»Ich versuch's vom Korral aus«, sagte James, als das Schießen endlich nachließ. »Gib mir Feuerschutz.«

»Ich find es wahnwitzig, mit Kugeln die eigene Hütte in Fetzen zu schießen!«, protestierte Jolan.

»Ich auch. Mir fällt nur nichts Besseres ein«, gab James lapidar zurück. »Also los!« Er sprang auf und hetzte los.

Jolan feuerte unablässig auf die Hüte. Glas splitterte.

»Auch das noch«, jammerte Jolan.

James warf sich am Korral ins Gras und eröffnete ebenfalls das Feuer auf die Hütte. Eine Gestalt taumelte aus der offenstehenden Tür und brach zusammen.

»Jetzt machen wir sie fertig!«, brüllte Jolan.

James kniete, um besser zielen zu können. Dabei schob er sich nach jedem Schuss ein Stück weiter nach vorn.

Jolan hastete durch das Dickicht und warf sich hinter eine Kiefer.

James erreichte die Korralecke. Sie hatten die durch den Tod des Kumpans verunsicherten, ungebetenen Gäste in der Zange und gedachten die Überlegenheit zu nutzen.

Doch dazu kam es nicht mehr. Die ohnedies durch das plötzliche Auftauchen der Hüttenbesitzer überraschten Banditen setzten sich durch die Hintertür ab. Die Freunde hörten den aufklingenden Hufschlag, der sich rasch hangaufwärts entfernte.

Jolan rannte durch den Bach und feuerte blindlings in den Wald auf dem Westhang.

James sprang über das Gewässer und wälzte die auf dem Gesicht liegende Gestalt herum. Er sah in ein verzerrtes, starres Gesicht mit gebrochenen Augen und schmutzverklebten Bartstoppeln, das ihm völlig unbekannt war.

In der Hütte sah es wüst aus. Geschosshülsen und die Scherben von Geschirr bedeckten den Boden. Alle Lebensmittel, soweit nicht verzehrt, lagen herum. Ein Messer steckte in der Tischplatte. Der penetrante Gestank des verbrannten Pulvers erfüllte die Räume. Auf dem Herd siedete Wasser und kokelte eine Kartoffel, die einer der Eindringlinge achtlos auf die Platte gelegt haben musste.

James zog das Messer aus dem Tisch, schob die schwarze Kartoffel von der Ofenplatte und den Wassertopf an den Rand.

»Hat hier der Blitz eingeschlagen?«, fragte Jolan in der Tür. Er durchsuchte die drei Räume des Blockhauses. »Offenbar haben sie nichts mitgehen lassen, diese Höllenhunde.«

James holte einen Spaten aus dem Anbau.

»Was hast du jetzt vor?«

»Der Tote muss auf jeden Fall weg, bevor er uns Wölfe ins Tal lockt.«

Jolan entschloss sich, wenn auch unter Protest, zur Mithilfe. Sie schleppten den Toten fünfzig Yards von der Hütte weg und hoben im Dickicht ein Grab aus.

»Mach langsam, da ist schon wieder jemand.«

Jolan ließ die Schaufel los und zog den Colt.

Das leise Brechen von Ästen drang den Hang im Osten herab. Ein Reiter erreichte den Saum des Gehölzes und parierte das Pferd. Es war ein großer, breitschultriger, finster wirkender Mann, der einen ramponierten schwarzen Lederanzug trug und den ebenfalls schwarzen Hut tief in die Stirn gezogen hatte.

Der Fremde schaute einen Augenblick herüber, dann trieb er das Pferd an und näherte sich. Jolan spannte den Hammer des Colts.

James drückte ihm den Arm herunter.

»So empfängt man einen Reiter nicht, Jolan!«

»Wenn er einem nicht gefällt, besser doch«, zischte Jolan durch die Zähne.

»Hallo, ich bin Ol Ronson, der Marshal aus Kalesch«. Der Fremde zügelte das große Pferd. Er verzog das harte Gesicht zu einem freundlichen Grinsen, aber in den bernsteinfarbenen Augen blieben Kälte und Wachsamkeit.

»Ein Marshal?« Jolans Stimme klang misstrauisch.

Der Mann griff in die Brusttasche und zeigte einen silbernen Stern.

Jolan schob den Revolver ins Holster.

»Kalesch, wo liegt denn das?«

»Am Osthang der Laramie Range.«

»Ziemlich weit weg, was?«

»Ja, es sind schon ein paar Meilen.«

Der Marshal saß ab. »Hundert oder ein paar mehr kommen zusammen. Aber es liegt noch in Wyoming, genauso wie dieses Tal.«

James berichtete mit wenigen Sätzen, was sich zugetragen hatte.

Der fremde Marshal nickte mehrmals.

»Gefährliche Banditen. Die haben in Kalesch die Bank ausgeplündert. Siebzehntausend Dollar Beute. Die müssen gewusst haben, dass es in der Nacht lohnt.«

»Was denn, die waren mit dem ganzen Zaster in unserer Hütte, haben 'nen Haufen Flurschaden angerichtet, alles weggefressen und keinen müden Cent hinterlassen?«

Der Marshal blickte in die Grube. »Das ist zu eurem Pech nicht der Anführer.«

»Wieso zu unserem Pech?«

Marshal Ronson zuckte mit den Schultern.

»Für den hier gibt's leider kein Kopfgeld. Aber der Anführer, ein gewisser Guy Hengston, ist immerhin zweihundert Dollar wert.«

»Sie sind ganz allein hinter der Bande her?«, fragte James ungläubig.

»Anfangs hatte ich ein Aufgebot. Doch am zweiten Tag kehrten die Männer um. Das ist fast immer so. – Könnt ihr zweihundert Dollar gebrauchen?«

»Dämliche Frage«, brummte Jolan.

»Dann schaufelt das Grab zu und lasst uns reiten. Der Anführer gehört euch, wenn wir die Bande schnappen. Die Prämie könnt ihr in der nächsten Stadt kassieren.«

»In jeder Stadt?« Jolan griff nach der Schaufel.

»In Wyoming natürlich nur.«

»Das genügt uns.« Jolan begann hastig zu schaufeln.

James stand dabei und betrachtete den fremden Mann, der Jolan von einer Sekunde zur anderen besser zu gefallen schien.

»James, such nach den Pferden!«, rief Jolan. »Die Banditen haben keinen großen Vorsprung. Die kaufen wir uns!«

»Wenn wir keine Zeit verlieren, sind sie morgen sicher schon wieder hier«, drängte auch der Marshal.

Jolan warf die Erde in das Loch.

James ging auf die Suche nach den Pferden. Als er mit den Tieren zurückkehrte, schaufelte Jolan noch mit dem gleichen, völlig ungewohnten Eifer. Der fremde Marshal half ihm dabei.

»Es ist also abgemacht, die Prämie für uns?«, fragte Jolan vorsorglich, als sie fertig waren und Ronson das Grab mit der Rückseite des Spatens festklopfte.

»Abgemacht, Ehrenwort.« Der Marshal gab Jolan die Hand darauf.

James verschloss die Türen der Hütte und die Holzläden vor den Fenstern.

»Sie sind da hinauf.« Jolan schwang sich in den Sattel und ritt voran, um dem Marshal den Fluchtweg der Banditen zu zeigen.

Ronson wartete, bis auch James im Sattel saß und mit ihm ritt.

»Kennt ihr euch hier einigermaßen aus, Mister?«

»Wir leben schon einige Zeit hier«, gab James zurück.

»Na prächtig, Mister. Die Banditen irren wie blinde Kälber durch die Berge. Ich hatte sie sogar schon mal überholt, befand mich aber leider auf 'ner Bergschulter, als sie im Canyon von hinten kamen.«

»Mit anderen Worten, Sie hatten die Spur verloren«, entgegnete James.

»Mehr als einmal«, gab der Marshal freimütig zu. »Aber das wird euch ja sicher nicht passieren. Jäger, nicht wahr?«

James nickte.

»He, wo bleibt ihr denn?«, rief Jolan aus dem Hangwald.

Ronson setzte seinem Pferd die Sporen ein. »Kommen Sie, Mister! – Wie heißen Sie eigentlich?«

»James Wilde, Marshal. Und mein Partner ist Jolan Cobb.«

»Ich werd's mir merken. Für den Bericht. Tüchtige Helfer sollte man nie unterschlagen.«

Jolan wartete im Wald.

»Wenn wir die Bande schnappen, könnten Sie uns doch die Prämie eigentlich auch von der Beute geben, Marshal. Sie kriegen die Bucks doch wieder, wenn's damit so einfach ist, wie Sie erzählen.«

»Aber sicher«, erwiderte Ronson ohne Zögern. »Daran dachte ich nur nicht. Ihr kriegt die zweihundert Dollar, und den Toten nehm ich mit. – Quatsch, es genügt, wenn ihr mir bestätigt, dass er von uns erledigt wurde.«

»Na also, ist doch bestens. – Warum stecken Sie eigentlich ihren Stern nicht an?«

»Meinen Stern?« Ronson blickte irritiert auf seine ramponierte Lederjacke.

»Ja, Marshal. Sie schleppen ihn in der Tasche mit sich rum.«

»Stimmt. Wegen der Sonne. Sie bricht sich manchmal auf dem polierten Blech und macht mich regelrecht zur Zielscheibe.«

»Da es bald dämmern dürfte, besteht die Gefahr jetzt aber nicht.«

Prompt zog Ronson den Stern aus der Tasche und heftete ihn an die Lederjacke. »Zufrieden?«

»Sieht besser aus.« Jolan grinste. Er lenkte das Pferd hangaufwärts. »Hier geht's lang.«

Das Schnauben eines Pferdes drang aus dem Halbdunkel.

»Halt!« Ronson riss das Gewehr aus dem Scabbard.

Ein gesatteltes, reiterloses Pferd tauchte unter den Ästen auf.

Ronson atmete scharf aus und ließ die Waffe sinken.

»Sie sind schreckhaft, Marshal«, stellte James fest.

»Ist das ein Wunder? Ich bin seit drei Tagen nahezu pausenlos im Sattel, Mister.« Ronson ritt auf das Pferd zu und durchsuchte die Satteltaschen. »Der Gaul gehört euch auch.«

»Dann wollen wir ihn festbinden.« Jolan ritt hinüber. »Was gefunden?«

»Nein. Aber es hätt ja sein können, dass sie das falsche Pferd zurücklassen.«

3

Drei der vier Banditen lagen zwischen den Büschen am Ende der Mesa. Der junge Froggy kauerte bei den Pferden, deren Zügel sie zusammengebunden hatten. Froggy blickte nach Süden, woher sie vor einer Stunde kamen. Aber auch er schlief halb, hörte keine Geräusche und sah nichts in der Nachtschwärze.

Eins der Pferde schnaubte leise.

Froggy schreckte hoch und taumelte benommen gegen das nächststehende Tier.

Die anderen bemerkten nichts.

Aber der Junge war plötzlich hellwach, als wäre es ihm gelungen, die Strapazen der tagelangen Flucht in so kurzer

Zeit zu überwinden. Er starrte nach Süden. Dort flammte Lichtschein auf. Froggy lief es eiskalt über den Rücken.

»Guy!«, stieß der junge Halunke viel zu laut hervor. »Da vorn müssen die Hundesöhne sein!«

Froggy riss den Colt heraus und feuerte dahin, wo das Schwefelholz aufgeflammt war.

Seine Kumpane sprangen wie von Taranteln gestochen auf. Die Pferde wieherten.

»Was ist denn?«, schrie einer entgeistert.

Mündungsflammen durchbrachen das Dunkel.

»Das sind mindestens drei!« Froggy schoss zurück.

Hengston reagierte am schnellsten, zerschnitt kurzerhand den Knoten der Zügel und jumpte in den Sattel.

Die Tiere liefen auseinander. Ein Bandit stöhnte und brach zusammen.

Froggy jagte den letzten Schuss aus dem Colt, lief den Pferden nach und sprang auf.

»Wartet doch!«, brüllte der letzte Kumpan, der durch das Dunkel rannte und kein Pferd sehen konnte.

Der Bandenführer und Froggy donnerten schon den Hang hinunter.

Von der anderen Seite stürmten die Verfolger heran. Der Bandit schoss verzweifelt die Trommel des Revolvers leer und hastete dabei weiter durch die Nacht.

Marshal Ol Ronson sprengte vor den beiden Jägern heran, sah die rennende Gestalt, die vor ihm die Flucht ergriff, zügelte sein stämmiges Pferd und feuerte aus dem Gewehr.

Der Bandit strauchelte. Ronson repetierte das Gewehr und schoss erneut. Der Bandit stürzte auf die Knie und wurde von der dritten Kugel vornüber geworfen.

James zügelte sein Pferd neben dem Marshal, als der noch einmal abdrückte, obwohl sich der Mann am Boden schon nicht mehr bewegte. Im Widerschein der Mündungsflamme wirkte das Gesicht Ronsons geradezu hassverzerrt.

Der Marshal ließ die Waffe sinken und schaute herüber.

»Ist was, Mister Wilde«, stieß er barsch hervor.

»Sie haben ihn regelrecht hingerichtet.«

»Na und? Die Hundesöhne haben den Clerk der Bank von Kalesch mit Kugeln durchsiebt, weil er zwischen ihnen und der Beute stand. Ein Familienvater, Mister Wilde!«

»Trotzdem«, wandte Jolan ein, der abstieg und sich den beiden Toten näherte, die sie nur sehr undeutlich sahen.

Der Hufschlag zweier Pferde hallte noch zur Mesa herauf.

»Beide tot.« Jolan durchsuchte die reglosen Gestalten. »Doch nichts Nennenswertes in den Taschen.«

»Wir müssen die Pferde suchen«, sagte Ronson. »Vielleicht ist der Gaul dabei, der die Beute am Sattel hängen hat.«

James schaute immer noch auf den großen Gesetzesvertreter, der so gnadenlos schoss. Obwohl er das kantige Gesicht nur noch als hellen Fleck sah, erkannte er das Funkeln in den Augen.

»Das passt Ihnen nicht, wie, Wilde?« Ronson schien hart zu grinsen. »Ich erspar mir damit die Mühe, Gefangene mehr als hundert Meilen nach Süden schleifen zu müssen und vielleicht einige Dutzend Mal in die Gefahr zu geraten, umgebracht zu werden.«

»So hab ich mir das schon gedacht«, gab James schleppend zurück.

»Gibt's daran was auszusetzen?«

James schenkte sich die Antwort, lenkte seinen Fuchshengst nach links und ritt in die Nacht, um nach den Pferden der beiden Toten zu suchen, die sich noch in der Nähe befinden mussten.

Der Hufschlag jener Tiere, von denen die Entflohenen nach Norden getragen wurden, war indes verklungen.

James ritt ohne Eile über die Mesa und achtete dabei auf jedes Geräusch, das aus dem Gestrüpp drang.

Jolan holte ihn ein. »Der ist eiskalt.«

James schaute den Partner an.

»Der wird auch uns aus dem Weg räumen, wenn's sein muss.«

»Komisch, was für Burschen manchmal den Stern tragen.«

James ritt weiter. »Ist der Anführer unter den Toten?«

»Das hab ich ihn eben auch gefragt, aber er sagte nein. Keine Sorge, den kriegen wir noch. Die zweihundert Bucks gehören uns.«

James hörte ein leises Schnauben, zog das Pferd herum und trieb es an. Die gesuchten Tiere standen nur wenige Yards entfernt im Dickicht und versuchten nicht, erneut die Flucht zu ergreifen.

Jolan ritt quer durch das Sagegestrüpp, sprang ab und durchsuchte die Satteltaschen, während James auf dem Fuchshengst sitzen blieb und sich eine Zigarette drehte.

»Nichts«, knurrte Jolan.

»Habt ihr sie?«, erklang es hinter ihnen.

»Sie stehen hier.« James rieb ein Schwefelholz auf der Platte des Sattelhorns an und hielt die Flamme an die Zigarette.

»Der Anführer konnte sich offensichtlich den richtigen Gaul greifen«, sagte Jolan enttäuscht.

»Kann dir doch gleich sein.« James paffte. »Für uns fällt doch nur die Kopfprämie für Guy Hengston ab.«

»Ich setze voraus, dass wir auch die Beute in die Hand bekommen!«

Ronson stieg aus dem Sattel. »Mal weg da, Mister.«

Jolan trat zur Seite.

»Wenn ich sage, da ist nichts, dann ist da nichts, zur Hölle!«

Ronson starrte ihn wütend an.

»Sie wollen doch nicht etwa bestimmen, was ich selbst kontrolliere und was nicht, he?«

James lächelte belustigt, weil es aussah, als wollte sich Jolan auf den recht merkwürdigen Marshal stürzen, aber doch nicht den Schneid besaß.

4

Am Ende des kargen Bergtales erhoben sich Tafelberge mit verwitterten Wänden, in denen im Sonnenlicht winzige Erzkristalle wie pures Silber glitzerten. Vor den Bergen lief noch etwas Wasser durch den Graben.

Die Pferde der beiden Banditen soffen das alkalihaltige Nass.

Froggy füllte die Flaschen.

»Es fließt nach Westen«, sagte der Bandenführer. Er hatte sich das Gesicht abgewaschen, um die bleierne Müdigkeit zu vertreiben.

»Na und?«

»Sagt dir das nichts? Wir befinden uns auf der Westseite der Bighorn Mountains.«

»Du meinst, wir sind vielleicht schon in Idaho?«

»Jedenfalls nicht mehr weit davon entfernt.«

Froggy richtete sich auf und verkorkte die Flaschen.

»Ob die das interessiert, Guy?«

Hengston fluchte, weil er wusste, dass es keine Rolle spielte. Er blickte über das Buschwerk am Fluss und sah im Osten vor den mehr als eine Meile entfernten Granitwänden Staub aufsteigen.

Der hartgesottene Bandenführer zog den Kopf zwischen die Schultern. Seine Müdigkeit verflog.

Froggy hängte die Flaschen ans Sattelhorn. Sein feines Gehör ließ ihn vernehmen, was Guy Hengston sah. Er wandte sich um.

Hengston schob das Dickicht im Arroyo gerade mit dem Gewehrlauf zur Seite.

Die drei Reiter näherten sich nebeneinander auf den Spuren, denen sie mühelos folgen konnten. Als der Mann in der Mitte sich im Sattel bewegte, flammte ein heller Strahl an seiner schwarzen Jacke auf.

»Der Marshal!«, stieß Froggy hervor.

»Quatsch, den hab ich doch abgeknallt.«

»Dann ist's eben ein anderer Marshal.«

»Wo soll der denn so plötzlich her kommen?« Hengston zog das Gewehr zurück, und das Dickicht schnellte zusammen.

»Das weiß ich doch nicht. Jedenfalls trägt der Reiter in der Mitte ’nen Stern.«

Hengston schob das Gestrüpp wieder auseinander. Froggy trat dicht an seine Seite und kniff die Augen zusammen, um die noch relativ weit entfernten Reiter besser sehen zu können. Das Blinken in der Sonne wiederholte sich noch mehrmals.

»Es ist der Kopfgeldjäger«, flüsterte Froggy, »der die ganze Zeit mit dem Marshal aus Kalesch ritt. Wegen der Bucks, die dein Kopf wert ist, Guy!«

»Die verfolgen uns doch nicht wegen lumpiger zweihundert Dollar, du Idiot!«

»Well, dann war’s dem Kopfgeldjäger vielleicht gerade recht, dass du den Marshal abserviert hast. Er hat sich Partner gesucht. Die wollen uns den Zaster abjagen und unter sich aufteilen.«

»Kann sein.« Hengston repetierte das Gewehr. »Aber so wie’s aussieht, treten sie in ein paar Minuten den Weg in die Hölle an. Die vermuten uns nämlich offenbar nicht mehr in diesem Tal.«

Froggy kehrte zu den Pferden zurück und zog sein Gewehr aus dem Scabbard, dann zielte er auf die Reiter.

»Abwarten!«, befahl Guy. »Zwei müssen mit absoluter Sicherheit beim ersten Knall über den Jordan gehen. – Richtig durchatmen, Froggy, das hilft!«

»Seltsam, bisher sind wir immerzu nur vor den Verfolgern abgehauen. Nun beten wir sie regelrecht heran.«

Eine Stechfliege summte über das Dickicht und landete im schweißverklebten Fell von Froggys Pferd. Das Tier schlug mit dem Schweif nach dem lästigen Insekt, traf es aber nicht. Hart schrammte ein Huf auf das Gestein am Graben.

Froggy wirbelte herum, sah die schillernde Fliege, rannte hinüber und vertrieb sie. Das Pferd schnaubte leise, als wollte es sich bedanken.

Froggy kehrte zu seinem Komplizen zurück.

»Ob die den Gaul hören konnten?«

»Ausgeschlossen.«

Froggy zielte wie Hengston auf die Reiter.

»Ich nehm den Kopfgeldjäger«, sagte Guy.

»Ich den Burschen links davon.«

»Wir warten aber noch ’nen Moment. Sie müssen noch näher kommen. Sorgfältig zielen, Froggy!«

»Jaja.« Froggy visierte den linken Reiter an und schob den Zeigefinger vor den Abzugshahn.

»Ich geb das Kommando.« Guy war aufgeregter, als er zugeben wollte.

»Es muss wie ein Schuss wirken.«

»In Ordnung, ich schieße erst, wenn du’s sagst, Guy«, versicherte der Junge. »Aber wahrscheinlich könnte ich den Narren jetzt schon aus dem Sattel blasen. Ich bin ganz ruhig.«

»Du wartest gefälligst die Zeit ab!«, zeterte Guy. Schweißperlen liefen ihm über die Stirn. »Verdammt, wieso hatten wir niemals zuvor ’ne so günstige Gelegenheit?«

Die Reiter zügelten unvermittelt die Pferde.

Hengstons Gewehrlauf sank etwas tiefer ins Buschwerk.

»Was ist jetzt?«

»Sie schauen herüber, Guy!«

»Das seh ich auch, Rindvieh!«, bellte der Anführer aufgebracht.

»Ob sie was ahnen?«

»Dann müssten es Hellseher sein.« Guy wischte sich den Schweiß mit dem Ärmel vom Gesicht. Das Gestrüpp raschelte, weil der Gewehrlauf durch das Geäst streifte.

»Hätten wir nur geschossen!«, wetterte Froggy. »Du bist schuld. Die könnten schon mausetot sein!«

»Verflucht, halt die Fresse!«, brüllte Guy unbeherrscht.

Zwei der Reiter sprengten nach rechts und links und gerieten in die Deckung des Buschwerks. Der dritte sprang aus dem Sattel und ging im Graben in Deckung.

»Irgendwas ist den Kerlen aufgefallen!« Froggy feuerte nun ohne Kommando. Doch es war zu spät. Das Projektil traf das Gestein vor dem Mann im Arroyo, prallte ab und zirpte als Querschläger durch das Tal. Das stämmige Pferd des Reiters stob davon. Eine Staubfahne wehte über die Büsche.

Rechts und links krachten die Gewehre der beiden Jäger. Kugeln pfiffen durch das Gestrüpp. Froggy wurde ein abgerissener Ast ins Gesicht geschleudert.

»So können wir gegen die Bastarde nichts erreichen.« Hengston erreichte sein Pferd mit sechs langen Sätzen, sprang in den Sattel, raffte den Zügel auf und trieb dem Tier die Sporen in die Flanken. Scharf wieherte die gequälte Kreatur und stob durch die Fontänen aufspritzenden Wassers den Arroyo hinauf.

Froggy wählte den Weg zwischen den Büschen, weil er dort schlechter gesehen werden konnte und entschieden schneller vorankommen musste.

Die Reiter näherten sich. Froggy lag auf dem Hals seines Tieres und setzte ihm mit Sporenstößen und Faustschlägen pausenlos zu. Schemenhaft sah er Guy im Creek, als er ihn diesseits der Büsche überholte. Kugeln pfiffen über Froggy hinweg.

Hengstons Pferd trat in ein Loch im Geröll. Der Huf verfing sich. Das Tier stürzte. Guy flog schreiend durch die Luft, überschlug sich und knallte auf das Gestein am Rand des Grabens.

Wasser schwappte aus der Rinne. Froggy sah es nicht mehr, weil ihn das Pferd bereits weitergetragen hatte.

Eine barsche Stimme gab einen Befehl. Das Knattern der Schüsse riss ab. Froggy schaute zurück und meinte, nicht mehr verfolgt zu werden. Er ließ das Pferd in unvermindertem Tempo weiterlaufen, im Augenblick heilfroh, seine Haut gerettet zu haben.

Die Reiter hielten rechts und links des Arroyo. Ronson stieg ab und trat der reglosen Gestalt am Grabenrand so heftig gegen die Schulter, dass sie steif auf die andere Seite rollte.

»Das ist Hengston.« Ronson beugte sich etwas hinunter. »Hat sich das Genick gebrochen.«

Vor dem Pferd begann sich das Wasser des Creeks bereits zu stauen, weil der Kadaver quer in dem nicht sehr breiten Bett lag.

Ronson stieg hinab und löste die Tasche vom Sattel. Er öffnete sie. Ein sattes Grinsen überzog sein Gesicht und strahlte diesmal auch aus den bernsteinfarbenen Augen. Er griff hinein, brachte eine Handvoll Silbermünzen zum Vorschein und ließ sie durch die Finger rieseln. Es klimperte, als sie wieder in der Tasche landeten.

»Wie viel?«, fragte Jolan.

» Siebzehntausend.«

»So viel war's mal, als die Halunken aus Ihrer Stadt verschwanden. Aber woher wollen Sie wissen...«

»Es fehlt nichts«, unterbrach Ronson den Jäger und verschloss die Tasche. »Die Bande hatte unterwegs keine Möglichkeit, auch nur einen Dollar zu verbraten.«

»Wie schön für Sie«, sagte James.

Ronson zuckte herum. Jäh funkelten seine Augen.

»Was soll das heißen, Mister?«

»Ich meine nur, es ist doch schön für Sie, dass Sie 'nen so großartigen Erfolg melden können und auch noch das Geld bis auf den letzten Cent zurückbringen. Das schafft bestimmt nur ganz selten ein Marshal.«

»Gut möglich.« Ronson blickte auf die träge über den Arroyo ziehende Staubfahne. »Den letzten kaufen wir uns auch noch.«

»Ich denke, das schaffen Sie locker allein«, erwiderte James.

»Stimmt.« Ronson kehrte zu den Pferden zurück.

»He, Marshal, 'nen Augenblick!«, rief Jolan. »Sie haben was vergessen.«

»Was?«

»Die zweihundert Bucks auszuspucken.«

Ronson kehrte bis an den Graben zurück und schaute wieder auf den Toten. »Ich brauch dafür 'ne Quittung.«

»Wozu, Sie haben doch den Toten.« Jolan grinste freundlich. »Nehmen Sie ihn mit, wenn Ihnen die Leute in Kalesch anders nicht glauben.«

Ronson fluchte.

Jolan durchquerte den Creek und winkte mit den Fingern der ausgestreckten Hand.

»Bilden Sie sich wirklich ein, wir sind so vergesslich? – Doch nicht mit Jolan Cobb, Mann!«

»Ich will euch doch nicht prellen, verdammt. Aber ich brauch 'ne Quittung! – Hab ich das nicht schon gesagt?«

»Doch«, gab James zu. »Kommen Sie auf dem Rückweg bei uns vorbei, dann können Sie den Zettel mitnehmen.«

»In Ordnung, wir erledigen das später.«

Ronson hängte die Tasche an seinen Sattel.

Jolan griff nach dem Kopfgeschirr als sich der Mann in den Sattel schwang.

»Erst die Mäuse, dann wird die Fliege gemacht!«

Ronson wischte über den Stern an seiner schwarzen Lederjacke.

Jolan winkte ab.

»Nicht auf die Tour, Marshal.«

»Ihr könnt ihn ja auch in die nächste Stadt schaffen, dort kriegt ihr die Belohnung.«

»Wir hatten was anderes ausgemacht!«, beharrte Jolan.

James näherte sich mit der Hand auf dem Revolverkolben.

»Ich krieg langsam aber sicher den Eindruck, der Marshal will uns übervorteilen«, brummte Jolan.

»Ich auch«, sagte James. Er stand so weit entfernt, um ziehen und auf den Marshal zielen zu können und so nahe, dass er unter gar keinen Umständen danebenschießen würde.

»Ich brauch trotzdem 'ne Quittung!«, knurrte Ronson.

»Der muss 'ne Walze von einem Orchestrion im Hals haben«, maulte Jolan.

»Und die hat 'nen Riss«, setzte James hinzu. Sein Daumen schob sich auf den Hammer des Colts.

Ronson fluchte, öffnete die Tasche und griff hinein. Er zählte Münzen von einer Hand in die andere und streckte den Arm zur Seite.

»Wenn Sie es fallen lassen, heben Sie es selbst wieder auf!«, herrschte James ihn an.

Die Hand des Marshals blieb geschlossen.

»Da sind wir verdammt eitel«, murmelte Jolan, trat einen Schritt weiter auf den Mashal zu, zog den Hut und hielt ihn unter die geschlossene Faust des Mannes.

Die Silbermünzen fielen hinein.

»Na also, warum nicht gleich.« Jolan trat zurück. »Wir wünschen einen guten Ritt.«

Ronson schaute noch auf James.

»Immer noch nicht zufrieden? Ihr könnt es ruhig nachzählen.«

»Wir glauben Ihnen ja, Marshal.«

»Was glotzen Sie mich dann so an, Mister?«

»Ich wundere mich nur, Marshal. Sie tun gerade so, als müssten Sie die Prämie aus der eigenen Tasche zahlen.«

»Ich hol mir die Quittung, sonst leg ich's am Ende wirklich aus meiner Tasche drauf.« Ronson trieb das Pferd an.

Jolan steckte das Geld ein.

»Zweihundert Dollar in einer Nacht. So einer müsste jeden Monat mal aufkreuzen.«

»Dazu zwei Pferde mit Sätteln«, setzte James hinzu. »Die bringen uns glatt noch mal die gleiche Summe.«

»Himmel, die hätt ich vergessen!« Jolan stülpte den Hut auf.

James schwang sich in den Sattel und ritt durch das langgestreckte Bergtal zurück.

Jolan holte ihn schon nach zweihundert Yards ein.

»Wir reiten in die Stadt und gießen ordentlich einen auf die Lampe. Die Mädchen in Buffalo werden Bauklötze staunen, wenn sie die vielen Dollars sehen, was?«

»Vorher warten wir auf den Marshal, damit er seine Quittung kriegt.«

5

»Der kommt nicht mehr.« Jolan wandte sich vom Fenster ab und kehrte an den Tisch zurück.

James saß mit weit ausgestreckten Beinen an der Breitseite des primitiven Möbels, rauchte und blickte durch das zerschossene Fenster ins grüne Tal hinaus.

Am Bach putzten sich zwei Präriehunde, verschwanden jedoch plötzlich im Gestrüpp.

»Schon zwei Tage«, knurrte Jolan. »Ob er gegen den letzten Banditen den Kürzeren zog?«

James drückte die Kippe im Aschenbecher aus.

»Vielleicht hätten wir ihn weiter begleiten sollen.« Er griff nach dem Gewehr, das an der Wand lehnte.

»Was ist denn mit dir?«

»Ich glaub, wir kriegen Besuch.« James stand auf.

Jolan stand mit einem Sprung am Fenster.

»Hörst du das Gras wachsen, oder was ist in dich gefahren?«

»Die Präriehunde putzen sich morgens in der Regel 'ne halbe Stunde am Bach. Heute sind sie schon nach wenigen Minuten geradezu fluchtartig verschwunden.« James schob die Tür zu und öffnete die kleine Schießscharte.

Der Reiter kam von Westen. Sie hörten ihn nur wenige Minuten früher, als er auftauchte.

»Der Marshal«, sagte Jolan. »Ist ja nicht zu fassen, er lebt doch noch.«

James schloss die Klappe und öffnete die Tür.

Ronson ritt zum Blockhaus herunter. Die Erfolglosigkeit seines Rittes war dem mürrischen Gesicht mühelos anzusehen.

James nahm das Gewehr am Lauf und schwang sich den Kolben über die Schulter.

»Die Quittung, Jolan.«

»Hab ich schon.« Jolan trat aus der Hütte. »Hallo, Marshal, wir haben gerade von Ihnen gesprochen.«

Ronson zügelte das Pferd.

»Ich hab die Fährte verloren und nicht mehr finden können. Verdammt, ich habe die Hundesöhne tagelang verfolgen können. Und nun...« Fluchend saß der Mann ab.

Jolan gab ihm die Quittung und hielt das Pferd.

»Wenn wir das geahnt hätten, wären wir freilich weiter mit Ihnen geritten.«

»Bildet ihr euch ein, dort was zu finden, wo ich nichts mehr sehe, zur Hölle?«

»Sicher nicht«, gab sich James versöhnlich.

»Der wird schnurstracks nach Westen sein«, mutmaßte Jolan, »dem hat sicher die Angst wie eine kalte Faust im Genick gesessen.«

»Das nehm' ich auch an. Aber ich wollte es genau wissen.«

Jolan führte das Pferd an den Bach, ließ es saufen und kehrte zurück.

»Kommen Sie doch rein, wir sind gerade beim Frühstück.« James winkte zum Blockhaus.

»Nein, ich reite weiter. Packen Sie mir was ein. Aber schnell.«

James ging hinein.

Ronson blickte durch das unübersichtliche Tal.

»Ja, er wird abgehauen sein, so schnell sein Gaul noch laufen konnte. Und heilfroh, wenigstens die nackte Haut gerettet zu haben.«

Jolan setzte sich auf die Bank vor der Hütte.

James brachte einen Proviantpacken, ging zum Bach hinunter und stopfte ihn in Ronsons zweite Satteltasche. Er füllte die beiden Flaschen des Marshals mit dem glasklaren Wasser und hängte sie ans Sattelhorn zurück.

Ronson stand ein paar Schritte entfernt, bedankte sich knurrig und zog das im Bach stehende Pferd ans Ufer. »Ihr habt den Toten einfach da oben liegenlassen.«

James nickte. »Für Sie, Marshal, falls Sie es sich anders überlegen.«

»Was anders?«

»Es konnte ja sein, Sie wollten ihn doch mitnehmen. Eine Quittung kann schließlich jeder schreiben. Ihre Echtheit nachzuprüfen, halte ich für unmöglich.«

»Wollen Sie mich auf den Arm nehmen?«

Jolan näherte sich von der Hütte. »Fängt er wieder Zoff an?«

»Ich weiß noch nicht genau.« James grinste.

Ronson stieg grimmig fluchend auf und trieb das stämmige Pferd an.

6

»Noch ’ne... ’ne Run... Runde, Keeper«, lallte Jolan, der sich mit einer Hand krampfhaft an der schwarzhaarigen Schönen festhielt, die die Gelegenheit nutzte, ihm klammheimlich ’nen Dollar aus der Tasche zu grabschen.

James stand an der schmalen Seite des Tresens und sah es, aber er hatte keine Lust, sich einzumischen.

»Du bist stinkbesoffen«, sagte der Wirt. »Wird Zeit für dich, wieder in die Berge zu reiten.«

»Will... willst du Är...ger?« Jolan ließ das Mädchen los, schlitterte am Schanktisch entlang und stürzte auf die Dielen.

James stand unbeteiligt dabei und trank den lauen Rest Whisky.

»Na, der hat den Kanal wirklich voll!«, rief das Mädchen, als wär ihm die Erkenntnis erst eben gekommen. Es beugte sich hinunter und rüttelte den nach Fusel stinkenden Jäger. »Jolan, Amigo, was ist denn los?«

James stellte das leere Glas ab und warf zwei Münzen daneben.

»Ich krieg noch einen.«

Der Keeper schenkte nach.

James beobachtete das Mädchen aus den Augenwinkeln. Es besaß unwahrscheinlich flotte Finger. Aber es musste in Jolans Tasche greifen, wenn es an sein Geld kommen wollte und das konnte nicht völlig unbemerkt abgehen.

Als die Hand wieder auftauchte, klopfte James der Saloonschönen auf das Handgelenk.

Kitty stieß einen spitzen Schrei aus. Der Schmerz öffnete ihre zurückgestoßene Hand, und die Münzen flogen bis an den Tresen und unter den nächsten Tisch. Eine lag genau im Blickfeld des Keepers.

»Sie ist unwahrscheinlich zielstrebig und schnell.« James griff nach dem Glas und trank einen Schluck.

Das Mädchen kauerte noch am Boden und starrte mit offenem Mund nach oben.

»Ja.« Der Keeper nickte. »Mach die Klappe zu, Kitty, du willst doch nicht nach Fliegen schnappen. – Soll ich den Marshal rufen, Mister Wilde?«

»Sie soll das Geld einsammeln, auf den Tresen legen und dann zusehen, dass ich von ihrem Anblick befreit werde.«

Das Mädchen beeilte sich, dem Verlangen nachzukommen.

»Verschwinde!«, stieß der Wirt scharf hervor. »Und dank deinem Schöpfer, dass Mister Wilde so ein netter Mensch ist.«

Kitty lief zur Treppe.

James schob dem Keeper einen Dollar zu.

Der fette Mann zuckte mit den Schultern.

»Ich kann mir die Mädchen nicht aussuchen, Mister Wilde. Muss nehmen, was kommt. Geschieht ohnehin selten genug, dass sich eins der Flittchen hierherauf verirrt.«

»Schon gut.« James schob das Geld in die Hosentasche.

»Ich sag dem Stallmann, dass er die Pferde herschaffen soll, Mister Wilde.« Der Wirt wieselte um den Tresen und stürzte förmlich aus seinem Saloon.

James stieß Jolan unsanft gegen den Oberarm.

»He, steh auf, es wird Zeit für uns.«

Jolan stammelte etwas Unverständliches, vermochte aber offenbar die Augen nicht mehr zu öffnen.«

»Stallmann, die Pferde der Jäger!«, rief der Salooner draußen.

James schleifte seinen Partner an einem Fuß auf die Veranda. Es war schon spät und überall in der Stadt dunkel.

»Der Stallmann pennt.« Der Wirt verschwand in dem langen Gebäude schräg gegenüber und kehrte bald selbst mit den Pferden zurück.

James warf Jolan quer über den Sattel und stieg auf.

»Wollen Sie ihn so in die Berge bringen, Mister Wilde?«

»Wie sonst.« James trieb die Pferde an und ritt die Straße hinunter.

7

Hohes Büffelgras bedeckte die Talsenke und den Hügel westlich der Stadt. Als James über die Bodenwelle ritt, konnte er im Tal den Creek und dahinter den steil ansteigenden Hangwald sehen. Aber so nahe die Berge auch waren, es würde schon längst hell sein, wenn sie ihr Blockhaus erreichten.

James ritt in den Creek, der fünf Yards breit und zwei Fuß tief war. Er zügelte die Pferde und schaute auf Jolan, der steinerweichend stöhnte.

»Wie geht's dir?« James grinste.

»Fürchterlich«, jammerte Jolan. »Mein Schädel wird gleich platzen!«

»Dir ist nur das Blut zu Kopf gestiegen. – Ich halte jede Wette, das ist in einer Minute besser.« James zog Jolan am Kragen hoch.

»Hilfe, mir schnürt einer die Luft ab!«

James ließ nicht locker. Er zog den Partner noch höher und stieß ihn kraftvoll zurück. Jolan rutschte über den Sattel und landete klatschend im Wasser. Eine Fontäne spritzte über den Sattel. Das Pferd wieherte und trabte zum westlichen Ufer.

Jolans Kopf tauchte auf. Er schrie wie am Spieß. Er fischte nach seinem Hut, der abzutreiben drohte und stülpte ihn auf das nasse Haar. Die Kleidung klebte an seinem Körper, als er sich aufrichtete.

»Fühlst du dich besser?«

»Das war gemein!« Jolan schwankte noch und stürzte erneut in die Fluten.

James trieb den Fuchshengst an, ritt an dem Grauen vorbei, der am Ufer stand und entfernte sich vom Creek.

»Warte doch!« Jolan taumelte ans Ufer. Als er aufsteigen wollte, landete er im Ufersand und gab zeternd seinen Unmut über die Ungerechtigkeit der Welt von sich.

James störte das nicht. Er ritt ohne Eile dem dunklen Wald am Hang entgegen.

Jolan holte ihn erst im Canyon ein. Er fror so sehr, dass seine Zähne klapperten.

James grinste ihn an.

»Lauf doch ein Stück, dann wird dir warm.«

»Du benimmst dich überhaupt nicht wie ein Freund!«

»Und du hast den Whisky in dich reingegossen, als wär's der Letzte den's in Buffalo gibt.«

Jolan zügelte das Pferd und rutschte schimpfend aus dem Sattel.

James kümmerte sich nicht darum. Als er die Blockhütte erreichte, war die Sonne bereits aufgegangen. Dünne Nebelschwaden hingen über den Büschen und am Waldsaum.

Er ließ das Pferd gesattelt stehen, ging hinein, aß etwas und trank kalten Tee vom Vortag. Er wollte auf die Jagd gehen. Vielleicht kamen die Braunbären wieder an den Creek.

Jolan lag auf dem Hals seines Grauen, als er auftauchte. Das Pferd trug ihn bis zu dem Fuchshengst. Dort blieb es stehen. Jolan schlief, rutschte zur Seite und lag wieder auf dem Boden. Neuerlich erwacht hob er den Kopf.

James stand an der Tür.

»So oft wie in den letzten Stunden hab ich dich selten auf dem Boden gesehen. Hat das was zu bedeuten?«

Jolan schaffte es auf die Knie und griff haltsuchend nach dem Steigbügel.

»Ein feiner Freund bist du. Hast mir auch die Taschen ausgeräumt. Oder willst du etwa behaupten, ich hätte den ganzen Zaster versoffen?«

»Das hätte dich auf den Friedhof gebracht.« James zog die Münzen aus der Tasche und ließ sie vor dem Partner in den Sand rieseln.

Jolan sammelte sie ein.

»Die schöne Kitty hat nicht nur lange, sondern auch beachtlich schnelle Finger, Jolan. Denk dran, wenn du wieder mal in Buffalo bist und die Taschen voller Bucks hast.« James stieg in den Sattel.

»Wo willst du hin?«

James gab keine Antwort. Er lenkte das Pferd nach Südwesten und ritt durch den Bach.

»Geh zum Teufel.« Jolan stopfte das Geld in die Tasche und zog sich am Sattel auf die Füße. Er fühlte sich immer noch elend. Die wieder halbwegs getrocknete Kleidung klebte auf der Haut. In seinem Kopf nahm das Dröhnen so wie die Hitze im Tal zu. Irgendwie gelang es ihm, bis in die Kammer zu gelangen, und als er sich in die Koje fallen ließ, landete er tatsächlich auf den Fellen. Er wälzte sich mit dem Gesicht zur Wand und schlief sofort ein.

Als Jolan angestoßen wurde und erwachte, hatte er das Gefühl, eben erst eingeschlafen zu sein. Das Dröhnen hinter der Stirn schien nie mehr aufhören zu wollen.

»Muss denn das sein?«, krächzte er.

»Steh auf!«

»Lass mich in Frieden, zum Satan. Ich bin nicht dein Knecht, den du kommandieren kannst!« Jolan schloss die Augen erneut.

Ein harter Stoß traf sein Genick. Der Jäger wusste sofort, dass es die Mündung eines Revolvers war.

»Jetzt gehen dir die Gäule durch, was?«

»Steh auf!«

Jolan begriff schlagartig, dass es eine fremde Stimme war.

»Ich zähle bis drei, dann knallts!« Der Druck verschwand.

Jolan wälzte sich herum und sah einen jungen, drahtigen Burschen in abgerissener, völlig verstaubter Kleidung. Wild funkelten die Augen des Kerls, der auf den Jäger gar keinen vertrauenerweckenden Eindruck machen wollte. »Wer bist denn du?«

»Ich stell die Fragen!«, herrschte der Kerl ihn an und wackelte mit der schweren Waffe in der beinahe zierlichen Faust.

Jolan setzte sich auf den Bettrand. Immerhin kehrte die Benommenheit nicht zurück. Er erkannte an den Schatten in der Kammer, dass es bereits Nachmittag sein musste.

»Wie heißt du?«

»Jolan Cobb.«

»Ich bin Froggy.«

»Du bist...« Jolan brach ab.

»Ich bin der Letzte der Banditen, der entkam.« Froggy nickte. »Du konntest es ruhig über die Zunge lassen, es kränkt mich nicht.«

»Tut mir leid, konnte ich nicht wissen.« Jolan blickte in die Mündung, in der kleine Teufelchen zu sitzen schienen, die ihn höhnisch angrinsten.

»Wo ist es?«

Jolan schaute von der Coltmündung in das schmale, gespannte Gesicht mit den kaltfunkelnden Augen. »Redest du von der Beute?«

»Wovon sonst!«

»Die hat der Marshal natürlich mitgenommen. Was dachtest du denn? – Also so was Dämliches.« Der Jäger schüttelte den Kopf. »Oder hast du dir eingebildet, der gibt den Zaster uns?«

»Ich bild' mir ein, ihr habt geteilt. Nur deswegen kam ich zurück.«

»Dann konntest du dir den Weg sparen.«

Froggy spannte den Hammer des Colts.

»Ich schieß dir jetzt das linke Ohr ab, Dummkopf. Dann reden wir hoffentlich vernünftig weiter.«

Weil der Kerl nicht wie ein Witzbold aussah, reagierte Jolan mit einer Geschwindigkeit, die ihn unter Berücksichtigung des nicht völlig überwundenen Rausches selbst überraschte. Er sprang auf und hieb den Revolver schneller zur Seite, als der junge Halunke über die Schrecksekunde kam und den Finger krümmte. Als der Colt dröhnte, zeigte die Waffe an Jolan vorbei. Pochend traf das Projektil die Wand.

Jolans Faust stach vor und erwischte die Nasenspitze des Banditen. Er taumelte mit rudernden Armen zurück, verlor jedoch die Waffe nicht und knallte gegen den Türpfosten.

Jolan stand auf dem Sprung, aber Froggy fiel nicht, sondern zielte auf ihn. Er keuchte. Hass flammte in seinen Augen.

»Gut«, sagte der Jäger, weil er keine andere Möglichkeit sah, einer Verstümmelung wenigstens für den Augenblick zu entgehen.

»Was ist gut?«, zischte Froggy. »Wo ist der Zaster? Ich will die Piepen sehen, kapiert!«

»Jaja. Wir haben das Geld versteckt.«

»Wo?«

»Draußen«, sagte Jolan. Er musste den Schurken ablenken, um ihn vielleicht doch noch zu einem Fehler zu verleiten, der ihm half, das Blatt zu wenden.

Froggy trat rückwärts in den vorderen Raum. Der schwere Revolver winkte. »Geh vor mir her.«

Jolan verließ die Kammer. Er merkte erst dabei, dass der eigene Colt immer noch an seiner Hüfte hing. Aber Froggy zog ihm die Waffe nun aus dem Holster und warf sie unter den Schrank.

Die Coltmündung bohrte sich in Jolans Rücken. Er wurde nach draußen gestoßen. Neben dem Grauen, der immer noch den Sattel trug, stand ein weiteres Pferd.

»Du solltest den Gaul mal striegeln. So lässt man doch ein Pferd nicht verkommen!«

»Kümmre dich um deinen Dreck. Wo ist es verscharrt?«

Der Jäger blickte über die Schulter, während er stehen blieb. Der junge Verbrecher glaubte allen Ernstes, dass das Geld geteilt worden war und ein sicher erheblicher Teil davon hier irgendwo vergraben lag. Eine für Jolan wahnwitzige Vorstellung, der er nicht zu folgen vermochte.

»Wo?«, brüllte Froggy und stieß dem Jäger die Waffe in die Hüfte.

Jolan zuckte zusammen und taumelte gegen den Grauen.

»Ich schieß dir doch noch das Ohr ab, wenn du glaubst, mich an der Nase rumführen zu können wie einen Tanzbär!«

»Da drüben.« Jolan deutete einfach geradeaus.

»Dann los. – Wo steckt eigentlich der andere?«

Jolan suchte nach einer Erklärung.

»Ist er mit seinem Anteil auch fort?«

»Ja.«

»Nur du Narr bist geblieben und hast dir eingebildet, ich wäre damit zufrieden, mit Ach und Krach das nackte Leben gerettet zu haben, was? – Idiot! Mich haut ihr Stinktiere nicht in die Pfanne.«

Jolan schritt zum Bach hinunter, wandte sich aber jäh um und stieß mit dem Jungen zusammen. »Ich hab den Spaten vergessen.«

Froggy sprang zurück. »Dann hol ihn.«

Jolan lief zum Anbau, öffnete die schiefhängende, knarrende Tür und räumte im Werkzeug herum.

Froggy blickte nur einmal sichernd hinter sich. Das genügte. Jolan schleuderte ihm den Spaten entgegen. Froggy wich aus und schrammte mit der Schulter gegen die Wand.

Jolan wirbelte mit der Schaufel herum und schlug zu. Er hatte gar keine Wahl, wenn er sein Leben retten wollte.

Froggy verlor den Colt und taumelte. Jolan ließ die Schaufel fallen und trieb den Jungen mit abgezirkelten Hieben zur Vorderseite.

Froggy rannte in die Hütte. Jolan stürzte hinterdrein, aber er kam wieder zu spät.

Der Bandit kniete am Boden und zielte mit seinem eigenen Revolver auf ihn.

Jolan sanken die Schultern herab. Er war noch lange nicht wieder in der erforderlichen Form, es mit einem Gegner aufzunehmen, der zumindest gleichwertig war.

Die Wut ließ Froggy zittern. Schaum stand vor seinem Mund. Ohne weitere Warnung feuerte er.

Jolan hatte ungeahntes Glück. Die Kugel streifte sein Ohr nur. Instinktiv reagierte er richtig, brüllte auf, tanzte auf einem Bein von der Hütte weg und presste sich die Hände aufs Ohr.

Froggy lachte wild, als er mit der rauchenden Waffe aus der Hütte trat.

Jolan stand zusammengekrümmt und schrie immer noch den scheinbaren Schmerz ins Tal hinaus.

»Ich hol den Spaten, Compadre.« Froggy grinste freundlich. »Wir verstehen uns jetzt besser, nicht?« Er wartete die Antwort nicht ab und wandte sich in dem Glauben, den

Gegner gründlich ausgeschaltet zu haben, dem offenen Anbau zu.

Ein Gewehr wurde so heftig repetiert, dass Froggy es nicht überhören konnte. Er blieb jäh stehen, als hätte ihn ein Blitz aus heiterem Himmel getroffen.

»Lass fallen, Froggy, sonst hörst du den Knall nicht mehr!«

Der Bandit schaute über die Schulter und öffnete die Hand. Dumpf schlug der Colt in den Sand. Froggy drehte sich steif wie eine Puppe um.

»Du bist ja gar nicht...« Er brach sprachlos ab.

»Nein, ich bin nicht.« Jolan kam näher. »Aber das ändert nichts an der Tatsache, dass du ein Schwein bist, Froggy. Ein kleines, mieses Schwein. Was hattest du dir denn für den Fall ausgedacht, dass dir wirklich ein Haufen Geld in die Hände fallen würde? Sollte ich dafür ins Gras beißen, he?«

Froggy schwammen alle Felle weg.

»Und wie kommst du nur darauf, dass der Marshal das Geld mit mir und meinem Partner geteilt haben könnte?«

Der Bandit hob den Kopf. »Weil... Der hat euch doch nicht etwa vorgaukeln können, er ist ein Marshal?«

Auf Froggys Stirn bildete sich eine steile Falte.

»Er ist kein Marshal?«

Die Stirn des Schurken glättete sich. Er begann lauthals zu lachen.

»Ihr müsst ja die Blödheit mit Schaufeln gefressen haben!«

»Was ist Ronson dann, wenn kein Marshal?«

»Ronson hieß der Marshal, den Guy erschoss. Und bei dem befand sich der Spieler und Revolvermann Laurence

Rubin. Der war gewissermaßen als Kopfgeldjäger der Begleiter des Marshals aus Kalesch. Zufällig war er in dem Nest, als wir uns um die Bank kümmerten. Aber das erfuhren wir erst, als sie uns schon hetzten.«

»Kein Marshal«, murmelte Jolan. Er musste sich gegen den Pfosten lehnen, weil vor ihm alles zu kreisen begann, auch das hämisch grinsende Gesicht des Banditen.

Doch dann wurde Froggy jäh wieder ernst.

»Wenn er euch das vormachen konnte, habt ihr Narren ihn vielleicht tatsächlich mit der ganzen Beute wegreiten lassen, was?«

»Du sagst es, Froggy.«

»Und was liegt da drüben vergraben?«

»Nichts.«

Froggy ging Schritt um Schritt rückwärts.

»Bleib stehen! Dich schaffen wir zum Marshal nach Buffalo. Dem wirst du die Story noch mal erzählen.«

»Schießt du mir in den Rücken, wenn ich mich umdrehe?« Zweifel schwangen in Froggys Stimme mit.

In diesem Augenblick ritt James im Südwesten hundert Yards entfernt aus dem Gehölz am Hang.

»James, beeil dich!«, rief Jolan. »Ich weiß was Neues, das haut dich aus den Latschen!«

James Wilde zügelte seinen Fuchshengst.

Froggy jumpte in den Sattel und stieß dem Pferd die Sporen brutal in die Hungergruben. Scharf wieherte das Pferd.

Jolan feuerte. Die Kugel streifte die Hinterhand des Pferdes. Es keilte aus. Froggy wurde abgeworfen. Sein Fuß blieb im Steigbügel hängen. Da der Riemen nicht riss, wurde er durch das Wildwasser in einen Busch mitgeschleift.

Jolan hetzte hinüber. Staub hüllte die Gestalt ein, die auf dem Rücken lag und mit offenen Augen ins Nichts starrte.

James ritt durch den Bach und hielt neben dem Busch.

»Tot. Kam so ähnlich wie sein Boss um.«

»Was wollte er denn?«

»Die Beute aus Kalesch. Mindestens ’nen erheblichen Teil davon. Ein Drittel dürfte ihm schon vorgeschwebt haben. – Wie viel wäre das eigentlich?«

»Irgend ein Betrag zwischen fünf- und sechstausend Dollar«, sagte James, ohne nachrechnen zu müssen.

»Eine hübsche Summe, wie?«

»Allerdings.« James stieg ab und lud den Toten auf das Pferd. Bis sie ihn jenseits der Büsche im Norden des Tales beerdigt hatten, kannte Wilde die Geschichte.

Später saßen sie auf der Bank vor der Hütte in der herabsinkenden Dämmerung und hingen ihren Gedanken nach.

»Weit kann er eigentlich nicht sein, dieser Kopfgeldjäger Laurence Rubin alias Marshal Ronson.«

James schaute den Partner an. »Aber da ihm ein Bandit entging, wird er einige Mühe darauf verwenden, seine Spur gründlich zu verwischen.«

»Sicher. Aber ob das wirklich genügt? – Was würden sie uns wohl dafür in Kalesch geben, wenn wir in der Lage wären, ihnen das Geld zu beschaffen? Na, was schätzt du, James?«

»Vielleicht zehn Prozent.« James drehte sich eine Zigarette und gab Jolan den Beutel. »Vielleicht irren wir auch ganz gewaltig.«

»Was meinst du damit?«

»Könnte doch sein, er hat sich vor uns nur dick tun wollen und befindet sich doch auf dem Weg nach Kalesch.«

»Du meinst, um die Bucks dort abzuliefern?«

»James rieb ein Schwefelholz auf der Bank an, hielt es an den Glimmstängel und paffte.

»Könnte immerhin sein.«

»Es könnte auch sein, dass ich jeden Morgen halbnackt in den Anbau gehe und dort nach 'ner Zange suche, um damit die Hose anzuziehen. Natürlich wäre das möglich. Aber ich tu's nicht, James.«

James lächelte. Er konnte sich den hartgesichtigen Mann auch nicht als Wohltäter vorstellen.

»Der Mistkerl hat uns mit lumpigen zweihundert Bucks abgespeist.«

»Und da wir hier von Kalesch weit genug weg sind, wäre der ganze Schwindel auch nie rausgekommen«, setzte James hinzu.

»Nicht ohne Froggy, der sich gar nicht vorstellen konnte, dass jemand so hirnverbrannt ist wie wir.« Jolan ließ sich Feuer geben und legte den Tabakbeutel zwischen ihnen auf die Bank. »Was machen wir nun?«

»Wir reiten einfach mal nach Kalesch. Hier verpassen wir ja nichts. Das Wild ist im Sommer auch noch da. – Unterwegs verkaufen wir Froggys Pferd und erkundigen uns nach 'nem Mann, der wie Rubin alias Ronson aussieht. Vielleicht bringt's was.«

8

»Wir geben vierzig Dollar«, erklärte die Farmersfrau bestimmt.

James und Jolan wechselten einen Blick.

»Der Gaul ist für uns nur 'ne Belastung«, brummte Jolan. »Und stinkreiche Leute sind die beiden wirklich nicht.«

»Gut, wir sind einverstanden.« James nickte dem Farmer zu. »Vorausgesetzt, wir kriegen die offene Antwort noch.«

»Dafür gehören Ihnen der Sattel, das Gewehr und der Revolver gratis«, setzte Jolan hinzu.

»So ein Mann war hier«, sagte die Frau. »Er ist nach Süden weiter. Wollte nur Proviant und Wasser und hat dafür geradezu fürstlich bezahlt.«

»Kein Wunder, der hat's ja«, knurrte Jolan. »Trug er 'nen Stern?«

Der Farmer schüttelte den Kopf. Seine Frau verschwand in der Farmhütte und brachte die vierzig Dollar, die Jolan einstrich.

»Sie sollten uns 'ne Quittung ausstellen«, verlangte der Mann. »Für alle Fälle.«

Jolan folgte der Frau bereitwillig ins Haus, stellte die verlangte Quittung aus.

James ritt bereits nach Süden, als Cobb das kleine Bretterhaus verließ.

»Ihr Partner hat's aber eilig, Mister.«

Jolan schwang sich in den Sattel. »Kein Wunder, wir sind hinter einem Vermögen her.«

9

Der Bankier war ein großer, weißhaariger Mann. Er erweckte den Eindruck, gute Bildung genossen zu haben, was ihn angenehm vom poltrigen Town Mayor unterschied. Der nämlich war ein kleiner, rundlicher Zeitgenosse mit stechenden Augen und nach unten gebogenen Mundwinkeln, was notorisches Misstrauen bekundete.

Sie saßen sich im Wohnzimmer des Bankiers gegenüber. Die Frau hatte Kaffee gekocht, der in Porzellantassen serviert wurde.

Jolan wagte es kaum, die zerbrechlich wirkende Tasse anzufassen. Besonders geschmackvoll fand er das schwarze Getränk auch nicht, aber er wagte nicht, um Whisky zu bitten.

»Es geht um einen sündhaften Haufen Geld«, polterte der Town Mayor. »Da will es schließlich gut überlegt sein, wen wir losschicken!«

»Darf ich auch mal was sagen?« Die Frau schaute ihren Mann an.

»Aber sicher, Henriette.« Der Bankier lächelte ihr zu.

»Mister Wilde und Mister Cobb hätten genauso gut weiter nach Süden reiten können, wenn Sie darauf aus wären, sich das viele Geld unter den Nagel zu reißen. Und wir hier, Town Mayor, wüssten noch in einem Jahr nicht, was aus dem Geld und unserem Marshal geworden ist.«

»Genau«, stimmte der Bankier zu.

James trank den Kaffee in kleinen Schlucken. Er hatte fast nicht mehr gewusst, wie so was schmeckte, was feine Leute jeden Tag tranken.

»Wir reiten auch zurück«, sagte er.

»Das kommt überhaupt nicht in Frage«, entgegnete der Bankier sofort. »Den Auftrag erhalten Sie im Übrigen nicht von der Stadt Kalesch, sondern von der Bank, die auch die Prämie bezahlt, falls Sie Erfolg haben.«

»Und wie sieht die Prämie aus?«

»Fünfzehn Prozent von dem, was Sie wiederbeschaffen.«

»Na also, mit Ihnen kann ein Mann doch reden.« Jolan strahlte den Bankier an. »Das sollten wir eigentlich begießen, wenn Sie...« Er brach ab und blickte erschrocken auf die Frau.

»Meinen Sie, wenn wir Whisky haben?« Sie stand auf und ging zu einem großen Schrank aus polierter Eiche.

Jolan war entzückt über die Größe der Gläser und den goldgelben Whisky aus Irland, der weit in den Schatten stellte, was er aus den Saloons gewohnt war. Er leckte sich noch über die Lippen, als vom Geschmack längst nichts mehr übrig sein konnte.

»Noch einen?« Die Frau kam mit der Flasche um den Tisch.

»Gern, Ma'am. Für so 'nen edlen Tropfen folge ich dem Kopfgeldjäger bis Feuerland.«

10

Heftiger Sturm blies aus der nördlichen Prärie bis tief nach Colorado. Besonders längs der Front Range wurden die Bäume in den kleinen Gehölzen gebeutelt. Losgerissene Kugelbüsche und Dornengestrüpp wurden durch immer dichter werdende Staubschwaden geschleudert.

Der Revolvermann und angebliche Marshal aus Kalesch sah das doppelstöckige Steinhaus hinter den leeren Korrals erst, als er es schon dicht vor sich hatte.

Die Tür der Remise wurde vom Wind zugeschlagen, wieder aufgerissen und gegen die Wand gedroschen. Dann klapperte ein Fensterladen. Ein Pferd wieherte.

Rubin zügelte sein Pferd und griff nach dem Gewehr.

»Ist da jemand?«, rief eine scharfe Stimme. »Melden Sie sich, hier ist Marshal Drake aus Loveland!«

Rubin erschrak. Undeutlich erkannte er eine Gestalt an der Tür, die von hinten in das große Haus führte.

»Wer sind Sie denn?«, schallte es herüber.

Über einen neuen Namen hatte er noch nicht nachgedacht, aber den alten weiterhin zu benutzen, erschien ihm doch ziemlich riskant.

»Hier ist Kervin Riatt«, antwortete er aufs Geratewohl.

»Dann kommen Sie doch rüber, wenn Sie sich unter Menschen sehen lassen dürfen.«

Der Revolvermann und Spieler schob das Gewehr in den Scabbard zurück.

»Kervin Riatt!«, hämmerte er sich leise ein. Den Namen durfte er nicht mehr vergessen.

Der Marshal war mager und groß und hatte weißgraues Haar über einem von Falten zerfurchten Gesicht. Kervin Riatt schätzte ihn auf annähernd sechzig Jahre. Er war beruhigt. Mit dem glaubte er's jederzeit aufnehmen zu können.

»Los, in den Anbau mit dem Gaul.« Der Marshal hielt die Tür auf.

Riatt alias Rubin und Ronson brachte das Pferd hinein und folgte dem Mann anschließend ins Haus. Sämtliche

Türen der saalartigen Räume standen offen. Sessel, Stühle und ein langes Sofa deckten graue Tücher ab. Die anderen Möbel sahen verstaubt aus. Auf den Tisch hätte Riatt mühelos 'ne Nachricht schreiben können.

Der Sturm rüttelte an Fenstern und Türen, sodass ein andauerndes Knattern das offenbar unbewohnte Gemäuer erfüllte.

»Eine Riesenbude, was?« Der Marshal blickte in der Runde herum. »Ich seh' ab und zu mal danach. Vielleicht kann man die Ranch doch eines Tages verhökern. – Wo kommen Sie her? Von der Bahnlinie im Norden?«

»Genau.«

»Haben Sie mit Rindern zu tun?«

»Wieso?«

Der Marshal musterte den Fremden.

»Ich weiß nicht, Sie sehen irgendwie so aus.«

»Ja, wir haben Rinder nach Medicine Bow getrieben.«

»Eine Treibherde?«

Riatt nickte. Er hatte bisher nicht darüber nachgedacht, dass es nötig werden könnte, eine Erklärung hinsichtlich seiner Vergangenheit zu basteln. Nun half ihm der Marshal.

»Ja, ich habe in Nordarizona Rinder aufgekauft und nach Medicine Bow gebracht.«

»Dann sind Sie ein Treibherdenboss.«

»So ist es, Marshal. War diesmal ein prächtiges Geschäft. Wir büßten unterwegs nur wenige Stiere ein.«

»Was bleibt eigentlich am Ende hängen?«

»Zehntausend, zwanzigtausend...« Riatt hob die Schultern an. »Es hängt auch von der Größe der Herde ab. Und vom Preis. Na ja, und von den Verlusten unterwegs. Aber diesmal passte alles.«

»Dann können Sie die Ranch ja kaufen.« Der Marshal ging in den nächsten Raum. »Der Besitzer war der reichste Mann weit und breit. Als seine Frau vor zwei Jahren starb, ging's mit ihm steil bergab. Das hat er nie verkraftet. Sein Versuch, den Schmerz im Alkohol zu ertränken, war an dem Unglück schuld, das ihm schließlich widerfuhr. – Im Osten lebt eine alte Schwester von ihm, die noch nie hier war und mich beauftragt hat, die Ranch zu verkaufen.«

Riatt schaute sich um.

»Aber es sieht aus, als würde es hier weder Rinder noch Pferde geben.«

»Er hatte zuletzt noch fünf Cowboys. Als wir den Toten fanden, waren die längst über alle Berge. Und mit ihnen das Vieh. Na ja, das wäre am Ende doch weggelaufen. – Es ist natürlich manches zu tun, bis es wieder eine schöne große Ranch ist. Aber es wird wieder eine, wenn es ein Mann nur will.«

Riatt stolzierte in den nächsten Raum.

»In Loveland kann man alles kaufen oder herstellen lassen, was hier eventuell fehlt«, plauderte der Marshal weiter. »Die Stadt könnte es vertragen. Sie war immer auf die Ranch fixiert. Sieht schlecht aus für die Leute.«

»Was soll denn der Laden kosten?«

»Dreitausend Dollar.«

»Für den alten Kasten?«

»Mister, der Kasten ist stabil wie eine Festung. Außerdem gehören die Nebengebäude, die Korrals und sämtliche Land und Wasserrechte in fünf Meilen Umkreis dazu.

Hier können zehntausend Rinder weiden. Und der Trail zur Eisenbahn ist in zwei Wochen zu machen.«

Riatt ging weiter. Der Gedanke, ein bedeutender Rancher werden zu können, reizte ihn zunehmend mehr, je länger er sich ausmalte, wie er Cowboys herumkommandieren konnte und die Leute in der Stadt vor ihm zitterten, wenn er das wollte. Es würde auch das ruhelose Leben beenden, ihn sesshaft und vermutlich obendrein steinreich machen.

»Wenn Sie 'ne gute Saison hatten, wär das doch etwas für Sie, redete der Marshal weiter.

»Was kriegen Sie dafür, wenn Sie die Ranch verkaufen?«

»Keinen roten Cent, Mister Riatt. Die Ranch ist mir auch ziemlich egal. Aber die Leute meiner Stadt nicht. Sie brauchen dringend Aufträge, sonst werden sie Loveland früher oder später aufgeben müssen.«

Riatt kehrte in den großen Wohnraum zurück. Um den langen Tisch standen zwölf Stühle.

»Die sind meines Wissens noch nie alle benutzt worden.« Der Marshal griente. »Aber was soll's, der Schreiner hat davon 'ne Weile leben können.«

»Vielleicht sollte ich den Laden wirklich übernehmen. Wie wär's mit zweitausend?«

»Ich kann der Schwester des Verstorbenen schreiben, ob sie den Preis nachlässt, Mister Riatt. Entsprechende Vollmachten hab ich nicht. Das heißt, es würde schon vier Wochen dauern, bevor eine Antwort eintrifft.«

»Verstehe. – Mal sehen.« Riatt schritt weiter und hob nun bereits die grauen Laken ab, um die Sessel in Augenschein zu nehmen.

»Alles prima erhalten, Mister Riatt.«

11

Die Feder kratzte über das Papier. Riatt hatte noch Mühe mit seinem neuen Namen und setzte ungewollt einen Klecks dahinter. Dann zählte er die Münzen aus der Satteltasche auf den von Sporenrädern zerkratzten Tisch im Office des Marshals.

»Ich zahl das gleich bei der Post ein.« Marshal Alan Drake gab dem neuen Rancher die Hand. »Und ich wünsch Ihnen Glück namens der Erbin des Verblichenen.«

Riatt faltete sein Vertragsexemplar und steckte es zu dem Geld in seine alte Satteltasche.

»Wollen wir einen drauf trinken? – Ach was, schicken Sie die Leute in den Saloon, dann kann ich mich gleich vorstellen.« Riatt verließ das Office.

Loveland war eine kleine Stadt aus Bretterhäusern in einem mehrere Meilen langen Tal in der Front Range. Die Ranch lag ein paar Meilen nordwestlich.

An der einzigen Straße, hinter der Werkstätten, Schuppen und Scheunen standen, reihten sich rund fünfzehn solcher Gebäude aneinander. Mittendrin standen sich das Office mit dem Mietstall und der Saloon gegenüber.

Die Neuigkeit hatte bereits die Runde gemacht und die Menschen auf die Straße gelockt. Als der Marshal den Vertrag zeigte, klatschten die Leute.

»Für die Stadt sind Sie ein Retter, Mister Riatt. Hier finden Sie geschickte Handwerker, die einen Kunden nie übers Ohr hauen.« Laut rief der Marshal: »Ihr sollt in den Saloon kommen, Mister Riatt gibt einen aus!«

Hochrufe waren die Antwort.

Riatt stolzierte wie ein Gockel über die ausgefahrene, sandige Straße. Er wuchs schon in die neue Rolle hinein, als wäre sie ihm auf den Leib geschneidert. Es gab in dem Nest in den Bergen Nevadas fünfzehn Männer, acht Frauen und sechs Kinder. Und sie kamen alle in den Saloon, um den Mann zu sehen, der sich mit einer Tasche voller Geld in ihrer Nähe ansiedeln wollte.

Der Saloon war einfach wie die Stadt. Seine größte Zierde sollte sicher das naive Bild eines nackten Mädchens sein. Es lag in einem protzigen, allerdings blätternden Goldrahmen auf einer zu grün geratenen Wiese, auf der Blumen blühten, die es in dieser Gegend nirgendwo gab.

»Whisky für alle!«, kommandierte Riatt und schlug auf den Tresen, dass die Gläser hüpften.

Niemand nahm Notiz von dem rotblonden Saloonmädchen Fee. Es stand auf der Galerie, von der die Türen des Obergeschosses abzweigten. Eine breite Treppe führte zu ihr hinauf. Schatten hüllte das Mädchen ein.

Fee war groß und schlank, hatte grüne Mandelaugen und eine schmale Nase im gutgeschnittenen Gesicht. Sie war zumindest für diese Umgebung eine ungewöhnliche Schönheit.

Fee beobachtete die Leute, die gierig nach Gläsern griffen und darauf erpicht waren, wenigstens ein paar Worte mit dem vermeintlichen Wohltäter zu wechseln.

Und Riatt nutzte die Überlegenheit, die ihm das Geld in der Tasche verlieh, die er nicht aus der Hand legte. Generös bestellte er einen Frachtwagen, Bretter, den Korral zu flicken, Fenster, die er draußen zerschlagen vorfand, Werkzeuge und beinahe alles, was ihm aufgedrängt wurde.

Das Saloonmädchen wurde nicht vermisst, wäre sicher sogar als störend empfunden worden, hätte es sich hinuntergewagt. Aber Fee wollte auch nicht sozusagen mit der Tür ins Haus fallen. Laurence erinnerte sich vielleicht sowieso nicht an sie.

Die Frauen standen mit den Kindern etwas im Hintergrund. Niemand fragte, ob sie auch was trinken wollten. Dennoch folgten sie mit freudigem Glanz in den Augen dem Gang der Dinge. Vielleicht dachten sie schon darüber nach, was sie als Erstes im Drugstore kaufen wollten, wenn die Dollars auch in ihren Händen klimperten.

Gläser klirrten. Der Wirt rieb sich zufrieden grinsend über den dicken Bauch und heimste die Dollars ein, die Riatt der alten Satteltasche entnahm und über den Tresen rollen ließ.

»Geld hat einen eigenartigen Klang, Sir«, sagte der herkulische Schmied Lorne Elwood.

»Aber man kann dem Klimpern ewig zuhören!« Wagenbauer Stone lachte krächzend.

Fee zog sich an der Wand zu ihrem Zimmer zurück. Sie stand später am Fenster und blickte über das kleine Nest, das ihr wie das Ende der Welt vorkam. Daran würde auch die Ankunft des vielen Geldes kaum was ändern.

Die Frauen verließen mit den Kindern den Saloon.

»Ich hab nichts gekriegt«, motzte ein etwa achtjähriger Junge.

»Niemand von uns bekam was!«, schimpfte eine resolute Frau.

»Wir wollten uns Mister Riatt nur mal ansehen.«

»Warum soll ich ihn ansehen, wenn er mir doch nichts gibt?«, begehrte der Junge auf.

»Also das ist doch die Höhe!«, brauste die resolute Frau auf.

Die Mutter versetzte dem Kleinen eine Ohrfeige. »So was sagt man nicht, Johnny!«

Der Geprügelte rannte laut zeternd die Straße hinunter und verschwand in einem Haus.

Die Frauen debattierten vor dem Store. Der Händler watschelte aus dem Saloon und gesellte sich zu der Gruppe.

»Sie können bei mir anschreiben lassen«, versprach der magere Graukopf mit aufgeregt wippendem Ziegenbart.

Die Frauen schauten sich verdutzt an.

Die Frau des Schreiners wurde vom Storehalter in den Drugstore geschoben.

»Kommen Sie, Ladys, immer hereinspaziert!« Der Händler winkte den anderen Frauen. »Bringen Sie die Kinder mit. Ich hab noch prima Zuckerstangen.«

Fee sah sie alle den Store betreten. Ein Glöckchen läutete, als die Tür geschlossen wurde. Staub hing über der Straße, die verlassen im Sonnenlicht lag.

Marshal Alan Drake stiefelte über die Fahrbahn. Er war der Einzige, den auch Freiwhisky nicht dazu verleiten konnte, mehr in sich zu schütten, als er vertrug.

Im Saloon wurde Riatt immer lauter gefeiert. Bald stimmten sie Lieder an, die auch in Fees Zimmer schallten. Sie dachte daran, wie sie in dieses verschlafene Nest kam. Eigentlich hatte sie sich auf der Durchfahrt befunden. Aber eine knappe Meile hinter der Stadt brach der Postkutsche ein Rad, das Wagenbauer Stone anderntags erst reparieren musste. Sie nahm sich das Zimmer und war geblieben, um die friedliche Ruhe zu genießen.

Die zweite Postkutsche, die eine Woche später fuhr, ratterte ohne sie weiter. Loveland war ein ungewohnt billiges Pflaster. Fee hatte errechnet, dass sie von dem relativ wenigen Geld, das sie von der Bahnlinie mitgebracht hatte, recht lange hier würde leben können, und so blieb sie, leistete sich einen preiswerten Schimmel, unternahm kleine Ritte in die Umgebung und wollte am liebsten gar nicht weiter zu ihrem eigentlichen Ziel Lordsburg.

Darüber war ihr das Geld schließlich doch so gut wie völlig ausgegangen. Ein paar Dollar besaß sie noch. Blieb der Verkauf des Pferdes, um zu einem Ticket für die Weiterfahrt zu gelangen. – Oder der Mann unten im Saloon. Er konnte ihr zu ein paar Dollar mehr als unbedingt nötig verhelfen, sodass sie eventuell sogar das Pferd behalten konnte.

Sie öffnete die Tür einen Spalt und spähte hinunter.

Riatt warf gerade großzügig mehrere Silbermünzen auf den Tresen und verschloss seine abgeschabte Tasche.

»Das könnt ihr noch versaufen, Leute, dann geht's an die Arbeit. Ich schau in den nächsten Tagen vorbei.«

Er stiefelte hinaus. Fee stand am Fenster, als er durch das Nest ritt.

Es war noch früh am Tag. Das Ranchhaus am Rand der Berge ließ sich in zwei Stunden erreichen.

Im Saloon stieg die Stimmung noch.

»Gib den billigeren Whisky raus!«, verlangte der Schmied. »Jetzt muss es nicht mehr vom Feinsten sein.«

»Wenn es nur 'ne schöne Menge gibt!«, krähte der Schreiner, der durch seine keifende Stimme auffiel.

Fee zog eine derbe Kattunbluse, Levishosen und Texasstiefel an und verließ das Zimmer. Sie schob sich an der

Wand entlang in den Gang, der zur Feuertreppe führte und gelangte unbemerkt aus dem Saloon.

12

Fee näherte sich dem klotzigen Haus ohne Eile. Das Gemäuer kam ihr wie eine Festung in der Wildnis vor, die trotz des gesattelten Pferdes unterhalb der breiten Freitreppe recht verlassen wirkte.

Kervin Riatt trat aus dem Haus, als das Mädchen die leeren Korrals passierte und im Hof anhielt.

»Hallo, Laurence«, grüßte Fee.

Riatt zog den Kopf zwischen die breiten Schultern und bekam schmale Augen.

»Kennst du mich nicht mehr? Ich bin Fee aus Medicine Bow, aus Granger, Cheyenne und wo wir uns sonst rumgetrieben haben.«

Riatt schaute nach rechts und links, weil er dachte, da müssten noch mehr Leute sein.

»Ich bin allein gekommen. Hause seit einiger Zeit in dem Nest in den Bergen. Heute Morgen dachte ich, mich laust der Affe. – Wie hast du dich gleich genannt, Laurence? – Riatt, ist das richtig?«

Riatt kam die breite Treppe herunter.

»Was willst du?«

»In Loveland ist sozusagen der Hund begraben«, plauderte Fee munter weiter.

»Was willst du?«, herrschte er sie an.

»Du musst ungewöhnlich viel Geld besitzen, Laurence. Und ’nen neuen Namen. Ich denke, es ist dir sicher recht, wenn jemand, der dich von früher kennt, möglichst schnell verschwindet. Und ich bin überzeugt, dass du dich das auch ein paar hundert Dollar kosten lässt.«

Riatt erreichte den Schimmel und packte das Kopfgeschirr. Hart drehte er die Faust herum. Das Pferd wieherte und begann zu bocken. Fee wurde in den Sand geschleudert.

Ihr entsetzter Schrei hallte noch nach, als sie schon aufsprang und keuchend zurückwich.

»Verschwinde!«, stieß Riatt hervor. »Und lass dir nicht einfallen, in der Stadt dumme Geschichten über mich zu verbreiten. Stories, die du nicht beweisen kannst, und die die Leute niemals auf deine Seite bringen werden. – Los, hau ab!«

Angst packte sie, weil es nackter Hass war, den sie in seinen Augen erkannte. Sie beeilte sich, in den Sattel zu kommen.

Riatt schlug dem Schimmel auf die Hinterhand. Das Pferd stob vorwärts. Fee hielt sich am Sattelhorn fest, um nicht noch einmal abgeworfen zu werden.

»Am besten, du verschwindest aus dieser Gegend!«, brüllte er ihr nach. »Und zwar für immer!«

13

James Wilde und Jolan Cobb folgten der Poststraße nach Süden und ritten in die Senke hinab, die ein Creek durchzog, an den sich die Gebäude einer Station der Wells Fargo duckten.

Zwei ältere Männer werkelten am Korral für die Wechselpferde. Als sie die Reiter bemerkten, ergriffen sie die in Reichweite liegenden Gewehre und kamen vor das aus Holz erbaute Stationshaus.

»Wegen uns müsst ihr die Kugelspritzen nicht bemühen!«, rief Jolan.

»Vorsicht ist die Mutter der Porzellankiste, falls Sie es noch nicht wissen«, brummte der Stationen.

James saß bei der Tränke ab und ließ den Fuchshengst saufen.

»Wir würden gern was essen und trinken, Mister, wenn's möglich ist.«

»Habt ihr Geld?«, fragte der Gehilfe.

»Wir haben.« Jolan stieg ebenfalls ab.

Der Gehilfe ließ das Gewehr sinken und öffnete die Tür. James trat an ihm vorbei in den halbdunklen Raum, der an einen kleinen Saloon erinnerte.

»Wir haben frisches Fleisch.« Der Stationer kam herein. »Aber das ist in dieser Gegend nicht ganz billig.«

»Ich denke, wir können's bezahlen.« James lächelte, während er sich umschaute. »Wie wär's denn erst mal mit 'nem Begrüßungsschluck für uns alle?«

»Das hört sich schon besser an.« Der Gehilfe hastete förmlich hinter den Tresen und suchte nach möglichst großen Gläsern.

Eine Stunde später saßen sie an einem Tisch am Fenster, sahen die schiere Unendlichkeit des Landes im Süden und wussten, dass der Mann, nach dem sie suchten, hier nicht aufgetaucht war.

»Immerhin haben wir mal wieder fürstlich getäfelt.« Jolan schob das Geschirr auf der Tischmitte zusammen und drehte sich eine Zigarette.

»Wie weit ist's zur Grenze von Nevada?« James erhob sich und trat an den Tresen, hinter dem der Gehilfe lümmelte.

»Zwanzig Meilen, Mister. Sie werden's nicht verpassen. Man hat einen Pfahl neben der Straße in den Boden gerammt.«

»Geben Sie mir noch 'nen Whiskysoda.«

»Sie können hier auch übernachten. Wir haben recht komfortable Zimmer. Und preiswert.«

»Wie weit ist's zur nächsten Stadt?«

Der Gehilfe schenkte Whisky in ein Glas und goss Sodawasser nach. »Ich kenne nur Walden, wohin die Postkutsche fährt. Die ist runde fünfzig Meilen entfernt. Ich glaub nicht, dass es näher noch andere Nester gibt. – Wollen Sie ein Zimmer?« Er schob das volle Glas über den Tresen.

James schaute sich um.

»Was denkst du?«

»Mal wieder in 'nem Bett zu schlafen, wär keine dumme Idee.«

»Gut, wir nehmen das Zimmer.«

Am anderen Morgen stand die Sonne gerade eine Handbreit über dem Horizont im Osten, als sie ihren Ritt nach Süden fortsetzten.

»Er hat die Richtung gewechselt«, sagte Jolan verdrossen.

»Weil er nicht in der Poststation war?«

»Sie ist das einzige Haus mehrere Dutzend Meilen in der Runde. Und die Radrinnen stellen die einzige Orientierungshilfe in der Prärie dar. Hier kommt jeder vorbei.«

»Vielleicht kam auch Rubin hier vorbei und wollte nur nicht bemerkt werden.«

»Wie soll denn das aussehen?«

»Ganz einfach, er reitet bei Nacht ein Stück entfernt vorbei. Das merken die beiden nie.«

»Wir haben uns das zu einfach vorgestellt, James.«

»Willst du aufgeben?«

»Ich halt mich nicht gern selbst zum Narren«, schimpfte Jolan verdrossen.

»Er ist durch Laramie und weiter nach Süden. Der Eisenbahner konnte den Reiter, den er sah, recht vernünftig beschreiben.«

»Na und?«

»Ohne diesen Tipp hätt ich in Laramie aufgegeben und vermutet, dass er mit der Bahn gefahren ist.«

»Ja, dann hätten wir die Prämie abschreiben können.«

»Er fühlt sich sehr sicher«, fuhr James fort. »Und er hatte offensichtlich nie die Absicht, eine andere Richtung als die nach Süden einzuschlagen. – Wir müssen ihn finden!«

14

In der Schreinerei pfiff der Hobel, beim Wagenbauer schwitzte der Helfer, der die Mechanik der Drechselvorrichtung in Bewegung halten musste, und aus der Schmiede hallten Hammerschläge und das barsche Organ des herkulischen Meisters, der dem der Ungeschicklichkeit bezichtigten Lehrjungen die Leviten las.

»Hallo, Mister Riatt!«, rief die resolute Myra Hauck, Frau des Schreiners. »He, Leute, Mister Riatt ist in der Stadt!«

Die hektischen Arbeitsgeräusche verstummten, und die Menge lief auf der Straße zusammen und katzbuckelte vor dem Reiter, der durch das schnell dicht werdende Spalier zum Saloon ritt.

Marshal Alan Drake zog den Hut.

»Einen recht schönen guten Tag, Mister Riatt!«

»Tag, Marshal.« Riatt zügelte das Pferd und schaute am Saloon hinauf.

Fee stand am Fenster. Sie sah bleich aus. Riatt grinste.

»Er heißt nicht Riatt, sondern Rubin!«, rief das Mädchen. »Er ist ein Spieler und Revolvermann, den ihr mal fragen solltet, wie viel Geld er hat und wie er dazu kam!«

Stille erfüllte plötzlich das Nest.

Riatt zog den Kopf nicht wie bei ihrer ersten Begegnung auf der Ranch zwischen die Schultern. Er schaute vielmehr erstaunt drein.

Stadt-Marshal Alan Drake stülpte den betagten Filz aufs graue Haar und schaute irritiert zu Riatt, zu dem Mädchen oben am Fenster und erneut zu dem Reiter.

»Wer ist denn das?«, fragte Riatt in einem Ton, als habe er das Mädchen nie gesehen.

»Sie kennen sie nicht?«, fragte der Marshal.

»Nein, tut mir leid.«

»Sie nennt sich Fee. Ein Saloonmädchen. Sir, das vor einiger Zeit mit der Postkutsche ankam und nicht weiterfuhr. Vielleicht, weil sie in Loveland billiger als anderswo leben kann.«

»Ein Flittchen!«, zeterte die resolute Myra Hauck. »Das mir im Übrigen schon lange ein Dorn im Auge ist.«

»Dann sollten wir sie endlich zum Teufel jagen!«, hetzte eine andere Frau.

Drohendes Murmeln durchlief die Menschentraube, die sich hinter dem Reiter sammelte.

»Haben Sie den Leuten nicht erzählt, dass ich Treibherden-Boss war, Marshal?«

»Doch, Sir, selbstverständlich.«

Riatt schaute abermals nach oben.

»Die wird es doch nicht auf mein Geld abgesehen haben?«

»Solche Weiber haben es nur auf das Geld anderer abgesehen«, erklärte der Schmied. »Alan, hilf ihr ein bisschen, damit sie heute noch ein paar Meilen zwischen ihren Gaul und unsere Stadt bringt.«

»Ich weiß nicht...« Marshal Drake blickte zu dem neuen Hoffnungsträger von Loveland.

»Ich halte überhaupt nichts davon, grundlos Verdächtigungen ausgesetzt zu werden«, sagte Riatt. »Und ich kann mir die ganze Sache mit dem Wiederaufbau der Ranch auch noch mal überlegen, Marshal! Wenn ich mein Geld schon in die Stadt stecke, will ich nicht mit haltlosen Anschuldigungen belästigt werden.«

Die massive Drohung erreichte die gewünschte Wirkung. Es waren einfache Menschen, mit denen er einfach reden musste. Die Menge drängte mit Schmährufen an dem Reiter vorbei. Der Saloon wurde regelrecht gestürmt.

Drake stand vor seinem Office. Staub trieb ihm entgegen.

Fee verschwand vom Fenster.

Die Menge zog kreischend die Treppe im Saloon hinauf, erstürmte auch das Zimmer des Mädchens, raffte zusammen, was Fee gehörte und in ihrer einzigen Tasche Platz fand. Das Mädchen wurde über die Galerie und die Treppe hinabgestoßen.

»Ich kann dir nicht helfen«, sagte der Wirt entschuldigend, bevor er in der Küche verschwand.

Fee lief gezwungenermaßen gegen die nachgebenden Schwingflügel, stolperte auf die Veranda, verpasste die Stufe zur Fahrbahn und landete vor dem Reiter im Straßenstaub.

Das Pferd schnaubte. Ein Huf schrammte über den Boden. Fee wurde feiner Sand ins Gesicht geschleudert.

»Holt ihr Pferd!«, kommandierte die resolute Frau.

Fee wurde auf die Beine gezerrt. Riatt schaute mit unbewegtem Gesicht, aber tückisch auf sie hinunter. »Du Bastard!«, stieß sie hervor. »Das wirst du bereuen!«

»Wenn du nicht aufhörst, Mister Riatt zu beleidigen, klatsch ich dir eine!«, drohte die Schreinersfrau.

Sie brachte den Schimmel, hängte die Tasche ans Sattelhorn und bugsierte Fee auf das Tier. Der Stallmann knallte mit einer Peitsche, und das Pferd stob unter dem Gelächter der Menge durch die Straße.

»Lass dich hier nie wieder blicken!« Die resolute Frau lief in die aufgewirbelten Staubschwaden und schüttelte drohend die Faust.

Die Männer lachten schadenfroh.

Marshal Drake blickte nachdenklich auf die Menge und Riatt, der immer noch im Sattel wie auf einem Thron saß.

»Was haben Sie denn? Hat's Ihnen in die Suppe gehagelt?« Riatt lenkte das stämmige Pferd zum Office herüber.

»Wie kam sie nur darauf?«, murmelte Drake.

»Die Saloonschönen sind so. Wussten Sie das nicht? Die machen sich immer an den ran, der das meiste Geld hat.«

»Doch, natürlich«, gab Drake zu.

»Ich wollte Sie noch fragen, ob Sie sich nicht ein bisschen um die Gegend zwischen der Stadt und Ranch kümmern könnten, Marshal. Natürlich nur gelegentlich, wenn es Ihre gewiss knappe Zeit erlaubt. Und gegen gesonderte Bezahlung von mir.«

»Das macht der Marshal, ist doch klar!«, rief der Schmied aus der Menge, die dem Reiter auch zum Office gefolgt war.

»Ich weiß nicht, wozu das gut sein soll«, knurrte Drake.

»Er ziert sich nur ein bisschen«, sagte der Schmied grinsend. »Weil er sich doch für eine richtige Amtsperson hält. – Alan, mach keinen Unsinn. Du bist nichts weiter als der von der Stadt angestellte Aufpasser und kannst den Job deswegen gut und gern übernehmen, ohne Gewissensbisse haben zu müssen.«

»Aber wozu?«

Drakes abermalige Frage ging im Gelächter der Menge unter.

Riatt hatte dennoch verstanden.

»Damit eventuell in der Gegend streunende Banditen gar nicht erst auf die Idee verfallen, sich hier einzunisten, Marshal. – Wie komm ich denn eigentlich zu ’ner Mannschaft?«

»Nehmen Sie mich, Mister Riatt!«, rief ein junger Bursche aus der Menge.

Riatt schaute sich um.

Ein junger, drahtiger Mann mit spitzem Gesicht und Adlernase, dunkeläugig und schwarzhaarig, drängte in den Vordergrund. Er konnte nicht älter als zwanzig sein.

»Wer bist du?«

»Silas Stone, Sir.« Der junge Bursche trug im Gegensatz zu den Männern der Stadt einen Patronengurt und einen schweren Colt im Holster.

Riatt blickte auf den Wagenbauer Stone, dessen Gesicht sich mürrisch verzog.

»Ihm sagt die Arbeit seines Vaters nicht zu, Mister Riatt. Er will was Besseres sein.«

»Mir ist die Stadt zu eng, Sir.«

»Wenn Sie einverstanden sind, nehm' ich ihn«, sagte Riatt. »Es ist nichts Schlechtes, ein tüchtiger Rindermann werden zu wollen.«

»Ich kann ihn nicht halten«, entgegnete der Wagenbauer.

»Dann hol ich mein Pferd, Sir!« Der junge Bursche drängte aus der Menge.

»Wie geht die Arbeit voran?«, versuchte Riatt die allgemeine Aufmerksamkeit auf ein anderes Thema zu lenken.

»Wir haben 'ne Fuhre Holz bestellt«, erklärte der Schreiner. »Unsere Vorräte reichen nicht aus. Aber wir haben natürlich angefangen. Kommen Sie, sehen Sie sich an, wie es läuft.«

Riatt stieg ab und ging mit den Leuten.

Marshal Drake überquerte die Straße, betrat den Saloon und ließ sich einen Whisky einschenken.

»Ist dir 'ne Laus über die Leber marschiert, Alan?« Der Wirt grinste breit. »Oder trauerst du Fee nach? Sie war zu jung für dich. Immerhin, sie hat mir ganz schön geholfen. So ein großer Saloon will ja in Ordnung gehalten werden.

Und sie wusste, dass ich ihr dafür nichts bezahlen konnte. Der Laden warf ja kaum was ab.«

»Dann ist sie so übel gar nicht, wie?«

Der Wirt beugte sich über den Tresen.

»Riatt bewahrt unsere Stadt vor dem Ende. Das weißt du so genau wie ich. Also hör auf, über ihn nachzudenken.«

»Ja.« Drake kramte in der Hosentasche.

»Der Whisky geht aufs Haus, Alan.«

»Stone ist die Sorge um seinen wilden Sohn nun auch los.«

Drake wandte sich der Tür zu. »Der wird so wenig ein guter Rindermann, wie er ein Handwerker sein mochte.«

»Das ist nicht unser Problem.«

Marshal Drake trat hinaus. Das gesattelte Pferd stand gegenüber vor seinem Office. Riatt zog mit den Leuten von einer Werkstatt zur anderen.

Der Storekeeper kam eine Melodie summend die Straße herauf.

»Ich soll ihm Reiter besorgen, Cowboys. Wo nehm ich die nur her?«

»Nach deinem Gesicht zu urteilen, wird Mister Riatt die Mühe hübsch versilbern. Nun lass dir selbst was einfallen.«

Riatt überquerte die Straße. Der junge Silas Stone folgte ihm bereits wie ein Schatten.

»Vielleicht gibt er ’nen guten Leibwächter oder was Ähnliches ab.«

Der Wirt kam heraus. »Sein Schießeisen hat’s ihm ja vor allem angetan.«

15

Das Heulen eines einsamen alten Wolfes drang durch die Nacht.

Fee kauerte neben ihrem Pferd, den Zügel in der einen, ihre einschüssige Pistole in der anderen Hand.

Es war ihre zweite Nacht in der Wildnis. Sie konnte den Wolf nicht sehen und fürchtete, er würde angreifen.

Der Schimmel reagierte mit steigender Unruhe. Seine Ohren spielten, die Augen blickten groß und ängstlich ins Dunkel, die Hufe schrammten immer wieder über den Boden.

Das Wolfsgeheul wiederholte sich, schien sich jedoch langsam zu entfernen.

Fee richtete sich auf. Sie wollte rasch weiter, da an Schlaf sowieso nicht zu denken war. Sie besaß keine Ausrüstung und wagte dem Pferd auch nicht den schweren Sattel abzunehmen, weil sie dann im Fall einer plötzlichen Gefahr nicht schnell genug fliehen konnte.

Plötzlich schnaubte das Pferd.

Fee schlug das Herz bis zum Hals. Sie meinte Geräusche zu hören. Vielleicht kam der Wolf zurück. Ihre Hand mit der einschüssigen Waffe streckte sich nach vorn.

Ein Pferd wieherte.

»Da ist jemand!«, sagte ein Mann.

»Halt oder ich schieße!«, rief Fee, obwohl sie nichts als Schwärze vor sich erkannte.

»Eine Frau, wenn mich nicht alles täuscht.«

»Du merkst aber auch alles«, sagte ein zweiter Mann.

»Kommt mir nicht zu nahe, ich drücke sonst ab!«

Fee wollte rückwärts, stieß jedoch gegen den Schimmel.

»Angst scheint sie auch zu haben«, meldete sich der erste, immer noch unsichtbare Mann wieder.

»Ich hab keine Angst!«, stieß Fee hervor.

»Nein, nein natürlich nicht, Madam.« Gelächter erschallte.

»Das werd ich euch beweisen!« Fee krümmte den Finger, ohne sich richtig zu überlegen, was sie tat. Der Schuss bellte durch die Nacht. Rauch stieg dem Mädchen ins Gesicht.

»Smith & Wesson«, sagte Jolan Cobb.

Sattelleder knarrte. Zwei Männer tauchten vor dem in Pulverrauch gehüllten Mädchen auf.

»Halt, ich schieß wieder!«

»Dazu müssten Sie aber erst mal laden, Miss«, erwiderte James. »Was ist denn bloß, dass Sie auf alles schießen, was sich bewegt?«

»Vielleicht sehen wir wie Menschenfresser aus«, mutmaßte Jolan.

Fee ließ die Hand mit der Waffe sinken.

»Entschuldigen Sie. Ich bin nervös und hab seit zwei Tagen praktisch nicht mehr geschlafen.«

James sattelte ihr Pferd ab.

»Das werden Sie am besten sofort nachholen. Wir sind auch lange genug unterwegs und legen 'ne Pause ein.«

Sie blickte von James auf Jolan, der ihr zuzwinkerte, seinen Namen nannte und auch den Partner vorstellte.

»Ich bin Fee.«

»Einfach Fee?« Jolan legte den Kopf schief.

»Ja, einfach Fee.« Sie schob die Waffe in die Hosentasche und war nun aufrichtig erleichtert, dass die beiden vertrauenerweckenden Männer rein zufällig auf sie stießen.

James breitete seine Campdecke auf dem Boden aus und schob den Sattel zurecht.

»Und woher kommst du, schöne Fee?«, wollte Jolan wissen.

»Aus einem Nest in der Front Range, das euch bestimmt nicht interessieren wird.«

»Nicht so voreilig. Uns interessiert im Augenblick alles.«

»Vor allem jeder, der irgendwas von irgendwo erzählen kann«, setzte James hinzu. »Wir suchen nämlich einen Mann, der durch Nebraska geritten sein muss.«

»Wie spannend!« Fee lachte befreit.

»Vielleicht hast du ihn zufällig getroffen«, fuhr Jolan fort. »Er ist groß, breit wie ein kleiner Kleiderschrank, hat ein hartes Gesicht, bernsteinfarbene Augen und schwarzes Haar.«

»Und als wir ihn das letzte Mal sahen, steckte er in einem ramponierten Lederanzug.«

»Laurence Rubin«, sagte das Mädchen ernst. »Auf den würde die Beschreibung passen.«

Jolan und James blickten sich verblüfft an.

»Du kennst ihn?«, fragte Jolan.

»Ihm verdanke ich es, hier zu sein.«

16

Die Dämmerung schützte sie vor Sicht aus der Senke. So konnten sie durch das Buschgebiet am Rand der Berge bis auf wenige hundert Yards an das verlassen wirkende Anwesen heranreiten, ohne dass die Gefahr bestand, von dort aus bemerkt zu werden.

Sie stiegen ab, banden die Zügel der Pferde zusammen und schlichen gebückt weiter durch Mesquite und Sagegestrüpp. Sie konnten das Dach des klotzigen Hauses über dem Buschwerk sehen und sich danach in der Richtung orientieren, bis sie die Buschgrenze am Ersten der leeren Korrals erreichten.

»Weiter kommen wir nicht heran«, mahnte das Mädchen.

Sie gingen in die Hocke und beobachteten das scheinbar völlig verwaiste Anwesen.

»Wie viel wolltest du ihm denn aus dem Kreuz leiern?«, fragte Jolan.

»Ich hatte keine bestimmte Vorstellung. Aber an ein paar hundert Dollar dachte ich schon.«

»Die hätte er dir eigentlich locker geben können.« Jolan grinste. »Ganz so knickrig war er bei uns nicht, dieser Miesling.«

»Und was habt ihr nun vor?« Fee blickte gespannt auf die beiden Männer. »Wollt ihr ihn verhaften und nach Wyoming schaffen?«

»Dafür fehlt uns die Handhabe«, erwiderte James. »Von einem Staat in den anderen könnte ihn noch nicht mal ein US-Marshal schaffen. Wir brauchen die Unterstützung der Leute aus Loveland.«

»Was mit denen los ist, hab ich euch doch erklärt.« Fee verzog das Gesicht. »Die verkaufen den eigenen Großvater, wenn sich dafür ordentlich was kassieren lässt.«

Die Tür des großen Hauses öffnete sich und ein junger, drahtiger Bursche erschien auf der Veranda.

»Wer ist denn das?«, staunte Jolan.

Fee war auch überrascht.

»Das ist der junge Silas Stone, Sohn des Wagenbauers aus Loveland. Der war noch in der Stadt, als ich fortgejagt wurde.«

»Aber jetzt ist er hier.«

»Dann hat Rubin alias Riatt ihn vielleicht angestellt.«

»Was ist das für ein Bursche?«

»Hinter den Häusern der Stadt schoss er auf Flaschen, Blechbüchsen und wenn ihn der Hafer stach, auch schon mal auf die Hühner des Sattlers. Er hat viel Ärger gemacht.«

»Ein schießwütiger Narr also«, stellte Jolan fest. »Einer von denen, die erst schießen und dann nachdenken.«

»So ungefähr.«

Der junge Kerl schaute über die Korrals.

»Sieht er uns?« Jolan duckte sich tiefer.

»Ausgeschlossen.« James veränderte seine Haltung nicht.

Riatt kam ebenfalls aus dem großen Haus. Die Tür blieb offen.

Jolans Augen leuchteten auf.

»Da ist er ja, unser spezieller Freund, von dem wir schon befürchteten, er könnte sich abgesetzt haben.«

James überlegte, ob sie die Pferde holen und hinüberreiten sollten. Jolan war sicher sofort dabei, wenn er das vorschlug. Aber ob's klug war, mochte er nicht entscheiden.

»Er kann hier gar nicht mehr ohne Weiteres abhauen«, sagte Fee, als könnte sie seine Gedanken erraten. »Jedenfalls nicht, ohne viel von seiner Beute zu verlieren. Sie haben alle Anzahlungen kassiert. Dreitausend zog ihm der Marshal allein für das Anwesen aus der Nase.«

»Trotzdem hat er noch mehr als zehntausend Dollar«, stellte James fest.

»Er sprach aber auch mit dem Postagenten darüber, dass er nicht Tag und Nacht Bargeld mit sich rumschleppen könnte. Und der Agent bot ihm an, es doch der Bank zu geben. Die würde ihm das Risiko der Aufbewahrung abnehmen und außerdem noch Zinsen zahlen.«

»Und das, meinst du, hat er inzwischen getan?« James war noch skeptisch.

»Es sind immerhin einige Tage vergangen, seit sie mich aus der Stadt jagten.«

»Das Geld kann er holen«, wandte Jolan ein. »Los, wir reiten mal rüber und wünschen einen schönen Tag. Ich glaube, den haut's um, wenn er uns sieht.«

James fand die Idee selbst so verlockend, dass er nachgab. Zehn Minuten später ritten sie schon an den leeren Korrals entlang auf das große Haus zu.

Der junge Kerl mit dem spitzen Gesicht stand noch auf der Veranda. Der Boss war verschwunden. Silas Stone trug den Colt noch tiefer geschnallt, seit er hier draußen lebte. Wie ein Wächter stolzierte er über die Veranda, die Hand auf dem Kolben der Waffe, den Hut tief in die Stirn gezogen. So liefen sie seiner Meinung nach herum, die Männer mit den schnellen Eisen, in deren Fußstapfen er sich längst wähnte.

Er blieb jäh stehen, als er die Reiter bemerkte.

»Fee«, murmelte er. »Boss!«

Der neue Rancher erschien auf der Türschwelle. Ein paar Herzschläge lang stand er wie erstarrt, dann rief er: »Das Weib hat Banditen geholt!«

James zügelte den Fuchshengst.

»Nicht weiter, die machen mit uns kurzen Prozess!«

Riatt lief schon ins Haus zurück. Der junge Kerl zog den Revolver und feuerte aufs Geratewohl.

»Ich hab doch gesagt, dass er einfach drauflos ballert!«

Fee warf ihren Schimmel herum und ergriff die Flucht.

Der Rancher erschien mit einem Gewehr und feuerte ebenfalls.

James hörte die Kugel gefährlich nahe an sich vorbeipfeifen und sprang aus dem Sattel, wobei er die Winchester mitriss. Er ging am Zaun in Deckung und erwiderte das Feuer.

Kugeln prallten in den Zaun. Holzsplitter wirbelten durch die Luft.

Fee verschwand im Dickicht.

Jolan kniete neben James und schoss auf das Haus, in das sich die beiden anderen zurückzogen. Winzige Staubfontänen wurden aus der Vorderfront gerissen. Dann splitterte ein Fenster. Die Tür knallte zu. Aber nun reckten sich zwei Gewehre aus den Fenstern, und die Freunde wurden abermals mit Projektilen eingedeckt.

»Hat der schnell auf unseren Anblick reagiert«, staunte Jolan.

»Wir können von Glück reden, dass er nicht dazukam, nachzudenken. Wären wir in den Hof gekommen, hätten sie uns wie Hasen weggeputzt!«

Die Pferde waren wie Fee im Gestrüpp verschwunden.

James und Jolan feuerten wie die beiden im Haus und demolierten dabei noch mehrere Fenster.

»Zwecklos.« James ließ das Gewehr sinken. »Wir verpulvern nur eine Menge Patronen, mehr ist nicht drin.«

Sie zogen sich am Zaun bis zur hinteren Ecke zurück und liefen gebückt ins Buschwerk.

Auf der Ranch wurde noch geschossen, als sie die Pferde und Fee in der herabsinkenden Nacht schon gefunden hatten.

»Die wissen noch nicht, dass wir weg sind«, sagte Jolan. »Wollen wir von hinten in den Saftladen einsteigen?«

»Ich denke, wir reiten nach Loveland und versichern uns der Hilfe des Marshals«, entgegnete James.

»Die werden euch so behandeln, wie's mir widerfuhr«, warnte das Mädchen.

»Das wollen wir erst mal abwarten.« James drückte Patronen ins Röhrenmagazin der Winchester und schob sie in den Scabbard.

»Ihr kennt sie nicht!«

»Wir werden sie kennenlernen.« James stieg auf.

Jolan zögerte noch.

»Wir können uns nicht wie Banditen aufführen, wenn wir was bewirken wollen, Jolan. Also los, mach keinen Blödsinn.«

»Im Gegensatz zu dir kann ich mir vorstellen, dass sie recht hat. Es geht um die Existenz der Leute.«

»Wenn ihr hierbleiben wollt, reit ich eben allein.« James trieb den Fuchshengst an.

Fee folgte ihm sofort.

Sie ritten auf die Berge zu, die trotz ihrer Nähe bereits in der Nachtschwärze versanken.

17

Das Auftauchen der beiden Fremden wäre in Loveland höchstwahrscheinlich ohne Interesse hingenommen worden. Weil aber Fee zwischen den Männern ritt, bedeutete das für alle ein so alarmierendes Zeichen, dass der Stallmann sie noch einmal aus den Federn werfen konnte.

Sie befanden sich bereits im Saloon.

Der Keeper verharrte wie zu Stein geworden hinter dem Tresen.

»Ich kann doch nichts dafür, Fee«, jammerte er. »Was soll ich denn gegen die anderen tun?«

»Marshal, das Flittchen ist mit zwei Revolvermännern zurückgekommen!«, rief der Stallmann.

Jolan griff sich die Whiskyflasche und zog drei Gläser über den Schanktisch.

»Ich schätze, wir trinken erst mal einen, damit wir den Staub von fünfhundert Meilen aus der Kehle kriegen. – Sie gestatten doch, Mister?« Er wartete die Antwort nicht ab, sondern schenkte ein.

Der Marshal betrachtete die Anwesenden.

Draußen rottete sich langsam die Menge zusammen.

»Sie sind Jäger aus Montana«, sagte das Mädchen. »Und sie waren auf der Suche nach diesem Riatt. Es war purer Zufall, dass wir uns begegneten.«

James trank den Whisky und erzählte ihre Geschichte.

Indessen kamen noch mehr Männer herein. Sie fühlten sich gestört, nicht nur in ihrer Nachtruhe. Und das ließen sie sich auch anmerken. James wurde nicht mal das Gefühl los, dass sie ihm, wenn überhaupt, nur widerwillig zuhörten.

Nur der Marshal nickte mehrmals.

»Dämliche Geschichte«, knurrte der Schmied.

»Die hat er sich aus den Fingern gesogen«, setzte der Schreiner noch eins drauf. »Natürlich müssen sie uns irgendeinen Bären aufbinden.«

»Warum sollten sie das?«, fragte der Marshal.

»Was?«

»Hast du mich wirklich nicht verstanden, Eroll?«, schimpfte der Marshal. »Warum sollten sie uns was vormachen?«

»Ihr habt euch mit 'nem Banditen eingelassen«, behauptete das Mädchen schrill.

»Für das Gefasel gibt's keine Beweise!«, brüllte der Schmied, damit es auch draußen verstanden werden konnte.

»Die Beweise liegen in Kalesch«, erinnerte James gedehnt. »Schicken Sie einen Mann nach Kalesch in Wyoming, Marshal, dann werden Sie erfahren, dass Sie die Wahrheit hörten.«

»Den Teufel werden wir!«, schimpfte der Schmied. »Das Weibsstück hat die beiden aufgelesen, und alle drei haben sich dieses Märchen ausgedacht. – Ein Kopfgeldjäger, der sich als Marshal ausgibt – so 'nen Schwachsinn hab ich noch nie gehört.«

Ein paar Männer lachten. Es klang gezwungen.

Hufschlag hallte durch die Stadt.

»Mister Riatt!«, rief der Stallmann auf der Straße.

Die Menge machte vor dem Saloon Platz. Ein halbes Dutzend Leute redeten durcheinander.

Marshal Alan Drake trat zur Seite.

Die Schwingtür flog auf. Beide Flügel knallten gegen die Wände.

Der Keeper verlor den Rest der Farbe aus dem Gesicht und murmelte: »Herrgott, steh mir bei, dass nicht alles zu Bruch geht!«

Dann stand Riatt im Saloon, sein Schatten Silas Stone dahinter.

»Das sind Banditen, Marshal! Sie wollten uns auf der Ranch überfallen. Zum Glück sahen wir sie früh genug.«

»Die beiden Fremden behaupten was völlig anderes, Mister Riatt«, gab der Marshal kühl zurück.

»So? Was denn?«

Der Marshal wiederholte stichwortartig, was er erfuhr.

»Das ist ja eine tolldreiste Geschichte.« Riatt erreichte den Tresen und schlug mit der Faust auf die Platte.

»Wir können sie ganz einfach aus der Welt schaffen«, redete der Marshal weiter.

»So? – Und wie?«

»Indem ich nach Kalesch reite und die Angaben der beiden Männer nachprüfe, Mister Riatt.«

»Und wo ist das?«

»Schätzungsweise vierhundert Meilen von hier, Mister Riatt.« Der Marshal blieb gelassen.

»Wie lange meinen Sie denn, dass Sie unterwegs sind?«

»Das müsste sich selbst für einen alten Mann wie mich in zwei Wochen erledigen lassen.«

Riatt schaute den Schmied, den Schreiner, dann den Sattler an.

»Der Marshal hat sie doch nicht mehr alle, oder? Der würde wegen dieser lausigen Lügner bis Wyoming reiten, um sich dort sagen zu lassen, dass er einem Märchen aufgesessen ist. Bezahlt die Stadt ihn wirklich für solche Extratouren?«

»Die Stadt denkt gar nicht dran!«, verkündete der Schmied, heilfroh, dass der clevere Mister Riatt ihm auf die Sprünge half.

»Sie wollen also gar nicht, dass die Sache nachgeprüft wird?«, fragte der Marshal.

»Warum sollte ich?«

»Wenn die Angaben falsch sind, würden Sie dadurch von einem schwerwiegenden Verdacht reingewaschen, Mister Riatt.«

Der Rancher winkte ab.

»Ich hätte viel zu tun, wenn ich mich um das Geschwätz jedes hergelaufenen Halunken kümmern wollte.«

»Meinst du mich oder meinen Freund, Rubin?«, fragte Jolan schleppend. »Ich will nur wissen, ob ich dir dafür eine in die Fresse hauen muss, oder ob es seine Sache ist.«

»Das ist ja der Gipfel!«, rief der Schmied. »Los, wir werfen das Pack hinaus!«

»Haut sie!«, hetzte der Schreiner.

Der Keeper hielt sich die Ohren zu und schloss die Augen.

»Ich wusste ja, dass es so endet!«

Sie griffen mit lautem Geschrei alle gleichzeitig an.

Fee wurde aus dem Kreis gestoßen und landete unter einem Tisch. James sah ein halbes Dutzend Fäuste auf einmal, konnte sich aber unter allen hinwegducken.

Er tauchte auf, schnappte zwei der Kerle und knallte ihre Köpfe zusammen. Den dritten hob er aus und warf ihn ins Spülbecken.

Dann stand er vor Riatt, der scharf grinste und zuschlug. James blockte den Hieb mit dem Unterarm und schlug selbst zurück.

Riatt krümmte sich.

James' Knie kam von unten, zu spät. Riatt rammte ihm schon den Kopf gegen die Brust.

Er flog zurück, stolperte und stürzte. Aber er rollte sich blitzschnell herum und sprang wieder auf.

Keine Sekunde zu früh. Riatt sprang ihn an.

Vom Tresen warf sich der nasse Sattler auf Wilde. Er strauchelte wieder. Der Handwerker hing wie eine Klette an ihm.

Riatt konnte in Ruhe Maß nehmen und James einen Schlag verpassen, der ihn bis an den nächsten Pfosten schlittern ließ. Ein Stuhl schwang seitlich hoch. Wer sich da so ins Zeug legte, ihn auszuschalten, sah James nicht mehr. Nur dass sie entschieden zu viele Gegner hatten, wurde ihm noch bewusst. Der Schmerz durchzuckte ihn wie ein Messerstich, als er von dem Möbel getroffen wurde. Er sank zusammen. Wie er auf dem Boden landete, spürte er nicht mehr.

Fee floh gerade durch die Hintertür.

Jolan, der fünf Männer vor und einen hinter sich hatte, bekam von Letzterem den achtkantigen Revolverlauf über den Hut gezogen und fiel in einen Kinnhaken, der vom Schmied stammte und keine Wünsche offenließ. Jolan stürzte exakt neben seinen Partner, als wäre es so vorgesehen.

»Das war's dann wohl.« Der Schmied rieb die Hände. »Die beiden stinken. Müssen seit Wochen kein Wasser mehr gesehen haben. Pfui Teufel!«

»Werft sie ins Jail«, befahl Riatt.

Der Marshal stand an der Wand wie ein unbeteiligter Zuschauer, der mit Exaktheit jede Kleinigkeit verfolgt.

18

»Mit solchen Rabauken soll man kein Federlesen machen, nicht wahr, Marshal.«

»Aber die beiden haben Ihnen doch nichts getan, Mister Riatt.« Drake kam von der Wand an den Tresen.

»Nun halten Sie aber die Luft an, Marshal! Die wollten mir anhängen, ein ganz übler Bursche zu sein.«

»Ein Bandit«, verbesserte der Marshal.

Riatt verschlug es die Sprache.

»Genügt das nicht, sie ordentlich zu vertrimmen?«

»Es ändert nichts an der Anschuldigung, Mister Riatt. Sie sollten damit einverstanden sein, dass ich die Angaben nachprüfe, um Ihre Unschuld beweisen zu können.«

»Ich trau Ihnen nicht mehr, Drake!«, stieß der neue Rancher gepresst hervor.

»Ich Ihnen auch nicht«, sagte der Marshal verblüffend offen.

»Soll ich den komischen Sternträger umnieten?«, zischte der junge Stone an Riatts Seite.

»Halt die Schnauze, du Idiot!«, herrschte Riatt ihn barsch an.

»Ist ja gut, Boss. Ich dachte nur, wenn...«

»Du sollst nicht denken!«, kanzelte Riatt ihn ab. »Drake, Sie werden nicht nach Kalesch reiten, weil Sie als Stadt-marshal hier angestellt sind. Ihr Wirkungskreis endet beim letzten Haus von Loveland, merken Sie sich das gefälligst.«

»Untersteh ich jetzt Ihnen, Mister Riatt?« Der alte Marshal lächelte.

»Der will Sie auf den Arm nehmen, Sir«, maulte Silas. »Ich sollte ihm vielleicht doch...«

»Such nach dem Flittchen und schaff es her, das ist wichtiger!«, unterbrach Riatt ihn schroff.

Silas stürzte hinten aus dem Saloon.

»Ich bin verwundert, wie gut er spurt«, sagte der Marshal. »Das hat er bei seinem Vater nie getan.«

»Lenken Sie nicht ab, Marshal. Denken Sie besser darüber nach, was Sie für Aufgaben haben.«

»Sie reden, als hätten Sie Angst davor, dass ich die Angaben der beiden Fremden nachprüfe, Mister Riatt.«

Der Rancher war sprachlos.

Dann kehrte der herkulische Schmied in den Saloon zurück.

»So, die beiden haben wir versorgt. Im Jail können sie erst mal nachdenken.«

»Worüber?«, fragte Drake.

»Was ist mit dir, Marshal? Die Hundesöhne haben Flurschaden wie die Vandalen angerichtet. Schau dich bloß mal um!«

»Ich hab alles genau beobachtet«, sagte Drake. »Die beiden haben kein Möbel angefasst. Das seid ihr gewesen. Ihr durftet euch mal so richtig austoben. Im Übrigen war Mister Riatt schon so großzügig, den Schaden zu begleichen. Wirt, hast du noch Forderungen?«

»Keine«, sagte der Keeper.

»Hat sonst jemand was gegen die beiden Fremden vorzubringen, die von euch bewusstlos geschlagen wurden?« Marshal Drake blickte von einem zum anderen. »Niemand? Was soll die Einsperrerei dann?«

Der Schmied fluchte.

Silas kehrte zurück.

»Die Ziege muss der Erdboden verschluckt haben, Boss!«

»Denken Sie nach, Marshal. So einen ruhigen Job wie hier finden Sie nicht mehr. – Wir reiten zur Ranch, Silas!«

19

Im Saloon war Ruhe eingekehrt. Im Obergeschoss erschien Fee an der Galeriebrüstung.

»Wie kommst du denn da rauf?«, staunte der Keeper.

»Hinten über die Feuertreppe. Es war kaum zu vermuten, dass sie mich hier suchen.« Das Mädchen lachte. »Die sind ganz schön konfus, was? So sieht das dann aus, wenn die Felle langsam davonschwimmen.«

Im Office schloss der Marshal die leere Zelle ab und schob den Schlüssel ins Schubfach seines Tisches.

Jolan trat ins Freie.

»Er ist gefährlicher, als ich dachte«, wandte James sich an den alten Marshal. »Und die Leute wollen die Wahrheit nicht wissen. Die waren so in Rage, die hätten uns glatt gelyncht.«

»Wo hat er das Geld?« Jolan wandte sich um.

»Das liegt in der Bank. Und der Stationer hat sich bisher rausgehalten. Gehen Sie erst mal schlafen. Morgen sehen wir weiter.«

James nickte. Er trat hinaus und überquerte mit Jolan die inzwischen verlassene Straße, aber er wurde das Gefühl nicht los, mindestens von einem Dutzend Augenpaaren beobachtet zu werden.

»Hallo!«, rief Fee. Sie stand an der Treppe und winkte.

»Ich habe mit der ganzen Sache nichts zu tun«, betonte der Wirt. »Seht euch um! Man meint, hier hätten Vandalen gehaust.«

»Gibt's noch Whisky?« Jolan betastete Nacken und Oberarme. »In der Übermacht sind die Leute hier schon stark, das muss ihnen der Neid lassen.«

Der Keeper schenkte zwei Gläser voll.

»Mister Riatt hat den Schaden bezahlt.«

»Ist ja nicht zu fassen.« Jolan nahm sein Glas.

»He, ich kann jetzt auch was Scharfes vertragen!« Fee kam die Treppe herunter und trat zwischen James und Jolan. »Ihr zwei stinkt meilenweit gegen den Wind. Morgen früh nehmt ihr als Erstes ein Bad. – Was ist denn nun, krieg ich nichts?«

Der Wirt schenkte gleich noch zwei Gläser voll. »Ich kann jetzt auch 'nen Whisky vertragen. Dann legen wir uns endlich aufs Ohr.«

Sie stießen an.

»Steht der Waschzuber noch im Schuppen?« Fee setzte ihr Glas ab.

»Aber sicher.«

»Dann sorg ich morgen früh für warmes Wasser und weck euch nacheinander. Wer will der Erste sein, der den Schmutz von der Haut kriegt?«

»Ich mag nicht mitten in der Nacht geweckt werden«, maulte Jolan.

20

Die beiden Reiter zügelten die Pferde auf der Bergschulter und schauten ins nachtdunkle Tal zurück. Weit entfernt sahen sie noch ein paar helle Punkte wie Irrlichter, das Einzige, woran sich Loveland erkennen ließ.

»Den einen hätte ich glatt aus den Stiefeln geschossen«, sagte der junge Silas Stone. »Und den anderen wahrscheinlich auch. Dann wär der ganze Spuk schon vorbei.«

Riatt stützte die Hände aufs Sattelhorn.

»Was ist der alte Sternträger eigentlich für ein Typ?«

»Haben Sie das noch nicht spitzgekriegt, Boss? Ein verdammter Dickschädel ist er.«

»Dann muss man ihm Zutrauen, dass er wirklich fünfhundert Meilen weit reitet, egal was die anderen dazu sagen, wie?«

»Wenn die Leute was gegen ihn sagen, dreht er erst richtig auf. Soll ich ihn herausfordern, dass er zur Kanone greift?« Silas grinste boshaft.

»Ich fürchte, dass er dir den Gefallen nicht tun würde, Silas. Und überhaupt hab ich doch gar nichts gegen den Marshal.«

»Es klang aber so«, brummte der Junge missmutig.

»Du würdest ihn wirklich zum Duell auffordern?« Riatt beobachtete den drahtigen, verschlagenen Kerl, dem offenbar kein Auftrag zu schmutzig war.

»Sicher, Boss. Wer 'nen Revolver mit sich rumschleppt, ist selbst schuld, wenn er aufgefordert wird, ihn zu ziehen.« Silas Stone reckte sich. »Und ihm bleibt auch keine Wahl, als sich zu verteidigen. – Oder stimmt das etwa nicht?«

»Nach den Gesetzen der Wildnis schon, Silas. Nur gibt's inzwischen auch hier draußen Richter, die das womöglich anders sehen. – Nein, ich hab wirklich nichts gegen den Marshal. Aber es wäre mir recht, wenn du die beiden Galgenvögel im Auge behalten würdest, die von dem Weib nach Loveland gebracht wurden...«

»Ja?«

»Ich meine, sie schleppen auch Colts mit sich rum. Es könnte ja zu 'nem Wortwechsel kommen, bei dem es dann nicht bleibt.«

Silas grinste von einem Ohr zum anderen.

»Ich erledige das, Boss.«

»Aber ich habe dich nicht geschickt, Silas!«

»Ich bin kein Waschweib, Boss.«

Riatt steckte dem Jungen zwei Silberdollars zu.

»Danke, Sir. So viel Geld hat mein Alter nie lockergemacht.« Silas strahlte. »Noch nicht mal über die Jahre zusammengerechnet, Sir.«

»Sei vorsichtig, damit du noch mehr davon kassieren kannst.«

Silas steckte die beiden Münzen ein und gab dem Pferd die Sporen.

Riatt schaute ihm nach, wie er in die Schlucht ritt und ins langgestreckte Bergtal zurückkehrte.

Es war noch dunkel, als Silas wieder in die Nähe von Loveland kam. Jedoch kündigte bereits ein heller Streifen östlich über den Gipfeln den nahen Morgen an.

Der Junge kannte in der näheren Umgebung der Stadt praktisch jeden Stein und jeden Busch und auch jeden Pfahl, der irgendwann einmal in den sandigen Boden gerammt wurde. Dadurch war es für ihn eine Kleinigkeit, das Pferd gut zu verstecken und hinter dem Saloon selbst so in Deckung zu gehen, dass ihn kaum jemand aufspüren konnte.

Die Dämmerung kroch durch das lange Tal. Der Himmel färbte sich bleigrau. Nebelfetzen standen über den Büschen, als die Wärme zunahm.

Silas hörte das leise Klappern von Hufen. Mit dem Colt in der Faust richtete er sich im Sagegestrüpp auf und schaute nach Westen. Doch das leise Klappern verklang schon wieder.

Nichts geschah.

Silas sank in den Busch zurück und verlegte sich erneut auf die Beobachtung des Saloons, des einzigen doppelstöckigen Hauses der Stadt. Er mochte den Besitzer nicht, weil der nach seiner Meinung ein Geizkragen war.

Der erste Sonnenstrahl stach über die Berggipfel.

Im Haus rumorte es, die Hintertür flog auf und der Keeper warf die Möbeltrümmer hinaus.

»Ganz schöner Flurschaden«, murmelte Silas grienend.

»Fee, es ist hell!«, rief der dicke Wirt im Haus.

Das Mädchen tauchte etwas später auf, gähnte, blinzelte gegen die Sonne und fuhr sich mit gespreizten Fingern durch das rotblonde Haar. Es ging zum Schuppen, sperrte die schiefhängende Tür weit auf und kehrte mit zwei Eimern zurück.

Der Anblick des Mädchens hatte Silas an seine vergebliche Suche nach ihr während der Nacht erinnert und seine Fröhlichkeit erheblich gedämpft.

»Für dich Kanaille wird mir auch noch was einfallen!«, zischte er durch die Zähne.

»Du hast ja noch gar kein Feuer«, sagte Fee im Haus.

»Warum denn?«

»Für warmes Wasser.«

»Spinnst du, zum Teufel? Bei der Hitze auch noch warmes Wasser?«

Der Wirt und das Mädchen schleppten Wasser aus dem Haus und gossen es in den Zuber, der im Schuppen im einfallenden Sonnenlicht stand und ein geradezu hervorragendes Ziel für den jungen Silas Stone abgab.

Fee und der Wirt brachten noch mehr Wasser. Danach rief das Mädchen nach dem einen Fremden im Haus.

James Wilde gähnte, als er nur mit der Hose und Stiefeln bekleidet, den Patronengurt in der Hand, in die Sonne trat.

Silas' Haltung spannte sich. »Komm ein Stück näher, damit ich besser zielen kann.«, flüsterte er.

»Vorwärts, ins Waschfass!«, kommandierte Fee im Hof. »Ich schrubb dir den Rücken!«

Silas fluchte. Das Mädchen bewegte sich so, dass James andauernd von ihr gedeckt wurde, bis sie sich im Schuppen befanden. James zog Stiefel und Hose aus und stieg in den Zuber.

»He, das ist ja geschmolzenes Eis!«, rief er, empört über die Kälte des Wassers.

Silas schob den Colt durch das Geäst. Das Mädchen verdeckte den Mann, der mit beiden Händen in den Zuber schlug, dass Wasserfontänen bis in den Hof spritzten und das Mädchen trafen.

Fee zog die Bluse aus.

»Mich stört's nicht, ich bin nicht wasserscheu.«

Silas kam immer noch nicht zum Schuss.

Der dicke Keeper rollte wie eine Kugel aus dem Haus, stürzte zum Schuppen und rief: »Das Pferd des Marshals steht nicht mehr im Stall! Er muss es irgendwann geholt haben, ohne den Stallmann zu wecken.«

Silas duckte sich im Dickicht und dachte an den Hufschlag, den er vor geraumer Zeit hörte.

James sprang aus dem Zuber und fuhr so nass wie er war in die Hose.

»Was hast du vor?«, rief Fee erschrocken.

»Ich reite ihm nach.« James hastete über den Hof.

Jolan trat gerade aus dem Saloon. »Hast du es schon gehört? Der Marshal...«

»Bleib hier und achte auf Fee«, unterbrach James den Partner. Dann verschwand er im Haus.

Der Keeper kippte das Wasserfass aus. Dann schleppten sie neues Nass eimerweise aus dem Saloon. Auch Jolan beteiligte sich daran.

Silas hörte hämmernden Hufschlag. Staub stieg hinter den Büschen auf.

»Dem Marshal wollt ich auch noch zu kalten Füßen verhelfen«, murmelte der Junge. Sein Konzept war empfindlich gestört.

Fee lachte und schlug mit einer großen Bürste nach Jolan, der sie in den Zuber ziehen wollte.

Silas konzentrierte sich wieder auf den Schuppen. Der schwarzhaarige Mann mit dem Bärtchen wandte ihm das Gesicht zu. Schräg hinter ihm hing sein Patronengurt über einem Pfahl.

Silas spannte den Hammer des Colts.

Jolan, der zufällig über den Hof blickte, sah, wie sich die Büsche trotz der Windstille bewegten und ließ Fee los.

Sie lachte noch, als der Mann im Zuber schon nach dem Patronengurt griff und den Revolver aus dem Holster zog.

Silas fühlte sich ertappt und schoss zu schnell. Die Kugel traf den Bottich und durchschlug ihn. Wasser ergoss sich in einem dünnen Strahl in den Sand.

Das Mädchen stieß einen Schrei aus und ergriff die Flucht.

Jolan feuerte zurück. Ein lästerlicher Fluch schallte aus dem Gestrüpp. Silas taumelte und durchbrach das trockene Geäst.

Schmerz wühlte in seiner Brust. Das große Haus und der Schuppen schienen vor seinem Blick Purzelbäume zu schlagen. Er sah Feuer und Rauch und eine Explosion.

Silas blieb stehen, schwankte und fiel steif nach vorn.

21

Der Schmied kam als Erster in den Hof und sah die reglose, auf dem Gesicht liegende Gestalt.

Beim Schuppen war niemand mehr. Verlassen stand der Zuber hinter der offenen Schuppentür im Sonnenlicht. Noch immer ergoss sich ein kleiner Wasserfall aus dem Loch in der Daube und sprudelte in eine Pfütze.

Elwood lief weiter, kniete und wälzte die Gestalt herum. Silas fiel steif auf den Rücken. Starre hatte das Gesicht überzogen. Leer blickten die Augen ins Nichts.

Die Männer stürmten von beiden Seiten in den Hof.

»Er ist tot«, sagte der Schmied.

»Stone, dein Sohn!«, brüllte jemand.

Der Wagenbauer wurde in den Kreis geschoben, der sich rasch bildete. Er sah verstört aus, obwohl nur eingetreten war, was er seit Jahren befürchtet hatte.

»Wie gut, dass es deine Mutter nicht mehr erleben musste«, murmelte er.

»Das war der Fremde!«, schimpfte der Schmied.

»Aufhängen!«, schrie einer in der Menge.

Im Saloon schabte ein Riegel über die Hintertür.

»Was hab ich nur getan, dass ich so gestraft werde!«, jammerte der Keeper.

»Hör auf zu lamentieren, du Narr!«, schimpfte Fee. »Jolan hat sich seiner Haut gewehrt. Der kleine Schurke hat zuerst geschossen. Was sollte Jolan denn tun, he? Sich etwa im Zuber abknallen lassen?«

»Holt eure Gewehre!«, befahl der Schmied.

Die Menge lief auseinander. Sie trafen sich auf der Straße, jeder mit den Waffen behängt, die er noch besaß. Der Storebesitzer gab zusätzlich Gewehre aus. Schmied Elwood verteilte die Leute, ließ den Saloon umstellen und den Mietstall besetzen.

Der Saloon war auch auf der Vorderfront geschlossen und die Klappe über den Schwingflügeln herabgelassen.

»Komm raus, du Bastard, sonst holen wir dich!«, kommandierte der Schmied.

Fee kauerte im Obergeschoss hinter der Balustrade und schaute Jolan an, der mit der Winchester in der Armbeuge neben ihr stand. Unten lief der Keeper konfus herum und schlug immer wieder die Hände über dem Kopf zusammen.

»Mit dem Bad, das war keine gute Idee, was?« Fee richtete sich auf.

Jolan lächelte. Es sollte beruhigend auf sie wirken. »Dann hätte er's anderswo versucht und vielleicht mehr Glück gehabt.«

»Warum seid ihr denn nicht gleich abgehauen?« Der Wirt blieb unten stehen.

»Wohin denn?«, fuhr Jolan ihn wild an. »Über die Straße wären wir nicht gekommen, also auch nicht zu den Pferden. Und zu Fuß hätten wir's noch keine Meile geschafft.«

»Sie werden das Haus anzünden!«

»Unwahrscheinlich, weil dann mindestens die halbe Stadt abbrennt«, gab Jolan zurück.

»Dann stürmen sie es. Dabei bleibt doch kein Brett auf dem anderen. – Nein, heilige Mutter Maria, lass es nicht zu!«

»Wir warten nicht länger!« Die Stimme des Schmieds klang keifend.

»Habt ihr gehört?« Der Wirt ließ die Hände sinken.

»Geh lieber in Deckung«, schlug Jolan vor. »Vermutlich fliegen dir da unten gleich Kugeln um die Ohren.«

»Aber du hast gegen sie keine Chance, Mister. Sie demolieren mir das ganze Haus und kriegen dich doch.«

»Jammerlappen«, sagte Fee verächtlich. »Er wird sein Leben so teuer wie möglich verkaufen, und ich helf' ihm dabei. Und wenn du einmal in deinem Leben ein Kerl sein willst, dann tust du das auch.«

»Was hab ich denn damit zu schaffen? Ich halt mich raus. Ein guter Wirt ergreift nie Partei.«

»Das haben Wirte mit anderen Geschäftsleuten gemeinsam«, sagte Jolan. »Sie reden immer den Senf, den der jeweilige Kunde hören möchte.«

Auf der Straße wurde der erste Schuss abgefeuert. Er war noch als Warnung gedacht, sollte der Forderung des Schmieds Nachdruck verleihen und traf nur die Wand. Eine Fensterscheibe klirrte.

Der Keeper hielt sich die Ohren zu und floh in das Hinterzimmer. Sein Jammern schallte durch das ganze Haus.

Fee nahm das Gewehr zur Hand. Sie hatte es samt der zwischen ihnen lehnenden doppelläufigen Schrotflinte unter dem Tresen hervorgezogen, bevor sie sich ins Obergeschoss absetzten.

Der zweite Schuss dröhnte durch die Stadt.

»Und das auf nüchternen Magen«, murrte Jolan. »Lebensart haben die Bürger von Loveland überhaupt nicht.«

»Kein Mensch ist vollkommen.« Fee lächelte. Es wirkte verkrampft.

Am Ende des Ganges warf sich jemand gegen die im Obergeschoss befindliche Hintertür.

Jolan fuhr herum und feuerte durch den halbdunklen Gang.

»Verrammelt!« Stiefel polterten die Treppe hinunter. »Weg, hier gibt's keine Deckung.«

»Jetzt wollten sie uns übertölpeln.« Fee wischte den Schweiß vom Gesicht.

»Das wird nichts, Lorne!«, rief ein, Mann. »Die haben die Bude rundherum verrammelt!«

»Das rettet ihn auch nicht vor dem Strick.«

Ein Fenster knarrte.

»Der Wirt setzt sich ab!«, rief Fee schrill.

»Damit war zu rechnen.«

»Memme«, sagte Fee.

»Wenn sie uns holen wollen, müssen sie die Treppe herauf. Und damit werden sie Mühe haben.«

»Wie lange können wir uns halten?«

»Wenn sie mich nicht erwischen, vielleicht den ganzen Tag.«

»Denkst du, James kehrt zurück?«

Jolan schüttelte den Kopf. »Der ist in Sorge, dass es der alte Mann allein nicht schafft.«

Dielen knarrten unter ihnen.

Fee hielt den Atem an.

»Psst!«, zischte jemand.

Angeln kreischten.

»Wenn ihr nicht gehört werden wollt, dürft ihr euch nicht wie die Elefanten benehmen!« Jolan lachte lauthals.

Unten wurde geschossen. Das Projektil strich am Lüster vorbei und traf die Balustrade. Eine gedrechselte Strebe wurde zerschlagen.

Jolan feuerte sofort zurück, lief über die Galerie, um die Eindringlinge sehen zu können und schoss wieder.

Einer brüllte wie am Spieß.

»Der Schweinepriester hat mich verletzt!«

Jolan lud das Gewehr sofort nach.

»Zeig mal her, Ed. Mann, das ist doch nur ein Kratzer.«

»Am besten, ihr wartet erst mal, bis der Marshal zurück ist«, schlug der Keeper vor.

»Geschwätz«, fuhr ihn der Schmied an. »Das Stinktier hat den kleinen Silas Stone ermordet. Das hast du doch selbst gesehen. Oder etwa nicht?«

Fee lauschte angestrengt, um sich kein Wort entgehen zu lassen.

»Nicht genau«, sagte der Keeper kleinlaut.

»Das Miststück«, murmelte Fee. »Der haut uns jetzt auch noch in die Pfanne.«

Jolan behielt das Gewehr schussbereit in der Hand, lief auf der Galerie erst nach rechts, dann nach links und schließlich in ein Zimmer.

Die Menge stand auf der Straße. Er zielte über sie hinweg und drückte ab. Die Menschen spritzten auseinander, und ehe der Schuss richtig verhallen konnte, lag die Straße wie ausgestorben im Sonnenlicht.

Jolan lachte wild zum Fenster hinaus. »Ich hoffe, eure kleine Versammlung nicht gestört zu haben.«

Schüsse waren die Antwort. Die Fensterscheibe wurde getroffen. Ein Scherbenregen ergoss sich über den Raum.

Jolan feuerte dahin, wo die Pulverrauchwolken an Ecken und über Regentonnen aufstiegen. Die Schützen sprangen zurück.

Dafür wagten sich gleich drei aufs Dach des Office. Geduckt fanden sie Deckung hinter dem großen Schild, hoben die Colts darüber und schossen, ohne zu zielen.

Jolan kehrte in den Flur zurück. Fee lehnte kreidebleich an der Wand und stützte sich auf das Gewehr.

»Soll ich fragen, ob sie dich rauslassen?«

»Die Angst ist etwas, da muss der Mensch durch wie durch die Hölle, Jolan. Im Übrigen ist es meine Schuld, dass wir in dieser Lage stecken. Wie sieht es auf der Straße aus?«

»Sie kneifen, wenn's Zunder gibt.«

Vom Dach des Office wurde noch immer geschossen.

»Die machen sich noch Mut, verlass dich darauf. Und dann sind sie wild wie gestern Abend.«

»Kann schon sein. Aber soweit ist's offenbar noch nicht.« Jolan stieg die Treppe hinunter.

»Wohin willst du?«

»Etwas zu essen besorgen.«

»Sei vorsichtig, sie sind vielleicht immer noch im Haus.«

Jolan erreichte das Untergeschoss. Durch das Fenster sah er, wie der Schmied die Leute beim Mietstall sammelte.

Zwei Mann schossen noch vom Dach des Office herüber. Der Rauch da drüben war so dicht, dass es den Anschein erweckte, als würde das mickrige Haus des Marshals brennen.

Jolan betrat die Küche, öffnete die Vorratskammer mit dem Lauf der Winchester und griff hinein. Dabei beobachtete er die Leute am Stall und gewann den Eindruck, dass Elwood sie noch nicht restlos davon überzeugen konnte, nun Kopf und Kragen zu riskieren.

»Dich wollen sie jedenfalls nicht umbringen.« Jolan verließ die Küche und schaute die Treppe hinauf. »Elwood, hat's eben gesagt. – Du kannst immer noch gehen.«

»Bring das Frühstück endlich«, gab sie zurück.

22

Stadt-Marshal Alan Drake befand sich bereits auf dem nordwestlichen Abstieg der Front Range. Die Sonne war hoch an den Himmel geklettert und sah hinter Dunst und Staub grünlich aus. Im Canyon hing die Hitze wie in einem Backofen und verursachte ein Flimmern in der Luft, in dem sich die grauen Felsgiganten zu bewegen schienen.

Am Ende der Steilwand begann ein fast vierzig Yards tiefer Graben, der links des am Hang entlangführenden Weges lag. Geröll war im Verlauf der Jahrtausende aus dem morschen Granitgebirge gebrochen und in die Tiefe gestürzt. Aber die Felsleiste war doch so breit geblieben, dass sie selbst von der Concordkutsche der Wells Fargo benutzt wurde.

Drake ließ das Pferd ausgreifen. Die Hufe trommelten auf das Gestein.

Über der Felswand schräg gegenüber wuchs eine Gestalt empor. Das Messingschloss eines Mehrladegewehres schimmerte in der Sonne.

Der Marshal riss das Pferd zurück. Er erkannte den Mann; den großen, stämmigen Rancher, der sich Kervin Riatt nannte.

»Idiot!«, rief der Mann.

»...diot...ot«, hallte es in der Schlucht nach.

Danach entlud sich das Gewehr mit einem lauten Peitschen. Drake spürte einen Schlag, als hätte ihn ein Stein getroffen.

Das Gewehr krachte wieder. Die zweite Kugel ging fehl und streifte über den Hals des Pferdes. Es ging durch und warf den Marshal ab.

Drake stürzte über den Rand der Felsleiste und rollte ein paar Yards abwärts. Im Geröll blieb er hängen. Sein Kopf hing wie der eines Toten nach unten.

Riatt ließ das Gewehr sinken.

»Wer nicht hören will, muss fühlen«, sagte er.

Das ledige Pferd verschwand im Canyon.

Riatt lief zu seinem Tier, schwang sich in den Sattel, schob das Gewehr in den Scabbard und trieb es an. Er galoppierte in den Hohlweg, der von der Bergschulter in die Tiefe führte. Als er den Canyon erreichte, hörte er den Hufschlag des anderen Pferdes. Er näherte sich. Der Braune war demnach noch nicht vorbei.

Immer lauter hallte das Dröhnen der eisenbeschlagenen Hufe durch die Berge. Das Pferd tauchte auf. Riatt ließ es vorbei, trieb den Hengst dann an und sprengte dem Braunen hinterher. Bald holte er ihn ein und griff nach dem schleifenden Zügel. Er verlangsamte das Tempo und brachte die Tiere zum Stehen.

»Ganz ruhig«, murmelte der Mann. Er lenkte die Pferde in die Gegenrichtung und trieb sie wieder an. Sein Plan war klar. Er würde den Toten bergen und in eine tiefere, unzugängliche Schlucht bringen.

Doch als Riatt dahin kam, wo es vom Canyon auf die Felsleiste hinausging, sah er einen zweiten Reiter, der ebenfalls von Südosten kam. Er ritt im Galopp, schien es eilig zu haben.

»Verdammt und zugenäht.« Riatt griff nach dem Gewehr.

James Wilde sah den Mann mit den beiden Pferden und riss den Fuchshengst zurück.

Riatt schlug das Gewehr an und drückte ab. Wummernd hallte das Krachen durch die Berge.

Der Fuchshengst stieg auf die Hinterhand. Die Hufe wirbelten, die Eisen schrammten gegeneinander und Funken stoben durch die heiße Luft.

James rutschte über die Hinterhand des Tieres, ließ sich fallen und schoss aus dem Colt. Er sprang auf, hetzte drei Schritte vorwärts und warf sich hinter einen Stein, der ihn völlig deckte.

Riatt besaß keine Möglichkeit, ihn zu erwischen, weshalb er die Pferde herumwarf und die Flucht ergriff.

James kniete, jagte dem Flüchtling noch einen Schuss nach und ließ dann die Waffe sinken. Erst da bemerkte er die Gestalt im Geröllfeld.

»Marshal! Verdammt, ich komm zu spät.«

Er rannte trotzdem hinüber, sprang von der Leiste.

Der Mann mit dem nach unten hängenden Kopf stöhnte leise.

James beugte sich hinunter.

»Marshal? – Ich bin's, James Wilde!«

Er musste den alten Mann irgendwie nach oben bringen.

Der Stadt-Marshal atmete röchelnd. James wälzte ihn auf die Schulter.

»Riatt!«, stieß Drake gepresst hervor.

James nickte.

»Der denkt sicher... ich bin tot.«

»Sie hätten mich mitnehmen sollen. – Verdammt, was tun wir nun? Gibt's irgendeinen Menschen, der in der Gegend haust?«

»Es gibt... einen.« Drakes trockene Lippen zuckten. »Helfen Sie... mir!«

James half ihm auf die Beine und brachte ihn, wenn auch recht mühevoll, auf die Felsleiste zurück. Die Kugel hatte den Marshal seitlich in die Brust getroffen.

»Wo müssen wir hin?«

»Nach... Osten.« Drake hatte weiterhin Mühe, sich verständlich zu machen, und James musste ihn stützen und zu dem Fuchshengst führen. Als er ihn aufs Pferd gehievt hatte, wusste er selbst nicht, wie ihm das gelungen war.

Drake sank auf den Hals des Hengstes.

»Sie müssen mir den Weg zeigen.« Wilde saß hinter dem Marshal auf und schnalzte mit der Zunge.

23

Jolan feuerte, was das Gewehr hergab. Auch Fee mischte nach Kräften mit.

Die anstürmenden Männer untermalten ihr Unterfangen mit lautem Gebrüll, als müssten sie sich Mut machen.

Kugeln pfiffen durch den Saloon.

Dann wurde, die Hintertür eingeschlagen.

Bei der Küchentür dröhnte ein Revolver.

»Sie sind schon drin!«, rief das Mädchen.

Jolan griff nach der Schrotflinte und spannte beide Hämmer. Als sie in den Saloon eindrangen, feuerte er beide Läufe gleichzeitig ab. Der Knall schien das Haus sprengen zu wollen. Das gehackte Blei streute so sehr, dass der ganze Saloon bestrichen wurde und sämtliche Zylinder des Leuchters zu Bruch gingen.

Einer der Vorwitzigen schrie auf. Die Angreifer zogen sich in die Küche zurück.

»Der Kerl ist wahnsinnig geworden!«, fauchte der Schreiner. »Mac, was ist los?«

»Raus mit ihm. Wo ist der Barbier? – Holt den Bartkratzer, für ihn gibt's Arbeit!«

Jolan klappte die Läufe der Parker Gun ab, zog die rauchenden Hülsen heraus und schob neue Patronen in die Kammern. Er stellte die Schrotflinte an die Wand, nahm die Winchester und schlich hinter das Geländer, bis er in die Küche blicken konnte, wo sie dem von den Rehposten Getroffenen eben durch das Fenster halfen. Er jammerte immer noch zum Steinerweichen.

Jolan schoss in die Küche.

Sie spritzten auseinander und suchten Deckung.

»Verschwindet!« Jolan repetierte das Gewehr und schickte Schuss um Schuss hinunter.

Einer hechtete durch das Fenster und brüllte: »Der ist wie 'ne Ladung Nitro.«

»Mac hat er mit Blei gespickt wie 'nen Hasenbraten«, sagte auf der Straße jemand.

Jolan feuerte weiter, um den Eindruck, der reinste Berserker zu sein, möglichst noch zu verstärken. Es war bereits Spätnachmittag. Noch ein paar Stunden, dann brach die Nacht herein, und vielleicht, so hoffte er, schafften sie's dann, im Schutz der Dunkelheit zu entwischen.

Der Schmied kam unten bei dem Versuch, das Fenster zu erreichen, in sein Blickfeld.

Jolan zielte kurz und schoss. Dem Mann wurde der Arm nach hinten gerissen. Die Waffe entfiel ihm.

Jolan zögerte. Mit der nächsten Kugel hätte er den taumelnden Mann erledigen können, doch er war kein Killer.

»Der Schmied ist verletzt!«

Jolan lief weiter, konnte in den zur Hintertür führenden Gang sehen und schoss.

Fee suchte ein Zimmer auf der anderen Seite des Hauses auf und sagte: »Sie sind wieder alle draußen. Den Schmied schaffen sie eben ins Haus des Barbiers.«

Jolan lud das Gewehr.

»Alle?«

»Sieht so aus.« Fee kehrte auf die Galerie zurück. »Ohne Elwood sind sie wie eine Schlange ohne Kopf.«

»Das ist vielleicht unsere Chance. – Komm!« Er hastete zur oberen Tür am Ende des Ganges, zog den schweren Riegel zurück und öffnete sie vorsichtig.

Sonnenschein überflutete den verwilderten Platz zwischen Saloon und Schuppen. Niemand schoss herauf. Nichts rührte sich.

Jolan schob die Tür weiter auf. Fee versuchte, über seine Schulter zu blicken.

»Die sind wirklich abgehauen.« Jolan wagte sich hinaus. »Wo hast du gesteckt, als der junge Hitzkopf dich letzte Nacht suchte?«

»Hier im Haus.«

Er zog Fee auf die Plattform. »Du kennst dich doch in dem Nest aus. Wo ist ein Versteck, bis es dunkel wird?«

»Sie würden uns überall suchen und sicher auch finden.«

»Dann ins Gestrüpp.« Jolan eilte die Treppe hinunter.

Fee sprang hinterher, so schnell sie es vermochte. Sie wollten sich schon dem Schuppen zuwenden, als sie die alte Frau beim übernächsten Haus bemerkten, die ihnen zuwinkte. Jolan blieb stehen.

»Die Witwe Tanner«, sagte Fee. »An die hab ich nicht mehr gedacht. Ihr Mann war früher Fahrer bei der Wells Fargo und wurde von Banditen erschossen. Sie schlägt sich mit Näharbeiten durch.«

»Hierher!«, rief die alte Frau mit den schlohweißen Haaren.

Jolan lief hin, wurde ins Haus geschoben und hörte Fee hinter sich. Die Tür wurde geschlossen.

»Bei mir vermuten sie euch bestimmt nicht.«

»Wir brauchen Pferde«, sagte Jolan.

»Warum denn nicht gleich 'nen Heißluftballon, der euch hundert Meilen wegträgt?«, konterte die Frau.

Jolan wandte sich um. »Weil kein Wind weht, Ma'am.«

»Vielen Dank«, sagte Fee.

»Entschuldigen Sie, Ma'am.« Jolan lächelte schwach.

»Nun geht erst mal weiter.«

Sie wurden in einen großen Wohnraum geführt. Kattunstoff bedeckte zwei Tische.

Kreide und Nähgarn lagen darauf. Nadeln fassten verschiedene Stoffteile zusammen.

Die Frau schob zwei Stühle hinter die geschlossene Gardine.

»So, setzt euch. Von hier aus könnt ihr alles verfolgen. Mac Kinnay haben Sie den Hintern verbleit, Mister. Ich hab das Großmaul noch nie so laut klagen hören.« Die Frau kicherte.

»Ich wusste nicht, dass es in der Stadt jemanden gibt, der gegen die Meute ist.«

»Solange die Leute kaum etwas verdienen, kaufen sie mir mal was ab, weil sie dafür sowieso nicht viel bezahlen. Aber wenn sie wieder Geld haben, bin ich für sie eine Null. Dann kaufen sie lieber zum vierfachen Preis im Store.«

Jolan konnte die Menge vor dem Haus des Barbiers sehen. Den Mietstall erreichen zu wollen, erschien ihm vermessen. Dass sie hier absolut sicher sein sollten, wollte ihm allerdings auch nicht einleuchten.

»Wenn der ungeratene Silas Stone mich eine Hexe schimpfte, haben die alten Teufel insgeheim darüber geschmunzelt«, erzählte die Frau bitter.

»Er hat zuerst geschossen«, sagte Fee.

»Er musste so enden.«

24

Der Trapper Cook war ein kleiner, verhutzelter Mann, der in selbstgenähter Lederkleidung steckte. Da sein wettergegerbtes Gesicht in groben Falten lag, schien er pausenlos bedenkliche Grimassen zu schneiden. Cook flößte dem Marshal scharfen Schnaps ein und mühte sich ein Grinsen ab.

»Unkraut vergeht nicht, Alan. Bis in deine Stadt sind's nur zwei läppische Stunden.«

Drake lag auf dem nicht sehr angenehm riechenden Felllager, japste noch von dem Schnaps, der ihm wie Feuer in der Kehle brannte, aber doch gegen die stechenden Schmerzen in der Brust half.

»Sie können nichts für ihn tun?« James trat neben den Jäger.

Cook blickte auf den Verband, den er Drake angelegt hatte.

»Sie steckt zu tief drin. Der Barbier hat Instrumente, ich nicht.«

»Du willst mich nur los sein«, ächzte der Marshal. »Hast Angst, ich könnte mich für immer hier einnisten.«

»Vielleicht auch das.« Cook grinste.

»Also los, Mister, aufs Pferd mit dem Marshal. Die Kugel muss schleunigst raus, bevor es eine Blutvergiftung gibt.«

25

Jolan richtete sich auf und beugte sich näher an die Gardine.

»Riatt alias Rubin, oder wie immer er sonst heißt.«

Der Reiter kam aus dem Buschland, über dem die Dämmerung lag. Er führte ein zweites Pferd am langen Zügel.

»Der Gaul des Marshals!«, schallte es durch Loveland.

Männer liefen aus den Gassen zwischen den Hütten und vergrößerten den Pulk auf der Straße.

Jolan griff unter die Gardine und schob die untere Fensterhälfte etwas nach oben, um mehr verstehen zu können.

Der Reiter hielt in der Menge. Er bemühte sich selbst, überall in der Stadt gehört zu werden, weswegen auch Jolan, Fee und die alte Frau ihn leicht verstanden.

»Ich fand das Pferd am Rand der Berge. Es kam aus einer Schlucht.«

»Jetzt schmiert er den vernagelten Hohlköpfen wieder puren Senf auf die Backen«, sagte die alte Frau.

»Der eine Fremde ist ihm gefolgt«, sagte jemand.

»Dann hat er ihn umgebracht und sicher irgendwo in einen Canyon geworfen«, mutmaßte der neue Rancher.

»So wird's wohl sein. Der andere steckt aber mit dem Flittchen noch im Saloon. Die beiden haben wir festgenagelt.«

»Wo ist der Schmied?«

»Liegt im Bett. Der Hundesohn hat ihm in den Arm geschossen. Und den Fuhrunternehmer hat's auch erwischt. Eine Ladung gehacktes Blei.«

»Wir kommen an den Halunken nicht ran«, verkündete ein anderer Mann. »Haben schon alles Mögliche probiert. – Ach so, das wissen Sie ja noch gar nicht, Mister Riatt: Der Strolch hat Silas Stone erschossen.«

Riatt sprang bei der Nachricht ab und ging unter dem Verandadach in Deckung.

»Jetzt fürchtet er wohl, ich könnt ihn aus dem Sattel pusten.«

Die Dämmerung nahm zu.

»Wir hätten ihn schon ausgeräuchert«, fuhr der Sprecher fort, »aber dabei brennt die halbe Stadt ab.«

»Und wie wär's mit 'ner Ladung Dynamit?«, fragte Riatt.

»Mein Saloon!«, jammerte der Keeper.

»Mein Gott, den bauen wir wieder auf!«, versprach Riatt. »Der wird schöner, größer und heller denn je. Ich gebe dafür fünfhundert Dollar aus.«

»Dynamit her!«, brüllte jemand. »He, Storekeeper, wo steckst du denn?«

»Die plagt der Wahnsinn«, sagte die alte Frau. »Ich glaube, die würden auch einen aus ihrer Mitte aufknüpfen, wenn ihnen für den Aufbau des Galgens ordentlich was geboten wird.«

»Ist noch jemand hinter dem Haus?«, fragte Riatt.

»Unsere Leute sind überall«, versicherte der Schreiner.

»He, ihr zwei, wenn ihr in fünf Minuten nicht auf der Straße steht, jagen wir euch mitsamt der Kneipe in die Luft!«, drohte Riatt. »Wie lange dauert denn das mit dem Dynamit?«

Der Händler hastete mit einem Paket aus der Baulücke neben dem Office und erreichte den Menschenpulk.

»Die fünf Minuten sind um!«, brüllte Riatt.

»Die sprengen die Schnapsbude wirklich in die Luft.« Die alte Frau schüttelte den Kopf. »Die müssen von allen guten Geistern verlassen sein. Wissen Sie was? – Dieser Riatt, oder wie er sonst heißt, passt zu unseren Leuten wie die Faust aufs Auge.«

»Das kommt mir auch so vor.« Jolan konnte die weißhaarige Frau kaum noch sehen, so dunkel war es bereits im Raum.

»He, ihr da drin!«, schallte es durch die Stadt.

Ein paar Sekunden war es still, dann sagte der Schreiner: »Die haben den ganzen Tag keinen Muckser von sich gegeben. Aber sobald wir eindrangen, hatten wir's mit feuerspeienden Teufeln zu tun. Das Flittchen ist ein richtiges Flintenweib, Sir.«

Die Dunkelheit kroch aus dem Tal in die Stadt. Bald sah Jolan die Menge beim Haus des Schreiners nicht mehr.

Ein Pferd wieherte.

»Jetzt«, flüsterte Fee.

Da trommelte der Hufschlag schon durch die Stadt. Als der Reiter schemenhaft sichtbar wurde, meinte Jolan einen winzigen Funkenschweif zu erkennen, der auf eins der zerschossenen Fenster des Saloons zuflog.

»Getroffen!«, schrie jemand begeistert.

»Mein schöner Saloon!«, jammerte der unsichtbare Wirt.

Der Reiter sprengte am Haus der Witwe vorbei.

»Gute Reise in die Hölle!«, erschallte es.

Die Explosion entfachte einen Feuerball und eine so gewaltige Druckwelle, dass das Brettergebäude wie ein Kartenhaus auseinandergefetzt wurde. In der grellen Feuerwand, die zum schwarzgewordenen Himmel stach, taumelten Bretter und Balken, Stoffstücke, Fensterreste, der zerrissene Tresen, Flaschen, Gläser und Geschirr. Eine Pfanne segelte über die Dächer und verschwand in der Nacht. Überall schlugen Bretter und Balken ein.

»Deckung, das ist ja ’ne fürchterliche Ladung.«

»Sie ist von mir exakt für den Saloon berechnet worden und kostet vier Dollar, Mister Riatt.«

Rauch zog durch die Straße. Noch immer schlugen Trümmer ein. Auch das Dach des Hauses der Witwe wurde mehrfach getroffen.

»Holt Lampen und Fackeln, damit wir sie suchen können!«, befahl der neue Rancher barsch. Er hatte das Kommando über die Stadt nun voll übernommen, ohne dass es den anderen auffiel.

»Jetzt wird’s Zeit, dass wir verschwinden«, mahnte Fee leise. »Irgendwann merken sie ja, dass sie sich die Mühe sparen konnten, weil wir nicht in den Trümmern zu finden sind.«

»Das dauert Stunden, wenn nicht bis morgen früh«, widersprach Jolan. »Wie können wir an Pferde kommen, Ma'am?«

»Überhaupt nicht. Verlasst euch auf eure Füße, mehr bleibt euch nicht übrig.«

»Vorwärts!«, kommandierte Riatt. »Hören Sie auf zu flennen, Keeper, ich hab Ihnen doch 'nen neuen Whiskyladen versprochen. Was Besseres konnte Ihnen doch gar nicht widerfahren!«

Die Frau ging nach hinten, öffnete die Tür einen Spalt und schaute hinaus.

Fee und Jolan standen mit ihren Gewehren unmittelbar hinter ihr.

»Da ist niemand.« Die Frau zog die Tür weiter auf und trat zur Seite. »Ich wünsch euch Glück.«

»Danke, Ma'am.«

Jolan trat ins Freie.

Die Tür fiel zu.

Jolan schlich zum nächsten Haus. Die Menschen befanden sich sämtlich beim zerstörten Saloon. Je weiter sie sich entfernten, umso unwahrscheinlicher wurde es, auf einen der Städter zu stoßen.

Fee holte ihn an der Ecke ein.

»Wollen wir's versuchen?«

»Was?«

»Unsere Pferde aus dem Stall zu holen?«

»Du musst wirklich lebensmüde sein. Also ich zeig die Hacken, aber ohne Pferd.«

Sie wollte weg, aber er hielt sie fest. Über den Zaun neben dem Haus hinweg sah er ein Pferd, auf dem zwei Männer saßen.

26

Die in den Trümmern schuftenden Menschen bemerkten den großen Fuchshengst nicht. Auch Riatt achtete nicht darauf.

Es blieb der resoluten Frau des Schmieds Vorbehalten, die Reiter zu erkennen. Sie stieß einen Schrei aus.

Die Männer in den Trümmern fuhren herum. Fackeln und Sturmlaternen wurden angehoben.

»Der Marshal«, sagte der Händler zerfahren.

Riatt traf es wie ein Blitzschlag, der ihn lähmte. Und den anderen Männern fehlte der verletzte Schmied, der auch in einer verfahrenen Lage das Ruder noch einmal herumzuwerfen verstand.

»Riatt lauerte auf mich«, sagte der Marshal gepresst und mit rasselndem Atem. »Er schoss mich vom Pferd. – Hätte Wilde mich nicht... nicht gefunden...« Er brach erschöpft ab.

James stieg ab und trat vor das Pferd.

»Riatt, Rubin, oder wie immer du sonst heißt, ich verhafte dich im Namen des Gesetzes!«

Riatt lachte. Es klang gezwungen.

»Dazu hast du hergelaufener Halunke doch gar kein Recht!«

»Ich hab ihn zum Hilfs-Marshal ernannt«, erklärte Drake schwerfällig, aber doch für alle verständlich.

Sie zogen sich alle an den Straßenrand zurück und achteten darauf, nicht vor Riatt zu stehen. Nur der Schreiner sah das noch anders. Er stand auch so, dass James ihn nicht sehen konnte, als er klammheimlich nach dem Revolver griff.

Riatt sah es. Seine Augen leuchteten.

Dann fiel der Schuss. Aber es war nicht der Schreiner, der abgedrückt hatte, sondern Jolan Cobb, der mit dem Mädchen aus dem Dunkel trat, das Gewehr auf die Menge angeschlagen.

Die Waffe wurde dem Schreiner aus der Hand geprellt.

»Keiner bewegt sich!«, befahl Jolan.

»Die Toten stehen auf«, hauchte die Frau des Schmieds entsetzt.

»Riatt, heben Sie die Hände!«, befahl James.

Der Mann stand vorgebeugt am Straßenrand. Seine Hand hing wie eine Kralle über dem schweren 45er Colt.

In die atemlose Stille jammerte der Keeper: »Umsonst gesprengt. Mister Riatt, Sie schulden mir einen neuen Saloon!«

Niemand ging darauf ein. Alle beobachteten James und Riatt, als hinge es einzig und allein von diesen beiden ab, was nun mit der Stadt geschah.

Und Riatt tat den letzten Schritt, der ihm als freier Mann noch blieb. Er griff zur Waffe.

James war schneller. Er zog den Revolver, winkelte den Arm an und wischte mit der linken Handkante über den Hammer.

Riatt spürte einen Schlag gegen die Brust. Er fiel, spürte den Aufschlag schon nicht mehr.

James ließ die Waffe sinken.

Jolan und Fee kamen heran.

»Schafft den Marshal ins Haus des Barbiers und betet, dass er ihm helfen kann«, sagte James.

ENDE

ISBN 978-3-7502-8310-7
9 783750 283107 00004
www.epubli.de